Das Buch

Wilde Hagebuttensträucher vor dem Meeresblau der Ostsee, kleine Reethäuser mit alten Fensterläden: Die Inselärztin Viola Herz genießt das Leben auf Hiddensee jeden Tag. In bester Stimmung fährt sie zusammen mit Mann Florian und Tochter Josefine in den Urlaub. Doch von dort muss Florian abreisen, um auf der Suche nach einem vermissten Freund zu helfen. Aber ausgerechnet jetzt erreicht Viola ein Brief aus dem fernen Indien und verlangt von ihr eine schicksalhafte Entscheidung: Denn das Waisenhaus, in dem Viola und Florian einen Adoptionsantrag für zwei Kinder gestellt haben, soll geschlossen werden, und nun müssen die beiden Kleinen so schnell wie möglich abgeholt werden. Ohne ihren Mann verlässt Viola ihr rosenumranktes Klinkerhäuschen hinter den Dünen und fliegt ihren Adoptivkindern gespannt und voller Herzensmut entgegen. Noch weiß sie nicht, dass währenddessen auf Hiddensee eine Intrige gegen sie läuft, die Violas Beruf als Ärztin und damit ihr gesamtes Lebensglück bedroht ...

Die Autorin

Carin Winter hat Medizin studiert und mehrere Jahre als Ärztin in einem Dorf gearbeitet; später entdeckte sie die Lust am Schreiben. Teile ihrer Familie stammen von Rügen, ein Großonkel war dort auch Arzt. Carin Winter lebt in Weil der Stadt.

Von Carin Winter sind in unserem Hause bereits erschienen:

Die Inselärztin
Die Liebe der Inselärztin

Carin Winter

Die Inselärztin und das Glück

Ein Hiddensee-Roman

Ullstein

Besuchen Sie uns im Internet:
www.ullstein-taschenbuch.de

Alle Personen in der Geschichte sind der Phantasie der Autorin entsprungen und haben nichts mit den Bewohnern Hiddensees zu tun.

FSC
www.fsc.org
MIX
Papier aus verantwortungsvollen Quellen
FSC® C006701

Originalausgabe im Ullstein Taschenbuch
1. Auflage März 2014

Umschlaggestaltung: ZERO Werbeagentur, München
Titelabbildung: plainpicture/Lisa Krechting (Frau und Kind); FinePic®, München (Himmel); mauritius images/ib/ Sabine Lubenow (Wiese und Leuchtturm)
Lied »An Land«: Zitat mit freundlicher Genehmigung von Sven Regener / Element of Crime
Satz: LVD GmbH, Berlin
Gesetzt aus der Sabon
Druck und Bindearbeiten: GGP Media GmbH, Pößneck
Printed in Germany
ISBN 978-3-548-28289-3

Das Schönste für Kinder ist Sand.
Ihn gibt's immer reichlich.
Er rinnt unvergleichlich
Zärtlich durch die Hand.

Weil man seine Nase behält,
Wenn man auf ihn fällt,
Ist er so weich.
Kinderfinger fühlen,
Wenn sie in ihm wühlen,
Nichts und das Himmelreich.

JOACHIM RINGELNATZ

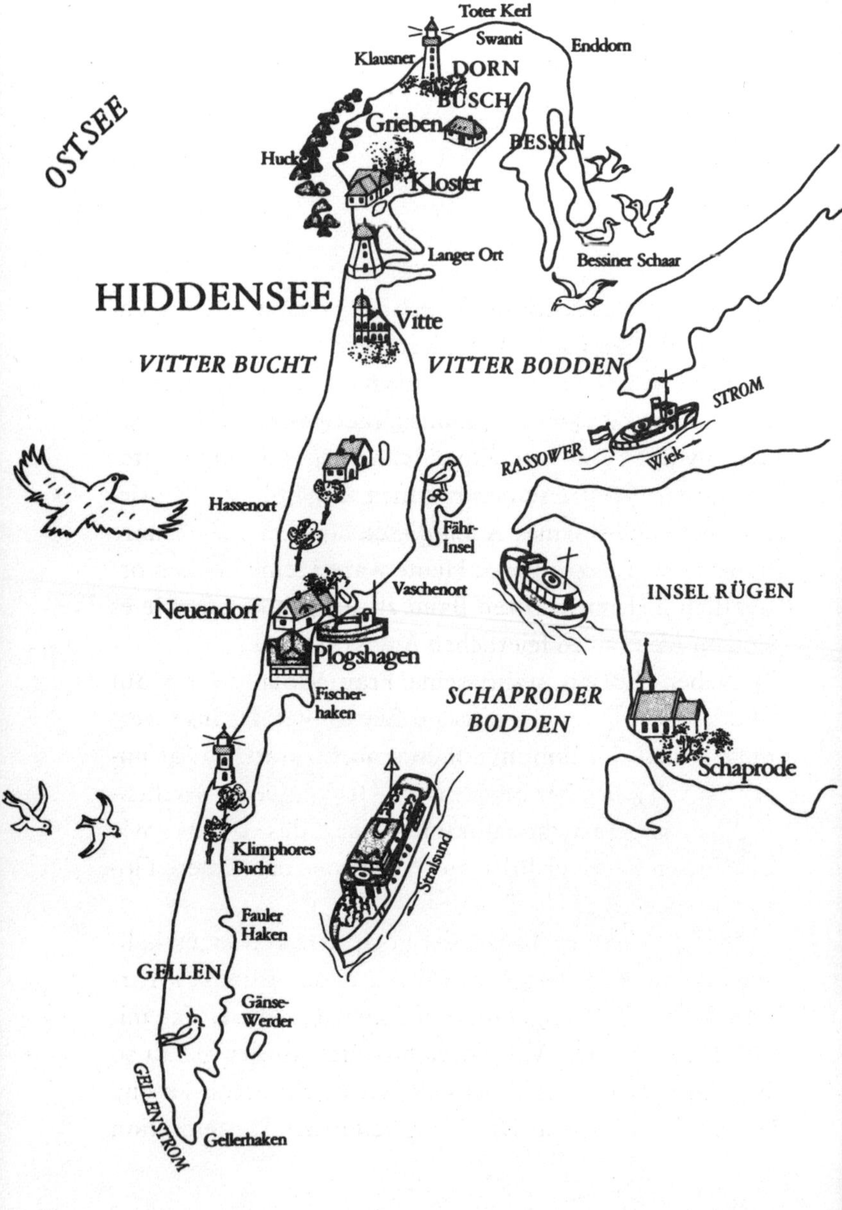

Toter Kerl
Swanti
Enddorn
Klausner
DORN
BUSCH
OSTSEE
Grieben
BESSIN
Hucke
Kloster
Langer Ort
Bessiner Schaar
HIDDENSEE
Vitte
VITTER BUCHT
VITTER BODDEN
STROM
RASSOWER
Wiek
Hassenort
Fähr-
Insel
Vaschenort
INSEL RÜGEN
Neuendorf
Plogshagen
Fischer-
haken
SCHAPRODER
BODDEN
Schaprode
Stralsund
Klimphores
Bucht
Fauler
Haken
GELLEN
Gänse-
Werder
GELLENSTROM
Gellerhaken

1

»JOSEFINE HERZ, ich taufe dich auf den Namen des Vaters, des Sohnes und des Heiligen Geistes.«

Pastor Busche benetzte die Stirn der sechs Monate alten Josefine Herz mit dem kühlen Taufwasser, und sie verzog unwillig den Mund. Aber dann blickte sie ihren Vater Florian an, der dieselben braunen Augen hatte wie sie, und sie gluckste leise. Auch die dichten dunklen Haare hatte sie von ihrem Papa. Heute waren seine Locken ordentlich mit einem roten Band zurückgebunden, wie es sich für einen solch feierlichen Anlass gehörte.

Neben Florian stand seine Frau Viola, Ärztin auf Hiddensee, die für die tausend Einwohner der Insel verantwortlich war und im Sommer noch zusätzlich für unzählige Urlauber. Ein Sonnenstrahl fiel durch ein Kirchenfenster auf ihr kastanienbraunes Haar, das so kraus wie die Wellen bei einer Brise aus Nord war, behauptete Florian immer.

Sie blickte zum Taufengel hoch, der von einer hellblauen, mit Hunderten von roten Rosen bemalten Kirchendecke herabhing, und freute sich, dass dieser Tag mit den Freunden und Verwandten heute Morgen genau so begonnen hatte, wie sie es sich gewünscht hatte: sonnig, warm und windstill. Die Mitarbeiter der Wetterstation hatten ihr versprochen, dass dies auch bis zum Abend so bleiben würde.

Josefine, genannt Finchen, war auf dem Arm von Florian eingeschlafen, als der Schlusschoral der Tauffeier angestimmt wurde. Es war angenehm kühl in der Kirche. Viola liebte diesen hellen, in Blau und Weiß gehaltenen Raum. Sie schaute sich vorsichtig um. Die Kirche war an diesem Sonntagvormittag Ende August voll besetzt, und fast alle hier Anwesenden kannte sie. Das war auch kein Wunder, denn die meisten hatte sie irgendwann einmal in den dreieinhalb Jahren, in denen sie schon auf der Insel war, in ihrer Praxis behandelt.

Da saß Doris, Krankenschwester und ihre ehemalige Sprechstundenhilfe und inzwischen beste Freundin, mit ihrem Sohn Philipp, der ebenfalls heute getauft worden war. Er war ein ruhiges Kind. Das energische Finchen wird ihn sicher eines Tages ganz schön herumkommandieren, dachte Viola im Stillen. Beide Kinder sahen sich täglich, wenn Viola in der Praxis zu tun hatte und ihre Tochter bei Doris ablieferte.

Die ältere grauhaarige Frau mit den vielen Lachfältchen um die Augen und dem warmen Blick hieß Ottilie und betrieb in Vitte eine kleine gemütliche Kneipe. Dort waren schon viele Diskussionen über Gott und die Welt geführt worden. Und zu ihr konnte man immer mit allen Problemen kommen. Sie schenkte einem dann einen golden leuchtenden Sanddornlikör ein und hörte geduldig zu. Beides hatte sich stets als hilfreich erwiesen.

Lisa, Generation fünfzig plus, warf gerade Jan, ihrem Mann, einen hinweisenden Blick zu, weil er versäumt hatte, das Gesangbuch aufzuschlagen. Von Anfang an war sie im Vorzimmer bei Viola unentbehrlich gewesen. Sie war laut, gutmütig und allwissend, was die Inselbewohner betraf. Bei Violas Vorgänger Dr. Roth hatte sie viele Jahre mitgearbeitet. Und nie zögerte sie, ihre Erfahrung mit den Patienten an Viola weiterzugeben, auch ohne ausdrückliche Nachfrage der jungen Ärztin.

Bürgermeister Lükke saß mit seiner schicken Frau auf seinem Stammplatz und neben ihm Henning, der neue Lehrer, mit dem Florian oft am Wochenende zusammensteckte. Er hatte die Augen geschlossen. Schlief er, oder dachte er über ein neues Gedicht nach? Er hatte nämlich einen Hang zur Lyrik.

Und dann waren natürlich auch Florians und Violas Eltern gekommen und ein Teil der Geschwister mit den Kindern. Du lieber Himmel, wenn man alle zusammenzählte, war das ja eine richtige Großfamilie.

Nur einer fehlt, dachte Viola. Ihr Bruder Dirk, der Künstler und Vater von Philipp. Er war im letzten Sommer zum Malen auf die Insel gekommen. Und die ruhige und bisher immer vernünftige Doris hatte sich heftig in ihn verliebt. Dirk war kein schlechter Mensch, aber auch kein Mann, der sein Leben in einem Eigenheim verbringen wollte. Im Moment war er auf den Cook-Inseln, um dort Inspirationen für neue, farbgewaltige Bilder zu suchen, mit denen er inzwischen in der Kunstszene gut bekannt war.

Seinen Sohn hatte er einige Male besucht. Und jedes Mal hatte er Doris überreden wollen, mit ihm in die weite Welt zu reisen. Aber sie war ein Inselkind, wie sie immer wieder beteuerte. Und was sollte sie mit einem kleinen Kind in dauernd wechselnder Umgebung? Sie war hier geboren und liebte die Insel, und Philipp sollte genauso wie sie mit Meer, Sand und Wind aufwachsen.

Viola sah zu ihr hinüber und begegnete ihrem offenen Blick. Sie lächelten sich zu. Beide waren ziemlich schnell richtig gute Freundinnen geworden. Für sie war es etwas Neues und Wunderbares, weil sie bisher nie eine beste Freundin gehabt hatte. Und diese Freundschaft hatte sich durch die beiden fast gleichaltrigen Kinder noch vertieft. Im Frühling und in den vergangenen Sommerwochen hatten sie ihre Kinderwagen zusammen über die Insel geschoben, so oft es ging. Hoch zum Dornbusch und oben durch den Kiefernwald oder runter bis zum Naturschutzgebiet Gellen waren sie gegangen. Und immer in dieser klaren frischen Meeresluft, die Viola nicht mehr missen wollte.

Und oft hatte Doris beide Kinder auch am Wochenende einige Stunden betreut, während Viola mit Florian zum alten und neuen Bessin, dem Vogelschutzgebiet im Norden, geradelt war. Dort war eine wilde Landschaft aus hohem hartem Gras, Heckenrosen, Sanddorn und vielen anderen Büschen entstanden. Unzählige Vögel machten dort Rast auf ihren Reisen in den Norden oder Süden. Florian kannte sie alle und wäre manchmal am liebsten ein Kormoran oder ein Kranich gewesen.

2

VIOLAS GEDANKEN KEHRTEN wieder zurück in die Kirche. Sie nahm Florian Finchen aus dem Arm, um ihr einen kleinen Sonnenhut aufzusetzen. Die Schlussakkorde auf der Orgel erklangen, und die Kirchentüren wurden geöffnet.

Die helle Sonne empfing die ganze Gesellschaft, als sie nach draußen traten. Der wunderschöne Augustsommertag breitete sich über die ganze Insel und weit übers Meer aus.

»Dän'n Kalänner moag'n dei Lüü, öwer dat Wärer moagtt dei leiwe Gott«, sagte Ottilie mit einem Augenzwinkern zu Viola, »und anscheinend ist der leiwe Gott heute ganz zufrieden mit der Taufgesellschaft. Nach so viel Kälte und Regen in diesem Sommer. So was hab ich kaum einmal auf dieser Insel erlebt. Und ich lebe schon neunundfünfzig Jahre hier.«

»Ja«, stimmte Viola ihr zu und krauste die Nase. »Und mich hat vor allem der Gedanke hierhergelockt, dass es auf Hiddensee die meisten Sonnenstunden des Jahres in ganz Deutschland gibt. Na, immerhin hatte ich bisher drei wunderschöne Sommer, was das Wetter angeht. Und mir ist ein verregneter Sommer, in dem es keine Aufregung bei Florian und mir gibt, allemal lieber als ein Bilderbuchwetter wie letztes Jahr, als Florian seinen schweren Unfall hatte.«

»Und er ist wieder vollkommen gesund«, warf seine Mutter Margarete ein, die den Kinderwagen mit Finchen schob und glücklich ihren Sohn anblickte. Margarete, klein und rundlich, war immer da, wenn es galt zu helfen. Sie hatte sich mehrere Wochen lang um Viola und den Haushalt gekümmert, als Florian im Krankenhaus lag. Viola war ihr dafür zutiefst dankbar gewesen. So hatte sie stundenlang an seinem Bett sitzen und bei ihm sein können, als er wieder aus seiner langen Bewusstlosigkeit aufgewacht war. Ihre Kollegin Anita Taylor hatte die Sprechstunden und dringende Hausbesuche übernommen. Auch das war eine große Hilfe gewesen.

Das ist das berühmte soziale Netz, dachte sie, das hier auf der Insel genauso gut funktioniert wie bei einer großen Familie, die zusammenhält. Die tausend Einwohner der Insel konnte man fast als Familie bezeichnen. Die meisten kannten sich, und wenn Not am Mann war, dann gab es immer Hilfe.

Sie sah Florian vor sich über den Sandweg durch Kloster gehen, unter den riesigen schattenspendenden Bäumen, die hier die gepflegten Häuser überragten. Nirgendwo auf der Insel gab es so viele uralte Linden, Weiden, Kastanien und Erlen wie in Kloster, dem kulturellen Zentrum von Hiddensee. Florian sprach eifrig mit seinem Vater Paolo. Von hinten sahen sich beide so ähnlich mit den schwarzen Locken und der Art, sich unbekümmert und lebhaft zu bewegen, dass niemand an ihrem Vater-Sohn-Status zweifeln konnte.

»Wir gehen über den Dünenweg«, rief sie ihnen zu.

Beide drehten sich um, nickten und winkten lachend zurück.

Der Dünenweg führte nach Vitte, wo Viola und Flo seit eineinhalb Jahren in einem kleinen reetgedeckten Häuschen wohnten. Der Weg verlief oberhalb vom Weststrand von Nord nach Süd, auf dem Kamm des Dünenwalls, eingebettet in hohe Sanddornhecken und blühende Rosenbüsche. Man konnte rechts den Strand und dann das Meer bis zum Horizont sehen, links weite Wiesen, die bis zum Damm auf der Ostseite reichten. Dahinter schimmerte das Wasser vom Bodden. Und nicht weit entfernt auf seiner anderen Seite befand sich die flache Küste von Rügen.

Man ging auf diesem Weg sozusagen am Nacken des Seepferdchens – die Kontur der Insel ähnelte diesem possierlichen Tierchen – entlang und war in einer halben Stunde in Vitte, dem größten Ort der Insel mit sechshundert Einwohnern. Hier hatte Viola auch ihre Arztpraxis.

Viola liebte den Weg. Als sie stehen blieb und sich umsah, einen sanften Südwind auf der Haut spürte und den Duft der Rosen in der Nase, da war ihr wieder klar, dass es keinen anderen Ort auf der Welt gab, an dem sie sich so wohl fühlte.

Natürlich bekam sie auch ab und zu den »Inselkoller«, wenn in der Hochsaison die Urlauber über die gepflasterten Wege strömten oder mit den Fahrrädern nach Neuendorf strampelten oder zum Leuchtturm. Dann wünschte sie sich weit weg, auf die Malediven zum Beispiel, an eine einsame Bucht mit Palmen. Auch im Winter gab es Zeiten, in denen sie unleidlich wurde: Der Ostwind pfiff, so dass an einen langen Spaziergang nicht zu denken war. In der Arztpraxis war nicht viel zu tun, und Florian sah auf Rügen im Naturpark nach dem Rechten oder saß in seiner Zentrale am Computer und kam erst abends nach Hause.

Aber nun war ja Finchen da, lachte, weinte, fing an, von der Decke auf dem Boden herunterzurollen, und hielt Viola auf Trab.

Der nächste Winter konnte getrost kommen, und vielleicht klappte es ja doch noch einmal mit den Malediven.

3

DAS KLEINE WEISSE HAUS mit den hellblauen Sprossenfenstern und dem reetgedeckten Dach im Süderende hinter den Dünen, in dem sich Viola und Florian eingemietet hatten, begrüßte die Taufgesellschaft.

Durch den nassen Sommer war der Rasen ums Haus dicht und grün geworden. Unter einer Kastanie standen Tische und Bänke, und am Rande des Gartens blühten dieselben rosafarbenen Rosen wie oben auf dem Damm.

Florians Mutter und Ottilie verschwanden im Haus, um das vorbereitete Mittagessen aus dem Backofen zu holen. Paolo, der italienische Vater, überwachte die ganze Aktion und verzierte nebenher noch die Torten, die er gebacken hatte. Er fuhr seit dreißig Jahren auf einem Überseedampfer als Schiffskoch und verfügte inzwischen über ein großes Repertoire an exotischen Gerichten, einschließlich Gebäck. Und sein südländisches Temperament hatte er sich natürlich auch bewahrt.

Professor Doktor Siegfried Herz, Violas Vater und Chefarzt in einer Klinik in Hamburg, ließ sich seufzend auf einem bequemen Gartenstuhl nieder. Mit seinem gewellten silbernen Haar, dem wachen Blick und der inzwischen fülligen Figur war er ein eindrucksvoller Mann. Er und Florians Vater hatten, obwohl so unterschiedlich, dicke

Freundschaft geschlossen. Und wenn es um Segelschiffe ging, dann konnten sie stundenlang darüber diskutieren.

Viola legte ihrem Vater die Hand auf die Schulter. »So viel frische Luft bist du nicht gewohnt, stimmt's, Papa?«, meinte sie lächelnd.

Er blickte hoch, direkt ins Gesicht seiner Tochter, die unbedingt auf dieser kleinen Insel die Arztpraxis hatte übernehmen wollen, anstatt bei ihm eine glänzende Karriere als Oberärztin zu machen. Und dann hatte sie auch noch den vier Jahre jüngeren Biologen Florian geheiratet, einen Abenteurer, der jahrelang bei allen möglichen Umweltschutz-Projekten mitgemacht hatte. Aber sie schien glücklich zu sein. In ihrem leicht gebräunten Gesicht mit den Sommersprossen und den hellen, lebendigen Augen war keine Spur von Verdruss oder Sorge zu erkennen. Sie trug ein breites rotes Band in den Haaren, das ihr die lockigen Strähnen aus der Stirn hielt. Mit dem kurzen schwingenden Rock und dem hellblauen Top sah sie aus wie eine einfache junge Inselbewohnerin, nicht wie eine gestandene Ärztin.

Er legte seine Hand auf ihre und drückte sie. »Es mag ja gesund sein, hier ohne Autoabgase und Lärm zu leben. Aber ich muss gestehen, dass mich die vielen Fußmärsche ganz schön anstrengen. Auf die Dauer fühle ich mich im OP dann doch wohler. Viola, wir müssen noch über den kleinen Kerl reden, von dem du mir erzählt hast. Wann kommt er?«

Viola setzte sich neben ihren Vater.

»Der kleine Kerl«, das war eine lange Geschichte. Und es gab nicht nur ihn, sondern auch noch seine Schwester. Letztes Jahr im Herbst war Viola mit Florian nach Indien geflogen zu einem Waisenhaus, in dem es an allem fehlte, seit die Menschen dort ihr Land an einen reichen Rosenzüchter verloren hatten. Florian kannte das Heim schon von einem Abstecher, den er während einer Fotosafari in das Dorf mit diesen Waisenkindern gemacht hatte. Und er hatte sein Herz damals an ein einjähriges kleines Mädchen verloren. Sie war süß, fröhlich und unkompliziert. Er hätte sie am liebsten sofort mitgenommen. Aber sie hatte einen Bruder – Ravi, fünf Jahre alt, dünn, mit abstehenden Ohren und kurzgeschorenen schwarzen Haaren. Und mit einer schlecht operierten Lippen-Kiefer-Gaumen-Spalte, die ihn am Sprechen und Schlucken hinderte.

Dieser kleine Kerl hing an seiner Schwester. Sie war alles, was er besaß. Und nur ein Unmensch hätte ihn seinem Schicksal überlassen und ihm die Schwester weggenommen.

Als Viola ihn zum ersten Mal sah, hatte sie sofort zur eigenen Überraschung den Wunsch verspürt, ihn in den Arm zu nehmen, diesen kleinen indischen Waisenjungen, der alles andere als einnehmend und zudem vielleicht auch noch in der Entwicklung zurückgeblieben war. Seine großen aufmerksamen Augen hatten es ihr angetan und seine rührende Besorgtheit um die kleine Anila, die er überallhin begleitete.

Und als sie und Florian von ihrer Reise zurückgekehrt waren, hatten sie die Adoption bereits beantragt.

»Seid ihr denn von allen guten Geistern verlassen?«, hatte ihr Vater am Telefon gesagt. »Euer eigenes Kind ist unterwegs, und da müsst ihr unbedingt noch zwei euch fremde Kinder dazuhaben. Und was soll mit deiner Praxis werden, Viola?«

Ja, sie waren von allen guten Geistern verlassen. Und es gab Zeiten, da konnte Viola sich nicht vorstellen, wie sie das alles bewältigen sollte. Aber Florian war ja da, und sie wusste, dass er sie niemals allein lassen würde, wenn es Probleme gab. Er hatte schon immer Kindern ohne Lebensperspektive ein Zuhause geben wollen.

Violas Vater hatte schließlich kopfschüttelnd eingesehen, dass seine Tochter erwachsen war und sich nichts mehr vorschreiben ließ. Und nun saß er hier im Garten unter der Kastanie und sah sie eindringlich an.

»Wir rechnen damit, die beiden Kinder Ende des Jahres holen zu können«, erzählte Viola. »Aber, Papa, bevor ich mit Ravi dann zu dir komme, um seine Kieferspalte operieren zu lassen, soll er sich erst einmal einleben. Man kann ihn nicht einfach in eine andere Welt versetzen und gleich noch mit einer Operation belasten. Er braucht Zeit, sich an alles Neue zu gewöhnen.«

»Ihr solltet das so schnell wie möglich machen lassen«, wandte der Vater ein. »Er muss sprechen lernen und normal essen können. Und sechs ist gerade die richtige Zeit, um ein Knochenstück in den Gaumen einzusetzen und den Spalt zu schließen.«

Florian kam mit Josefine auf dem Arm, seinem gefüllten Teller in der anderen Hand und Pastor Busche im Schlepptau an ihren Tisch und setzte sich neben Viola.

»Aha, da wird wieder gefachsimpelt«, stellte er fest. »Das ist ja alles wichtig, aber noch haben wir die Kinder nicht. Und in Indien mahlen die Amtsmühlen fast noch langsamer als hier.«

»Vielleicht sollte Florian noch mal rüberfliegen und den Behörden dort ein wenig Beine machen«, schlug Pastor Busche vor. Er war ein waschechter Hiddenseer, der sich auf einem Segelschiff genauso wohl fühlte wie in seiner Kirche. Er war groß, grauhaarig und schlank, mit einem von Wind und Wetter gegerbten Gesicht. »Dann kann er auch gleich nachsehen, ob unsere Unterstützung des Waisenhauses mit Spenden und Paketen Wirkung zeigt. Vielleicht könnte ich sogar mitfliegen.« Bei diesem Gedanken erhellte sich sein Gesicht, und man sah ihm deutlich an, dass er große Lust dazu hätte.

»Florian kann jetzt auf keinen Fall weg«, protestierte Viola. »Jetzt steht nämlich erst einmal unser Urlaub in den Alpen vor der Tür.« Sie sah ihren Mann an. »Und dieser Urlaub muss endlich einmal klappen. Auch wenn es nicht die Malediven sind, sondern die Schweizer Berge. Ich freue mich schon sehr darauf.«

Florian strich ihr beruhigend übers Haar. »Diesmal wird nichts dazwischenkommen, weder ein absagender Praxisvertreter noch eine Schwangerschaft, oder?«

Viola lachte. »Nein, keine Schwangerschaft!«, versicherte sie ihm.

4

VIOLAS VATER LEHNTE sich auf seinem bequemen Stuhl zurück. »Vielleicht könnte man die Genehmigungswege dort ein wenig abkürzen. An Geld soll's nicht fehlen. Mit Geld kann man viel erreichen, auch eine schnellere Adoption.«

Viola sah ihn unwillig an. »Mit Geld wurden auch die Bewohner des Dorfes, zu dem das Waisenhaus gehört, von ihrem Land vertrieben, das nun mit riesigen Rosenzuchtanlagen überzogen ist. Und die Leute sind am Verhungern, weil sie keine Felder mehr haben und das Vieh nicht mehr auf die Hügel treiben können.«

»Das ist etwas anderes«, erwiderte er. »Ihr würdet mit ein paar Scheinen niemandem etwas wegnehmen. Im Zeitalter der Globalisierung müsste das alles doch relativ einfach machbar sein. Man steigt ins Flugzeug und ist spätestens zwanzig Stunden später an Ort und Stelle. Überall auf der Welt. Und da kann man dann handeln.«

»Im Zeitalter der Globalisierung aber stellen wir auch immer häufiger fest, dass uns Lichtjahre von anderen Völkern und Lebensweisen trennen«, entgegnete Viola. »Und da hilft uns auch kein Flieger. Da müssen wir schon Geduld haben, bis alle Genehmigungen beisammen sind.«

»Schon gut«, lenkte ihr Vater ein und klopfte ihr besänftigend auf den Rücken. »Ich habe dich schon verstanden.«

Violas Miene wurde wieder weicher. »Natürlich haben wir auch daran gedacht«, sagte sie. »Aber ich mag nun mal nicht über illegale Wege zu zwei Kindern kommen. Im Übrigen haben wir jemanden, der uns in der ganzen Sache bereits sehr viel geholfen hat, nämlich Shankar, den indischen Koch. Er wohnt mit seiner Familie in der Nähe des Waisenhauses, und er weiß, wie man am besten zu den Papieren kommt, die man braucht.«

»Ist Shankar der Koch von Florians Tigerexpedition im letzten Jahr?«, warf Violas Mutter Susan ein, die sich inzwischen auch zu ihnen gesetzt hatte. Sie war groß, schlank, trug die grauen Haare elegant aufgesteckt und Perlohrringe. Sie hatte heute bereits in aller Frühe die Tische im Garten festlich gedeckt und dann noch Paolo in der Küche geholfen, das Mittagessen vorzubereiten.

»Genau, der indische Koch, den Florian nach einer Woche ins Krankenhaus nach Nagpur bringen musste, weil sein Blinddarm sich entzündet hatte«, bestätigte Viola. »Er und seine Familie sind seither so dankbar für Florians Hilfe, dass sie für ihn durchs Feuer gehen würden.«

»Inzwischen hat er bereits so viel für uns getan in Sachen Adoption, dass ich ihn noch zehnmal ins Krankenhaus bringen könnte«, fügte Florian hinzu. Er schob seinen Teller zurück, den Finchen gerade mit einem erfreuten Glucksen entdeckt hatte und auf dem sie gern mit den Fingern den Inhalt untersucht hätte.

»Aber mal im Ernst«, fuhr Florian fort. »Die Leute dort in dem Dorf sind wirklich sehr arm. Shankar wohnt mit seiner Frau und den vier Kindern in einer Lehmhütte, die kaum größer ist als eine Garage bei uns. Deshalb bin auch ich nicht dafür, mit unserem Geld zu protzen, nur damit die Adoption schneller geht.«

Florian nahm seine Tochter mit Schwung hoch und setzte sie seinem Schwiegervater auf den Schoß. »Sieh dir dieses kleine wunderbare Geschöpf an«, sagte er. »Schau nicht immer auf das Machbare und fühl dich einfach mal nur als Großvater und nicht als Chefarzt. Und vergiss nicht, deinen Blick immer wieder auf das zu richten, was direkt vor oder neben dir ist. Man muss nicht dauernd die ganze Welt im Auge behalten und unter Kontrolle und die Tatsache ausspielen, dass man größer und einflussreicher ist als andere.«

Violas Vater lachte, und dieses warme Lachen versöhnte Viola immer wieder mit ihm, wenn er ihr allzu sehr den Oberboss spielte. Er verlor vielleicht öfter die Tuchfühlung zu den alltäglichen Dingen, aber wenn man ihn daran erinnerte, konnte er das gut annehmen.

Ich werde ihn nachher ins Haus locken, um Finchen frisch zu wickeln, dachte sie belustigt. Dann muss er das Problem lösen, wie er sich der strampelnden Beinchen erwehren kann, und gleichzeitig eine Windel unter ein sich windendes Kind legen. Und das alles ohne OP-Assistentinnen.

Es wurde noch viel erzählt und diskutiert in der Runde. Und Paolo servierte am Spätnachmittag seine berühmten Kuchen und Torten, und es roch wunderbar nach Kaffee. Viola trank keinen, sie konnte dann nicht einschlafen in der Nacht, aber sie mochte den gemütlichen Duft.

Als die Sonne schon langsam hinter den Dünen verschwand, stahl Viola sich leise ins Haus und brachte die Hauptperson des Tages ins Bett. Auch Doris und Henning verabschiedeten sich mit Philipp. Kinder hatten ihren eigenen Rhythmus, das hatte Viola inzwischen von ihrer Tochter gelernt, und den sollte man nicht unnötig durcheinanderbringen.

Finchen wurde für die Nacht zurechtgemacht und schlief sofort in ihrem Bettchen ein. Viola blieb danach noch eine Weile am Fenster stehen und sah zu, wie die Schatten draußen länger wurden und die langsam untergehende Sonne das Laub der Kastanie in ein goldenes Licht tauchte. Die Gäste hatten sich inzwischen entschlossen, den schmalen Weg zum Dünenwall hochzugehen und von dort oben das Schauspiel des Sonnenuntergangs zu bewundern. Ein würdevolles Ende für so einen schönen Tag.

Florian brachte währenddessen Violas Eltern zur letzten Fähre, die nach Schaprode ging, wo sie ihr Auto stehen hatten. Herr Professor musste am nächsten Morgen schon wieder in seiner Klinik sein.

»Es wird schon alles gut werden mit euch und den zwei indischen Kindern«, sagte er beim Abschied zu Florian. »Ich kann nur nicht so leicht begreifen, dass die Jugend andere Wege gehen will als die Eltern. Unser Sohn Dirk ist Künstler, Ina eine zufriedene Hausfrau und Mutter. Viola lebt auf dieser kleinen Insel. Nie hätte ich mit so ganz anderen Lebenswegen unserer Kinder gerechnet, als ich für sie vorgesehen habe.«

Susan nahm seinen Arm. »Je vielfältiger, desto besser«, gab sie zurück. »Das ist in der Natur gut und für die Menschen noch mehr. Dann lernen sie Toleranz und Respekt vor dem Andersartigen. Und alle könnten voneinander profitieren.«

»Du hast doch immer ein letztes Wort, das einen nachdenklich stimmt«, murmelte der Professor lächelnd.

5

ALS FLORIAN ZURÜCKKAM, setzte er sich zu Viola unter die Kastanie. »Deine Eltern sind ein gutes Vorbild für eine lange und glückliche Ehe. Und ich bin ihnen dankbar, dass sie dich nicht zu einer Karriere in der Großstadt überreden konnten, sondern eine genügsame Feld-, Wald- und Wiesenärztin haben werden lassen.« Er nahm ihr vorsichtig ein Blatt aus den Haaren und sah sie mit liebevollen Augen an.

»Was heißt hier Feld-, Wald- und Wiesenärztin«, erwiderte Viola empört und gab ihm einen zärtlichen Stoß in die Seite. »Ich bin Fachärztin für Allgemeinmedizin bitte schön. Außerdem habe ich das vor allem meiner Mutter zu verdanken. Sie hat uns nie mit unangebrachten Erwartungen unter Druck gesetzt. Und darüber bin ich sehr froh, sonst würde ich kaum zu einem Mann passen, der am liebsten in einer kleinen Hütte ohne Strom und fließendes Wasser mitten in der Pampa wohnen würde.«

»Das, meine Liebe, war in meinen jungen Jahren vielleicht so. Inzwischen habe ich gelernt, dass man als Familienvater schon ein bisschen solider leben muss.«

»Sehr gut, Herr Biologe«, gab Viola zurück. »Kennst du den Spruch: Dei is taufräden, dei hätt, wat hei brugt und brugt wat hei hätt?«

»Du hast genau wie deine Mutter einen unerschöpflichen Vorrat an Weisheiten«, stellte Florian lachend fest.

»Die kannst du hier alle auf der Insel finden«, belehrte ihn Viola und schmiegte sich wohlig in seinen Arm.

Es wurde langsam dunkel, aber die Luft blieb warm und lau. Man konnte noch eine Weile draußen bleiben. Die letzten Gäste kamen vom Strand zurück und verabschiedeten sich. Einige gingen nach Hause, andere zu ihren Pensionen, auch Florians Eltern.

Viola schaute nach Finchen. Sie schlief tief und fest. In der Küche und im Garten war alles aufgeräumt, und Ottilie, die immer gern bis zuletzt blieb, kam gerade, sich die Schürze abbindend, aus dem Haus.

»Irgendwie habe ich das Gefühl, dass Josefinchen ein wenig auch mein Enkelkind ist«, sagte sie, und ihre Augen glänzten. »Eigene hab ich ja nicht. Und ich habe immerhin den Vorteil, dass ich hier wohne und nicht in Bremen oder Hamburg wie die echten Großeltern. Wie wär's nun mit einem kleinen Lied zum Ausklang des Tages, Florian?«

Er stöhnte auf. »Ich bin ein gestresster hundemüder Vater, der sicher heute Nacht mindestens einmal aufstehen muss, um dem Kind was zu trinken zu geben. Ich muss dringend ins Bett.«

»Ich hole deine Klarinette. Kannst sitzen bleiben«, erbot sich Viola schnell. »Nur ein Lied oder zwei. Das wirst du schon schaffen.«

Er hob die Hände. »Überredet. Was darf's denn sein?«

»Das Ostseelied!«

»Welches? Das von der Knef oder das auf Platt?«

»Beide«, riefen Viola und Ottilie gleichzeitig.

Und dann erklangen in der Stille des Abends die schönen Melodien, die Viola inzwischen so gut kannte.

»Wo de Ostseewellen trecken an den Strand, wo de gäle Ginster bleugt in Dünensand, wo de Möwen schriegen, gell in't Sturmgebrus, dor is mine Heimat, dor bin ick tau Hus …«, sangen sie leise mit, und: »Gib mir noch einmal den Strand meiner Kindheit, mit Muscheln und Bernstein auf trockenem Weiß …«

Vorn auf dem Süderende, der Hauptstraße, war wieder Ruhe eingekehrt, nachdem die Tagesurlauber die Insel verlassen hatten. Auch die unermüdlichen Möwen schienen schon zu schlafen. Abseits des Hauptweges, zwischen den gemütlichen niedrigen Häusern mit den tiefgezogenen Dächern, sah man nur noch die einen oder anderen Nachbarn, die herüberwinkten und dann ins Haus gingen.

Danach spielte Florian noch »Beyond the Sea«, und er sah Viola mit einem vielsagenden Lächeln an. Sie wusste schon, warum. Er liebte Lieder, in denen die Seemannsbraut einsam am Strand steht und geduldig auf ihren Liebsten wartet.

»So gehört es sich«, sagte er mit leuchtenden Augen.

Viola entgegnete energisch, aber lachend, heutzutage hätte zum Glück jeder sein Handy, und der Seemann auf dem weiten Meer könnte mal kurz anrufen und ihr mitteilen, wo er sich gerade befand.

»Immerhin«, setzte Florian hinzu, »der weitgereiste Seemann verspricht ihr in diesem Lied am Schluss, dass er nie wieder zur See fahren würde.«

Viola musste lachen.

Dann kam noch »Sechs Whiskey und vier Köm«. Das

war nun wieder mehr nach Violas Geschmack. Denn die junge Frau, die nach diesen Getränken in ihrem Traumschiff um die Welt segelt, ist auch »ohne Mannschaft, ohne Liebe und ohne Geld« glücklich und zufrieden.

Und zum Schluss gab es natürlich noch das wunderschöne Lied »An Land« mit dem Refrain, den Ottilie und sie am liebsten hatten: »… ein Glas auf uns und eins auf die See.« Sie hätten am liebsten gar nicht mehr aufgehört zu singen.

Doch Florian legte die Klarinette schließlich beiseite und zog Viola an sich. Sie kuschelte sich an seinen warmen Körper, denn die Luft war nun kühler geworden und auch ein bisschen feucht. Der Sommer war wohl vorbei, obwohl er dieses Jahr eigentlich noch gar nicht richtig da gewesen war. Er machte Platz für den Herbst mit der wieder einkehrenden Ruhe auf der Insel, mit den Sanddornbeeren und den Zugvögeln, die auf ihrer Reise in den Süden hier zu Tausenden Rast machten.

Ottilie stand auf und sagte gute Nacht.

»Kommst du bald wieder zu mir, um zu spielen?«, fragte sie Florian. »Es sind abends nur noch wenige Urlaubsgäste da, und die werden demnächst auch abreisen. Dann sind wir Insulaner wieder unter uns.«

»Na klar.« Florian gab ihr die Hand. »Nächsten Freitag, wie immer, und wenn die gute Frau Wohlleben von nebenan das Finchen hütet, kann Viola auch mitkommen.«

»So ein Kind stellt einem das halbe Leben auf den Kopf, oder etwa nicht?«, meinte Ottilie belustigt.

»O ja«, stimmte Viola ihr zu, »aber wir geben sie nicht wieder zurück!«

»Das kann ich mir denken«, erwiderte Ottilie lachend und ging dann mit festen Schritten über den Grasweg durch die Dunkelheit davon.

Dann griff Florian doch noch einmal zur Klarinette und spielte »An Land«, und Viola summte leise die letzte Strophe mit:

»Hier wurd ich an Land gespült, hier setz ich mich fest.
Von dir weht mich kein Sturm mehr fort,
bei dir werd ich bleiben, so lang du mich lässt.
Deine Hand kommt in meine und jede Hilfe zu spät,
ein Glas auf uns, eins auf die See ...«

Dann legte er die Klarinette endgültig beiseite, hob das fast leere Weinglas hoch und sagte leise zu Viola: »Ein Glas auf uns und eins auf die See ...«

6

IMMER WENN DAS GESPRÄCH auf Indien kam, hatte Viola ein bestimmtes Bild vor Augen: Kinder, kleine, große, arme, reiche, glückliche und unglückliche. Denn in Indien, das wusste sie inzwischen, waren Kinder der Reichtum der Nation. Sie wurden geliebt von ihren Eltern, sie waren »rein«, und in ihnen wohnten bis zum fünften Lebensjahr die Götter.

Vierzig Prozent der einen Milliarde Inder waren Kinder unter fünfzehn Jahren. Und trotzdem, dachte Viola, als sie im Bett lag und Florian bereits schlief, trotzdem geht es vielen nicht gut. Jedes zweite Kind hat nicht genug zu essen, jedes fünfte lernt nie lesen und schreiben. Sie sterben an Masern, Tetanus und Durchfall, weil sie kein sauberes Wasser haben und nicht geimpft sind. Sie müssen in Teppichfabriken, Steinbrüchen und Wäschereien arbeiten. Und die Mädchen werden früh verheiratet oder sind gar nicht so erwünscht wie ein Junge, weil sie eine teure Mitgift bedeuten, die eine arme Familie nicht aufbringen kann.

Als sie vor fast einem Jahr mit Florian nach Nagpur geflogen war und sie zuerst Mumbai ein paar Tage erkundet hatten, hatten sie viel Elend gesehen. Unzählige Kinder in den Slums, mit nur dem Nötigsten auf dem Leib und mager, trotzdem lächelnd. Und Eltern, die sich bemühten, alles ihnen Mögliche für ihre Kinder zu tun, aber es meist doch nicht schafften, sie zur Schule zu schicken oder gesund zu ernähren.

Und auf dem Land war es noch schlimmer. In Mumbai hatte man wenigstens auch Schulkinder bessergestellter Familien in Uniformen oder bunten sauberen Kleidern gesehen. Aber die Menschen auf dem Land hatten es noch schwerer. Sie lebten in kleinen Hütten aus Lehm oder Zweigen mit Palmblättern auf dem Dach, bauten Melonen an und Gemüse. In der Regenzeit wurden ihre Hütten oft weggeschwemmt und die Äcker überflutet, so dass sie nicht mal das Wenige, was sie besaßen, retten konnten.

Den Bauern in dem kleinen Dorf, in dem Shankar lebte, waren die Weideflächen und kargen Äcker weggenommen worden. Ein Rosenzüchter, der indisches Rosenwasser herstellte, hatte darauf unzählige Treibhäuser errichtet und Rosenfelder angelegt.

Als sie damals im Waisenhaus ankamen, hatten riesige Bagger und Traktoren noch weiteres Land für diese Anlage vorbereitet. Die Menschen im Dorf waren auch schon vorher arm gewesen, aber sie hatten die großen Flächen mit Gras und Gebüsch für die Kühe und Ziegen nutzen und einiges an Gemüse und Baumwolle anpflanzen können. Nur wenige hatten einen kleinen Acker behalten können, so zum Glück auch Shankar.

Das Haus für die Waisenkinder am Rande des Dorfes war sauber und die Kinder fröhlich. Einige Frauen aus dem Dorf hatten dort einen Arbeitsplatz gefunden und konnten so zum Einkommen der Familie mit beitragen.

Viola und Florian hatten sich ziemlich schnell entschlossen, die kleine Anila und ihren Bruder Ravi zu sich zu nehmen. Violas anfängliche Bedenken waren bald ihrer Zuversicht gewichen, als sie einige Tage Zeit hatten, die Kinder näher kennenzulernen. Vor allem Anila würde bestimmt keine Schwierigkeiten machen. Sie war damals ungefähr ein Jahr alt und strahlte jeden an, der sie auf den Arm nahm. Der fünfjährige Ravi allerdings hatte schon zu viel erlebt. Er sprach kein Wort und ließ seine Schwester kaum aus den Augen.

Und nun lag sie hier in einem warmen weichen Bett, neben sich ihre kleine Tochter, und dachte daran, was wohl die beiden Kinder jetzt gerade tun würden und ob es ihnen gutging. Die Regenzeit im Distrikt Maharasthra ging jetzt dem Ende zu. Und das Waisenhaus hatte schon viele Regenzeiten gut überstanden, es würde sicher auch dieses Mal standhalten.

Wenn die Kinder erst einmal hier waren ... dann musste man sich darüber keine Gedanken mehr machen. Und sie und Florian würden hoffentlich das richtige Gespür für die beiden haben und es ihnen, so gut sie konnten, erleichtern, mit der neuen Umgebung und all dem, was hier so anders war, fertig zu werden.

Ravi musste noch die Gaumenspalte operiert werden. Danach würde er hoffentlich bald normal essen und sprechen können. Behinderte Kinder hatten es in Indien schwer, für die meisten Familien gab es keine Möglichkeiten zur Behandlung und Förderung.

Und vielleicht würde eines Tages Finchen mit den beiden am Strand in der Sonne herumtollen und alle drei glücklich lachen.

Mit diesem Gedanken schlief Viola nach diesem schönen Tag ein und merkte es kaum, als Finchen in der Nacht einmal aufwachte und Florian ihr zu trinken gab und sie dann zu sich ins Bett holte.

7

Am nächsten Morgen hatte Viola es eilig, in die Praxis zu kommen. Finchen blieb bei ihrem Vater, der heute im Nationalpark-Haus in Vitte zu tun hatte und erst später da sein musste. Auf dem Weg dorthin wollte er sie dann zu Doris bringen, die mit Philipp bei ihrer Großmutter schräg gegenüber vom Rathaus wohnte.

Viola atmete die frische kühle Luft ein, als sie aus der Tür trat. Überall an den Grasspitzen hatten sich Tautropfen gebildet und glitzerten in der aufgehenden Sonne. Pauli, ihr graugestreifter Kater, kam um die Ecke, um sie wie immer zur Praxis zu begleiten. Einige Radfahrer waren bereits mit Tüten vom Bäcker unterwegs.

Als sie ins Süderende einbog, kam ihr ein Planwagen mit zwei Haflingern entgegen. Der Kutscher winkte mit der Peitsche, vom nahen Hafen hörte man ein Schiff tuten. Und über ihr segelten kreischende Möwen.

Sie musste nur ein kleines Stück auf der gepflasterten Straße gehen, und schon kam das Arzthaus auf der rechten Seite in Sicht. Ein roter Backsteinbau, umgeben von einigen Bäumen und Büschen. Auch zwei der üblichen Giebel ragten aus dem Dach. Dort unter dem Dach lag die Wohnung, in der Viola die ersten zwei Jahre gelebt hatte. Nun wurden diese Räume von Anita Taylor, Violas Kollegin aus Gingst, genutzt. Sie übernahm jedes zweite Wochenende den Notfalldienst. Ihr Sohn Tom blieb solange bei seinem Vater. Manchmal kam er auch mit und durfte im Vorzimmer spielen oder auch zum Strand gehen, wenn Doris ihn mitnahm, oder mit Bauer Schleck auf dem Wagen mitfahren.

Anita, inzwischen gut eingespielt in die Praxisarbeit auf einer Insel, war froh, auf diese Weise Erfahrungen in ihrem Beruf sammeln zu können. Und Viola freute sich über die freien Wochenenden, in denen sie das Handy abschalten konnte.

Es gab auf der Insel im Sommer immer viel zu tun, im Winter dafür nur wenig. Die Inselbewohner waren zum Glück ein recht gesundes Völkchen, bis auf einige wenige Sorgenkinder, aber die gab es überall.

In der Sommersaison, die gerade ihrem Ende zuging, hatte Viola wenig Zeit, am Strand zu liegen oder einen langen Spaziergang zu machen. Wenn die Gäste zu Hunderten über die Insel radelten, sich auf dem Leuchtturm drängten und am Strand stundenlang in der Sonne schmorten, dann war das Wartezimmer oft gut besetzt. Ab und zu musste auch mal der Rettungswagen kommen, der auf der Insel stationiert war, oder sogar der Hubschrauber aus Bergen.

Seit Finchen auf der Welt war, kam Anita Taylor zusätzlich noch jeden Donnerstag. Und diesen Tag, den sie zusammen mit ihrer Tochter verbrachte, genoss Viola wie ein Geschenk. Sie packte Finchen in den Kinderwagen und fuhr kilometerweit mit ihr über die befestigten Wege. Nach Süden kam man zum Vogelschutzgebiet oder nach Norden auf den Dornbusch, der immerhin siebzig Meter hoch hinter Kloster aufragte.

Tom Taylor durfte an diesem Donnerstag den örtlichen Kindergarten besuchen, was ihm sichtlich Freude machte. Zum Mittagessen wurde er dann von der immer bereiten und geduldigen Doris abgeholt.

So war alles bestens geregelt.

Viola öffnete die Haustür, stieg die drei Stufen zum Vorraum hinauf und betrat dann Lisas Reich – ein kleines Vorzimmer mit hellem Fenster und allen wichtigen Patientenakten und Computer.

Lisa war noch nicht da. So konnte sie in aller Ruhe nachsehen, was am Wochenende los gewesen war. Anita war am Sonntag in der Kirche gewesen, aber danach war sie verschwunden, wahrscheinlich weil Patienten gewartet hatten.

Viola las den Zettel von Anita, der auf Lisas Schreibtisch lag:

»Liebe Viola, ich war tüchtig, einundzwanzig Patienten! Aber nichts Aufregendes, außer Herrn Korel, der meinte, er hätte einen Schlaganfall oder Herzinfarkt. Aber es war nur ein Lageschwindel, der ihn umgeworfen hat. Ich habe ihm die Übung gezeigt, wie er seine verrutschten Gleichgewichtskörnchen im Ohr wieder an die richtige Stelle bringen kann. Er war sehr erleichtert, dass es nichts Schlimmes ist, und hat sich mehrmals bei mir bedankt, als hätte ich eine Horde böser Geister vertrieben. Dabei habe ich ja nur seinen Kopf ein paarmal hin und her gedreht. Wenn alle so einfach wären ... Und Herr Vogtland wollte wieder mal seinen Blutdruck messen lassen, der immer im Normbereich ist. Dann hat er gefragt, ob er ab und zu mit Tom an den Strand gehen darf, um mit ihm dort zu spielen. Ich habe nichts dagegen, endlich mal so etwas wie einen Opa für meinen Sohn zu haben. Und dem alten Herrn tut es auch gut, er lebt so still und zurückgezogen.

Viel Spaß beim Arbeiten.

Anita«

Herr Vogtland kam auffallend oft in die Praxis, wenn Anita da war, und fragte dann immer nach Tom. Ein älterer Herr mit der Höflichkeit und Aufmerksamkeit, die diese Generation noch manchmal auszeichnete. Er hatte wohl eine kleine Schwäche für ihre Kollegin entdeckt, oder für Tom? Wahrscheinlich für beide. Nun, warum auch nicht. Sie gönnte ihm diese Freude.

Als Viola ihr Sprechzimmer betrat, hatte sie, wie immer, das Gefühl: Das ist meine Welt. Die hellen Möbel, die Glasschränke, die Liege hinter dem Vorhang, ihre Bücher, ihre Instrumente. All das war ihr vertraut wie ein Teil von sich selbst. Sonnenlicht fiel durchs Ostfenster, und es roch nach Bohnerwachs.

Sie setzte sich hinter ihren Schreibtisch und studierte die Patientenakten, die dort für sie bereitlagen. Einundzwanzig Patienten am Wochenende. Das war viel, die Hälfte davon Urlauber, die sie wahrscheinlich gar nicht mehr zu sehen bekam.

Die oberste Akte war die von Herrn Vogtland, die konnte sie gleich weglegen. Auf der nächsten klebte ein Zettel: Vor vier Monaten nach Neuendorf gezogen. Das mussten Inselbewohner sein, die zum ersten Mal in der Sprechstunde waren.

Sie schaltete den Computer ein und sah nach: Benno

Kilian, 15 Jahre, war gestürzt und hatte sich den linken Arm und das linke Knie aufgeschürft. Nichts Aufregendes, aber seine Mutter hatte besorgt erzählt, dass Benno nicht gestolpert war. Ihm war schwindelig geworden, und das nicht zum ersten Mal.

Anita Taylor hatte ihn untersucht und dann notiert, dass bei einem Jungen, der schnell gewachsen war, der Kreislauf manchmal streikte. Auch die mangelnde Konzentration in der Schule, die seine Mutter erwähnte, hing wahrscheinlich damit zusammen. Auch Kopfschmerzen hatte sie angegeben, nicht häufig, nicht stark, aber doch immer wieder auftretend.

Das kann alles Mögliche sein, dachte Viola. Harmlos oder beunruhigend, aber es wäre vielleicht gut, den Jungen im Auge zu behalten. Und vielleicht seine Unterlagen bei dem Arzt anzufordern, bei dem er bisher in Behandlung war. Und in der Familie nachzufragen, ob es gehäufte Erkrankungen gab – das ganze Programm eben bei neuen Patienten.

Sie hörte Lisa die Treppe hochkommen. Lisa wusste bestimmt schon von der neuen Familie.

»Kilian?«, sagte sie, als sie von Viola danach gefragt wurde. »Ja, die wohnen direkt neben dem kleinen Laden, in dem Sie sich im Sommer immer ein Eis holen. Der Vater des Jungen arbeitet im Neuendorfer Hafen. Die Mutter hat eine Änderungsschneiderei im Haus, näht aber auch neue Sachen. Sie hat ein Talent für schickes Aussehen. Und Benno geht in die Realschule hier. Er ist ihr einziges Kind. Sie sind von Zirkow hierhergezogen.«

Perfekt, die ganze Familiengeschichte in einer Minute.

»Nichts Besonderes bei den dreien?«, hakte Viola nach.

»Nein, scheinen ganz nette Leute zu sein, die Frau wenigstens. Den Mann habe ich nicht gesehen. Sie wirkt sehr elegant, hat auffallend rote Haare. Ich habe ihnen, als sie eingezogen sind, ein paar Blumen gebracht und alles Wichtige von der Insel erzählt. Aber ob sie auf Dauer hierherpassen, ist noch eine andere Frage. Wird sich zeigen.«

Viola nickte. Lisa, eine Mischung aus Neugier, Gutmütigkeit, Energie und bestimmten moralischen Grundsätzen, hatte diesen Besuch gewiss nicht nur aus Hilfsbereitschaft gemacht oder um der Familie eine Freude zu bereiten. Sie hatte natürlich als Erste alles von Kilians erfahren wollen. Da das Umfeld eines Patienten genauso wichtig war wie die Krankheit selbst, hatte Viola auch nichts dagegen, wenn Lisa sich Erkundigungen einholte.

»Und der Junge?« Vielleicht wusste sie auch über ihn Genaueres.

»Er sitzt neben dem Neffen von Jan, ist gut im Sport und schlecht in Englisch. Will später mal Fitnesstrainer werden oder so was Ähnliches.«

Jan war Lisas Mann, ein schweigsamer Insulaner. Er trug die Post aus, kannte jedes Haus und seine Bewohner und konnte somit Lisas Bedürfnis nach Informationen nachkommen. Nicht immer bereitwillig, aber sie verstand es doch, ihm meistens das zu entlocken, was sie wissen wollte.

»Es wäre gut, wenn Benno in den nächsten Wochen ein paarmal zum Blutdruckmessen vorbeikommen könnte«, schlugViola vor.

»Ich werde es ihm sagen. Er fährt jetzt noch mit dem Rad zur Schule, da kann er nach dem Unterricht kurz vorbeikommen.«

»Gut, dann können wir loslegen«, erklärte Viola. »Wer sitzt im Wartezimmer?«

»Frau Neumann hat wieder mal Kreuzschmerzen. Der Herr Leuwenkamp braucht was gegen Sodbrennen. Und unser guter Herr Freytag meint, die Tabletten, die Sie ihm verschrieben haben, helfen nicht.«

Damit entschwand Lisa in ihr Vorzimmer, wo auf dem Fensterbrett Kater Pauli in der Sonne lag und ihr beim Arbeiten über die Schulter blicken konnte.

8

ALS VIOLA GEGEN Mittag aus der Praxis trat und in Richtung zum Haus von Doris ging, kam ihr Henning, der neue Lehrer, entgegen. Er hieß immer noch der »Neue«, obwohl er bereits über ein Jahr hier war.

»Wunderbar, dass ich dich treffe«, begrüßte sie ihn. »Kannst du mir etwas über den zugezogenen Jungen Benno erzählen? Was macht er für einen Eindruck?«

»Schon wieder ein Sorgenkind?«, wollte Henning wissen.

»Ich weiß es noch nicht, wahrscheinlich ist alles ganz harmlos. Unterrichtest du in seiner Klasse?«

»Ja, Sport. In der letzten Zeit war er manchmal nicht ganz so fit wie sonst, aber das ist bei Teenies in der Pubertät normal. Warum?«

»Ich kann dir nichts Genaueres sagen. Ärztliche Schweigepflicht«, erwiderte Viola. »Aber sollte dir irgendetwas an ihm auffallen, öfter auftretende Müdigkeit oder Kopfschmerzen, dann schick ihn zu mir. Jungs in seinem Alter gehen nicht so gern zum Arzt. Das ist uncool, und vor allem, wenn ihn seine Mutter herschleppt. Aber lieber einmal zu viel als einmal zu wenig.«

»In Ordnung«, sagte Henning und strich sich über die störrischen kurzen Haare. Er war nicht so groß wie Florian, dafür um einiges kräftiger. Seine herben Gesichtszüge wirkten auf den ersten Blick nicht sehr einnehmend. Aber wenn man in seine hellgrauen wachen Augen sah, in denen der Schalk lauerte, wurde er einem schon sympathischer. Viola wusste inzwischen auch von seiner Leidenschaft, dem Segel-, Ballon- und Gleitschirmfliegen. Alles, was sich in der Luft hielt, zog ihn an. Und ganz enge Freunde durften ab und zu eins der Gedichte lesen, die er immer wieder zu Papier brachte. Aber das waren eigentlich nur Viola, Flo und Doris.

»Ich muss weiter«, erklärte Viola. »Finchen wartet auf mich, und Hunger habe ich auch.«

»Es gibt Kartoffelpuffer«, vertraute er ihr an, »mit Zwiebeln und Knoblauch oder süß mit Ahornsirup oder Zimt. Ich komme nämlich gerade von Doris und Oma Gerit.«

Viola gab ihm einen freundschaftlichen Klaps auf die Schulter und winkte im Weitergehen noch einmal zurück. Henning Grotehuus, der Mann mit den verschiedensten Leidenschaften, hatte noch eine, und zwar schon lange: Doris, ihre schmale blonde, ruhige Doris. Das Inselkind, das bei seiner Großmutter bleiben wollte, als die Eltern aufs Festland gezogen waren.

Auch Dirk hatte sie damals im vergangenen Sommer, als sie sich Hals über Kopf in ihn verliebte, nicht überreden können, Hiddensee zu verlassen, um mit ihm nach Hamburg oder Köln zu gehen. Auch die Schwangerschaft hatte keinen Einfluss auf ihre Entscheidung gehabt, auf der Insel zu bleiben.

Henning hatte gelitten in diesem Sommer. Da Dirk danach nur noch selten zu Besuch kam und Henning kein

Mann war, der schnell aufgab, war Viola guten Mutes, dass er doch noch bei Doris Erfolg haben würde.

Sie ging weiter Richtung Norderende. Einige Übernachtungsurlauber waren noch auf der Insel unterwegs. Vor einem Restaurant saß eine kleine Gruppe Tagesgäste, die wahrscheinlich schon auf dem Leuchtturm waren und nun Appetit auf gebackene Scholle oder geräucherten Aal hatten. Ihre Fahrräder standen am Zaun, die prallen Rucksäcke neben den Stühlen.

Im Supermarkt an der Ecke holte Viola schnell noch Milch und Eier. Sie musste nicht einmal an der Kasse warten. Auch hier kein Gedränge mehr, das morgens und um die Mittagszeit meist ziemlich lästig war.

Auf dem Spielplatz saßen zwei Mütter und unterhielten sich. Ihre Kinder buddelten im Sand oder kletterten auf den Holzgerüsten herum. Eines Tages, wenn Finchen laufen kann, werde ich auch hier sitzen, dachte Viola und freute sich schon jetzt.

Am Buchladen Koralle ging sie schnell vorbei, obwohl sie gern mal geschaut hätte, was es so an neuen Büchern gab. Aber sie war schon spät dran.

Und dann war sie auch schon am Rathaus mit der gelbblauen Fahne, in dem Bürgermeister Lükke residierte. Vielleicht nicht mehr lange, denn Hiddensee sollte ans Amt Rügen angegliedert werden. Aber irgendwie würde er dann hoffentlich doch weiter die Geschicke der Insel leiten.

9

In dem kleinen weißen Haus mit den roten Fensterläden, das etwas abseits der Straße mitten im Grünen stand, saßen bereits alle am Tisch: Doris und Oma Gerit, Florian, der vom Nationalpark-Haus gekommen war, und Philipp und Josefine. Beide waren mit Kissen in ihren Stühlchen gestützt, da sie noch nicht ganz alleine sitzen konnten.

Florian fütterte seine Tochter mit Bananenbrei und Doris ihren Sohn mit Reis aus dem Gläschen.

Es roch so gut nach den Puffern, dass es Viola nach der Begrüßung kaum erwarten konnte, mit dem Essen zu beginnen.

Oma Gerit stand sofort auf, um für Viola die Pfanne vom Herd zu holen. Man sah die Ähnlichkeit mit ihrer Enkelin Doris an den großen braunen Augen, dem schmalen Gesicht und der hohen Stirn. Bei der älteren Frau kräuselten sich die dichten weißen Haare auf dem Kopf lustig in allen Richtungen. Doris trug eine glatte Kurzhaarfrisur.

»Zuerst drei Puffer mit Zwiebeln, dazu Salat«, schlug Oma Gerit an Viola gewandt vor, »und dann noch zwei oder drei süße mit Apfelmus. Alles muss weg.«

»Dann bin ich aber nicht mehr in der Lage, mit Finchen nach Grieben zu fahren und nach Tante Emma zu schauen«, stöhnte Viola, machte sich aber mit Eifer über die knusprigen Puffer her.

»Wer ist Tante Emma?«, erkundigte sich Florian und wischte Finchen den Mund sauber.

Viola erklärte es ihm, während sie sich zufrieden und glücklich in der Runde umschaute.

Tante Emma war alleinstehend und eigentlich gar keine Tante, von niemandem auf der Insel. Und sie hieß auch nicht Emma. Sie hatte viele Jahre einen kleinen Laden in Grieben gehabt, mit Lebensmitteln und im Sommer mit Eis für die Urlauber. Irgendwann einmal vor vielen Jahren hatte der kleine Junge aus der Boddenschänke die Frau mit den flaumigen Haaren, den roten Wangen und den vergnügten Augen hartnäckig Tante Emma genannt. Inzwischen war der Junge selbst Vater eines Sohnes, führte die Boddenschänke zusammen mit seiner Frau und hatte Tante Emma in sein Haus geholt.

Ihr ging es seit Wochen nicht gut. Sie konnte ihr Zimmer unter dem Dach nicht mehr verlassen, litt an Atemnot und geschwollenen Beinen, quälte sich vom Bett zum Tisch und abends wieder zum Bett.

Der Pflegedienst kam täglich, und auch die Wirtin von der Boddenschänke versorgte sie liebevoll.

»Du willst Finchen mitnehmen und zu Fuß gehen?«, wollte Doris wissen.

»Ja, bei diesem schönen Wetter tut uns beiden ein Spaziergang gut«, erwiderte Viola. »Die Kleine schläft bestimmt unterwegs. In Grieben nehme ich sie dann mit rein zu Tante Emma, die freut sich immer über Finchen.«

»Hast du's gut«, seufzte Florian. »Am liebsten würde

ich mitkommen und dann gleich weiter zum alten Bessin laufen. Und wehe, wenn ich dort Urlauber abseits des Wegs erwische.«

Der alte Bessin, ein langgezogenes Stück Land gegenüber von Grieben, gehörte zu Florians Kontrollbereich. Parallel dazu verlief der neue Bessin, beides Vogelschutzgebiete und von Jahr zu Jahr durch angeschwemmte Erde und Sand wachsend. Und Florian achtete streng darauf, dass die Vögel dort nicht gestört wurden, vor allem während der Brutzeit. Wenn er dort draußen war, sagte er immer, fühle er sich selbst wie ein Vogel.

»Zugvogel« nannte ihn Viola dann, weil seine Sehnsucht nach fernen Ländern ihn immer begleiten würde. Allerdings hatte er inzwischen festgestellt, dass ein Tag auf dem Bessin oder einer anderen Gegend auf Rügen oder dem Darß ihm genauso viel Befriedigung und Hochgefühl bescherte wie früher ein Ausflug in den Urwald am Amazonas. Wenn er dann abends zu Viola und Finchen nach Hause kam, hatte er Kratzer auf Armen und Beinen und die Haare voller Spinnweben. Und leuchtende Augen wie nach einer aufregenden Expedition.

»Zuerst die Arbeit, dann das Vergnügen«, sagte Oma Gerit streng zu Florian. »Das Nationalpark-Haus ist genauso wichtig wie deine wilden Schwäne und Gänse dort draußen.«

Florian stand auf und nahm sie kurz in den Arm. »Danke für die Puffer«, sagte er lachend und gab ihr einen Kuss auf die runzelige Wange. »Und für die energischen Worte. Beides weiß ich zu schätzen.« Dann umarmte er Viola und gab Finchen einen Kuss auf den Nacken, worauf sie entzückt quietschte.

»Da steht sie am Strand, im mondhellen Sand, doch ein Seemann, der liebt nur das Meer ...«, sang er, winkte und verschwand.

»Er ist ganz schön keck, dein Biologe«, meinte Oma Gerit zu Viola. »Es war gar nicht so erfreulich früher für uns Fischerfrauen, immer auf die Männer zu warten, die draußen waren. Tagelang oder auch Wochen und Monate. Sei froh, dass dein Florian jeden Abend nach Hause kommt.«

»Mit dreiunddreißig sollte er ja auch langsam vernünftig werden«, erwiderte Viola. Und ich werde demnächst achtunddreißig, kam es ihr in den Sinn, und ich hätte nie gedacht, dass ich es so lange auf Hiddensee aushalte.

»Was macht deine Suche nach einer zweiten Praxishilfe?«, erkundigte sich Doris. Sie hatte Philipp auf eine Decke am Boden gelegt. Dann holte sie sich in aller Ruhe noch ein paar Löffel Apfelmus aus der Schüssel.

»Leider noch keine in Sicht«, antwortete Viola.

Doris sah sie nachdenklich an. »Ich hätte da eine Idee.«

»Wunderbar. Und wen schlägst du mir vor?«

»Eine frühere Schulfreundin von mir. Marie heißt sie. Sie wohnt aber noch in Obermützkow, in der Nähe von Stralsund.«

»Und möchte wieder nach Hiddensee?«, vermutete Viola. »Kann ich gut verstehen!«

»Sie wollte eigentlich gar nie weg, aber ihr Vater hat sie aus dem Haus geworfen«, mischte Oma Gerit sich ein.

»Du lieber Himmel!«, stieß Viola hervor. »Warum denn das?«

»Sie hat sich einen jungen Mann angelacht, der im Sommer hier Urlaub machte, und ist schwanger geworden«, erzählte Doris. »Ihr Vater, der Herr Hinrichs, in dem kleinen gelben Haus am Hafen, ist ein ganz verbitterter alter Mann, seit ihn seine Frau vor Jahren verlassen hat.«

»Hinrichs? Den kenne ich nicht«, stellte Viola fest. »Komisch, dass ich ihn noch nie gesehen habe.«

»Er geht auch kaum aus dem Haus, hat mit allen Nachbarn Streit.«

»Und was ist aus seiner Tochter Marie geworden?«

Die Miene von Doris wurde ernst. »Die Geschichte mit dem Freund ging nicht lange gut. Die Ausbildung als Arzthelferin hat sie abgebrochen, weil Peter, ihr Kind, am Anfang so oft krank war. Und nun sitzt sie allein in diesem kleinen Dorf, wo sie niemanden kennt. Ich habe ihr regelmäßig geschrieben, sie soll wieder herkommen. Aber sie hat gemeint, ihr Vater lässt sie nicht ins Haus. Sie hat versucht, wieder mit ihm in Kontakt zu kommen. Er hat aber nicht auf ihre Briefe reagiert und bei Anrufen den Hörer gleich wieder aufgelegt.«

»Und die Mutter?«

»Wohnt im Süden irgendwo. Sie schickt ihr ab und zu ein paar Euro. Doch gegen Heimweh nach der Insel hilft das auch nicht.«

»Sie könnte ihre Ausbildung bei mir zu Ende machen«, meinte Viola zögernd, »wenn sie freundlich und aufmerksam ist. Und wie alt ist der Junge?«

»Er ist jetzt vier, kann im Kindergarten unterkommen«, antwortete Doris.

»Der alte Hinrichs wird es nicht zulassen«, bemerkte Oma Gerit mit unverhohlener Skepsis. »Der wird sie nicht mal zum Gartentor reinlassen, wenn sie davorsteht.«

»Sie kann ja bei unserer netten Bäckerin unterkommen, deren obere Wohnung steht seit einigen Monaten leer. Bisher hat sie noch keine neuen Mieter gefunden«, schlug Doris vor.

»Also, niemand, auch ihr Vater nicht, kann ihr verbieten, auf die Insel zurückzukehren«, erklärte Viola. »Und wenn sie mit Lisa auskommen würde, wäre mir ein Azubi auch recht. Allerdings muss sie dann regelmäßig in Bergen zur Berufsschule.«

»Das wird sich alles organisieren lassen«, war Doris zuversichtlich. Sie blickte Viola dankbar an. »Ich bin sicher, sie passt zu dir. Sie ist wirklich ein verständiges Mädchen und sehr pflichtbewusst.«

»Nun gut. Meinst du, sie kann bald mal zu mir kommen, damit ich sie kennenlerne?«

»Na klar, ich rufe sie gleich heute Abend an. Das wäre großartig, wenn du ihr einen Ausbildungsplatz geben könntest.«

Viola stand auf, nahm Finchen hoch und legte sie zu Philipp auf die Decke. Dann setzte sie sich neben die beiden Kinder und sah zu Doris und ihrer Oma hoch.

»Mir geht es so gut hier. Ich habe alles, was ich mir je wünschen könnte: Florian mit seiner Liebe und seinem fröhlichen Wesen, Finchen, einen Beruf, den ich mit keinem anderen tauschen würde. Ich lebe auf dieser Insel, die inzwischen meine Heimat geworden ist. Ich bin einfach rundherum glücklich. Und wenn ich von meinem Glück ein wenig an andere abgeben kann, dann tue ich es gern.«

Oma Gerit wiegte den Kopf. »Wenn es nur so bleibt«, murmelte sie.

»Warum sollte es nicht so bleiben?«, fragte Viola. »Wer sollte mir mein Glück zerstören können?«

»Ich hoffe für dich«, beteuerte Oma Gerit, »dass es nie so weit kommt.«

10

DIESES GESPRÄCH GING Viola noch durch den Kopf, als sie eine Stunde später bei strahlendem Sonnenschein und sanftem Südwind auf dem Weg über den Ostdamm nach Kloster war.

Sie kam gleich zu Beginn an dem kleinen gelben Haus vorbei, in dem dieser Herr Hinrichs wohnte, und runzelte die Stirn. Wie konnte man nur in so wunderschöner Umgebung dermaßen nachtragend und verschlossen sein und das auch noch jahrelang durchhalten. Diesen Mann müsste man einmal packen und schütteln, bis er zu sich kommen und wieder zugänglich werden würde.

Aber dann, als sie an den letzten Häusern vorbei war und es nach Heu und warmen Kiefernnadeln duftete, verflog ihr Ärger. Sie atmete tief ein. Finchen schlief, und sie waren allein auf dem Weg. In der Stille um sie herum entspannte sich ihr Inneres.

Unten im Kinderwagen lag die Arzttasche, das Handy steckte in einem Seitenfach. Was konnte es Besseres geben, als auf diese Weise einen Hausbesuch zu machen und noch Geld dafür zu bekommen!

Links vom Weg erstreckten sich ausgedehnte Weiden, auf denen ein paar Pferde herumliefen. Rechts konnte man über den Bodden bis zum nahen Ufer von Rügen schauen.

Schöner kann es ja kaum im Paradies sein, dachte Viola übermütig und fing leise an, ein Lied vor sich hin zu summen.

Als sie vor dreieinhalb Jahren an einem kalten Februarabend im Hafen von Vitte angekommen war, hätte sie sich nicht träumen lassen, dass sie einmal mit solcher Lebensfreude zu Fuß und mit ihrem Kind auf Arztbesuch unterwegs sein würde. Lange Zeit war sie nicht sicher gewesen, ob sie bleiben oder sich in die Klinik ihres Vaters davonmachen sollte, wo eine gutbezahlte Stelle auf sie wartete.

Und nun war sie immer noch hier, hatte schwierige Zeiten überstanden und glückliche Tage erlebt. Und vor allem war Florian an ihrer Seite. Sie war voller Zuversicht für die Zukunft, auch voller Unternehmungslust. Sie hatte ihren Platz gefunden, an dem sie zu Hause war.

Sie nahm sich vor, gleich am nächsten Tag zu diesem Herrn Hinrichs zu gehen und mit ihm zu reden. Es wäre doch gelacht, wenn sie ihn nicht überreden könnte, seine Tochter mit dem Enkelkind wieder bei sich willkommen zu heißen!

Sie schritt zügig aus, ein Radfahrer überholte sie. Es war Anton, der in seinem Anhänger die Abfallbehälter am Weg leerte. Er winkte ihr freundlich zu. Auf einer Bank saß eine Familie mit drei Kindern in der Sonne und machte Rast mit Rosinenbrötchen aus der Bäckerei. In der Ferne bellte ein Hund.

Ende des Jahres würde es vielleicht endlich so weit sein, die beiden Kinder aus dem indischen Waisenhaus holen zu können, spätestens aber nächstes Jahr. Und sie wäre dann genauso Mutter von drei Kindern wie diese Frau.

Du lieber Himmel, wie würde sich das anfühlen? Egal was auch immer auf sie zukam, mit Florian zusammen würde sie es schon schaffen, dass auch diese beiden Kinder hier glücklich werden konnten.

Sie spürte, wie so oft, wenn sie auf der Insel unterwegs war, eine tiefe Dankbarkeit im Herzen.

Kloster mit seinen Touristenläden, Galerien und Restaurants kam in Sicht. In zwei oder drei Wochen würden hier die ersten Geschäfte schließen und bis zum nächsten Sommer in den wohlverdienten Winterschlaf gehen.

Von Kloster aus ging es unter hohen schattenspendenden Bäumen unterhalb der Hänge vom Dornbusch entlang noch zwei Kilometer weiter bis nach Grieben.

In der Ferne grüßte der Leuchtturm, und auf den Wiesen weideten Schafe, die fast so aussahen wie die weißen Wölkchen am Himmel.

Ein wenig von ihrem Glücksgefühl brachte Viola dann zu Tante Emma mit, die in ihrem kleinen Zimmer saß und sich freute, als ihre Ärztin mit der Tochter auf dem Arm eintrat. Sie hatte bereits eine gestrickte Decke auf den Fußboden gelegt, auf der Finchen liegen konnte.

»Wie schön, zu sehen, dass das Leben weitergeht, wenn man selbst weiß, dass es bald zu Ende ist«, sagte sie.

Viola setzte sich zu ihr an den Tisch und packte ihr Blutdruckgerät aus. »Ist es ein gutes Leben gewesen, oder haben Sie sich irgendetwas erhofft, was Sie nicht bekommen haben?«, fragte sie die alte Frau.

»Ein gutes Leben«, antwortete Tante Emma und hob den Kopf. »Ich hätte es nicht anders haben wollen.«

»Das freut mich. Und es wäre schön, wenn ich, sollte

ich so alt werden wie Sie, dasselbe auch von mir sagen könnte.«

»Das wünsche ich Ihnen von ganzem Herzen«, gab Tante Emma zurück.

Viola blieb nach der Untersuchung noch eine Weile bei ihr sitzen. Sie konnte ihr nicht viel helfen. Das Herz war geschwächt, und durch die Medikamente konnte man es zwar unterstützen, aber nicht heilen. Sie hatte noch etwas Zeit und konnte der alten Frau zuhören, die eine Menge Geschichten von der Insel zu erzählen wusste.

Tante Emma wollte, wenn es irgend ging, hierbleiben in Grieben. Sie war hier geboren und aufgewachsen, und hier wollte sie auch sterben. Sie wurde von der jungen Frau gut versorgt, und große Ansprüche hatte sie keine mehr.

Also begann sie, von dem Einsiedler Alexander Ettenburg zu erzählen, den ihre Mutter noch gekannt hatte, und kramte ein altes Bild von ihm hervor.

»Ein schöner Mann ist das gewesen«, erklärte Tante Emma, »mit dichten Locken und einem breiten Schnurrbart. Aber ein Sonderling war er schon.«

Viola nickte. Sie wusste schon einiges über ihn. Ettenburg hatte einen Reiseführer über Hiddensee geschrieben und somit die Insel bekannt gemacht. Und immer wenn er auf dem Festland war, machte er Werbung für Hiddensee, so dass dann seit Anfang 1900 die Zahl der Gäste deutlich angestiegen war. Er selbst bezeichnete sich als Schauspieler, Schriftsteller und Philosoph. Auf der Insel besaß er eine Bergwaldschänke oben auf dem Dornbusch und eine Bauernschänke in Grieben.

»Die Hiddenseer waren nicht alle erbaut von ihm«, erzählte Tante Emma weiter. »Er hat eine Menge Strafanzeigen bekommen wegen seiner Aktivitäten. Aber er ist geblieben, ist meist in einem langen weißen Gewand und barfuß herumgelaufen und war oft mit seinem Esel Hansi und einem zweirädrigen Wagen unterwegs. 1911 hat er dann ein Strandrestaurant in Vitte aufgemacht, die Einsiedelei Mathilde. Und Theaterstücke hat er geschrieben und aufgeführt, eins in der Swantivit-Schlucht. Interessant war der Kerl schon. Schade, ich hätte ihn gern noch selbst erlebt.«

Sie lachte, und es war so ein lebendiges Lachen, dass Viola mitlachen musste. Dieser Mann ließ sogar noch heute das Herz einer alten Dame höherschlagen, obwohl sie ihn nicht gekannt hatte.

Nach einer Weile nahm Viola ihre Tochter hoch und legte sie kurz Tante Emma auf den Schoß. Finchen strahlte sie an, und Tante Emma meinte, so ein kleines fröhliches Kind sei manchmal besser als alle Pillen. Und damit hatte sie durchaus recht.

»Und es ist auch gut für mich«, versicherte Viola ihr. »Es gibt bestimmt nicht allzu viele Ärzte, die mit Kinderwagen und Arzttasche einen Hausbesuch machen und dabei über eine Stunde in der frischen Luft unterwegs sind.«

Auf dem Heimweg kam ihr dann noch einmal der alte Hinrichs in den Sinn. Tante Emma war mit seiner Frau befreundet gewesen. Sie hatte Viola auf ihre Frage nicht viel Hoffnung gemacht, dass der Mann sich wieder mit seiner Tochter versöhnen würde. Er sei verbittert, hatte sie gemeint, weil er nicht viel Glück im Leben gehabt hatte.

Durch einen Arbeitsunfall ist er schwerbehindert und hat nur eine kleine Rente. Die Frau ist ihm weggelaufen, und dann wurde die Tochter, die sein einziger Lichtblick war, schwanger von einem fremden jungen Mann. Aber Viola sollte es nur versuchen. Es wäre ein Segen, wenn die Marie wiederkommen könnte, denn oft mütt ein Pott ierst entwei goahn, bit man markt, wat man an äm hat hätt.

11

Am Abend, als Viola sich mit Florian Prospekte von den Schweizer Bergen anschaute, erzählte sie ihm von Marie und ihrem unversöhnlichen Vater und dass sie versuchen wollte, dem alten Mann wieder Vernunft beizubringen.

»Marie soll nämlich meine neue Sprechstundenhilfe werden«, erklärte sie.

»Warum musst ausgerechnet du diesen Streit zwischen den beiden schlichten?«, wollte Florian wissen. »Die junge Frau kann doch erst mal herkommen und sich dann selbst um die Versöhnung mit ihrem Vater kümmern. Du bist nicht verantwortlich für alles und jedes, was hier auf der Insel geschieht.«

»Bisher hat sich aber niemand darum gekümmert, und jemand muss doch mal diesem Mann die Meinung sagen. Ich mag es nicht, wenn hier direkt vor meiner Nase so eine Spannung besteht. Am liebsten hätte ich es, wenn um mich herum alles so friedlich wäre wie auf diesen Bildern hier: grüne Wiesen, Alpenrosen, schneebedeckte Gipfel, blauer Himmel, Enzian und Kühe auf den Weiden.«

Florians Miene entspannte sich wieder. Er zog Viola an sich, seine Augen funkelten belustigt, und er gab ihr einen Kuss auf die Nase.

»Und du meinst, die Schweizer streiten sich nie auf ihren grünen Wiesen und haben keinen Krach miteinander auf ihren Bergen?«

»Du weißt genau, wie ich das gemeint habe«, entrüstete sich Viola. Sie war aber gleich wieder friedlich, als Florian sie abbittend ansah und meinte, es wäre ihm auch am liebsten, wenn es überall so paradiesisch zugehen würde wie auf diesen Fotos.

»Dann kümmere dich mal um den alten Zausel. Aber lass dich ja nicht von seiner schlechten Laune anstecken!«

»Wenn er nicht weich zu kriegen ist, dann renne ich einmal auf den Dornbusch und zurück«, erwiderte Viola lachend. »Dann ist mein Frust schnell wieder weg.«

Gemeinsam beugten sie sich dann wieder über die Prospekte, erfreuten sich an einer Wiese mit Trollblumen, einem See, in dem sich die Berge spiegelten, einer Holzhütte und einem Blick über unzählige Berggipfel.

»Du kannst dir nicht vorstellen, wie ich mich auf unseren ersten Familienurlaub freue«, sagte Viola glücklich.

In dem Moment klingelte das Telefon. Viola stand unwillig auf und nahm ab.

»Taylor«, meldete sich eine muntere Stimme. »Viola, ich habe eine gute Nachricht. Andrew hat sich bereit erklärt, die zwei Wochen im September, wenn ihr weg seid, auch Urlaub zu nehmen und mit mir und Tom auf die Insel zu kommen.«

»Wirklich? Das ist ja wunderbar.« Viola stellte das Telefon auf laut, damit Florian mithören konnte. »Und er passt auf Tom auf, während du meine Patienten betreust?«

»Na, das ist doch die beste Entspannung für ihn«, antwortete Anita. »Er ist sowieso überarbeitet. Und was gibt es da Besseres, als seine Zeit mit einem Kind am Strand zu verbringen. Außerdem geht Tom vormittags in den Kindergarten. Ist schon alles geregelt.«

»Dann kann ja nichts mehr schiefgehen. Du kannst dir gar nicht vorstellen, wie ich mich auf unseren ersten gemeinsamen Urlaub freue. Wir haben uns entschlossen, nach Lungern zu fahren. Die Ferienwohnung ist bereits gebucht. Lungern ist ein kleiner Ort an einem See in einem weiten Tal. Von dort aus können wir viele schöne Ausflüge machen.«

»Gut, und wir werden dann in die Wohnung über der Praxis ziehen, und ich spiele zwei Wochen lang Inselärztin.«

»Im September ist es schon viel ruhiger hier«, meinte Viola aufmunternd. »Das schaffst du schon.«

»Denke ich auch. Ich bin jetzt bereits viel sicherer als am Anfang, oder?«

»Die Leute mögen dich. Das ist ein gutes Zeichen. Vor allem Herr Vogtland«, konnte Viola sich nicht verkneifen zu bemerken.

Anita lachte. »Er ist auch ein sehr sympathischer älterer Herr. Er soll ruhig kommen, so oft er möchte. Ich glaube, er fühlt sich sehr einsam. Von seiner Familie, falls er eine hat, weiß ich überhaupt nichts. Und du?«

»Nein, er war nur einmal bei mir in der Sprechstunde, und da hat er nichts erzählt. Nicht einmal Lisa weiß mehr über ihn. Aber egal, wenn er dir gegenüber etwas offener ist, kann das nur gut sein. Und Tom mag ihn sehr.«

»Ja, er fragt ihn immer ein Loch in den Bauch. Aber Herr Vogtland hat viel Geduld und erklärt ihm alles. Was Besseres könnte ich mir nicht wünschen für ihn.«

Als Viola aufgelegt hatte, wandte sie sich mit glänzenden Augen an Florian. »Jetzt trinken wir auf unsere Auszeit in den Alpen. Alles klappt wie gewünscht. Nichts kann uns mehr aufhalten. Und auf der Insel kehrt die Herbstruhe ein.«

Sie lief in die Küche, um eine angefangene Flasche Rotwein zu holen. Florian hatte bereits zwei Gläser auf den Tisch gestellt, und so stießen sie miteinander an.

»Auf unseren ersten Familienurlaub«, sagte Florian. »Der nächste wird wahrscheinlich schon mit drei Kindern sein. Und wer weiß, wann. Wenn Ravi und Anila hier sind, brauchen sie zuerst einmal Zeit, bis sie sich eingelebt haben, da können wir nicht sofort wieder wegfahren.«

»Ja«, meinte Viola, »und ich hoffe, es wird für sie kein Schrecken ohne Ende. Sie haben ja noch nie ein Flugzeug gesehen, eine Stadt, ein Meer. Sie kennen keine Schiffe und keinen Winter mit Schnee und Kälte.«

Florian sah sie aufmerksam an. »Bereust du es?«, fragte er.

»Nein.« Viola schüttelte energisch den Kopf. »Ich würde jetzt auf keinen Fall mehr zurückrudern. Aber eins habe ich mir schon vorgenommen. Unser Finchen soll deshalb nicht zu kurz kommen. Kaum auf der Welt, da hat sie schon zwei große Geschwister.«

»Das ist nicht so ungewöhnlich«, erwiderte Florian. »Dir ist es doch genauso gegangen.«

»Na ja, aber Dirk und Ina waren schließlich keine fremden Kinder. Sie gehörten zu uns. Und meine Mutter erzählt immer, sie hätten die kleine Schwester sofort ins Herz geschlossen.«

»Vielleicht wird das bei Finchen genauso sein. Anila ist

jetzt zwei und ein aufgewecktes Mädchen. Ich könnte mir vorstellen, dass sie sich über ein Baby freut und dir beim Wickeln hilft.«

»So, das stellst du dir vor«, gab Viola augenzwinkernd zurück. »Dann bin ich aber gespannt, wie du das schaffst, wenn ich in der Praxis bin. Anila muss ja sicher selbst noch Windeln tragen. Hier kann sie nicht einfach zum nächsten Gebüsch laufen, so wie wir es bei den Kindern dort gesehen haben.«

»Nun ja, das wird hier natürlich nicht gehen, und barfuß können sie auch nicht den ganzen Tag herumlaufen. Es wird nicht einfach werden, ich weiß. Immerhin komme ich mit Finchen schon ganz gut zurecht. Ich kann sie allein baden, füttern und wickeln. Und wenn ich ihr ein Abendlied auf der Klarinette vorspiele, dann schläft sie ein.«

»Aber nur, wenn sie sowieso sehr müde ist«, konterte Viola und lachte. »Und stell dir vor, wenn Anila inzwischen im Wohnzimmer das Bücherregal ausräumt, aufs Sofa klettert und die Kissen durch die Gegend wirft und dann energisch zu dir kommt und etwas trinken möchte. Und Ravi versucht vielleicht derweil, sich ein Brot in der Küche mit unserem schärfsten Messer zu schmieren.«

Florian blickte sie nun doch ziemlich beunruhigt an. »Du meinst, so sieht dann mein Alltag aus, wenn du nicht da bist?«

Mit einem Lächeln fuhr Viola ihm durchs Haar. »Du wirst schon damit fertig werden«, meinte sie aufmunternd. »Wer in Indien auf Elefanten geritten ist und in Japan Wale gerettet hat, den können solche Kleinigkeiten nicht aus dem Gleichgewicht bringen. Außerdem kannst du jederzeit Ottilie oder Doris anrufen.«

»Ich werde die Kinder mit an den Strand nehmen«, erklärte Florian. »Da gibt es keine scharfen Messer und Bücherregale, und ich habe sie alle drei im Blick. Und wenn du dann nach Hause kommst, findest du eine kleine glückliche Familie vor.«

»Darauf freue ich mich heute schon.« Viola kuschelte sich an ihn.

12

Zwei Tage später kam der fünfzehnjährige Benno mit mürrischem abweisendem Gesicht und abweisender Haltung in die Arztpraxis. Er reichte Viola eine schlaffe Hand zur Begrüßung und setzte sich auf den Rand des Besucherstuhls.

»Herr Grotehuus hat mich geschickt«, sagte er und blickte auf die Wand hinter Viola. Aha! Henning hatte also Benno im Auge behalten und ihn dazu überreden können, zur Sprechstunde zu kommen.

»Und gab es einen bestimmten Grund?«, hakte sie freundlich nach.

Benno zuckte mit den Schultern. »Ich hatte Kopfschmerzen und konnte den Test in Englisch nicht mitschreiben«, erklärte er schließlich.

»Das hast du offenbar öfter«, erwiderte Viola. »Deine Mutter macht sich deswegen Sorgen. Wo sitzt denn der Schmerz? Mehr vorne, hinten im Nacken, nur auf einer Seite? Ist dir auch übel dabei?«

Benno zuckte wieder mit den Schultern. »Ich weiß nicht. Manchmal vor einer Arbeit.«

»Also wenn du Stress hast.«

»Vielleicht.«

Viola legte ihm das Blutdruckgerät an. Während der

Messung unterhielt sie sich weiter mit ihm, konnte aber nichts Genaueres aus ihm herausbekommen. Entweder nahm er die Symptome selbst nicht ernst und wollte nicht weiter darüber reden, oder aber er hatte große Angst, dass sich bei einer gründlicheren Untersuchung eine schwere Erkrankung herausstellen würde. Viola tippte auf Letzteres.

Deshalb versuchte sie, ihn zu beruhigen. »Dein Blutdruck ist normal. Und ich werde für alle Fälle noch eine Blutuntersuchung machen. Aber ich denke, dass alles in Ordnung ist. Leidet in eurer Familie jemand an Migräne?«

»Ja, mein Vater, manchmal am Wochenende«, antwortete er zögernd. »Aber dann sagt er, er braucht seine Ruhe, und fährt weg.«

»Es könnte natürlich sein, dass du diese Anlage geerbt hast«, meinte Viola. »Doch dagegen kann man etwas unternehmen. Ich werde dir das nächste Mal ein Heft mitgeben, wie man Migräneanfälle vermeiden kann. Und dann musst du mir versprechen wiederzukommen, sobald dir irgendetwas Sorgen macht. Es bringt nichts, mit Angst vor Krankheiten in der Welt umherzulaufen und sich niemandem anzuvertrauen. Ist das in Ordnung?«

Er nickte, und nach einer Weile sagte er: »Meine Mutter war schon öfter beim Arzt mit mir, da wo wir vorher gewohnt haben. Sie denkt immer, ich hätte was Schlimmes. Aber er hat nichts gefunden, meinte, das kommt vom Wachsen.«

»Damit kann er recht haben. Auf jeden Fall ist es gut, wenn wir uns kennenlernen und ich ein bisschen mehr über dich weiß. Dann werden wir schon zusammen herausfinden, was zu tun ist, damit es dir bessergeht.«

Wieder nickte er und schien ein wenig entspannter zu sein. Als er das Sprechzimmer verließ, sah Viola ihm nachdenklich hinterher.

In der Pubertät waren die Kinder oft verschlossen. Und dabei geriet ihre bisher wohlbekannte Kinderwelt aus den Fugen, und sie mussten sich eine neue, eigene suchen, oft ohne sicheren Leuchtturm, der sie vor Klippen und Untiefen warnte. Da war es wichtig, dass sie zu jemandem Vertrauen hatten. Und wenn das die Inselärztin war, so konnte das nicht schaden. Außerdem hatte sie ihn bereits ins Herz geschlossen. Sie wusste nicht einmal, warum.

Wahrscheinlich gab es keine bedenklichen Ursachen für seine Kopfschmerzen. Und wenn sich doch etwas Schwerwiegendes herausstellen sollte, ein Hirntumor zum Beispiel, wie die Mutter anscheinend befürchtete? Auf jeden Fall würde sie ihn weiter beobachten. Aber sie wollte den Jungen nicht gleich zu endlosen Untersuchungen in die Neurologie schicken. Sie wollte erst einmal abwarten.

Diese Entscheidung musste sie eine halbe Stunde später heftig verteidigen. Da war nämlich die Mutter von Benno am Telefon.

»Benno war heute bei Ihnen in der Sprechstunde«, kam es laut und energisch aus dem Hörer. »Und Sie haben keine Untersuchung in der Sana-Klinik veranlasst. Das wäre doch in diesem Fall das einzig Richtige gewesen!«

»Frau Kilian, ich habe keine Bedenken, noch etwas zu warten«, erwiderte Viola mit Nachdruck. »Man muss nicht mit Kanonen auf Spatzen schießen. Benno scheint eine Anlage zu Migräneanfällen von seinem Vater geerbt zu haben, und diese kann man gut behandeln. Was nimmt Ihr Mann denn ein, wenn er Schmerzen bekommt?«

Nach einer kurzen Pause erklärte Frau Kilian: »Ich komme morgen nach Vitte. Ich muss mit Ihnen sprechen. Es ist noch lange nicht klar, dass eine Migräne dahintersteckt.«

»Gut, wie Sie möchten. Aber machen Sie Ihren Sohn nicht kränker, als er ist, indem Sie ihm irgendetwas einreden.«

»Ich möchte nur, dass nichts übersehen wird«, entgegnete sie und legte auf.

Das scheint ja eine resolute Frau zu sein, dachte Viola. Wahrscheinlich hatte sie im Internet nachgeschaut und wusste nun ganz genau, welche Krankheit ihr Sohn hatte und was man veranlassen sollte. Aber damit würde sie bei ihr nicht durchkommen. Zunächst einmal musste man das Ergebnis der Blutuntersuchung abwarten und auch noch mehr über die Familiengeschichte erfahren. Erst dann konnte man weitersehen!

Viola war noch immer wütend, als sie um die Mittagszeit zu Doris ging, um Finchen abzuholen. Nur weil ein Junge ab und zu Kopfschmerzen hatte, sollte sie Himmel und Hölle in Bewegung setzen? Und weil seine Mutter im Internet Krankheiten googelte und sich einbildete, ihr Sohn sei schwer krank und sie wüsste es besser als die Ärztin? Benno war bestimmt wie die meisten Jungen mit fünfzehn abends manchmal noch mit seinen Kumpels zusammen. Sie saßen am Hafen oder auf dem Deich, ließen vielleicht eine Flasche kreisen oder rauchten heimlich. Und wenn er dann nach Hause kam und gleich auf sein Zimmer ging, würde kaum jemand etwas merken. Und dann hatte er am nächsten Tag Kopfschmerzen, kein Wunder.

Dazu noch die Anspannungen in der Schule. Sie musste Henning fragen, ob seine Versetzung gefährdet war und wie er ihn einschätzte. Henning wusste viel über seine Schüler und konnte sie auch gut zum Reden bringen, wenn sie Kummer hatten. Er nahm sogar ab und zu den einen oder anderen, wenn die Eltern es erlaubten, mit zu einem Segelflug auf Rügen.

Und oft sagte er, dass so hoch am Himmel alle Probleme kleiner werden und einem nicht mehr über den Kopf wachsen. Das würden sogar die Mädels und Jungs merken. Er hätte sogar schon eine richtige Warteliste, denn alle wollten einmal abheben und die Welt von oben sehen. Und dort oben könnten sie auf einmal reden. Außerdem wüssten sie, dass alles, was sie ihm erzählten, bei ihm gut aufgehoben war. Das habe er ihnen fest versprochen.

Viola kam am Wallweg vorbei, der zum Hafen führte. Gerade war ein ganzer Schwung Tagesgäste angekommen. Gab es denn heute ein besonderes Ereignis hier? Asta-Nielsen-Woche vielleicht. Da konnte man zuerst die Insel erkunden und sich dann am Nachmittag einen ihrer alten Filme ansehen. Im Asta-Nielsen-Haus bin ich auch noch nie gewesen, dachte Viola. Das Karussell, ein lustiges rundes Haus, ich sollte einmal selbst Ferien auf Hiddensee machen.

Die Eintagsfliegen, wie die Tagesgäste auf der Insel genannt wurden, kamen immer in größeren Gruppen, die Radfahrer meist ohne Sturzhelm und die ganze Straße einnehmend.

Der Himmel hatte sich bezogen, große graue Wolken verdeckten die Sonne, und ein kühler Wind wehte von

Westen. Kam tatsächlich nach dem verregneten Sommer nun noch ein feuchter windiger Herbst? Waren die letzten warmen Tage nur ein kleines schadenfrohes Zwischenspiel gewesen?

Aber was soll's, dachte Viola, unser Urlaub rückt näher. Zwei Wochen mit Florian und Finchen zusammen über Almwiesen wandern und Kühe streicheln. Und keine Frau Kilian und kein trüber Herbst würden sie stören.

Als sie den kleinen Garten von Oma Gerit betrat, hatte sie allen Ärger abgeschüttelt. Finchen strahlte ihr entgegen. Philipp schlief in seinem Wagen unter dem Baum. Und es roch nach Kräuterkartoffeln und gebackener Scholle.

Doris hatte einen Brief von Marie, der früheren Schulfreundin, bekommen. Sie wollte nächste Woche anreisen und sich bei Viola vorstellen. Wenn sie ihre Ausbildung auf Hiddensee abschließen könnte, hatte sie geschrieben, dann wäre das seit langem ein erster Lichtblick in Bezug auf ihre Zukunft. Sie hatte eine Bewerbung und ein Foto beigelegt: ein rundes Gesicht mit einer etwas groben Nase und wenig Kinn, aber freundliche aufmerksame Augen, die braunen Haare von einer Spange aus der Stirn gehalten.

»Ich denke, ich werde gleich heute Abend einmal zu Herrn Hinrichs gehen und sehen, was sich machen lässt«, sagte Viola unternehmungslustig. »Mehr als rauswerfen kann er mich nicht.«

»Nimm doch Florian mit, vielleicht hat er vor ihm mehr Respekt«, schlug Doris vor.

»Lieber nicht. Ich möchte auf keinen Fall, dass es zwischen ihnen Streit gibt. Ich hoffe doch, dass man mir als

Ärztin auf Hiddensee ein bisschen Respekt entgegenbringt, oder?«

»So wie du gerade aussiehst, mit Jeans und zerzausten Haaren, wird er dich in die Tasche stecken«, entgegnete Doris.

»Ich werde meinen dunklen Lodenmantel anziehen und die dicke Arzttasche mitnehmen«, versprach Viola.

13

Der Lodenmantel erwies sich am Abend für das Wetter als genau die richtige Bekleidung, aber keineswegs respektgebietend auf Herrn Hinrichs.

Er ließ Viola nicht einmal zur Tür herein. Und als sie ihm erklärte, dass sie seiner Tochter die Möglichkeit geben wollte, ihre Ausbildung abzuschließen, und er seine Tochter und den Enkel wieder bei sich aufnehmen könnte, brummte er nur: »Sie kann machen, was sie will, aber hier rein kommt sie nicht mehr.« Dann schlug er Viola die Tür vor der Nase zu.

Viola hatte ihn bisher nur ein paarmal von weitem gesehen. Er war ein schwerer, rauer Mann mit ungelenken Bewegungen. Und aus der Nähe wirkte er noch plumper, ja fast steif. Außerdem waren ihr sein fahles aufgedunsenes Gesicht und die kleinen trüben Augen aufgefallen. Auch die verwaschene heisere Sprechweise war ihr eigenartig vorgekommen. Vielleicht war der Mann gar nicht verbittert, vielleicht war er einfach krank. Das Ganze sah doch nach einer Unterfunktion der Schilddrüse aus – ein Myxödem, das auch die Psyche belastete und die Menschen depressiv machen konnte. Warum hatte das bisher keiner bemerkt?

Es wurde schon dunkel. Florian hatte Finchen sicher bereits ins Bett gebracht. So ging sie noch schnell auf dem Heimweg in der Praxis vorbei und schaute sich Hinrichs Krankenakte an. Sie stellte fest, dass Herr Hinrichs das letzte Mal vor über drei Jahren bei ihrem Vorgänger Doktor Roth in der Sprechstunde gewesen war. Da hatte er sich beim Holzhacken den Arm verletzt. Sonst war weiter nichts aufgenommen worden.

Das hieß, man musste ihn dazu bringen, sich untersuchen zu lassen, die Blutwerte prüfen. Wenn es tatsächlich ein Myxödem war, dann die Krankheit medikamentös behandeln. Viola war sich ziemlich sicher, dass er, wenn es ihm dann besserging, auch wieder zugänglicher wurde.

Und sie beschloss, Doktor Roth, der auf Rügen lebte, gleich von hier aus anzurufen.

Doktor Roth freute sich, als sie sich meldete, und konnte sich gut an Herrn Hinrichs erinnern.

»Er war schon immer ein herrschsüchtiger Mensch«, erzählte er. »Alles musste so gemacht werden, wie er es wollte. Da hat sich seine Frau irgendwann mal aus dem Staub gemacht, was ich gut verstehen konnte. Und die Tochter Marie hat dann seine ganze schlechte Laune abbekommen. Kurz darauf hat sie einen jungen Mann kennengelernt und ist mit ihm aufs Festland gezogen. Hinrichs ist in der Tat kein einfacher Mensch. Aber ich bin eigentlich immer ganz gut mit ihm zurechtgekommen, wenn er mal krank war. Von einer Schilddrüsenunterfunktion weiß ich allerdings nichts. Die kann sich ja auch in den letzten Jahren entwickelt haben. Das geht ja oft schleichend, ohne dass man am Anfang etwas merkt.«

»Und zu einer Frau in die Sprechstunde zu gehen wäre

wahrscheinlich so ziemlich das Letzte, was ihm einfallen würde«, vermutete Viola.

»Genau. Und was wollen Sie nun machen?«

»Sie anheuern. Wenn er jemanden an sich ranlässt, dann seinen alten Doktor.«

Er stöhnte. »Das heißt, ich soll rüberkommen und mein Glück bei ihm versuchen.«

»Ja, bitte, es geht auch um seine Tochter«, erklärte Viola und teilte ihm mit, dass Marie sehr gern zurückkommen würde, um bei ihr die Ausbildung abzuschließen.

»Die Marie«, versicherte ihr Doktor Roth erfreut, »ist ein aufgewecktes junges Mädchen. An der werden Sie Ihre Freude haben. Gut, ich werde mich demnächst zu Hinrichs begeben und hoffen, dass er mich nicht auflaufen lässt. Und Ihnen weiterhin viel Erfolg auf der Insel, Viola. Ich genieße meinen Ruhestand auch deswegen sehr, weil ich weiß, dass meine langjährigen Insulaner bei Ihnen gut aufgehoben sind. Verständnis und ab und zu, wenn nötig, ein energisches Wort ist bei den Insulanern immer angebracht.« Damit verabschiedete er sich, und Viola legte auf.

Jetzt konnte sie beruhigt nach Hause gehen. Die Angelegenheit Hinrichs lag in guten Händen. Marie würde morgen kommen und sich vorstellen. Und wenn das Mädchen einen sympathischen Eindruck machen würde, könnte sie gleich nach dem Urlaub bei ihr anfangen.

Marie kam am nächsten Tag pünktlich mit der ersten Fähre an und brachte auch ihren Sohn Peter mit. Der Junge wollte so schnell wie möglich an den Strand und nicht noch lange in der Praxis warten, bis seine Mutter und die Frau Doktor sich einig waren.

»Gehen Sie doch mit, Frau Doktor«, schlug Lisa vor, als sie sah, wie Viola sehnsüchtig aus dem Fenster schaute. »Es ist sowieso noch Zeit bis zur Sprechstunde, und ich kann dann in aller Ruhe hier meine Arbeit machen. Sie können mit Marie alles Nötige auch am Meer besprechen.«

Basta!, setzte Viola insgeheim hinzu, denn Lisas Stimme klang meist sehr energisch, als duldete sie keinen Widerspruch. Außerdem wollte sie ja gar nicht widersprechen. Ein Bewerbungsgespräch am Strand, das war eine gute Idee. Und so spazierte sie mit der jungen Frau gemütlich am Wasser entlang und schaute dem Jungen zu, der eifrig Steine und Muscheln sammelte und dann ins Wasser warf.

»Ich bin fünf Jahre lang nicht mehr hier gewesen«, sagte Marie. »Fünf lange Jahre. Ich weiß gar nicht, wie ich das ausgehalten habe. Und warum ich mich so von meinem Vater habe einschüchtern lassen. Auf jeden Fall werde ich jetzt wieder kommen, egal wie er reagiert. Peter soll hier aufwachsen. Für mich selbst hätte ich vielleicht nicht den Mut gehabt, aber für Kinder traut man sich oft mehr als für sich selbst.«

»Da haben Sie recht«, stimmte Viola ihr zu. »Ich glaube, wenn es um meine Tochter geht, könnte ich zur Löwenmutter werden.«

Sie verstanden sich richtig gut. Eigentlich hatte sich Viola unter Marie eine schüchterne, zurückhaltende junge Frau vorgestellt, die ihrem Vater kaum Widerstand geleistet und die sich an den ersten besten jungen Mann gehängt hatte, der ihr begegnet war. Aber sie war überraschend aufgeweckt und entschieden, und das war gut so. Neben

Lisa musste man sich behaupten können, und Schwierigkeiten im Vorzimmer der Praxis sollten möglichst vermieden werden.

Sie einigten sich schnell. Marie wollte sich zuerst einmal bei der Bäckersfrau einquartieren. Und als sie hörte, dass ihr Vater mit ziemlicher Sicherheit krank war und eine Behandlung mit Schilddrüsenhormonen auch eine Besserung seines Gemüts versprach, seufzte sie tief und erleichtert auf.

»Dann wird er eines Tages doch noch seine Freude an seinem Enkel haben«, war sie zuversichtlich, »und Peter einen Großvater. Ich weiß gar nicht, wie ich Ihnen danken soll, Frau Doktor.«

»Danken Sie Doris, die hatte die gute Idee«, erwiderte Viola.

Peter kam angerannt und schwenkte seinen Arm. »Mama, ich habe einen gefunden, einen Hühnergott. Guck mal, er sieht genauso aus wie der, den du auf deinem Nachttisch zu Hause liegen hast.«

Maries Augen leuchteten auf. Sie nahm den kleinen Stein mit dem runden Loch in die Hand und hielt ihn wie einen Schatz fest.

»Solche Steine habe ich als Kind immer gesammelt«, sagte sie zu Viola. »Auf dem Dachboden meines Vaters müssen noch eine ganze Menge liegen. Und einen habe ich damals mitgenommen, der sollte mein Glücksstein sein.«

»Das ist er mit einiger Verzögerung jetzt vielleicht auch«, meinte Viola. Sie betrachtete das kleine Kunstwerk der Natur und sah dann Peter an. »Dieser Stein ist uralt. Vor langer Zeit hat er einmal einen Seelilienstängel umschlossen, der inzwischen aufgelöst ist. Dadurch ist das

Loch entstanden, sagt man. Und viele Leute behaupten, wenn man ihn in den Hühnerstall hängt, kann den Tieren nichts passieren. Es soll nämlich einen Hausgeist namens Kikimora geben, der im Stall herumpoltert und die Hühner am Eierlegen hindert.«

Peter blickte den Stein ehrfurchtsvoll an. »Dann werde ich ihn gut aufheben«, versprach er. »Und wenn wir zu meinem Opa kommen, hänge ich ihn irgendwo versteckt hin, dann kann Opa auch nicht mehr rumpoltern.«

»Das ist eine gute Idee«, stimmte Viola zu. »Ich bin sicher, dass das sehr bald wirkt.«

»Ich fühle mich schon wieder wie zu Hause hier«, bemerkte Marie, und sie hatte Tränen in den Augen. »Der Strand, das Meer, die Hühnergötter. So bin ich aufgewachsen, sogar der Wind hat mir gefehlt, der Geruch nach verfaulten Algen, die Muschelhaufen und Hölzer, die überall herumliegen. Und der Sand, den ich nachher aus Peters Hose klopfen muss. Ich weiß gar nicht, wie ich die ganzen Jahre überlebt habe. Ich bin in dieser ganzen Zeit nicht ein einziges Mal ans Meer gefahren.«

»Vielleicht hätte Sie dann das Heimweh zu sehr überwältigt«, meinte Viola.

»Ich werde nie wieder wegen eines Mannes diese Insel verlassen!«, erwiderte Marie energisch.

Viola lachte, irgendwie kam ihr das bekannt vor. Auch sie wäre beinahe einmal wegen eines Mannes von Hiddensee fortgegangen. Aber zum Glück hatte sie rechtzeitig die Bremse gezogen. Und dann war ja auch Florian gekommen. Ob bei ihr auch einer der Hühnergötter, die sie auf ihrem Küchenregal hortete, geholfen hatte?

Wieder ein Problem gelöst, dachte sie, als sie zurück zur Praxis ging. Herr Hinrichs wird behandelt, er versöhnt sich bestimmt mit seiner Tochter, und ich bekomme eine gute Arzthelferin. Bald haben wir hier so friedliche Verhältnisse wie in der Schweiz auf den schmucken einladenden Prospekten.

14

VIOLA BETRAT DAS Vorzimmer mit Schwung und einem Lächeln.

»Lisa«, sagte sie, »wir schaffen es noch, alle Unannehmlichkeiten auf der Insel in Wohlgefallen aufzulösen, stimmt's?«

Lisa sah sie düster an. »Freuen Sie sich nicht zu früh. Frau Kilian hat sich für den Nachmittag angekündigt, und sie klang nicht besonders freundlich am Telefon.«

»Oh, na gut, vielleicht kann ich sie besänftigen. So schwierig wird das doch nicht sein«, erwiderte Viola optimistisch.

Doch Frau Kilian, die am Nachmittag die erste Patientin war, sah keineswegs versöhnlich aus. Sie betrat das Sprechzimmer mit erhobenem Kopf und entschlossener Miene. Von Reue, weil sie die Inselärztin so angegriffen hatte am Telefon, keine Spur.

Sie war eine unerwartet attraktive Frau, mit glänzenden schulterlangen roten Haaren, die sie mit einem Band aus der Stirn hielt. Sie trug einen eleganten weißen Wollpullover und gutsitzende Jeans. Aber ihre grünen Augen blickten ziemlich grimmig unter dichten dunklen Wimpern.

Mit der schlanken Figur und den klar geschnittenen

Gesichtszügen könnte sie mit einer freundlicheren Miene sehr reizvoll wirken, dachte Viola. Und wenn ich ein Mann wäre, würde ich jetzt mein Pfauengefieder auffächern, um ihr zu imponieren.

Frau Kilian setzte sich auf den Besucherstuhl, schlug die Beine übereinander und sah Viola abschätzend an, als müsste sie noch überlegen, was sie sagen sollte.

Viola schwieg und wartete.

»Also, ich werde Ihnen jetzt etwas über meinen Sohn Benno erzählen«, begann sie schließlich. »Und ich möchte nicht, dass das, was ich sage, das Sprechzimmer verlässt. Sie stehen ja, das wissen Sie hoffentlich, unter der ärztlichen Schweigepflicht. Ich teile es Ihnen auch nur mit, weil Sie meinten, der Junge hätte die Migräne von seinem Vater geerbt. Aber mein Mann ist nicht sein biologischer Vater. Also kann das nicht sein.«

Ach, du lieber Himmel, darauf war Viola nun ganz und gar nicht gefasst gewesen. Sie lehnte sich auf ihrem Stuhl zurück.

»Das ist natürlich ein ganz neuer Gesichtspunkt«, bemerkte sie.

»Ja, und deshalb möchte ich, dass Benno gründlich untersucht wird. Er ist nämlich oft auffallend müde. In letzter Zeit hat er sich ein paarmal über die Augen gestrichen. Als ich ihn gefragt habe, was los sei, hat er gemeint, nichts. Aber ich weiß, dass er nie etwas sagt. Es könnte multiple Sklerose sein. Bei einer Bekannten von mir hat es auch so angefangen.«

»Ist denn jemand in Ihrer Familie oder in der von Bennos richtigem Vater daran erkrankt?«, erkundigte sich Viola. »Sind Sie deshalb so besorgt?«

»Nein, bei mir nicht und bei ihm auch nicht. Das heißt, ich glaube nicht. Ich habe keinen Kontakt mehr zu ihm.«

Das war schlecht, das half Viola nicht weiter.

Sie schaute auf ihren Bildschirm. Natürlich stand da nichts von Bennos Vater, aber es könnte nicht schaden, Genaueres über ihn zu erfahren. Schließlich hatte sein Sohn seine Gene geerbt.

»Wissen Sie, wo der Vater Ihres Sohnes lebt?«, wollte sie wissen.

Die Frau machte eine unwillige Bewegung mit dem Kopf. »Ja, in Bergen. Aber Benno weiß nichts davon. Ich habe meinen jetzigen Mann geheiratet, als ich bereits schwanger war. Also ist Benno sein eheliches Kind.«

Du liebe Zeit, das wird ja immer komplizierter, dachte Viola.

»Und Ihr Mann hat auch keine Ahnung?«, hakte sie nach.

Jetzt schaute die Frau Viola empört an. »So eine bin ich nicht!«, erklärte sie aufgebracht. »Als wir geheiratet haben, war ich im sechsten Monat. Albrecht hat von meiner Beziehung zu diesem Mann gewusst.« Sie holte tief Luft. »Sehen Sie, er hat eine Frau gesucht, die ihm bei der Pflege seiner Mutter hilft, und ich habe einen Vater für mein Kind gesucht. Manchmal sind solche Arrangements gar nicht so schlecht. Er war damals Vorarbeiter in einem Baugeschäft, und er hätte es weit bringen können.«

Es folgte eine Pause, in der Viola alle möglichen Gedanken durch den Kopf gingen. Er hätte es weit bringen können, aber jetzt arbeitete er, soviel sie wusste, als Handlanger im Hafen von Neuendorf. Warum das? Sollte man hier weiter nachforschen? Aber das war dann ja für Bennos Geschichte unwichtig. Viel wichtiger waren Auskünfte über die Familie seines biologischen Vaters.

Viola wollte nicht unnötig alte Geschichten aufrühren. Aber eins wusste sie bestimmt: Bevor sie den Jungen in die Klinik schickte und ihn damit wahrscheinlich übermäßiger Angst und Beunruhigung aussetzte, nur weil seine Mutter einige zweifelhafte Beobachtungen gemacht hatte, wollte sie noch mal mit ihm reden und außerdem versuchen, etwas über die Familie seines Vaters zu erfahren. Bestimmte Krankheiten wurden oft gehäuft in einer Familie beobachtet, und damit hatte man meist schon einen ersten Anhaltspunkt.

Aber Viola war auch klar, dass diese Frau darauf ablehnend reagieren würde. So versuchte sie es mit einem kleinen vorsichtigen Umweg.

»Weiß denn Bennos Vater von seinem Sohn?«

»Ja, und er war auch kein Hergelaufener«, erwiderte Frau Kilian mit hörbarem Stolz in der Stimme. »Doch es gab Schwierigkeiten. Ich war ein junges Ding damals. Er war Student, mit guten Manieren und ehrgeizigen Zielen und sehr zuvorkommend und aufmerksam. Und er sah gut aus. Benno sieht ihm ähnlich.«

»Aber er wollte nicht heiraten?«

»Nein, das passte nicht in seine Pläne. Noch nicht, wie er damals behauptete. Und er war zuerst wütend wegen des Kindes. Aber dann hat er erfahren, dass es ein Sohn wird.« Frau Kilians Augen funkelten zornig. »Und Sie hätten sehen sollen, wie seine Augen auf einmal glänzten. Ein Sohn! Er hat mir alles Mögliche versprochen, er werde sich um ihn kümmern, Unterhalt zahlen. Den Sohn wollte er, aber mich nicht.« Jetzt kam die elegante und bisher eher kalt und berechnend wirkende Frau richtig in Fahrt.

»Nun, das habe ich ihm gründlich vermasselt«, fauchte sie. »Ich habe den Kontakt zu ihm abgebrochen und bin weggezogen, zu Albrecht, den ich schon länger kannte. Und der hatte nichts gegen eine schnelle Heirat, zumal er, das habe ich aber erst später erfahren, selbst keine Kinder bekommen konnte. So hat er Benno als seinen Sohn ausgegeben, was er ja vor dem Gesetz auch war. Keiner hat etwas gemerkt. Und«, setzte sie triumphierend hinzu, »Georg hatte keine Chance mehr auf seinen Sohn. Ich hatte einen neuen Namen, den er nicht kannte, und habe alle Spuren verwischt. Ja, so war das!«

Sie hielt inne und schaute auf einmal etwas unsicher zu Viola, als bereute sie es, so viel gesagt zu haben.

Viola war ziemlich entsetzt von dieser Geschichte. Aber letzten Endes war ja wohl alles gut ausgegangen. Albrecht Kilian und seine Frau hatten beide einen Vorteil von ihrer Heirat gehabt, und es war ja bisher gut gelaufen. Frau Kilians Wut, wenn sie auf diesen Mann zu sprechen kam, war auch zu verstehen. Jetzt hatte sie sich alles von der Seele geredet und würde sich hoffentlich wieder beruhigen.

»Wissen Sie, was aus Bennos leiblichem Vater geworden ist?«, erkundigte Viola sich, um wieder zum Thema zurückzukommen.

»O ja«, antwortete sie und lachte verächtlich auf. »Er hat alles erreicht, was er wollte. Ist in Bergen geblieben und dort ein bekannter wohlhabender Mann geworden. Nur seinen Sohn, den hat er nicht! Aber er interessiert mich nicht mehr. Soll er doch mit seinem vornehmen

Buchladen glücklich werden. Ich will nichts mehr von ihm wissen!«

»Buchladen?« Viola sah bestürzt hoch. »Er hat einen Buchladen in Bergen?«

»Ja«, erwiderte Frau Kilian, »seit über zehn Jahren.«

Viola hielt die Luft an.

»Doch nicht Sommer, Georg Sommer?«, fragte sie ungläubig.

Die Miene von Frau Kilian versteinerte sich. »Genau der. Kennen Sie ihn etwa?«

15

In diesem Moment kam Lisa herein, um zwei Unterschriften für Überweisungen zu holen. Sie sah ein bisschen erstaunt von Viola zu ihrer Patientin, sagte aber nichts weiter.

Viola war froh über diese Unterbrechung, so konnte sie sich ein wenig fassen und ihre Betroffenheit verbergen.

»Nein«, sagte sie abwehrend, als Lisa wieder gegangen war, »ich kenne ihn lediglich flüchtig.«

Frau Kilian sah sie stirnrunzelnd an. »Hören Sie, Frau Doktor, Sie werden sich an die ärztliche Schweigepflicht halten und niemandem etwas davon erzählen. Ich will nicht, dass Benno davon erfährt, und noch weniger will ich, dass er dann vielleicht seinen richtigen Vater kennenlernen will. Und Georg Sommer soll weiterhin im Dunkeln sitzen und seinem Sohn hinterhertrauern. Er darf auf keinen Fall herausbekommen, dass wir in Neuendorf wohnen. Ist das klar?«

»Aber natürlich«, antwortete Viola kühl und erhob sich. Sie brauchte jetzt dringend eine Pause. »Ich werde überlegen, wie ich bei Ihrem Sohn weiter vorgehen soll. Ich möchte nichts überstürzen und die Befunde vom Labor abwarten, ihn vielleicht noch zum Augenarzt überweisen. Also kommen Sie bitte in den nächsten Tagen noch einmal hier vorbei.«

»Auf Ihre Verantwortung«, erwiderte Frau Kilian und verließ mit festen Schritten das Sprechzimmer.

Viola saß eine Weile ziemlich fassungslos hinter ihrem Schreibtisch.

Ihre Verlobung mit Georg Sommer war jetzt drei Jahre her. Sie war damals sicher gewesen, endlich den richtigen Mann fürs Leben gefunden zu haben. Florian hatte sie zwar auch schon gekannt, aber einen Abenteurer wie ihn verbot sich ihr Verstand. Zudem war er vier Jahre jünger und mit seinem Lachen und seiner Spontaneität eine Verlockung für nicht wenige Frauen, also ungeeignet für ihre Wünsche nach Beständigkeit und verlässlicher Lebensplanung.

Mit Georg Sommer aber kam ihr dies alles entgegen. Nur, sein Hang, alles besser zu wissen, wurde mit der Zeit eine schwer erträgliche Bevormundung, so dass Viola dann schließlich die Verlobung wieder löste und danach tief unglücklich war.

Und nun erfuhr sie, dass Georg einen Sohn hatte. Natürlich war das lange vor ihrer Begegnung gewesen, aber er hätte es ihr schließlich erzählen können! Das ist typisch Georg, dachte sie kopfschüttelnd. Er hatte entschieden, was sie wissen durfte und was nicht. Und ein Sohn hatte nichts mit ihr und ihm zu tun, das war bestimmt seine Meinung gewesen.

Lisa kam herein. »Können wir weitermachen?«, fragte sie und schaute Viola ein bisschen neugierig an.

Viola gab ihr die Akte von Frau Kilian. »In Ordnung, ja«, sagte sie. Sie hatte keinen Vermerk auf den Unterlagen gemacht und würde auch niemandem von diesem Gespräch erzählen. Das durfte sie auch nicht, denn alles, was im Sprechzimmer gesagt wurde, fiel unter die ärztliche Schweigepflicht, auch private Dinge. Nicht einmal Florian durfte etwas erfahren. Auf Georg Sommer war er sowieso nicht gut zu sprechen. Georg war für ihn immer noch der Gegenspieler, der Mann, der Violas Vorstellungen entsprochen hatte: älter als sie, Ende vierzig, beständig und seinem Buchladen treu. Und Viola wusste, dass dies immer noch an Florian nagte. Auch Benno zuliebe musste sie schweigen. Der Junge sollte nicht durch Zufall irgendwann einmal erfahren, wer sein Vater war. Aber nun konnte man vielleicht doch einmal der Frage nachgehen, ob es irgendwelche Krankheiten in der Familie seines Vaters gab, die zur Diagnosefindung herangezogen werden konnten. Sie wusste nichts, aber wie gesagt, Georg erzählte ja nur, was ihm wichtig erschien. Da konnte noch allerhand herauskommen, wenn man nachforschte.

Am liebsten wäre sie jetzt sofort zum Strand runtergelaufen und am Meer entlanggerannt, so aufgebracht war sie. Aber da warteten noch zwei weitere Patienten, und die konnte sie nicht einfach sitzenlassen. Also musste sie noch hierbleiben.

Beide Patienten, die noch warteten, kannte sie gut. Es gab im Alltag einer Arztpraxis auch immer Menschen, über die man sich freute, wenn sie zur Sprechzimmertür hereinkamen. Und dazu gehörten die beiden älteren Damen Helga und Gerda Kalvic, Zwillinge und sich immer noch ähnlich wie ein Ei dem anderen.

Sie waren in Vitte geboren. Helga hatte nach Neuendorf geheiratet und Gerda nach Grieben. Die Kinder von beiden waren aufs Festland gezogen, kamen aber, wie viele andere, immer in den Ferien mit ihren Familien auf die Insel.

Diese zwei fülligen Frauen mit einem Humor, der sich in ihren vielen Lachfältchen um die Augen zeigte, trafen sich jeden zweiten Donnerstag in der Arztpraxis. Sie ließen sich den Blutdruck messen, neue Medikamente verschreiben und genossen anschließend ein ausgiebiges Kaffeetrinken bei Ottilie in der Kneipe. Das hatten sie schon bei Dr. Roth so gehalten, und das führten sie bei Viola auch so weiter.

Helga kam immer als Erste herein. Vielleicht war sie auch die Erste der Zwillinge gewesen, die auf die Welt gekommen war. Aber Viola wusste es nicht.

»Soll ich Ihnen was sagen, Frau Doktor?«, meinte sie, als sie sich gesetzt hatte. »Etwas, was Sie nicht oft zu hören bekommen: Mir geht es gut.«

Viola blickte sie an. »Das ist genau das, was ich im Moment brauche. Eigentlich dürfte ich diesen Besuch gar nicht bei der Kasse in Rechnung stellen.«

»Das dürfen Sie mit gutem Gewissen. Sie müssen ja schließlich meinen Blutdruck kontrollieren«, erwiderte sie und streckte Viola den Arm hin.

Sie erzählte kurz, wie es ihren Kindern ging und dass ihr Mann zwei Apfelbäumchen im Garten gepflanzt hatte, auf deren Früchte sie sich jetzt schon freute. Dann verabschiedete sie sich, um ihre Schwester hereinzuschicken.

Und bei Gerda lief fast genau dasselbe Programm ab. Nur war ihr Mann Schreiner und bastelte in seiner Werkstatt an neuen Krippenfiguren.

Viola schaute den beiden aus dem Fenster nach, wie sie

sich Richtung Ottilie auf den Weg machten, und schüttelte den Kopf. Manche Tage waren wie eine Achterbahn. Ein Sturmtief wie Frau Kilian konnte einen fast abstürzen lassen. Und dann kamen diese beiden Frauen, und man fühlte sich wieder wie von einer warmen Brise hochgehoben.

Aber weder das eine noch das andere wollte sie missen. Alles gehörte zum Leben dazu, und das war in Ordnung.

16

UND DANN ERLEBTE Viola auf dem Heimweg, als sie auf den Weg zu ihrem Haus einbog, einen Sonnenuntergang, den sie so nicht erwartet hatte, denn der Himmel zeigte eine geschlossene graue Wolkendecke.

Der Sonnenuntergang war ganz anders als sonst und kam völlig überraschend. Die Wolkendecke war weit hinten im Westen direkt über dem Horizont aufgerissen, so dass sich ein schmaler heller Streifen über dem Meer zeigte. Und in dieser Öffnung stand die Sonne nun und schickte ihre letzten Strahlen. Auf dem Dünenwall entfachte sie, bevor sie ganz versank, ein rotgoldenes Feuer. Die Rosenbüsche und das Sanddorngestrüpp leuchteten auf, und der Wipfel der Kastanie war in goldenes Licht getaucht. Und die Wolken über ihr wurden von unten beleuchtet. Dann wurde es langsam dunkel, die Farben blass, und schließlich erinnerte nur noch ein schwacher heller Schein an dieses wunderbare einzigartige Naturschauspiel.

Viola blieb eine Weile stehen und genoss die kühler werdende Luft, dann ging sie zur Haustür und öffnete sie.

»Hallo, ich bin wieder zu Hause«, rief sie ins Wohnzimmer.

Florian kam mit Finchen auf dem Arm heraus und gab ihr einen Kuss.

»Meine hart arbeitende Frau«, sagte er mit Anerkennung. »Aber ich war auch nicht untätig. Finchen ist gewickelt, gefüttert und fertig fürs Bett, und im Ofen befinden sich Toast Hawaii und Baguette mit Kräuterbutter. Wir bekommen nämlich einen Gast zum Abendessen.«

»Ach, und wer ist das?«

»Dein Kollege Doktor Roth. Ich habe ihn auf der Fähre getroffen. Er wollte hier jemanden besuchen.«

»Das ging aber schnell«, antwortete Viola und stellte ihre schwere Tasche in die Ecke. »Ich brauche ihn nämlich als Unterstützung bei Herrn Hinrichs.«

Sie erzählte Florian kurz, dass sie den Kollegen gebeten hatte, den alten Mann zu untersuchen. Und sie hoffte, dass Dr. Roth mehr Erfolg haben würde. Sie war froh, dass der Arzt so schnell gekommen war.

»Ganz schön viel, was du da in den letzten zwei Tagen geleistet hast«, gab er mit Bewunderung in der Stimme zu. »Und ich nehme meine Bemerkung zurück, dass Herrn Hinrichs' Streit mit seiner Tochter eigentlich nicht dein Problem ist. Er ist offensichtlich krank und braucht ärztliche Hilfe. Meinen Segen hast du also. Nur möchte ich nicht, dass er dich schlecht behandelt oder vielleicht gewalttätig dir gegenüber wird.«

»Keine Sorge. Zunächst ist Doktor Roth am Zug. Aber ich hoffe doch, dass ich die Behandlung dann bald selbst übernehmen kann. Und dass er sich mit seiner Tochter wieder verträgt.«

Wenig später traf Dr. Roth dann bei ihnen ein.

»Ich kenne den Hinrichs schon lange. Er war immer ein Querkopf und nicht gerade pflegeleicht. Aber er machte einem auch nichts vor. Als er dann nach dem Unfall lange krank war und nicht mehr voll arbeiten konnte, hat er sich verändert. Er hat sich zurückgezogen, wurde mürrisch. Möglich, dass damals schon eine Unterfunktion der Schilddrüse mit schuld war. Er kam auch nicht mehr in die Sprechstunde. Also, diese Baguette sind köstlich, und der Salat dazu. Genau das, was mir jetzt nach diesem schwierigen Besuch richtig guttun wird.«

»Kräuterbutter anrühren ist eine Spezialität von Florian«, erklärte Viola. Sie hatte Finchen auf dem Schoß. »Er ist kein allzu guter Koch, aber das, was er kann, verdient dann aber auch fünf Sterne.«

»Damit schlägt man zwei Fliegen mit einer Klappe«, räumte Florian ein. »Erstens wird man von seiner Frau bewundert, und zweitens muss man nicht immer kochen. Schließlich kann man nicht jeden Tag Spezialitäten essen.«

»Aha, deshalb willst du dich auf diesem Gebiet nicht unbedingt weiterbilden«, stellte Viola fest.

»Kochende Männer sind nicht unbedingt mein großes Vorbild«, gab er zurück und blinzelte ihr zu. Das war ein kleiner Seitenhieb auf Georg, der für sie immer die aufwendigsten Menüs zubereitet hatte. Aber an Georg durfte sie jetzt nicht denken, sonst würde man ihr gleich den Ärger mit Frau Kilian ansehen.

»Hat Herr Hinrichs große Schwierigkeiten gemacht, als Sie so unerwartet bei ihm vor der Tür standen?«, wandte sich Viola an Doktor Roth, der sich gerade noch einen Toast Hawaii nahm.

»Er hat mich reingelassen, aber zuerst einmal völlig abgeblockt, als ich eine Blutuntersuchung vorgeschlagen habe. Ich habe ihm dann klipp und klar gesagt, dass er an dieser Krankheit auch sterben kann, wenn sie nicht behandelt wird. Ich war sofort sicher, dass Ihre Vermutung stimmt, Viola. Er hat mir dann zwar nicht gerade freudig seinen Arm gereicht, aber immerhin nichts dagegen unternommen, als ich ihm den Ärmel hochschob und die Spritze ansetzte. Ich habe ihm gesagt, dass ich wiederkomme, sobald das Ergebnis da ist, und ihm die entsprechenden Medikamente verschreibe. Dann ist es am besten, wenn Sie mitkommen, Viola. Die weitere Behandlung können Sie dann übernehmen.«

Viola nickte. »Sehr gut. Ich bin sicher, dass es ihm bald bessergeht, wenn er die nötigen Medikamente bekommt. Ich danke Ihnen sehr, Herr Doktor Roth.«

»In so einem Fall helfe ich gern«, gab er zurück. »Wie geht es eigentlich Tante Emma? Ich mochte sie gern.«

»Nicht gut, das Herz will nicht mehr. Aber sie hat mir mit Begeisterung von diesem Herrn Alexander Ettenburg erzählt und ganz leuchtende Augen bekommen.«

»So? Ihre Lebensfreude hat sie also nicht verloren. Sie hat immer von diesem armen Kerl geschwärmt.«

»Wieso arm? Er war doch ein Tausendsassa, oder?«, warf Florian ein.

»Er hat viel für Hiddensee getan, die Insel bekannt gemacht und dafür gesorgt, dass sie im Sommer zum Treffpunkt vieler Künstler wurde. An alle, die er kannte, hat er unermüdlich Prospekte geschickt und sie eingeladen und auf seinen Reisen im Winter Vorträge gehalten. So kam immerhin ein bescheidener Wohlstand in die bitterarmen Fischerkaten, doch er selbst hat nicht viel davon profitiert.«

»Wirklich? Er muss ein Mann voller Einfälle gewesen sein und noch attraktiv dazu«, bemerkte Viola.

»Das war er in der Tat. Und Hiddensee hat ihm viel zu verdanken, aber leider hat die Geschichte kein Happy End. Während es den Einwohnern durch die Gäste nach und nach besserging, ist er in seiner abgelegenen Strandschänke ziemlich vereinsamt und sehr heruntergekommen. Seine besten Freunde waren sein Esel und sein Kater.«

»Es gibt weder einen Grabstein noch eine Gedenktafel von ihm«, erklärteViola. »Zumindest habe ich bisher nichts gefunden.«

»Er ist verarmt und verwirrt im Krankenhaus in Stralsund gestorben. Man könnte es für eine erfundene Geschichte halten, aber Tatsache ist, dass die Urne mit seiner Asche nach Hiddensee geschickt wurde und nie angekommen ist. Und so weiß niemand, wo er begraben liegt. Deshalb der arme Kerl.«

Später, als Viola im Schlafzimmer neben Florian unter die Decke geschlüpft war, meinte sie, schon halb im Schlaf: »So eine kleine Insel und so viele Geschichten, von Menschen, die hier gelebt haben, und von denen, die hier noch leben. Wer weiß, vielleicht gibt es auch einmal eine Erzählung, die mit den Worten anfängt: Als wir die erste Inselärztin hier hatten ... und den Biologen Florian mit seinen schwarzen Locken und dem unwiderstehlichen Blitzen seiner dunklen Augen. Wäre das nicht ein guter Anfang?«

Florian gähnte. »In fünfzig Jahren habe ich nichts dagegen, zu einer Legende zu werden. Aber jetzt noch nicht bitte. Jetzt leben wir zuerst einmal.«

Und damit war auch Viola zufrieden.

17

Am nächsten Tag übernahm Anita Taylor die Sprechstunde und die Hausbesuche, da Viola ihren 38. Geburtstag feierte. Sie hatte sich gewünscht, mit Florian das Vogelschutzgebiet im Gellen zu besuchen.

»Eine wunderbare Idee«, hatte Florian mit strahlenden Augen erwidert und ihr Anorak und Gummistiefel bereitgelegt, da leider kein Geburtstagswetter herrschte. Der Himmel hielt sich bedeckt in unzähligen Grautönen, und immer wieder ging ein Regenschauer auf die Insel nieder.

Finchen durfte solange zu Doris, die sich inzwischen einen Zwillingswagen von einer Bekannten ausgeliehen hatte und ihn nun stolz Viola und Florian vorführte. Damit konnte sie beide Kinder spazieren fahren, wenn der Regen später endlich aufhören sollte.

»Unser Wetterfrosch hat versprochen, dass am späten Vormittag die Sonne rauskommt«, erklärte sie. »Also fort mit euch beiden, und genießt den Tag.« Sie winkte ihnen mit Finchen auf dem Arm nach und ging dann zurück ins Haus.

Der freie Tag für Viola fing mit einer Radfahrt auf der gepflasterten Straße nach Neuendorf an. Die Landschaft rechts und links glänzte von der Nässe, und es roch nach feuchtem Sand. Aber die Luft war klar und frisch. Sie liebte Regentage auf der Insel, wenn sie nicht gerade gehäuft auftraten und der Wind nicht so heftig blies.

Florian sah sie aufmunternd an. »Na, Frau Doktor, kein Inselkoller bei diesem Wetter, oder vielleicht doch Sehnsucht nach Hamburgs Einkaufszentrum?«, fragte er, und seine Augen blitzten.

»Im Moment überhaupt nicht«, antwortete Viola lachend. »Die Tatsache, dass unser Urlaub näher rückt und du keinerlei Pläne machst, irgendwohin zur Rettung von Tieren zu entschwinden, lässt mich alles ertragen. Außerdem ist heute kaum jemand unterwegs. Die Urlauber kommen nur noch spärlich und bei diesem Wetter schon gar nicht. Ich kriege wieder Luft.«

Sie radelte übermütig in Schlangenlinien über die Straße und fuhr erst wieder brav auf der Seite, als ein Pferdegespann ihnen entgegenkam.

Links dehnten sich die weiten Wiesen bis zum Boddenwasser, rechts standen unterhalb des Dünenkamms noch einige rohrgedeckte Häuser, die zu Vitte gehörten.

Viola sog tief den Duft nach nassem Gras und Holz ein. Als sie durch die Heide kamen, die sich auf der rechten Seite bis zum Meer hin ausbreitete, und einige feuchte Nebelschwaden und glitzernde Spinnweben über den Büschen schwebten, wäre sie am liebsten abgestiegen und in diese violett und silbern schimmernde Welt hineingelaufen. Aber erstens war das verboten, und zweitens musste Florian in den Gellen.

Dann radelten sie durch einen kleinen Kiefernwald. Zur Linken tauchte das Gasthaus Heiderose auf. Zwei mutige Wanderer in Regenmänteln und Gummistiefeln standen davor und überlegten, ob sie dort einkehren sollten. Die Ferienhäuser auf der anderen Seite hatten zum Teil bereits die Läden geschlossen.

Und zehn Minuten später war auch schon Neuendorf in Sicht. Der Kiefernwald war zu Ende, und auf den grünen, kurz gehaltenen Wiesen standen die alten Fischerhäuschen wie seit vielen Jahren. Immer wieder frisch gestrichen und mit tiefgezogenen Dächern. Ein erster Sonnenstrahl ließ die weißen Wände leuchten. Der Regen verzog sich nach Westen übers Meer, wo er sich weiterhin grau in grau mit ihm vereinigte und die Horizontlinie verwischte.

Neuendorf mit dem alten Ortsteil Plogshagen hatte schon viel mitgemacht. Hier war die Insel flach und schmal, und das war den Einwohnern zum Verhängnis geworden, als noch kein Damm sie geschützt hatte.

Dieses lange Ende von Hiddensee bestand aus angeschwemmtem Sand und Geröll vom Dornbusch im Norden, wo Stürme und Wellen immer wieder Tonnen von Land abtrugen. Es hatten sich Pflanzen angesiedelt, Bäume und schließlich Menschen, Fischer, die ihre Katen hier aufbauten.

»De Süder«, wie die 350 Einwohner genannt wurden, waren ein Völkchen für sich und hatten früher mehr Kontakt zu den Einwohnern der Halbinsel Mönchgut auf Rügen gehabt als zu den »Nurdern« in Vitte und Kloster.

Sie waren stolz darauf, keine Leibeigenen gewesen zu sein, wie die »Nurder«, und trugen eine eigene Tracht – die Männer in weißen Hosen und die Frauen in Schwarz, mit großen hellen Hüten, die man Helgolandhauben nannte und die mit Bändern befestigt waren.

Das Dorf besaß einen kleinen Hafen und einen eigenen Leuchtturm, das Süderleuchtfeuer, ein Quermarkenfeuer, das sich nicht drehte.

Daran führte jetzt der Wanderweg vorbei. Der Leuchtturm war nur zwölf Meter hoch, und man konnte ihn auch nicht besteigen. Aber von dem kleinen Hügel aus, auf dem er stand, hatte man einen weiten Blick auf die Wiesen und den nahen Strand.

Auf der rechten Seite erstreckte sich jetzt wieder ein schmaler Kiefernwald, dann war auch er zu Ende.

Einige Kaninchen flitzten durch die niedrigen Büsche. Silberdisteln leuchteten am Wegesrand. Einmal ringelte sich eine Natter schnell davon. Auch Kreuzottern gab es hier, nur hatte Viola noch keine gesehen.

Inzwischen hatte sich die Sonne überlegt, den Voraussagen der Hiddenseer Wetterfrösche zu folgen, und zeigte sich nun öfter zwischen den davonziehenden Wolken. Sie beschien die flache Landschaft mit den wilden Büschen, den vom Wind gebeugten Bäumen, den moorigen Tümpeln und den verfilzten Grasflächen, die sich nun weit vor Florian und Viola ausdehnten.

Hier kam man mit dem Fahrrad nicht mehr weiter, und hier durften Unbefugte auch nicht weiter. Ab hier war Schutzgebiet, worauf auch ein großes Schild hinwies.

»Kaum zu glauben, dass dieser Teil einmal durch eine Sturmflut völlig vom Rest der Insel abgetrennt war«, bemerkte Viola, als sie abgestiegen war und sich umschaute. »Jedes Mal wenn ich hier bin, denke ich daran und kriege eine Gänsehaut.«

Florian nahm sie kurz in den Arm und drückte sie an sich. »Aber jetzt sind ja die Dämme da«, sagte er beruhigend. »Da kann nichts mehr passieren. Und das ist alles über hundert Jahre her.«

»Aber die armen Menschen in Neuendorf haben damals fast alles in den Fluten verloren«, sagte Viola. »Das muss furchtbar gewesen sein. Ich glaube, ich hätte die Insel verlassen, wenn mir so etwas passiert wäre. Stell dir vor, sie sitzen in ihren kleinen Häusern, und draußen ist die Hölle los. Und sie können sich nicht auf den Dornbusch retten, der ist viel zu weit weg. Aber sie haben ihre Häuser wiederaufgebaut. An derselben Stelle.«

»Immerhin hat diese Sturmflut den alten Wikingerschatz an Land gespült. Was diese Helden damals kunstvoll aus Gold geschaffen haben, das ist schon beeindruckend«, erwiderte Florian. Er nahm Viola an der Hand und zog sie mit sich. »Aber jetzt komm, heute finden wir bestimmt keinen Wikingerschatz mehr, aber dafür vielleicht die ersten Zugvögel. Die Zeiten ändern sich und wir uns mit ihnen.« Er blickte Viola bedeutungsvoll an.

Sie gab ihm einen Schubs mit dem Arm, dass er fast ins Gras gefallen wäre.

»O ja«, stimmte sie zu. »Ich kann mich noch sehr gut an den grimmigen Herrn Biologen erinnern, der mich damals vor drei Jahren aus seinem heiligen Schutzgebiet rausgeworfen hat. Und heute schleppt er mich mit, ob ich nun will oder nicht.«

»Ach, du willst nicht?«, fragte er mit gehobenen Augenbrauen.

»Döskopp«, war Violas Antwort. »Du weißt genau, dass es für mich nichts Schöneres gibt, als ab und zu mit dir allein auf verbotenes, menschenleeres Gelände zu entfliehen. Nur die Vögel können uns beobachten.«

Vögel gab es hier immer. Ganze Schwärme jagten durch die Luft, Möwen kreischten und lachten. Kiebitze trippelten durchs Unterholz, ließen sich auf den Holzstämmen und morschen Ästen nieder. Sandregenpfeifer, Seeschwalben und Säbelschnäbler und was es hier sonst noch so alles gab.

Nicht zu vergessen die Schmetterlinge, Bienen und Käfer, die froh waren, sich in der Sonne wieder heraustrauen zu können. Zwei Wildkaninchen flitzten vorbei, und in einem Tümpel suchten mehrere Brandgänse nach Futter.

Das Häuschen, in dem Florian einen ganzen Sommer lang gehaust hatte, stand einsam und verlassen in seiner Mulde.

»Die Zeiten ändern sich wirklich«, meinte Viola versonnen, als sie es sah. »Keiner will sich hier mehr wochenlang einmieten, die Ruhe genießen und die Seele baumeln lassen.«

»Ich habe hier gearbeitet«, berichtigte Florian sie. »Und in meiner Freizeit musste ich kochen und aufräumen und nach Neuendorf radeln, um einzukaufen.«

»Das Kochen besorge ich heute«, erklärte Viola, während sie die Tür aufschloss und dann die Fenster öffnete. »Du kannst dich deiner Vogelzählung widmen. Und dei Fru gehört an'n Kochtopf.«

»Gut erkannt«, erwiderte Florian, zog seinen feuchten Anorak aus und band sich die Haare wieder im Nacken fest. Dann nahm er Viola in den Arm, küsste sie und verschwand nach draußen.

Am Nachmittag trafen Viola und Florian müde, aber glücklich wieder bei Doris ein. Finchen lachte ihren Papa an, als er sie aus dem Wagen hob und bäuchlings über seinem Kopf schweben ließ. Sie quietschte vor Vergnügen, aber dann setzte er sie bei Viola ab.

»Ich glaube, die kleine Dame braucht eine frische Windel«, erklärte er. »Dafür bist du zuständig.«

Viola und Doris sahen sich vielsagend an. Männer, dachte Viola lächelnd, eigentlich können sie das heutzutage genauso gut wie wir. Früher war das vielleicht anders, da mussten sie mit Drachen kämpfen und Prinzessinnen befreien. Aber auch diese Zeiten haben sich geändert.

18

BENNOS BEFUNDE WAREN am Montag da, und keiner gab Anlass zur Sorge. Trotzdem rief Viola den Hausmeister der Schule an und bat ihn, dass Henning zurückrufen möchte.

Eine halbe Stunde später rief er dann zurück. »Was ist los, Viola«, fragte er, »schlechte Nachrichten?«

»Nein, nein. Ich möchte nur noch mal mit dem Jungen sprechen, bevor seine Mutter wieder hierherkommt. Kannst du ihn dazu bringen, dass er heute nach dem Unterricht noch einmal bei mir vorbeischaut?«

»Ich denke schon«, sagte er. »Er ist noch bis zwölf im Sportunterricht. Bei den Ballspielen übrigens ist er einer der Besten.«

»Das freut mich«, erwiderte Viola. »Ich habe den Eindruck, dass er nicht allzu viel Selbstbewusstsein hat, seine Mutter dafür umso mehr.«

»Seine Mutter legt sich laufend mit uns Lehrern an, weiß alles besser. Wenn sie zum Elternabend kommt, will sich jeder von uns drücken. Und Benno ist das peinlich, das merkt man.«

»Umso wichtiger ist es, ihn und seine Wünsche und Vorstellungen ernst zu nehmen und nicht die seiner Mutter.«

»Genau. Der Junge wird bald sechzehn, da hat er schon seine eigene Meinung. Und die sollte man respektieren, solange er sich nicht selbst schädigt. Aber das wirst du schon richtig machen, Viola.« Damit verabschiedete er sich, und sie legte auf.

An diesem späten Vormittag hatte Viola noch einen achtjährigen Jungen mit Kopfläusen in der Sprechstunde. Er erklärte ihr treuherzig, dass er letzte Nacht bei seinem Freund im Zelt geschlafen habe, und dieser Freund hatte noch vier Geschwister.

»Ich fürchte, die werden alle in den nächsten Tagen auch herkommen«, meinte die Mutter des Jungen. »Es tut mir leid.«

»Keine Sorge, und machen Sie sich keine Gedanken. Läuse haben nichts mit Unsauberkeit zu tun. Die hüpfen einfach von einem Kopf zum anderen, und eine normale Kopfwäsche bringt sie leider nicht um.« Sie verschrieb ein Spezialmittel, und Mutter und Sohn gingen aufatmend wieder hinaus.

Viola ertappte sich dabei, wie sie sich in ihre rotbraunen Locken fasste und die Kopfhaut rieb, die sofort zu jucken angefangen hatte.

Ein junger Mann mit einer dicken Brandblase an der linken Hand, die er sich beim Löten geholt hatte, war zu verarzten, und eine ältere Frau aus Grieben brauchte etwas gegen ihren trockenen Husten, der sie in der Nacht quälte.

Und dann saß tatsächlich Benno wieder im Wartezimmer, mit betont gleichmütigem Gesicht, aber kalter feuchter Hand bei der Begrüßung.

»Als Erstes, Benno«, teilte ihm Viola mit, als er im Sprechzimmer Platz genommen hatte, »sind deine Blutwerte in Ordnung. Das ist schon mal beruhigend. Aber ich will noch einen Sehtest mit dir machen. Und dann gibt es noch einiges, was ich mit dir besprechen möchte.«

Er nickte.

Viola sah ihn heute mit ganz anderen Augen, jetzt, da sie wusste, dass Georg sein Vater war. Ja, die glatten braunen Haare, die hatte er von ihm und auch die hohe Stirn. Aber sonst war Bennos Gesicht weich und noch nicht ausgeprägt. Hoffentlich konnte sie ihn ein bisschen zum Reden bringen.

Der Sehtest, den sie dann machte, ergab, dass er auf dem rechten Auge stärker kurzsichtig war als auf dem linken. Genau wie Georg, dachte Viola überrascht. Sie konnte es immer noch nicht ganz glauben, wer da vor ihr saß. Aber nun war klar: Benno brauchte eine Brille. Sie erklärte ihm, dass er für eine genaue Bestimmung der Sehschärfe zum Augenarzt müsste, und zwar möglichst bald.

Er schüttelte den Kopf. »Ich will keine Brille«, sagte er gereizt. »Geht auch so.«

»Benno, ich befürchte, dass du in der Schule nicht alles richtig vorn an der Tafel sehen kannst. Das bringt dir viele Nachteile.«

»Ich kann das eine Auge zukneifen«, antwortete er.

»Dann versuchst du es mit Kontaktlinsen«, schlug Viola vor.

Er machte eine abwehrende Bewegung. »Meine Mutter zahlt mir bestimmt keine. Sie schimpft so schon auf die Krankenkasse, die immer nur Geld will.«

»Ich werde mit ihr reden«, gab Viola zurück. Sie spürte

schon wieder, wie sie auf diese Frau wütend wurde. »Würdest du mit Kontaktlinsen klarkommen?«

»Bestimmt.« Benno schien erleichtert, anscheinend hatte er sich über dieses Problem schon länger Gedanken gemacht, bisher aber noch mit niemandem darüber gesprochen.

»So, und nun zu deinen Kopfschmerzen und der Müdigkeit.« Viola sah, wie Bennos Miene sich wieder verschloss. »Ich möchte deine Meinung hören und vor allem wissen, welche Gedanken und Sorgen du dir machst.«

Er schwieg eine Weile, dann sagte er zögernd: »Meine Mutter hat Angst wegen eines Hirntumors. Ein Onkel von mir ist nämlich an einem gestorben.«

Viola runzelte die Stirn. »Was für ein Onkel? Ein Bruder deiner Mutter?«

»Nein, von meinem Vater.«

Du lieber Himmel, war denn diese Frau von allen guten Geistern verlassen? Benno war doch mit der Familie seines Vaters überhaupt nicht verwandt! Es gab überhaupt keinen Anlass für so eine Befürchtung, und die Anlage für einen Hirntumor war sowieso nicht vererblich.

»Und du?«, wollte Viola nun wissen. »Was denkst du?«

Er überlegte. »Ein Hirntumor«, erwiderte er und blickte auf seine Hände, die er im Schoß verkrampft hielt. »Ich weiß nicht.«

»Ich kann dir sofort einen Termin in der Klinik machen«, bot Viola an, »wenn du Gewissheit willst. Aber ich persönlich bin überzeugt, dass es keiner ist.«

Benno sah sie zum ersten Mal richtig an. »Nein«, antwortete er, und es klang sicherer als bisher. »Wenn Sie es nicht für nötig halten, dann will ich erst mal nicht in die Klinik.«

»Gut, aber um den Augenarzt kommst du nicht herum«, sagte Viola mit Nachdruck.

Benno nickte, und dann stahl sich sogar ein kleines Lächeln auf sein sonst so verschlossenes Gesicht.

Viola hätte ihm am liebsten übers Haar gestrichen, aber das durfte sie natürlich bei einem Fünfzehnjährigen nicht mehr. Das wäre uncool gewesen.

Als er gegangen war, stand sie auf und reckte sich. Sie nahm die Akte und und ging damit ins Vorzimmer, wo Lisa bereits alles aufgeräumt hatte und sich zum Gehen bereitmachte.

»Ich könnte diese Frau Kilian am Kragen packen und schütteln«, erklärte Viola wütend. »Und wehe, sie kommt noch mal mit ihrer nächsten Diagnose, der multiplen Sklerose. Warum nur malt sie sich solche schweren Krankheiten aus?«

»Manche Menschen ersparen sich damit unliebsame Überraschungen«, erwiderte Lisa und legte die Patientenakte in die Schublade. »Wenn man immer das Schlimmste erwartet, kann es eigentlich nur besser kommen, oder?«

»Der Junge tut mir leid.«

»Ja, er hat es nicht leicht, bei der Mutter, die sich nicht besonders beliebt macht in ihrer Nachbarschaft. Irgendwie passt sie nicht so richtig zu uns, das habe ich inzwischen schon bemerkt. Und der Vater ist ein ganz verschlossener Mann, der zwar im Hafen seine Arbeit macht, aber kaum ein Wort redet. Und niemand weiß, warum er in Zirkow seine gute Stelle verloren hat.«

»Auf jeden Fall werde ich mich um den Jungen kümmern.« Viola lächelte. Sie hatte Benno von Anfang an gemocht, auch wenn er der Sohn von Georg war, oder vielleicht gerade deshalb? Aber egal, irgendwie fühlte sie sich für ihn verantwortlich, und sie wollte ihn unterstützen, soweit sie konnte.

Sie strich Kater Pauli übers Fell, der wie immer auf dem Fensterbrett saß und seinen Kopf an ihrer Hand rieb. »Komm, wir sind fertig. Lass uns nach Hause gehen.«

Er sprang auf den Boden und lief zur Tür.

»Am Samstag sind Sie auf Fortbildung, nicht wahr?«, fragte Lisa nach.

»Ja, und ich hoffe, Frau Taylor und Sie haben nicht allzu viel zu tun.«

»Oh, wir schaffen das schon. Sie hat inzwischen viel gelernt«, gab Lisa zurück. Sie schob energisch die letzte Schublade zu und erhob sich. »Na, nun gehen Sie schon, Finchen wartet. Ich schließe dann ab.«

Viola drückte ihr den Arm. »Was würde ich nur ohne Sie machen?«

19

Am Freitagabend spielte Florian mal wieder bei Ottilie in der Kneipe Klarinette. Es waren kaum mehr auswärtige Gäste da, und so waren die Hiddenseer unter sich.

In dem schönen alten Raum mit den dunklen Deckenbalken und den bis auf den Boden reichenden schmalen Fenstern fühlte sich Viola schon lange wie zu Hause. Meistens saß sie auf der Bank am Kachelofen, und Ottilie setzte sich dann eine Weile zu ihr. Sie war für Viola wie eine Mutter, mit der man alles besprechen konnte.

An diesem Freitag aber war sie hauptsächlich zum Zuhören gekommen, denn sie wollte mal wieder alle alten Seemannslieder hören, die Florian spielen konnte. Den ganzen Sommer über war dazu keine Zeit und keine Gelegenheit gewesen. Die wenigen Gäste lauschten zuerst den bekannten Liedern, dann aber fingen einige an mitzusingen. Und so begann ein sehr vergnügliches Miteinander.

Viola sah Florian dort vorn auf dem Podest stehen, und ein warmes Glücksgefühl stieg in ihr auf. Hier hatte er damals auch gestanden und gespielt, als sie ihn für sich unwiderruflich verloren glaubte. Und dann, sie war bereits nach draußen gegangen und musste gegen die Tränen kämpfen, war er hinter ihr hergekommen, und was er ihr dann gesagt hatte, konnte sie kaum glauben. Erst als er sie fest in die Arme genommen hatte, wurde ihr bewusst, dass er zu ihr zurückgekommen war. Für immer.

Und nun musste sie wieder gegen die Tränen kämpfen, aber diesmal vor Glück, als er das Liebeslied von Orfeu anstimmte, das sie so liebte: Il sole ogni di splendera, il cuore ogni di cantera. »Die Sonne scheint jeden Tag, mein Herz singt jeden Tag …«, summte sie leise mit. Es war ganz ruhig im Raum. Und es war Viola überhaupt nicht peinlich, dass er dieses Lied nur für sie spielte und sie dabei liebevoll anblickte. Dass sie beide sich liebten, durfte jeder hier wissen.

»Er ist schon etwas ganz Besonderes«, flüsterte Ottilie ihr zu, die das bemerkt hatte. »Ich liebe ihn sehr, deinen Florian. Und als alte Frau darf ich das auch unverhohlen sagen, nicht wahr?«

»Ich liebe ihn auch«, flüsterte Viola zurück.

»Das will ich doch hoffen«, gab Ottilie mit energischer Stimme zurück.

Am Samstag schien die Sonne vom blauen Himmel. Und Viola hatte überhaupt keine Lust, zu diesem Fortbildungsseminar nach Bergen zu fahren.

Anita Taylor, die ihren Dienst antrat, lachte. »Möchtest du mit mir tauschen?«, bot sie an.

»Nein, bestimmt nicht«, versicherte Viola. »Aber ich kann mir in Bergen Schöneres vorstellen, als den ganzen Tag in einem Raum zu sitzen und Vorträge anzuhören.«

»Dann mach über Mittag einen Einkaufsbummel und bring Finchen was Hübsches mit.«

Viola lachte. »Dazu muss man mich bestimmt nicht überreden.«

Sie hatte sich schon von Florian und Finchen verabschiedet. Die beiden wollten an den Strand, und nachmittags waren sie bei Ottilie zu Kaffee und Kuchen eingeladen.

Jetzt stand sie unschlüssig in der Praxis herum, aber es half alles nichts, diese Fortbildung musste sein. Und vielleicht war es doch ganz nett, die anderen Kollegen von Rügen mal wieder zu treffen.

Sie sprach noch kurz mit Anita über Benno, Hinrichs und ein paar andere Patienten, dann machte sie sich auf den Weg.

Für den Tag im Sana-Krankenhaus trug Viola einen türkisfarbenen Hosenanzug. Die Haare hatte sie hochgesteckt und Perlenohrringe angelegt. Jetzt müsste sie eigentlich noch hochhackige Pumps anhaben, aber das war sie nicht mehr gewohnt. Schon nach ein paar Schritten zu Hause hatte sie sich für bequeme flache Sommerschuhe entschieden, mit denen sie auch größere Strecken in Bergen zu Fuß gehen konnte. Denn das hatte sie in der Mittagspause vor.

Während der Überfahrt nach Schaprode, dem Anlegehafen auf Rügens Westküste, überlegte sie immer noch, ob sie nicht sofort wieder mit der nächsten Fähre zurückfahren sollte. Ausgerechnet heute war dieses Traumwetter. Aber sie stieg dann doch in den Wagen von Ottilie, der wie immer auf dem Parkplatz hinter dem kleinen Fischrestaurant stand. Die Inselbewohner konnten ihr Auto ja nicht mit auf die Insel nehmen. Nur der Inselärztin war das erlaubt. Dafür hatte sie dann keins hier auf Rügen. Aber es gab immer genügend Ausleih-Wagen.

Die Bäume entlang der Straße nach Bergen ließen schon die ersten Blätter fallen. Die Sonnenstrahlen drangen durch die Baumkronen, und auf der Fahrbahn wechselten schnell Licht und Schatten. Die Felder waren alle abgeerntet und zum Teil schon wieder umgepflügt. Es roch nach Herbst. Meine liebste Jahreszeit, dachte Viola, und die erlebe ich nun schon zum dritten Mal hier im Norden.

Und nach einer halben Stunde tauchte auch schon Bergen auf. Immer wieder wunderte sich Viola, wie schnell man sich an die Ruhe auf Hiddensee gewöhnen konnte. Umso anstrengender war dann der Verkehrslärm in einer Stadt. Sie war froh, die Strecke so gut zu kennen, sonst hätte sie sich bestimmt ein paarmal verfahren.

Nachdem sie einige Kolleginnen und Kollegen im Krankenhaus begrüßt und sich im großen Saal in die hintere Reihe gesetzt hatte, konnte sie ein bisschen entspannen. Hoffentlich schlafe ich nicht ein, dachte sie, als sie anfing zu gähnen.

Deshalb beschloss sie in der Mittagspause nicht am allgemeinen Buffet zu essen. Sie wollte sich in der Stadt ein Restaurant suchen, wo man draußen sitzen konnte.

Erst als sie in einem gemütlichen Rohrstuhl auf der Terrasse eines Gasthauses saß, stellte sie fest, dass sie sich ausgerechnet schräg gegenüber der Buchhandlung von Georg befand.

Hatte ihr Unterbewusstsein sie hierhergeführt, oder war die Idee schon länger in ihrem Inneren da gewesen, und sie hatte es nur nicht wahrhaben wollen?

Egal, nun saß sie hier vor einem Teller mit herrlich duftenden Preiselbeer-Waffeln und stellte erstaunt fest, dass Georg offensichtlich gute Geschäfte machte, denn seine Schaufensterfront hatte jetzt die doppelte Breite. Und der Schriftzug über dem Laden hatte sich geändert: *Sommer – Fachbuchhandlung und Antiquariat.*

Also war er sehr erfolgreich und handelte nun auch noch mit alten wertvollen Büchern. Das passte zu ihm.

Viola beobachtete voll Interesse die breite Ladentür. Und nach einer Weile öffnete sie sich, und eine ältere Frau kam heraus. Und da erschien Georg Sommer tatsächlich auch selbst. Er blieb in der offenen Tür stehen und verabschiedete sich mit einer kleinen Verbeugung von der Kundin.

Viola duckte sich hinter einen Sonnenschirm, aber Georg sah nicht herüber.

Zweieinhalb Jahre war das nun schon her, dass sie die Verlobung gelöst hatte. Anfangs hatte sie immer noch die Hoffnung gehabt, Georg würde sich doch noch melden und ihr zuliebe auch einmal Kompromisse machen, um sie wieder für sich zu gewinnen. Aber er hatte unerbittlich darauf bestanden, dass sie die Praxis aufgeben und zu ihm nach Bergen ziehen sollte.

Dann war Florian von seiner Japanreise zurückgekommen. Für ihn war es selbstverständlich gewesen, dass er für ein Leben mit Viola sein Dasein als Weltenbummler drastisch einschränken würde.

Und immer wieder versicherte er ihr, dass er es nie bereut hätte.

20

Georg war wieder in sein Geschäft zurückgegangen, und Viola wusste auf einmal, was sie nachher tun würde: den nächsten Vortrag in der Klinik ausfallen lassen und Georg besuchen. Egal was er sich dabei dachte. Und sie würde ihn auch nach Benno fragen. Er hatte kein Recht gehabt, ihr seinen Sohn zu verschweigen!

Ein wenig Herzklopfen bekam sie dann doch, als sie nach dem Essen aufstand und über die Straße ging. Gut, dass sie sich so elegant angezogen hatte. Das gab ihr Mut. Sollte er doch sehen, was er sich damals hatte entgehen lassen! Vorsichtig ging sie auf die breite Glastür zu und betrat den großen Raum mit hohen Regalen. Einige besondere Bücher wurden von kleinen versteckten Spots angestrahlt. Und eine angenehme Melodie erklang, die ankündigte, dass jemand in den Laden gekommen war.

Im Hintergrund saß Georg vor einem Computer. Er schob seinen Stuhl zurück und stand auf. Er hatte sich überhaupt nicht verändert. Wie immer mit glattgescheitelten Haaren und in dunklem Pulli über einem weißen Hemd und Bügelfaltenhose kam er auf sie zu und blieb dann auf einmal stehen. Seine Miene zeigte Verblüffung und eine Spur von Verunsicherung. Ganz ungewöhnlich für ihn. Doch er hatte sich schnell wieder gefasst.

»Viola«, sagte er mit leicht gehobenen Augenbrauen und reichte ihr die Hand, »was für eine Überraschung.«

»Ja, ich musste heute in die Sana-Klinik, und da dachte ich ... nun, ich wollte einfach mal sehen, wie es dir geht. Und wie ich sehe, geht es dir gut.«

Sie war verlegen, aber er schien es nicht zu bemerken.

»Ich habe keinen Grund, zu klagen«, erwiderte er. »Das Geschäft läuft gut. Kann ich dir einen Kaffee anbieten?« Er hatte ganz offensichtlich keine Probleme mit dieser unverhofften Begegnung.

Viola nickte. »Danke, aber vielleicht lieber eine Schokolade. Ich muss außerdem bald wieder zurück.«

»Dann komm.« Georg wandte sich um und führte sie in eine Ecke mit schweren braunen Ledersesseln und einem niedrigen runden schwarzen Holztisch. Er hat immer noch eine Vorliebe für unvergängliche Qualität, dachte sie belustigt. Und er sieht immer noch gut aus mit den grauen Schläfen und der kräftigen Statur.

Als sie die Kaffeemaschine sah – Hightech vom Feinsten, auch eine Vorliebe von ihm –, musste sie lachen. Ihre Verlegenheit war mit einem Mal verschwunden. Sie ließ sich in einen Sessel fallen und war froh, dass sie den Entschluss gefasst hatte, hierherzukommen. Das alte Gespenst Wut, Enttäuschung und Kummer, das sich ab und zu immer noch einmal gerührt hatte, wenn sie an ihn dachte, war plötzlich verschwunden. Georg konnte sie nicht mehr verletzen.

»Sieht es in deiner Küche genauso aus?«, wollte sie wissen und nahm die Tasse vorsichtig entgegen.

»Natürlich«, bestätigte er und setzte sich ihr gegenüber. »Das weißt du doch.«

»Ich habe deine Wohnung nie ganz fertig eingerichtet gesehen«, erwiderte sie, während sie mit dem Löffel die Sahne auf ihrer Schokolade verteilte. »Bist du zufrieden?«

»Ja.« Georg lehnte sich zurück und schlug die Beine übereinander. »Du hoffentlich auch. Ich habe gehört, dass du geheiratet hast, diesen Biologen. Und vor einem halben Jahr habt ihr eine Tochter bekommen.«

»Wer hat dir das denn erzählt?«, fragte Viola. Er schien ja sehr gut über sie informiert zu sein.

»Herr von Gramitz, er ist ein guter Kunde von mir.«

Aha, der Kunstsammler aus Kloster. Das hätte sie sich denken können. Er war schon damals ein Freund von Georg gewesen. Oft hatten sie zusammengesessen und sich ein besonders altes und wertvolles Buch angeschaut. Jetzt überbrachte er ihm offensichtlich auch regelmäßig Neuigkeiten von Hiddensee und von der verflossenen Verlobten.

»Und da habt ihr nichts anderes zu tun, als euch über mein Privatleben zu unterhalten?«, fragte sie etwas ungehalten nach.

»Das bist du doch von Hiddensee gewohnt«, entgegnete er. »Jeder weiß von jedem alles. Hier in Bergen ist es übrigens viel angenehmer. Man wird nicht dauernd beobachtet.«

»Bei uns wird nicht halb so viel gequatscht, wie du glaubst«, gab Viola entrüstet zurück. »Und außerdem sind die Menschen füreinander da, wenn mal jemand Hilfe braucht.«

»Schon gut. Ich weiß ja, dass du an dieser Insel hängst. Ich kann es zwar nicht verstehen, aber ich habe es schließlich akzeptiert.«

Viola wollte dieses Thema nicht weiter erörtern. Sie überlegte, wie sie ihn nach Benno fragen könnte. Endlich konnte sie Georg einmal verunsichern, wenn die ganze Geschichte stimmte. Und sie war neugierig, wie er reagieren würde.

»Vor ein paar Tagen war ein fünfzehnjähriger Junge in meiner Sprechstunde«, begann sie zögernd. »Und es ging unter anderem um Krankheiten in der Familie.«

»Und was hat das mit mir zu tun?«

»Er heißt Benno Kilian und ist dein Sohn.«

Georg richtete sich auf und beugte sich vor. Seine Hände krampften sich um dieTasse. »Mein Sohn?«, bemerkte er mit verwirrter Miene. Und Viola hatte tatsächlich das Vergnügen, ihn einmal außer Fassung zu sehen.

Er holte tief Luft und bemühte sich, wieder die Kontrolle zu bekommen.

»Wer hat dir das gesagt? Und wie kommt er auf eure Insel? Als Urlauber?«

Viola überlegte. Eigentlich wollte Frau Kilian ja nicht, dass Georg erfuhr, wo sie mit Benno wohnte. Aber nun war es zu spät. Sie ärgerte sich über diese Frau und auch ein wenig über sich selbst. Sollte sie weitere Auskünfte verweigern? Doch dann schob sie alle Bedenken beiseite, es würde schon kein Weltuntergang werden.

»Familie Kilian ist vor einem halben Jahr nach Neuendorf gezogen. Bennos Mutter hat es mir erzählt.«

Georg schaute sie verblüfft an, dann schüttelte er den Kopf. »Unglaublich, seine Mutter hat alles getan, um ihn von mir fernzuhalten, und es ist ihr auch gelungen. Benno Kilian? So heißt er? Diesen Namen wollte sie ihm geben. Und nun wohnen sie in Neuendorf? So nah?« Er machte eine Pause, dann fragte er auf einmal lebhaft und mit einem Interesse, das Viola so gar nicht an ihm kannte: »Und wie sieht er aus? Wie geht es ihm?«

»Das werde ich dir gleich erklären«, antwortete Viola. »Aber zuerst will ich wissen, warum du es mir nicht erzählt hast.«

Er stand auf, holte sich eine zweite Tasse Kaffee und setzte sich dann wieder. Im Hintergrund bemerkte Viola, wie eine ältere Dame eine Kundin bediente und zwei junge Mädchen sich Bücher ansahen. Es war still im Raum, man hörte eine Uhr ticken, und vor dem Fenster klappte der Deckel einer Mülltonne.

Georg sah auf seinen Kaffee. »Das hatte nichts mit dir zu tun, war ja über zehn Jahre her. Offiziell habe ich die Vaterschaft nicht bekommen, weil er geboren wurde, als sie bereits mit dem anderen verheiratet war. Sie wollte nicht einmal Geld. Ich habe den Jungen kein einziges Mal gesehen.« Das klang bedauernd, aber auch zornig.

»Gut, aber ich meine, wenn man miteinander verlobt ist wie wir damals und vorhat zusammenzuleben, sollte so etwas eigentlich nicht verschwiegen werden.«

»Ich hätte es dir schon zur rechten Zeit gesagt«, gab Georg zu.

Ja, so kannte sie ihn. Er hatte immer seine eigenen Pläne, und die besprach er mit niemandem, bevor er den rechten Zeitpunkt für gekommen sah.

»Benno weiß nichts von dir«, teilte ihm Viola mit.

»Das habe ich mir gedacht, und doch ist er mein Sohn und der einzige Enkel meiner Mutter. Sie hat all die Jahre immer wieder von ihm gesprochen, sie hätte sich sehr gefreut über ihn.«

»Deine Mutter hat es gewusst? Und die junge Frau, hat sie die gekannt?«

»Ja, aber sie war auch der Meinung, dass ich mir eine so frühe Heirat gut überlegen sollte. Nun, das ist alles lange her.«

Georg lehnte sich in seinem Sessel zurück. »Die Welt ist klein. Ausgerechnet auf Hiddensee müssen sie auftauchen, und du musst es erfahren. Ich muss überlegen, was ich jetzt mache.«

»Du sollst gar nichts machen«, beschwor ihn Viola. »Mach nicht alles noch komplizierter, als es schon ist. Lass sie in Ruhe. Ich bin auch nur hier, weil ich einige Informationen über Krankheiten in deiner Familie brauche. Benno ist mein Patient, und ich möchte wissen, ob es bei euch irgendetwas Beunruhigendes gibt.« Sie musste Georg einen plausiblen Grund für ihren Besuch präsentieren. Dass es reine Neugier war, durfte sie nicht zugeben.

Über das Thema Erkrankungen konnte ihr Georg genau und schnell Auskunft geben. Bei seinen Eltern und Verwandten gab es keinerlei Hinweise auf Hirntumore oder multiple Sklerose oder sonstige Krankheiten. Er könne auch noch gern seine Mutter anrufen, schlug er vor. Sie wohne seit einem halben Jahr bei ihm in der großen Wohnung und fühle sich da sehr wohl.

Viola erklärte ihm, dass dies nicht nötig sei.

Er hat also keine neue Frau kennengelernt, dachte sie. Und wahrscheinlich war das auch besser so. Georg konnte fürsorglich und zuvorkommend sein, und er war zuverlässig. Aber ein Zusammenleben mit ihm war ziemlich kompliziert, wie Viola damals festgestellt hatte. Vielleicht war seine Mutter die Einzige, die mit ihm auf Dauer zurechtkam.

Als sie wieder Richtung Klinik ging, war sie froh, Georg besucht zu haben. Sie blickte sich um. Überall waren die Menschen an diesem sonnigen Samstag draußen, arbeiteten im Garten oder saßen auf der Terrasse. Sie spürte die warmen Sonnenstrahlen auf ihrem Haar. Vor einer Garage wurde gegrillt, und es duftete verführerisch nach Würstchen. Auf den Beeten eines kleinen Parks, durch den sie kam, blühten dunkelviolette Herbstastern und goldgelbe Sonnenhüte. Rasenmäher ratterten in der Ferne. Das Leben war einfach schön.

Sie war erleichtert, dass Bennos Verwandte väterlicherseits ihm keine krankhafte Disposition vererbt hatten. Und mit Georg konnte sie nun endgültig abschließen. Dieses unangenehme Gefühl, kein richtiges Ende nach der Entlobung erlebt zu haben, war verschwunden. Sie musste nun auch keine Sorge mehr haben, ihm irgendwann einmal ganz unerwartet zu begegnen und dann vor Peinlichkeit im Boden zu versinken. Die Fahrt hierher hatte sich nun doch gelohnt.

Hoffentlich hielt er sich an sein Versprechen, Benno erst mal in Ruhe zu lassen, bis sie ihm grünes Licht gab. Sie wollte Frau Kilian dazu überreden, doch wieder Kontakt mit Georg aufzunehmen.

Man konnte nicht das ganze Leben lang unversöhnlich und stur sein.

21

Der Mond schien hell am dunklen Himmel, als Viola vom Hafen in Vitte nach Hause ging. Der junge Mann von der Wetterwarte begegnete ihr und rief ihr zu: »Wir haben ein Hoch in Aussicht. Berta heißt es, passend für einen Altweibersommer. Den haben wir auch dringend nötig nach diesem vielen Regen in den letzten Wochen.«

»Wie schön«, gab Viola erfreut zurück. Dieses Hoch würde sich hoffentlich auch weit nach Süden ausdehnen, bis in die Schweiz, denn ihr Urlaub begann nächste Woche.

Sie schaute noch schnell in die Praxisräume. Anita hatte sich bereits in die obere Wohnung begeben, wo sie übernachtete. Am nächsten Tag würde sie noch bis Mittag hier sein.

»Na, wie war die Fortbildung?«, rief sie Viola entgegen, als diese schnell die Treppe hochkam.

»Ein interessanter Tag«, entgegnete Viola, und das war nicht mal geschwindelt. Aber mehr wollte sie nicht erzählen. Dann entdeckte sie auf dem Tisch in der Küche einen riesigen bunten Blumenstrauß.

»Wo kommt der denn her?«, wollte sie wissen.

Anita lachte. »Dreimal darfst du raten. Von Herrn Vogtland natürlich. Er war der einzige Patient heute

Nachmittag, brauchte neue Magentropfen. Und dann hat er erzählt, dass er in Vitte ein kleines Streichquartett organisieren möchte, und hat gefragt, ob ich jemanden kenne, der Bratsche oder Cello spielt.«

»Hast du ihn ein bisschen ausgefragt? Von ihm weiß man eigentlich kaum etwas. Hat er Familie? Er kann doch nicht schon immer allein leben. Dabei ist er so ein netter Mensch.«

»Ich habe es versucht, aber er hat die Frage überhört und sich dann schnell verabschiedet. Und an der Tür hat er mich dann gefragt, ob er donnerstags Tom vom Kindergarten abholen darf, wenn es bei mir später werden sollte. Das ist natürlich in Ordnung. Er wird ihn dann herbringen und im Vorzimmer noch ein wenig mit ihm spielen. Schwarzer Peter habe sich Tom gewünscht, hat er mir verraten.«

»Er ist sehr rücksichtsvoll, unternimmt mit Tom nichts, was nicht mit dir abgesprochen ist«, stellte Viola fest. »Vielleicht sollte ich mal Florian mit der Klarinette zu ihm schicken, dann können sie zusammen Musik machen. Hoffentlich bekommt er irgendwann einmal so viel Vertrauen, dass er uns auch mal von der Zeit erzählt, bevor er nach Hiddensee kam. Und, war heute Vormittag viel los?«

»Nein, nur wenige Patienten. Weißt du, Viola, so ein Wochenende tut mir richtig gut. Tom ist dann meist bei Andrew, und ich kann hier in Ruhe arbeiten, und abends«, sie lachte vergnügt, »da genieße ich meine Ruhe mit einem Buch, oder ich kann fernsehen, was ich will. Also, für mich ist unser Arrangement sehr erfreulich.«

»Für mich auch«, versicherte Viola. »Ab und zu bin ich

sehr froh, nicht die Frau Doktor zu sein, ohne Handy und schwere Arzttasche.«

Viola verabschiedete sich und lief beschwingt die Treppe hinunter. Kurz darauf betrat sie ihr kleines gemütliches Heim, in dem sie von Florian mit einem Seufzer der Erleichterung empfangen wurde.

»Finchen will einfach nicht ins Bett«, beklagte er sich.

»Hast du schon mal ein Kind gesehen, das freiwillig ins Bett geht?«

»Eigentlich nicht«, gab er zu.

»Na, dann ist die Sache doch klar. Sie bekommt eine frische Windel und darf noch ihre Milch trinken. Dann legen, wir sie ins Bett. Und bevor wir das Licht ausmachen, spielst du ihr noch ein Wiegenlied vor.«

Florian nahm Finchen vom Boden hoch, auf dem sie sich kugelte, drehte und vorwärtszog. Bald würde sie anfangen, richtig zu krabbeln.

»So einfach ist das nicht«, erklärte er Viola. »Das ganze Programm haben wir schon durch, einschließlich Wiegenlied.«

Aber es war dann tatsächlich doch einfach. Finchen schlief sofort ein, nachdem sie von Viola eine Weile auf dem Arm herumgetragen worden war.

Florian schüttelte den Kopf. »Du hast Glück gehabt«, sagte er. »Ich war den ganzen Tag mit ihr an der frischen Luft, um sie dir heute Abend schlafend zu präsentieren. Ich wette, sie hat sich absichtlich wach gehalten, bis du kommst.«

Viola zog ihn zu sich aufs Sofa. »Sie ist eben ein schlaues kleines Mädchen«, erwiderte sie.

Er sah sie liebevoll lächelnd an. »Kein Wunder bei der

Mutter«, sagte er, fuhr ihr durch die Haare und küsste sie auf die Nase.

»Und wie war es bei dir?«, wollte er wissen. »Viel gelernt?«

»Geht so, ich habe nicht immer aufgepasst.«

»Also geträumt«, bemerkte er.

»Nun ja, ein bisschen, vor allem von unserem Urlaub. Ich bin froh, dass wir diese zwei Wochen noch einmal ganz für uns haben, bevor die beiden Kinder aus Indien kommen. Wenn wir zurück sind, ist die Saison hier vorüber, dann kümmern wir uns weiter um die Papiere. Es wird nicht so schnell gehen. Sicher sind sie froh, dass wir den kleinen Ravi auch zu uns nehmen. Ein behindertes Kind hat sonst keine Chancen, adoptiert zu werden.«

»Das denke ich auch«, antwortete Florian, »und ich habe nun die Zusage von meinem Chef, in den ersten sechs Monaten nach Ankunft der Kinder nur zu siebzig Prozent beim Nationalpark beschäftigt zu sein. Alles ist bereits genehmigt. Dann kann ich mich auch um die Kinder kümmern. Übrigens ist es noch gar nicht sicher, dass der Junge in seiner geistigen Entwicklung zurück ist. Er spricht zwar nicht, aber das liegt an seiner Rachenspalte. Er hat so aufmerksame Augen. Ich bin überzeugt, er versteht viel mehr, als wir ahnen.«

Viola kuschelte sich an ihn.

»Meinst du, sie werden eines Tages so richtig unsere Kinder sein? Kein bisschen mehr fremd?«

»Das hoffe ich doch sehr. Spätestens wenn sie anfangen, Platt zu sprechen.«

Viola musste lachen bei dieser Vorstellung. Dann fiel ihr Herr Kilian ein, der auch ein fremdes Kind sein eigenes nannte und offensichtlich keine Schwierigkeiten damit hatte. Und Georg, der sein eigenes Kind überhaupt nicht kannte. Verkehrte Welt.

»Woran denkst du?«, fragte Florian. »War irgendwas Besonderes in Bergen?«

»Nein«, antwortete Viola, »nein, nichts Besonderes. Ich bin nur müde.«

Irgendwann einmal würde sie Florian von Benno erzählen und wer sein Vater war. Aber jetzt war es besser, das noch für sich zu behalten. Auch gegenüber Florian musste sie die ärztliche Schweigepflicht einhalten. Er würde sicher niemandem etwas weitererzählen, trotzdem durfte sie ihm nicht alles berichten, was sie wusste. Das war manchmal schon schwierig, wenn sie mit Problemen zu kämpfen hatte und gern mit ihm darüber gesprochen hätte. Aber heute Abend war sie tatsächlich nur noch müde und schob alle schwierigen Angelegenheiten beiseite.

22

In der nächsten Woche kamen viele Patienten in die Sprechstunde, um sich noch schnell vor Violas Urlaub etwas verschreiben zu lassen. Aber so war es immer. Anita Taylor hatte sich zwar gut eingearbeitet und kam auch mit den Menschen hier zurecht. Aber bevor man zu der Vertretung ging, begab man sich schnell noch einmal zur vertrauten Frau Doktor.

Am Freitag, Violas letztem Tag, tauchte Benno auf und erzählte stolz, dass seine Mutter ihm schließlich die Kontaktlinsen doch bezahlt hatte. Na also, dachte Viola, sie fängt an einzusehen, dass man mit Sturheit nicht weiterkommt. Viola hatte den Bericht vom Augenarzt bekommen. Seine Untersuchungen hatten keinen Anhalt für einen Hirntumor ergeben, auch kein Doppeltsehen. Also keine Augenmuskelschwäche, die eventuell auf MS gedeutet hätte.

Nur diese einseitige Kurzsichtigkeit. Und die konnte man behandeln.

Bennos Mutter hatte sich nur noch einmal telefonisch gemeldet und Viola mit energischer Stimme klargemacht, dass sie auf eine weitere ärztliche Behandlung ihres Sohnes bei ihr verzichten und ihn zu einem Arzt in Gingst schicken würde. Nun gut, wenn sie das so wollte. So hat sie wenigstens in der ganzen Geschichte das letzte Wort, dachte Viola, und das schien ihr wichtig zu sein.

Benno wirkte richtig locker. Und als er Viola berichtete, dass seine Mutter ihm jeden weiteren Kontakt mit ihr verboten hatte, machte er eine wegwerfende Handbewegung und versicherte, dass er sich nicht daran halten würde. Stolz erklärte er ihr, dass er ohne Wissen seiner Mutter wieder zu ihr gekommen war. Hoffentlich gibt das nicht mal irgendwann Ärger, ging es Viola durch den Kopf. Mit dieser Frau wollte sie nicht unbedingt gleich den nächsten Streit haben.

Benno verabschiedete sich von Viola mit einem kräftigen Händedruck. Der Junge schien sich so langsam auf die Hinterbeine zu stellen, es wurde ja auch Zeit.

Aber nun war Urlaub angesagt, und das Hoch, das der Hiddenseer Wetterexperte angekündigt hatte, breitete sich bereits in alle Richtungen aus. Fast schon tat es Viola leid, in diesen wunderbaren Herbsttagen die Insel verlassen zu müssen. Die Sanddornbeeren leuchteten in sattem Orange, das Meer lag blau bis zum Horizont hinter den Dünen. In der Heide herrschte Lila vor, und das Grün der Wiesen war dank des Regens in den letzten Wochen noch nicht vergilbt.

Als Viola am Abend das Wohnzimmer betrat, standen da bereits zwei gepackte große Koffer. Florian hantierte in der Küche herum. Finchen schlief und wusste nichts von der geplanten Reise. Morgen würden sie im Schlafwagen bis Zürich fahren und dann mit dem Mietauto nach Lungern. Dort hatten sie eine kleine Ferienwohnung gemietet. Morgens würden sie sicher vom Glockenläuten der Kühe auf der gegenüberliegenden Weide geweckt werden. Und Milch und Käse konnte man direkt vom Bergbauern kaufen. So wenigstens stellte sich es Viola vor, und so musste es auch sein.

»Was hast du denn alles eingepackt?«, fragte sie, als Florian aus der Küche kam.

»Windeln, Hemdchen, Strampler, Cremes, Fläschchen, Milchpulver, Gläschen, Lätzchen, Jacken, Mützen, Fell für den Kinderwagen, Spielsachen ...«, er holte Luft, aber Viola hob die Hände.

»Schon begriffen«, antwortete sie. »Und für uns?«

»Das Nötigste«, erwiderte er und lachte. »Wir sind ja zwei Erwachsene ohne große Ansprüche, seit wir ein Kind haben.«

»Weißt du eigentlich, dass ich dich sehr liebe, mein lieber Florian?« Viola fiel ihm um den Hals und drückte ihn an sich.

»Das will ich doch hoffen!«, war Florians Antwort.

Das hat Ottilie auch gesagt, dachte Viola belustigt, aber dann dachte sie nichts mehr, weil Florian sie leidenschaftlich küsste.

In diesem vertrauten Moment wurden sie durch die Klingel gestört, und Viola ging unwillig zur Tür. Sie war mit den Gedanken schon weit fort, und gern hätte sie jetzt noch eine ruhige Nacht vor der Reise verbracht. Nun, das war eben das Los einer Ärztin. Hoffentlich war es kein Notfall.

Aber es war nur Lisa, die ein wenig aufgeregt hereinkam.

»Ich will nicht stören, Frau Doktor. Nur kurz. Ich denke, es ist wichtig für Sie. Als ich vorhin mit Jan noch auf ein Glas Wein bei Ottilie gesessen habe, hat die Bäckersfrau etwas erzählt, was mich nun doch ein bisschen aus der Fassung gebracht hat. Sie hat es von einer Frau in der Nachbarschaft.«

»Und um was geht es?«, fragte Viola stirnrunzelnd.

»Benno Kilian soll der Sohn von Ihrem Exverlobten sein. Haben Sie das gewusst? Von Herrn Sommer, diesem vornehmen Herrn. Ich konnte es kaum glauben. Aber dann kam meine Freundin aus Neuendorf dazu und hat berichtet, dass es dort schon die Runde gemacht hat. Und Frau Kilian soll wütend wie eine Furie sein.«

Ach, du lieber Himmel. Das war wirklich das Letzte, was Viola erwartet hätte. Das kann doch nicht sein, dachte sie, wie konnte das nur passieren? Sie selbst hatte niemandem auch nur ein Wort von der ganzen Sache erzählt. Wer hatte es denn noch gewusst? Georg? Der würde es niemals so unbedacht jemandem mitteilen, denn er überlegte sich immer genau, was er tat und welche Konsequenzen es haben würde. Und außerdem hatte er ihr versprochen, vorerst noch nichts in dieser Sache zu unternehmen. Und er hielt sein Wort, das wusste sie. Aber wer hatte dann dieses Gerücht verbreitet?

»Ich weiß es, Lisa«, erwiderte sie seufzend. »Und es wäre mir recht, wenn Sie den Leuten sagen würden, in dieser Sache den Mund zu halten. Schließlich ist das Ganze kein Weltuntergang. Man sollte es nicht aufbauschen.«

»Was ist ein Weltuntergang?«, fragte Florian, als er in die Küche kam.

Viola stöhnte. Jetzt musste sie ihm einiges erklären.

Nachdem Lisa wieder einigermaßen beruhigt gegangen war, erzählte Viola ihm die ganze Geschichte mit Benno und Frau Kilian. Und dass sie bei Georg gewesen war. Jetzt musste man es ja nicht mehr verschweigen.

»Das ist ja eine abenteuerliche Geschichte«, bemerkte er kopfschüttelnd. »Und du hast nichts davon gewusst? Dieser Georg scheint ein eigenartiger Typ zu sein. Das habe ich gleich gedacht, als ich ihn kennenlernte. Doch das kann uns nun nicht mehr bekümmern.«

»Ich bin genauso aus allen Wolken gefallen, als ich es gehört habe. Aber irgendwie passt es zu Georg. Wenn er beschlossen hat, mit niemandem darüber zu reden, ist er konsequent, sogar bei mir.«

»Aber warum hast du mir nicht gleich davon erzählt?«, wollte Florian wissen. »Ich hatte schon das Gefühl, dass du sehr nachdenklich von Bergen zurückgekommen bist.«

»Ach, Florian, ich muss mich doch an die ärztliche Schweigepflicht halten, auch wenn es nicht um medizinische Dinge geht. Ich darf ja auch nichts wie Wohnort, Lebensweise, Finanzen erwähnen. Alles, was ich so nebenher erfahre, ist tabu. Das ist gar nicht so einfach, weil die Leute sich hier kennen. Und ich weiß nie, was ist schon allgemein bekannt und was nicht. Lieber halte ich dann den Mund und sage gar nichts.«

»Aber ich hätte es bestimmt nicht weitererzählt«, entgegnete Florian ein bisschen erbost. »Und deinen Besuch bei Georg hättest du ja schon erwähnen können.«

»Ich wäre bei ihm nicht ohne Grund und ohne es dir zu sagen vorbeigegangen. Ich wollte wissen, ob das mit Benno wahr ist und noch einiges wegen der Beschwerden des Jungen.«

»Na gut, dann sei dir verziehen«, lenkte er ein. »Was macht er denn, dein werter Herr Buchhändler?«

Viola gab Florian einen vorwurfsvollen Knuff. »Er ist nicht mein Buchhändler, schon lange nicht mehr. Und das weißt du ganz genau. Er wohnt mit seiner Mutter immer noch in der schönen großen Wohnung mit allem modernen Komfort, den man sich nur denken kann. Du siehst, worauf ich deinetwegen verzichtet habe.«

»Du hast gar nicht auf ihn verzichtet. Er hat dich sitzenlassen. Scheint bei ihm schon Gewohnheit zu sein, falls die Geschichte von Frau Kilian stimmt.«

»Das ist überhaupt nicht wahr!«, wehrte sich Viola heftig. »Ich habe ihn sitzenlassen.«

»Ist ja auch egal«, besänftigte Florian sie. »Aber was ist nun mit der wütenden Frau Kilian in Neuendorf? Wird sie nun anrücken und sich mit dir prügeln?«

»Morgen sind wir fort, und in zwei Wochen hat sie sich bestimmt beruhigt«, erwiderte Viola. »Außerdem habe ich die Sache nicht in Umlauf gebracht. Sie kann mir das nicht anhängen. Und ich glaube, ich weiß auch, wer die Plaudertasche war. Dieser Herr von Gramitz, der immer mit Georg zusammensteckt und alte Bücher sammelt. Der hat ihm immer haarklein alles von mir berichtet: dass ich verheiratet bin und eine Tochter habe. Der hat es wahrscheinlich von Georg. Den werde ich nach unserem Urlaub mal besuchen und ihm die Meinung geigen!«

»Gute Idee. Ich bin richtig froh, dass dieser ganze Trubel einen Tag vor unserem Urlaub kommt. Morgen lassen wir alles hinter uns und freuen uns auf die Berge.«

»Mir tut nur Benno leid, wenn er erfährt, dass Herr Kilian nicht sein Vater ist. Er hat Vertrauen zu mir, und ich mag ihn. Aber vielleicht versickert die ganze Geschichte bald im Sand, und der Junge bleibt davon verschont. Das

Ganze ist sowieso nur so interessant für die Leute, weil ausgerechnet mein Exverlobter, den alle hier als Mann ohne Fehl und Tadel kennen, diesen Fehltritt gemacht hat. Sonst ist doch so etwas wirklich nicht so aufregend, oder?«

»Nein, eigentlich nicht, außer man ist eine Frau, die viel Wert darauf legt, bei ihren Mitmenschen gut dazustehen, und für die eine einwandfreie Erscheinung am wichtigsten ist. Und das könnte bei Frau Kilian der Fall sein. Ich habe sie ein paarmal getroffen, und sie sah immer aus wie frisch aus einer Modezeitschrift entsprungen – dezent geschminkt, geschmackvoll und makellos.«

»Dann sollte sie aber aufhören, immer alles besser zu wissen und die Leute damit zu verärgern«, erklärte Viola. »Elegante Kleider machen sie noch lange nicht beliebt bei uns.«

»Gut, aber jetzt haben wir genug über diese Frau geredet. Morgen sind wir über alle Berge und lassen allen Ärger und alle Aufregung hinter uns. Und bestimmt herrschen hier wieder Friede und Freude auf der Insel, wenn wir nach Hause kommen. Also machen wir da weiter, wo wir vorhin stehen geblieben sind.«

»Und wo waren wir denn stehen geblieben?«, fragte Viola verwundert.

»Das weißt du nicht mehr? Bei einer heftigen Knutscherei«, antwortete Florian mit blitzenden Augen.

»Also, ich frage mich manchmal, ob du immer noch in der Pubertät steckst«, konterte Viola und lachte.

Aber sie hatte dann nichts dagegen, dass Florian genau das anging, was er vorgeschlagen hatte.

23

VIOLA SASS AUF einem von der Sonne gewärmten Stein inmitten einer hügelig abfallenden grünen Wiese mit bunten Gebirgsblumen. Neben ihr lag Finchen auf ihrer Decke und versuchte, einen Zweig von einer grünen Alpenrose zu erhaschen. Florian war auf einen kleinen Hügel in der Nähe geklettert und winkte ihr von dort oben zu. Hinter Viola stieg das Gelände zum Brünigpass an, und in der Ferne über den dunklen Baumwipfeln ragten schneebedeckte Berggipfel in den tiefblauen Himmel.

Ein Schmetterling flatterte über den gelb blühenden Hornklee von einer Blüte zur nächsten und freute sich, so viele Köstlichkeiten noch Ende des Sommers zu finden. Von einer entfernten Weide drangen Kuhglockentöne herüber und ab und zu ein langgezogenes Muhen. Fehlt nur noch ein Stückchen Schweizer Käse, dachte Viola und legte sich zufrieden neben Finchen ins Gras. Sie schaute hoch in den Himmel und hatte das Gefühl, in dieses unendliche Blau hineinzuschweben.

Genau so hatte sie es sich gewünscht, vorgestellt, erhofft, und genau so waren all ihre Träume wahr geworden. Kaum zu glauben, dass ein Urlaub so unkompliziert sein konnte. Sogar die beiden Regentage, die sie bisher erlebt hatten, waren voller Genuss gewesen: warmer Herbstregen, der einen intensiven Duft nach nassem Gras und feuchter Rinde auslöste, klare Luft und das Gefühl, bei jedem Atemzug pure Lebensfreude in den Körper und die Seele einzulassen.

Florian, Finchen und sie hatten Zeit füreinander, zwei ganze Wochen lang. Und kein Handy konnte sie stören, und kein Urlauber, der den brütenden Vögeln zu nahe kam, brachte Florian in Rage.

Und da kam er auch schon wieder herunter von seinem Hügel, mit strahlenden Augen, und setzte sich neben sie. Er hatte einen rot blühenden Zweig in der Hand.

»Schau, Viola, ein Nachzügler, eine bewimperte Alpenrose, von der Gattung der Rhododendren, gehört zu den Heidekrautgewächsen. Dort oben hinter einem Felsbrocken habe ich sie gefunden.«

Viola setzte sich auf. »Aber, mein Herr Biologe, du weißt doch, dass man die nicht pflücken darf, sie stehen unter Naturschutz.«

»Natürlich, aber ab und zu darf auch ein Fachmann einen winzigen Fehltritt machen. Ich dachte, du freust dich. Auf diesen Hügel wärst du sicher nicht gestiegen, um sie dir anzuschauen.«

»Natürlich freue ich mich.« Viola nahm den blühenden Zweig vorsichtig in die Hand. »Ich habe mir schon vorgestellt, wenn im Hochsommer hier alles in diesem wunderschönen Rot leuchtet, dazu tiefblaue Enziane und strahlendes Edelweiß. Das wäre dann wie bei Heidi auf der Alm, und da wollte ich schon immer hin.«

»Bist du nicht ein bisschen sehr romantisch, Frau Doktor?«

»Ja, und warum auch nicht, Florian.« Viola wurde

ernst. »Diese Wiese hier und die Blumen und die Berge und dieser Tag sind Realität. Und man kann noch so viel darüber spötteln und es kitschig finden, ich werde immer und überall jedem mit Nachdruck klarmachen, dass unsere Welt nicht nur ramponiert und abgetakelt ist, sondern dass es noch solche Stellen gibt, und zwar viele, wo etwas wächst und gedeiht und nicht vernichtet wird. Und romantisch ist!«

Florian setzte sich neben sie und zog sie an sich. »Das ist etwas, was ich an dir liebe. Du hast beides, den Blick für die Schatten und den für die Sonnenseiten. Und wenn das Bewusstsein für alles, was wir Schönes auf der Erde haben, bei den Menschen mehr im Vordergrund stünde und die Dankbarkeit dafür, dann hätte vielleicht die Sucht nach Macht und Beherrschung viel weniger Chancen.«

»Jetzt bist du romantisch, Flo, aber du hast trotzdem recht. So, und nun habe ich Hunger, und Finchen steckt sich gleich einen Zweig in den Mund.«

»Halt, Alpenrosen sind hochgiftig«, rief Florian erschrocken und nahm seiner Tochter den Zweig aus der Hand. »So viel zu ›heile Welt‹«, brummte er.

»Du weißt genau, dass heile Welt auch giftige Pflanzen beinhaltet, die müssen sich gegen Finchen und die Kühe oder Gämsen ja schließlich auch schützen. Das gehört dazu«, entgegnete Viola.

Florian nahm Finchen auf den Schoß. Sie packte eine seiner Locken und zog daran.

»Das Kind hat einen kräftigen Griff«, stellte er fest und blickte Viola lächelnd an. »Lassen wir unsere tiefschürfenden Gedanken eine Weile ruhen und schauen wir mal in unserem Rucksack nach, was wir so zu essen eingepackt haben?«

Später nahm Florian Finchen in der Trage auf den Rücken, und sie wanderten langsam bergab Richtung Dorf. Von hier oben hatte man einen phantastischen Blick über das Tal und den Lungernsee. Es gab eine Badeanstalt und einen Lift zum Schönbüel auf über zweitausend Meter. Von dort aus konnte man wieder nach Lungern herunterwandern, zu weit für Finchen, aber für Florian war das eine seiner ersten Unternehmungen gewesen.

Überhaupt kam er hier voll auf seine Kosten. Die Brienzer Dampfbahn hatte sie aufs Rothorn gebracht, und von dort hatte man einen herrlichen Blick auf Mönch, Eiger und Jungfrau. Während Viola mit Finchen wieder nach unten fuhr, marschierte Florian auf zum Teil ziemlich steilen schmalen Pfaden über den Brünig zurück und kam am Abend müde, aber glücklich und mit Blasen an den Füßen zurück. Und beim Abendessen zählte er Viola alle Berggewächse auf, die er unterwegs gefunden hatte.

Abends, wenn Finchen nebenan im Kinderbett schlief, saßen Viola und Florian gemütlich in der Sofaecke. Draußen funkelten, wenn keine Wolken aufgezogen waren, die Sterne an einem klaren Himmel. Und hier auf siebenhundert Meter Höhe war man dem Firmament näher als auf der Insel, und so konnte man deutlich mehr der hellen strahlenden Lichtpunkte erkennen.

Nachts wurde es meist schon ziemlich kühl, aber ein kleiner Kaminofen wärmte die Zimmer schnell. Man konnte lesen oder sich etwas im Fernsehen anschauen oder einfach nichts tun und seinen Gedanken nachhängen.

»Wir sind schon eine richtige gestandene Familie, meinst du nicht auch, Florian?«, stellte Viola an einem dieser gemütlichen Abende fest. Demonstrativ hob sie ihr Strickzeug hoch. Sie strickte winzig kleine Socken und Handschuhe für Finchen und etwas größere für die beiden Kinder, die sie Ende des Jahres hoffentlich würden holen können. So hatte sie das Gefühl, schon für Ravi und Anila sorgen zu können. Die beiden mussten mit dem viel kälteren Klima in Europa zurechtkommen, und mit bunten Strümpfen und Handschuhen würde ihnen das vielleicht leichterfallen.

Florian sah sie belustigt an. »Willst du das denn?«

Sie dachte eine Weile nach, dann lachte sie. »Ich glaube nicht, dass bei uns einmal der Alltagstrott zur Gewohnheit wird, nicht mit zwei Kindern aus einer anderen Kultur. Und dir als Vater«, fügte sie dann nach einer kleinen Pause hinzu.

»Und mit einer Mutter, die sich immer wieder mit dem einen oder anderen Inselbewohner anlegt«, erwiderte Florian.

»Das gehört zum Beruf«, erklärte Viola.

»Du bist gar nicht mehr die unsichere junge Frau, die ich mal kennengelernt habe und die einen Mann gebraucht hat, der ihr zeigte, wo es langging. So einen wie Georg«, sagte Florian augenzwinkernd. »Und die etwas dagegen hatte, wenn der Mann ab und zu eine Auszeit brauchte.«

»Na ja«, stimmte Viola ernst zu, »in so einer Auszeit lernt man, dass es auch ganz gut mal ohne Mann geht.«

»So?« Florian zog sie an sich und strich ihr die widerspenstigen Haare aus dem Gesicht. »Gut, dass ich das weiß. Bei meinem nächsten Ausflug werde ich dich daran erinnern.«

»Deinen nächsten Ausflug machst du mit deiner Großfamilie, das ist aufregender als jede Safari«, entgegnete Viola.

Er lehnte sich auf dem Sofa zurück. »Komisch, ich bin zurzeit gar nicht mehr so erpicht auf irgendwelche aufregenden Reisen. Werde ich etwa alt?«

»Deine Prioritäten verschieben sich vielleicht«, gab Viola vorsichtig zurück.

»Das ist gut möglich. Und ich habe nicht mal etwas dagegen.«

24

EINIGE TAGE VOR ihrem Urlaubsende kam Florian aufgeregt aus dem Dorf zurück.

»Also du glaubst nicht, wen ich getroffen habe«, rief er Viola entgegen.

»Jemanden von Hiddensee?«, vermutete sie.

»Nein, du wirst es nie erraten. Sagt dir der Name Ariana Burg etwas?«

»Eine Klarinettenspielerin, soviel ich weiß. Hast du nicht eine CD von ihr?«

»Sehr gut«, sagte er lobend. »Diese junge Frau ist schon in einigen größeren Konzerten als Solistin aufgetreten.«

»Und sie ist hier?«

»Ich habe im Vorbeigehen an einem Haus vorhin aus einem Fenster Musik gehört. Ich dachte zuerst an eine CD, die Klarinette war sehr gekonnt gespielt. Aber dann wurden zwei Passagen wiederholt, und das konnte nur live sein. Also bin ich durch den Garten gegangen und habe an der Tür nachgeschaut, und da stand ›Burg‹ am Klingelschild.«

»Sie wohnt hier?«, fragte Viola staunend.

»Ihre Eltern, nicht sie. Und auf einmal schaute sie aus dem Fenster und wollte wissen, was ich hier in ihrem Garten mache. Und so sind wir ins Gespräch gekommen.«

Viola musste lachen. Florian kam leicht mit anderen Menschen ins Gespräch, vor allem mit netten Frauen. Sie wunderte sich dann auch gar nicht, als er erzählte, er hätte sie für heute Abend hierher auf ein Glas Wein eingeladen. Anscheinend war die junge Dame sehr schnell seinem Charme erlegen gewesen. Und Viola hatte nichts dagegen. Sie wusste, dass Florian die Grenzen kannte.

»Wie sieht sie aus?«, hakte sie neugierig nach.

»Ganz anders als im Konzert oder auf der CD-Hülle. Da wirkt sie sehr streng, mit glatt zurückgekämmten dunklen Haaren und ernstem Gesicht. Offensichtlich dürfen gute Musiker nicht lässig oder lachend auftreten. Aber vorhin hatte sie ein einfaches Shirt an und trug die Haare offen. Sie sah viel jünger aus, dabei ist sie so um die vierzig.«

»Also näher an meinem Alter?«, meinte Viola.

»Genau, und wie du weißt, habe ich ja eine Schwäche für reife Damen.«

»Solange sich diese Schwäche ausschließlich auf deine Ehefrau bezieht, bin ich zufrieden«, erwiderte Viola lächelnd.

Den Rest des Nachmittags war mit Florian nicht mehr viel anzufangen. Er war mit seinen Gedanken bei dieser Musikerin, bedauerte, seine Klarinette nicht mitgebracht zu haben. Dann versank er in Überlegungen. Und als Viola fragte, was ihn so zum Grübeln brachte, meinte er, das seien noch nicht ausgereifte Ideen, und er würde ihr später davon erzählen.

Florian war richtig aufgeregt, als es dann schließlich klingelte und Ariana erschien. Viola war sie gleich sehr sympathisch. Sie war eine humorvolle Frau Anfang vierzig, sprach mit Schweizer Dialekt und erzählte Florian auf seine Fragen alles, was mit Klarinette zusammenhing.

Es wurde ein richtig gemütlicher Abend, und als Florian sie später nach Hause brachte, war Viola über dieses unerwartete Zusammentreffen richtig froh. Florian war in der letzten Zeit mit seinem Musizieren irgendwie unzufrieden gewesen. Und vielleicht gab ihm dieser Abend einen Anstoß, wieder mehr zu üben.

Es war schon spät, als er zurückkam.

»Diese Frau ist überhaupt nicht eingebildet auf ihr Können. Hast du das gemerkt?«, sagte er. »Sie meint, dass man auf einem Musikinstrument nie mit dem Lernen fertig ist. Auch sie müsse noch vieles besser machen. Und ich habe mir überlegt, ob ich nicht wieder Unterricht nehmen sollte. In Bergen gibt es eine gute Musikschule. Was meinst du dazu?«

»Eine gute Idee«, antwortete Viola freudig überrascht. »Das wird dir guttun, und solange du nicht jeden Abend später nach Hause kommst, bin ich damit einverstanden.«

»Einmal in der Woche, das reicht. Aber ich müsste täglich üben. Wird dir das nicht auf die Nerven gehen? Und Finchen?«

»Wir finden schon einen Ausweg, wenn es so weit ist«, versprach Viola. »Wir können spazieren gehen oder Ottilie besuchen, die wird sich auch freuen, wenn du mit neuen Melodien kommst.«

»So schnell wird das nicht gehen. Ich bin ein bisschen eingerostet. In der letzten Zeit habe ich nicht mehr viel gespielt. Und Ariana hat gesagt, dass sie uns besucht, wenn sie mal in der Gegend ist. Sie wollte schon lange mal nach Hiddensee.«

Viola sah ihn erfreut an. »Das wäre wunderbar. Und wenn das so weitergeht, wird es auf Hiddensee bald auch noch Musikkultur geben. Herr Vogtland plant ein Streichquartett, und du wirst dein Repertoire erweitern. Diese Begegnung mit Ariana hat dir einen richtigen Schub gegeben, stimmt's?«

»Ja, am liebsten würde ich gleich loslegen, aber ich habe ja meine Klarinette nicht dabei. Jetzt freue ich mich richtig auf mein Instrument. Und auf morgen. Wie sind die Wetteraussichten? Können wir morgen noch mal einen größeren Ausflug machen, bevor es wieder nach Hause geht?«

»Ja, können wir. Im Radio haben sie für die nächsten Tage sonniges Wetter vorhergesagt. Ich würde mir gern noch mal unseren Urlaubsort von oben ansehen, vielleicht im Nebel aufsteigen und dann oben in der Sonne ankommen. Kannst du das für mich arrangieren?«

»Ich werde mir Mühe geben.« Florian sah sie mit strahlenden Augen an.

25

Am letzten Urlaubstag genossen Viola und Florian nach einem langen wunderbaren Tag noch einmal einen schönen Abend. Florian schaute sich die Nachrichten an, und Viola hatte sich mit einem Buch in die Sofaecke gekuschelt.

In der Frühe hatte Florian aus dem Fenster geschaut und festgestellt, dass das genau der Tag war, den sich Viola gewünscht hatte. Die Berge waren noch in einen dichten Nebel gehüllt.

»Wir fahren hoch«, rief er Viola zu, die gerade aus dem Bad kam. »Wenn wir Glück haben, werden wir über diesem Nebel herauskommen.«

Die Kraxe für Finchen wurde ausgepolstert und der Rucksack gepackt.

»Wieder mal fast alles für die Prinzessin«, stellte Florian fest. »Für uns bleibt gerade mal Platz für ein Butterbrot und eine kleine Flasche Wasser. Aber ich würde Finchen trotzdem nie wieder hergeben.«

Und als die Bahn oberhalb der Waldgrenze hielt, wurden sie mit einem einmaligen Blick belohnt. Das ganze Tal unter ihnen lag in einem grauen dichten Dunst, doch hier oben schien die Sonne über den Gipfeln und auf den Wiesen.

Sie setzten sich ins Gras, Finchen kam auf ihre Decke, und sie konnten beobachten, wie langsam die Wolken da unten dünner wurden. Und dann verzogen sich bald darauf auch die letzten Wolkenfetzen, und der Lungernsee war wieder zu sehen.

Sie waren noch ein Stück aufgestiegen, einen schmalen Wiesenweg hoch. Und oben wurde dann das erste Picknick gemacht.

Später waren sie den Schmetterlingspfad wieder nach unten gelaufen. An diesem warmen Septembertag hatten die Schmetterlinge sich noch einmal in großer Anzahl an der Sonne erfreut – Apollofalter, Schwalbenschwanz, Admiral und wie sie alle hießen. Florian hatte ein paar wilde Orchideen und Lilien entdeckt. Die Murmeltiere hatten laut gepfiffen und waren schnell in ihre Löcher verschwunden, was Finchen vor Freude kreischen ließ.

Auf halber Höhe hatten sie dann noch einmal eine Pause gemacht. Man konnte von hier den See überblicken, das weite Tal, die Wiesen- und Waldhänge und die weißen Gipfel der Berge ringsum. Viola hatte sich nicht entscheiden können, wo es schöner war, auf ihrer Insel oder hier. Sie war dann zu dem Entschluss gekommen, beide in ihrer Kategorie als erste Sieger zu küren.

Jetzt lag Finchen selig schlafend nach diesem langen Tag im Bett. Florian nickte beinahe vor dem Fernseher ein, und auch Viola machte die Wärme des Ofens im kleinen Wohnzimmer schläfrig. Sie schlug ihr Buch zu und beschloss, ebenfalls ins Bett zu gehen.

Plötzlich fuhr Florian auf. Er starrte wie gebannt auf den Fernsehschirm und stellte den Ton lauter.

»Was ist los?«, fragte Viola erschreckt. »Ist etwas passiert?«

Florian hielt den Finger an den Mund. »Leise. Ich weiß noch nicht.«

Auf dem Bildschirm war ein Mann zu sehen, der offensichtlich ziemlich aufgewühlt einem anderen Fragen beantwortete.

»Nein, wir haben noch keinen Anhaltspunkt dafür, was genau geschehen ist«, sagte er gerade. »Die zwei Teilnehmer waren mit einem Indio-Führer unterwegs, in einem eigentlich bekannten Gebiet, und sind am Abend nicht zurückgekommen. Wir können sie auch nicht über Funk erreichen. Nun haben wir die Befürchtung, dass sie verunglückt sind. Allerdings hat es in einem weiter entfernten Gebiet im letzten halben Jahr auch eine Geiselentführung gegeben. Hier im Amazonas-Gebiet herrscht große Empörung bei den Einwohnern, den Kaiapó-Indios. Durch die Planung dieses unseligen Belo-Monte-Staudamms am Rio Xingu werden sie gezwungen sein, ihre Gebiete zu verlassen, und dagegen kämpfen sie mit allen Mitteln an. Wir haben damit nichts zu tun, unternehmen nur zur Erforschung von Heilpflanzen Expeditionen in den Dschungel. Die beiden Kollegen sind erfahrene Biologen und nun schon zum vierten Mal im Amazonas-Urwald unterwegs. Sie haben bisher noch nie Schwierigkeiten mit den Indio-Stämmen gehabt. Deshalb glaube ich auch nicht, dass sie entführt worden sind. Aber wir sind dennoch beunruhigt.«

»Das ist der Leiter des biologischen Instituts in Hamburg«, rief Florian aufgeregt. »Auf einer dieser Expeditionen war ich auch mal dabei. Ich muss in Hamburg anrufen, muss wissen, wer da vermisst wird. Micky hat vor einigen Wochen geplant, mit einer Kollegin hinzufliegen. Ob er schon unterwegs ist, weiß ich nicht. Sie sind beide an Katzenkralle und Guaranà interessiert, die dort wachsen.«

Florian stand auf und lief zum Telefon.

Viola saß erschrocken auf dem Sofa. Sie wusste, dass Florians Freund immer wieder Expeditionen in unwegsame Gebiete machte. Hoffentlich saß er noch gesund und munter in seinem Forschungslabor in Hamburg.

Sie hörte Florian telefonieren. Seine Stimme klang mehr und mehr gepresst. Sie konnte keine einzelnen Worte verstehen, spürte lediglich, dass Florian ziemlich aufgeregt war. So hatte sie ihn selten erlebt.

Nach einer Weile kam er zurück, setzte sich in den Sessel und stützte den Kopf in die Hände.

»Ich konnte keine genaue Auskunft erhalten«, berichtete er schließlich. »Vielleicht wollten sie mir auch nichts sagen. Keine Ahnung.« Er holte tief Luft und blickte Viola an. »Meinst du, wir könnten morgen früh schon abreisen? Und von Zürich aus erst mal nach Hamburg fliegen? Deine Eltern hätten bestimmt nichts dagegen, wenn wir einen oder zwei Tage bei ihnen bleiben. Und ich könnte ins Institut gehen, um dort Näheres zu erfahren.«

»Ist es so wichtig für dich?«, fragte Viola besorgt, aber auch ein wenig ärgerlich. So ein überstürztes Ende ihres Urlaubs musste ja nicht unbedingt sein.

»Micky ist einer meiner besten Freunde. Er forscht über Kletterpflanzen im Urwald, deshalb ist er jedes Jahr einmal dort im Dschungel. Vor einigen Wochen hat er mir erzählt, dass er wieder hinreisen will. Möglich, dass er etwas Neues entdeckt hat. Er wollte eine Kollegin mitnehmen.« Florian fuhr sich durchs Haar. »Man kann sich auf diesen schmalen Pfaden, die immer wieder zuwachsen oder von Baumstämmen versperrt sind, leicht verletzen. Und ich weiß auch, was es heißt, mitten im Urwald sich den Fuß zu verstauchen oder vielleicht krank zu werden. Meistens bringen einen die Führer dann ins nächste Indio-Dorf. Aber bei einem Eingeborenen-Stamm zu sitzen und kein Wort zu verstehen und nicht zu wissen, was sie vorhaben, ist nicht gerade angenehm. Vor allem wenn sie Weißen gegenüber nicht freundlich eingenommen sind. Man kann nicht viel tun, sich nicht verteidigen, nichts versprechen, nicht verhandeln, nur abwarten, was sie beschließen.«

»So wie du damals?«

»Ja, aber ich war freiwillig in diesem Dorf, und wir waren auch nicht verletzt. Der Stammesälteste konnte wenigstens ein bisschen Portugiesisch. Trotzdem hatten wir Angst, denn sie ließen uns nicht gleich wieder gehen. Und wir kennen die Mentalität dieser Menschen nicht gut. Sie können plötzlich auf eine Idee kommen, die wir nicht nachvollziehen können. Wir hatten Glück. Ein Junge war schwer krank, ausgezehrt vom Durchfall und Fieber, und wir konnten ihm mit unseren Medikamenten helfen. Wahrscheinlich haben sie uns deshalb gebraucht.«

»Und wenn er gestorben wäre?«

»Darüber will ich lieber nicht nachdenken. Ich weiß nur, dass es ihm wieder gutging. Der Stamm veranstaltete ein großes Fest, auf dem der Stammesälteste so eine Art Blutsbrüderschaft mit uns geschlossen hat. Er hat dann auch seine Unterstützung bei der weiteren Suche nach Heilkräutern zugesagt.«

»Aber in der Zwischenzeit hat sich die Lage verschlechtert«, sagte Viola. »Man hört immer wieder von diesem Staudamm, der an einem Nebenfluss des Amazonas gebaut werden soll. Im Fernsehen wurde öfter darüber berichtet. Ich bin jedes Mal froh darüber, dass du nicht mehr dabei bist, wenn so etwas in den Nachrichten kommt. Aber man kann durchaus verstehen, dass die Bewohner dieses Gebietes mit allen Mitteln auf sich aufmerksam machen wollen, auch mit Geiselnahmen. Man kann jetzt nur hoffen, dass sich die Sache bald aufklärt und sie die beiden unversehrt finden.«

Florian seufzte. »Das ist ja meine Sorge. Die Indios vom Amazonas sind nicht mehr gut auf die Regierung und Weiße zu sprechen. Aber die Expeditionen von Hamburg haben damit gar nichts zu tun. Im Gegenteil, sie erforschen Heilpflanzen, um damit auch zu beweisen, wie wichtig es ist, den Urwald am Amazonas unter Schutz zu stellen. Und das kommt ja auch den Ureinwohnern zugute.«

Viola schwieg eine Weile nachdenklich, dann meinte sie zögernd: »Die Frage ist, ob wir für morgen noch einen Flug bekommen.«

»Du hast nichts dagegen?«, fragte Florian nach.

Sie hob die Schultern und sah ihn bekümmert an. »Du hättest ja doch keine Ruhe mehr, und meine Eltern werden sich freuen, wenn wir bei ihnen vorbeikommen.« Und nach einer Weile fügte sie, schon wieder zuversichtlich, hinzu: »Vielleicht haben die Kollegen in Hamburg schon bald wieder Verbindung mit den beiden, und alles ist halb so schlimm. Wir hatten einen wunderbaren Urlaub. Nun beginnt eben einen Tag früher als geplant der Alltag wieder. Damit müssen wir klarkommen. Also, versuch dein Glück bei der Buchung.«

Florian sah sie erleichtert und dankbar an, dann ging er wieder zum Telefon.

Tatsächlich bekam er die Flüge. Und dann musste alles ganz schnell gehen. Packen, vors Haus gehen und in der Dunkelheit Abschied nehmen von den Bergen, dem See und dem Sternenhimmel. Am nächsten Morgen mussten sie in aller Frühe nach Zürich fahren, das Auto abgeben und dann am Flughafen einchecken.

Erst als Viola im Flugzeug saß und die Alpen unter ihr im Morgenlicht immer kleiner wurden, kam ihr so richtig zu Bewusstsein, dass die zwei Wochen Traumzeit für sie vorbei waren. Aber sie war voller Zuversicht, nicht zum letzten Mal so wunderbare Tage mit Florian und Finchen erlebt zu haben. Sie würden wiederkommen, das nahm sie sich fest vor.

Sie lehnte den Kopf an Florians Schulter und schloss die Augen. Als das Flugzeug bereits zur Landung ansetzte, wurde sie wieder richtig wach. Aber sie konnte kaum etwas erkennen, denn Hamburg lag im Nebel. Jetzt wurde es unwiderruflich Herbst.

Der Wagen von Violas Vater mit Chauffeur stand am Ausgang des Flughafens für sie bereit. Sie stiegen ein, und Viola seufzte auf, alles war so anders als in den letzten zwei Wochen oder auf ihrer Insel. Sie war die Großstadt einfach nicht mehr gewohnt.

26

IM HAUS VON Violas Eltern wurden sie herzlich empfangen. Violas Mutter Susan hatte die Zimmer bereits für sie hergerichtet. Sie nahm sofort Finchen auf den Arm und entführte sie ins Esszimmer. Dort saß die Kleine dann, mit Kissen abgestützt in einem Hochstuhl und knabberte zufrieden an einem Keks, als Viola hereinkam. Florian hatte sich gleich auf den Weg ins biologische Institut gemacht. Er wollte noch die ersten Auskünfte einholen, bevor die Kollegen dort Feierabend machten.

»Was für ein wunderbares Kind!«, sagte Susan liebevoll. »Hat eine lange Autofahrt hinter sich, einen Flug, und nun sitzt sie hier und lacht. Du warst nicht so pflegeleicht«, wandte sie sich mit einem Augenzwinkern an ihre Tochter.

»Ich war das verwöhnte Nesthäkchen. Aber inzwischen mache ich dir keine Schwierigkeiten mehr, oder?«

Susan fühlte sich trotz ihres eleganten Äußeren im Inneren ihres Herzens immer noch nicht als Chefarztgattin, sondern einfach als Hausfrau und Mutter von drei Kindern. Und selten verriet sie jemandem, wie zufrieden sie damit war. Sie kochte gern, arbeitete im Garten. Und wenn sie einen Stapel frisch gebügelter Wäsche in den Schrank legte, gab ihr das ein Wohlgefühl, das bestimmt der Empfindung eines Chefarztes nach einer gelungenen Operation gleichkam.

»Ohne Schwierigkeiten wäre das Leben langweilig«, erwiderte sie und schob Finchen die Trinkflasche zu, die sie erfreut mit beiden Händen packte und an den Mund hob.

»Mit weniger Problemen käme ich aber auch gut aus«, meinte Viola. »Hoffentlich ist Florian beruhigt, wenn er zurückkommt. Vielleicht haben sie die beiden Biologen inzwischen schon gefunden und sie sind wohlauf. Sonst ist er mit seinen Gedanken dauernd im Urwald.«

Aber als Florian zurückkam, erzählte er, dass es tatsächlich sein Freund Michael, genannt Micky, war, den man zusammen mit seiner Kollegin Elli vermisste. Bisher gab es noch kein Lebenszeichen von den beiden.

Ein Team von Experten wurde gerade zusammengestellt, das nach Brasilien aufbrechen wollte. Sie hatten Florian gebeten mitzukommen, da seine Erfahrungen sehr hilfreich sein könnten.

Viola war zunächst bestürzt darüber, dass Florians Befürchtungen sich als richtig erwiesen hatten, wollte aber von seiner Beteiligung an der Suche nach den beiden nichts wissen.

»Das können sie nicht von dir verlangen«, erklärte sie aufgebracht. »Die haben doch bestimmt jede Menge Leute, die sich dort auskennen. Es ist doch nicht das erste Mal, dass eine Expedition in diesem Gebiet stattfindet! Warum wollen sie ausgerechnet dich? Du bist verheiratet, hast ein Kind, einen Job. Was fällt denen ein, einfach so über dich verfügen zu wollen?«

Florian lief im Wohnzimmer seiner Schwiegereltern

angespannt hin und her. Dann blieb er stehen und fuhr sich mit beiden Händen übers Gesicht.

»Es geht nicht nur um die Ortskenntnis«, antwortete er. »Sie wollen mit einem Indio-Stamm dort Kontakt aufnehmen und ihn um Hilfe bitten – mit dem Stamm, bei dem ich und Rolf damals waren. Die Chance, dass die uns wenigstens anhören und nicht sofort aggressiv werden, ist natürlich höher, wenn ich dabei bin. Der Stammesälteste kennt mich. Wie du weißt, haben wir damals Freundschaft geschlossen.«

»Das kann auch Rolf machen«, widersprach Viola heftig. »Soll er doch hinfliegen.«

»Rolf ist in der Taiga«, erklärte Florian müde und setzte sich in einen Sessel.

Beide schwiegen. Viola war wütend und Florian von Gefühlen gepeinigt, die ihm zu schaffen machten. Das konnte man ihm deutlich ansehen.

Schließlich stand er wieder auf und setzte sich neben Viola. Er nahm ihre Hand. »Es geht um Micky«, sagte er gequält.

Viola lehnte sich zurück und schloss die Augen.

»Und ich und Finchen?«, fragte sie.

»Ich müsste euch für etwa zwei Wochen allein lassen.«

»Du willst also unbedingt fliegen?«

Er schüttelte den Kopf. »Es ist das Letzte, was ich mir jetzt gerade wünsche. Ich habe auch um Bedenkzeit gebeten. Wenn es nicht um Micky ginge, hätte ich auf der Stelle abgesagt.«

Violas Miene entspannte sich. Sie atmete tief ein, und nach einer Weile sagte sie: »Du würdest lieber bei deiner strickenden Ehefrau und deiner Tochter bleiben?«

»Natürlich«, versicherte Florian. »Und das solltest du doch inzwischen wissen.«

»In diesem Fall ändert die strickende Ehefrau ihre Meinung und springt über ihren Schatten. Wenn es nicht anders geht, dann musst du eben fliegen.«

»Ja, das werde ich wohl. Aber ich werde so schnell wie möglich wieder zurückkommen, das verspreche ich dir.«

»Schade nur, dass unser schöner Urlaub so enden musste.«

»Unser schöner Urlaub wird dadurch nicht weniger schön, Viola.«

»Wann müsstest du los?«, erkundigte sichViola.

»Morgen Nachmittag.«

»So schnell?« Jetzt war sie doch erschrocken. Sie stand auf und lief im Zimmer hin und her wie zuvor Florian. Dann trat sie ans Fenster und sah hinaus. Draußen auf der Elbe fuhr ein hell erleuchtetes Schiff vorüber. Der Himmel war inzwischen wieder klar geworden, und der Vollmond stand über den dunklen Bäumen. Ein Paar mit Hund ging unten auf der Straße vorbei. Ein Wagen bog in die Einfahrt zum Haus ein.

»Mein Vater kommt«, sagte Viola, »und er hat sich so auf uns gefreut.« Und dann liefen ihr doch Tränen übers Gesicht.

Als die Eltern ins Wohnzimmer kamen, hatte Viola den Kopf an Florians Schulter vergraben, und er streichelte ihren Rücken. Sie setzte sich auf und erzählte, was sie beschlossen hatten. Die Eltern hielten sich zum Glück mit Kommentaren und Ratschlägen zurück. Violas Mutter stellte Gläser und eine Flasche Rotwein auf den Tisch.

Viola nahm ihr Glas und schenkte sich ein. »Ein Schlaftrunk, den kann ich jetzt gut gebrauchen.«

Florian drückte sie kurz an sich und ließ sie dann los, um sich und den Schwiegereltern auch Wein einzugießen. An seinem Gesicht konnte man sehen, wie sehr ihn die ganze Geschichte mitnahm – das Schicksal von Micky, die Sorge vor dieser Reise ins Unbekannte, die Gedanken an seine Familie. Aber auch Zuversicht war in seinem Blick, wenn er Viola anschaute. Sie würde zurechtkommen, das wusste er, im Notfall auch ohne ihn. Sie und Finchen, das war jetzt sein Leben, und der Gedanke an die beiden würde ihn auch im Urwald begleiten.

Viola ging bald danach ins Bett. Florian saß noch lange mit ihren Eltern zusammen. Sie konnte trotz Rotwein noch nicht gleich einschlafen und hörte sie reden. Irgendwann viel später wachte Finchen auf und rief nach ihr. Viola stand auf und nahm sie zu sich ins Bett.

Und mit dem kleinen warmen Körper neben sich schlief sie schließlich ein.

27

Violas Mutter hatte am nächsten Morgen ein besonders gesundes Frühstück gemacht. Und sie hatte Finchen mit in die Küche genommen, die bereits gegen sieben Uhr wach geworden war, um Viola und Florian noch ein wenig Zeit für sich allein zu geben.

Beide lagen eng aneinandergekuschelt und versuchten, mit dieser unerwarteten Situation fertig zu werden. Eigenartigerweise war es Viola, die nun viel gefasster war als Florian.

»Ich werde Doris anrufen und Ottilie«, erklärte sie, »damit sie wissen, was in den nächsten zwei Wochen auf sie zukommt, nämlich Finchen. Und dann bleibe ich noch zwei Tage hier. Es reicht, wenn ich Samstagabend wieder zurück bin.«

»Ich vermisse dich jetzt schon«, gestand Florian.

»Aber wenn du einmal unterwegs bist, wirst du es vielleicht auch ein bisschen genießen.«

»Möglicherweise schon«, gab er zu. »Das ist ein faszinierendes Stückchen Land, mit dem Tier- und Pflanzenreichtum und auch mit den Menschen, die dort im Einklang mit der Natur leben. Aber inzwischen weiß ich, dass es viele Ecken und Winkel auf unserer Erde gibt, wo man Neues und Wunderbares entdecken kann. Und man muss dazu gar nicht unbedingt in exotische Länder fliegen.«

»Unsere Insel zum Beispiel und Lungern mit seinen Wiesen und Wäldern und Bergen.«

»Und am schönsten ist es natürlich, wenn ihr beide, du und Finchen, dabei seid.«

»Weißt du, was eigenartig ist?«

»Erzähl's mir.« Florian sah sie an.

»Am Brünig-Pass blühen die letzten Alpenrosen, und ein Schmetterling flattert von einer Blüte zur anderen, und zur gleichen Zeit, jetzt gerade, herrschen im Amazonas-Urwald Aufruhr und Wut. Einheimische vertreibt man aus ihrer Heimat, aus einem Gebiet, das sogar eine Schutzzone für sie sein sollte. Und sie werden nicht einmal gehört, wenn sie protestieren. Und so wächst Hass auf alle Fremden, und du musst dir Sorgen um deine Freunde machen. Ich werde es nie begreifen, dass gleichzeitig an einem Ort der Erde so viel Stille und Friedfertigkeit herrschen und an einem anderen nur Feindschaft. Warum ist das so?«

»Ich weiß es nicht. Pastor Busche hat einmal gesagt: Wir können es auch nicht wissen, aber wir können nichts wissen und trotzdem vertrauen. Wir werden nie bis ans Ende aller Erkenntnis kommen, trotz aller Neuentdeckungen. Gerade in der Biologie werde ich damit oft konfrontiert. Und das Einzige, was wir tun können, ist, darauf zu vertrauen, dass alles einen Sinn hat.«

Viola schwieg. Wie immer fühlte sie eine tiefe Wärme in sich, wenn sie mit Florian über solche Dinge sprach und sie beide sich ohne große Worte verstanden. Das machte sie zuversichtlich, auch wenn Florian am Abend nach Brasilien abfliegen musste.

Sie gehörten zusammen, egal wie weit sie voneinander entfernt waren.

Beim Frühstück auf der sonnendurchfluteten Veranda erklärte Susan, dass sie mit Viola nach Hiddensee zurückfahren und einige Tage auf der Insel bleiben möchte. »Und wir bekommen den Chrysler«, setzte sie mit einem Seitenblick auf ihren Ehemann hinzu.

»Mir bleibt ja nichts anderes übrig«, erwiderte er lachend. »Bei dem vielen Gepäck, das Susan mitnehmen will, vom Kinderbett bis zum Schaukelpferd, für das Finchen noch viel zu klein ist.«

»Ich denke da mehr an Anila und Ravi«, entgegnete Susan und wandte sich dann an Viola: »Wie weit ist denn euer Behördenkrieg?«

»Inzwischen so gut wie gewonnen. Wir brauchen noch die Genehmigung zur Ausreise für die beiden und einige andere Papiere, die aber kein Problem sind. Florian meint, Ende des Jahres können wir sie holen.«

»Wenn auf der Insel Schnee liegt und die Winterstürme heulen«, warf Violas Mutter ein.

Florian sah Viola an. »Ja, im Sommer wäre es für die beiden einfacher gewesen, aber auch das werden wir meistern, stimmt's?«

Viola nickte. »Hauptsache, du lässt mich nicht im Stich und kommst heil und gesund aus Brasilien zurück.«

»Das werde ich«, versprach er und drückte ihre Hand.

Am Nachmittag musste Viola dann aber doch die Tränen zurückhalten. Sie fuhr mit Florian zum Flughafen und konnte es erst dann begreifen, dass er fort war, als das

Flugzeug abhob. Am liebsten hätte sie ihn mit einem Zauberstab wieder schnell zurück auf die Erde geholt und die beiden vermissten Biologen gleich dazu. Benommen saß sie im Taxi, mit dem sie zu ihren Eltern zurückfuhr. Nur Finchen, die wie immer fröhlich auf dem Teppich lag und versuchte, sich vorwärtszuziehen, um zwei Bausteine zu erreichen, brachte sie wieder in die Realität zurück. Finchen musste gewickelt und gefüttert werden. Dieses kleine Wesen war das beste Heilmittel für Kummer und Sehnsucht.

Und weiterer Balsam für ihre Seele war zwei Tage später der Anblick ihrer Insel vom Schiff aus – das blaue Wasser mit den weißen Schwänen vor der Fährinsel, die grünen Wiesen, die sich bis zum Leuchtturm auf dem Dornbusch in der Ferne hochzogen, und der kleine Hafen von Vitte mit den Fischkuttern.

Zwei Pferdefuhrwerke standen wartend am Hafen. Die drei stiegen in das von Bauer Schleck und fuhren dann die schmale Straße entlang zum Süderende bis zum Häuschen hinter den Dünen.

Noch waren ein paar Urlauber unterwegs, mit dem Fahrrad oder zu Fuß. Aber die Hochsaison war endgültig vorbei, und die Sanddornernte begann. Die Beeren leuchteten bereits überall auf der Insel orange aus ihrem gedämpften Grün.

Hiddensee hatte sich nicht verändert, und das war ein wohltuender Trost nach all der Aufregung der letzten Tage.

Im Wohnzimmer stand ein Apfelkuchen von Ottilie auf dem Tisch. Daneben lag ein Zettel von Lisa: »Alles ist in Ordnung in der Praxis. Frau Taylor und ich sind gut miteinander ausgekommen. Außerdem ist Marie seit zwei Tagen da, scheint ganz passabel zu sein.«

Viola seufzte erleichtert auf. Sie hatte sich Sorgen gemacht, ob die resolute Lisa und die junge neue Sprechstundenhilfe miteinander auskommen würden. Doch es schien alles in Ordnung zu sein. Ich sollte mir nicht immer so viele Gedanken machen, überlegte sie.

Schnell hatten sie ausgepackt und das Zimmer für ihre Mutter hergerichtet. Nachdem sie Finchen ins Bett gebracht hatte, ging Viola in die Praxis hinüber zu ihrer Vertretung.

»Viola, herzlich willkommen«, rief Anita und drückte sie an sich. Ihr Mann Andrew schüttelte ihr kräftig die Hand, und dann wurde erzählt und berichtet.

Erst am Schluss rückte Viola damit heraus, dass Florian nach Brasilien geflogen war. Inzwischen hatte er mehrere SMS geschickt, dass er gut gelandet war und sie demnächst in den Urwald über einen Seitenlauf des Amazonas aufbrechen wollten.

»Ich glaube, das ist das erste Mal, dass er nicht begeistert abgereist ist. Am liebsten wäre er mit uns nach Hiddensee zurückgefahren, aber es geht um einen guten Freund. Ich hoffe nur, dass es keine Schwierigkeiten gibt.«

»Mut hat er ja«, bemerkte Andrew und blickte seine Frau an. »Ich glaube nicht, dass ich so eine Expedition freiwillig mitmachen würde.«

»Das musst du auch nicht«, erwiderte sie. »Ich dränge dich ganz bestimmt nicht dazu.«

»Er ist bestimmt nicht zaghaft, aber vor dem Abflug hat er mir erzählt, dass er auch Angst hat«, erzählte Viola.

»Und darüber bin ich froh, dann ist er wenigstens vorsichtig.«

»Und du?«, wollte Anita wissen, »bist du sehr böse darüber, dass er so unvorhergesehen wieder um die halbe Welt reist und dich mit dem Kind allein lässt?«

Viola schüttelte den Kopf. »Nein, überhaupt nicht, und darüber bin ich selbst erstaunt. Traurig schon, ich vermisse ihn natürlich. Aber ich bin nicht wütend. Vielleicht ist es wegen Finchen, dass ich mich nicht mehr so von ihm im Stich gelassen fühle. Vielleicht auch die Tatsache, dass ich auf der Insel inzwischen gut aufgehoben bin. Hier gibt es so viele Menschen, an die ich mich wenden kann, wenn ich Hilfe brauche.«

Erst als sie später im Bett lag, wurde ihr ein neues Gefühl bewusst: Sie sah Florian nicht mehr als Nestflüchter vor sich. Dieses Bild hatte sich hartnäckig in ihrem tiefsten Inneren gehalten. Sie war auf einmal stolz auf ihn, auf seinen Mut, auf seine Entschlossenheit. Natürlich war er abenteuerlustig, aber das verband er immer damit, irgendwo auf der Welt mitzuhelfen, etwas zu verbessern. Und mit dieser Einsicht verschwand auch ihre Angst, dass es ihm eines Tages an einem anderen Ort auf der Welt besser gefallen würde als hier auf der Insel bei seiner Familie.

Mit diesen Gedanken schlief sie ein, und es war ein tiefer erholsamer Schlaf.

Auch ohne Florian.

28

AM MONTAG FRÜH lag dicker Herbstnebel über Hiddensee. Winzige Wassertröpfchen hingen in der Luft, und auf dem Weg zur Praxis wurden Violas Haare feucht und kringelten sich noch mehr als sonst.

Lisa empfing sie herzlich und gleich mit einer guten Neuigkeit. Herr Hinrichs, der Vater von Marie, saß im Wartezimmer. Die war heute in der Berufsschule, ließ aber Grüße an ihre Chefin ausrichten und dass sie froh sei, hier ihre Ausbildung fertig machen zu können.

»Herr Hinrichs war schon zweimal bei Frau Doktor Taylor. Sie hat ihn noch mal gründlich untersucht und festgestellt, dass seine Blutwerte schon besser geworden sind. Er nimmt auch regelmäßig seine Tabletten, nachdem ihm unser alter Doktor ziemlich energisch die Meinung gesagt hat. Der wird mit den widerspenstigen Patienten hier immer noch gut fertig.«

»Ich hoffe, so langsam werde ich das auch«, antwortete Viola. »Ganz so vorsichtig wie am Anfang bin ich nicht mehr, oder?«

»Nein, und das ist auch gut so, denn für Herrn Hinrichs braucht man klare Worte.«

»Gut, dann soll er reinkommen. Auf in den Kampf«, gab Viola zurück und setzte sich hinter ihren Schreibtisch.

Herr Hinrichs kam schwerfällig ins Sprechzimmer. Aber er sah bereits besser aus. Seine Haut war nicht mehr so aufgedunsen, und auch seine Augen blickten schon lebendiger.

»Ich sehe, dass es Ihnen bereits bessergeht«, stellte Viola fest, als er sich gesetzt hatte.

»Was heißt hier besser?«, brummte er. »Aber der alte Doktor hat gemeint, ich würde sonst noch vor Weihnachten auf den Friedhof kommen, wenn ich die Tabletten nicht nehme.«

»Da hat er recht«, erwiderte Viola. Sie holte das Blutdruckmessgerät und stellte noch einige Fragen. Dann sprach sie ihn auf seine Tochter Marie an, die noch immer bei der Bäckersfrau wohnte.

»Sie kommt mir nicht ins Haus, und mit dem Kind schon gar nicht«, knurrte er. »Bei mir hätte sie ein gutes Leben haben können, aber sie musste ja unbedingt mit diesem Kerl abziehen. Jetzt muss sie auslöffeln, was sie sich eingebrockt hat!«

»Sie ist ein fleißiges aufmerksames Mädchen«, gab Viola energisch zurück. »Und auf ihren Jungen können Sie stolz sein. Ich werde keine Ruhe geben, bis Sie sich endlich mit ihr ausgesöhnt haben. Mit so einem Dickkopf kommen Sie im Leben nicht weit, das sollten Sie wissen.«

»Und Sie sollten wissen, dass Sie das nichts angeht«, blaffte er zurück und stand auf. »Machen Sie Ihre Arbeit und halten Sie sich da raus!« Er ging zur Tür, öffnete sie und schmiss sie dann krachend ins Schloss.

Lisa kam vorsichtig herein. »Ein Glück, Sie sind in Ordnung. So ein grantiger alter Mann! Kein bisschen dankbar!«

»Noch vor drei Wochen hätte er überhaupt nicht reagiert und sich in seine Höhle zurückgezogen. Jetzt fängt er wieder an zu leben. Ein gutes Zeichen. Und eines Tages wird er sich hoffentlich auch mit dem Gedanken an seine Tochter und seinen Enkel befassen und dass diese zwei zu ihm gehören. Und wenn wir schon mal dabei sind, was macht Frau Kilian?«

Lisa schüttelte den Kopf. »Ich habe nichts mehr von ihr gehört. Sie hüllt sich in Schweigen. Ich denke, damit ist diese Geschichte erledigt. Und wenn noch ein bisschen Zeit vergangen ist, kräht kein Hahn mehr danach.«

»Das ist gut«, sagte Viola erleichtert. »Wieder eine Sorge weniger. Und ich habe nichts dagegen, wenn sie jetzt zu einem anderen Arzt wechselt. Nur wegen Benno tut's mir leid. Ich würde gerne wissen, ob er zurechtkommt und was er macht.«

»Soviel ich weiß, geht er weiterhin brav in die Schule, und Herr Grotehuus, sein Lehrer, ist ganz zufrieden mit ihm.«

Ach ja, ich könnte Henning anrufen, dachte Viola, der wusste sicher Genaueres über den Jungen. Und vielleicht konnte er veranlassen, dass Benno doch noch mal bei ihr vorbeikam. Sie fühlte sich immer noch für ihn verantwortlich, auch wenn sie keine Schuld daran trug, dass die Sache mit seinem Vater publik geworden war. Er war ihr ans Herz gewachsen, und das hatte nichts mit Georg zu tun.

In den nächsten Tagen war sie in Gedanken mehr bei Florian als in ihrer Praxis. Er war mit den anderen inzwischen mit einem Boot Richtung Urwald aufgebrochen, um den befreundeten Indio-Stamm der Kaiapó aufzusuchen. Viola konnte ihn nicht mehr anrufen oder ihm eine SMS schicken. Nachrichten waren nur noch in Hamburg zu erfahren, die dort über das Satellitentelefon ankamen. Tagsüber war sie zum Glück in ihrer freien Zeit mit Finchen beschäftigt, so dass sie kaum Zeit zum Grübeln hatte. Aber vor dem Einschlafen da kamen dann die Gespenster, und sie musste sich immer wieder sagen, keine Nachrichten sind gute Nachrichten. Sollte etwas passiert sein, würde sie es bestimmt sehr schnell erfahren.

Sie wusste von Florian, dass die Kaiapó-Indios freundliche und offene Menschen waren, die in ihrem Nationalpark am Rio Xingu, einem Nebenfluss des Amazonas, lebten. Vor Jahren waren sie schon einmal umgesiedelt worden, und nun drohte wieder dasselbe. Zudem wurden ihre Lebensgebiete immer kleiner, da Gummisammler, Goldschürfer und Holzfäller das Land immer mehr vereinnahmten. Kein Wunder, wenn sie dann nicht mehr gut auf Expeditionen zu sprechen waren. Die Regierung hatte die Indio-Stämme nicht in die Planung des Stauwerkes eingeweiht. Und wer wusste, ob aus den freundlichen Kaiapó-Eingeborenen nicht inzwischen feindlich gesinnte geworden waren.

Solche Gedanken gingen ihr durch den Kopf, und dazu kam noch der kalte Nebel, der tagelang nicht weichen wollte.

Immerhin brachte Finchen sie zum Lachen, wenn sie über den Boden robbte und dann vor Freude krähte, wenn der Turm aus Holzbausteinen umfiel. Und Susan fühlte sich als Oma in dem kleinen Haus so wohl, dass sie ihren Aufenthalt um einige Tage verlängerte.

Am Ende der Woche klingelte es abends an der Haustür. Als Viola öffnete, stand Benno davor und schaute sie zögernd an.

»Haben Sie ein bisschen Zeit für mich? Ich möchte Sie nämlich was fragen.«

»Natürlich, komm doch rein. Weiß deine Mutter, dass du hier bist?«

»Nein, sie ist immer noch wütend. Sie hat mir strengstens verboten, in Ihre Praxis zu kommen, aber hier ist ja keine Praxis«, setzte er mit einem kleinen Triumph in der Stimme hinzu.

Viola zog ihn in den Flur.

»Dann hoffe ich, dass dich niemand gesehen hat, sonst kriegst du noch Ärger.«

Er schüttelte den Kopf. »Und wenn schon«, meinte er.

In der Tür zum Wohnzimmer blieb er stehen. Finchen saß im Hochstuhl und klopfte mit einem kleinen Löffel auf den Tisch.

»Ist die niedlich«, stellte Benno fest.

»Komm, setz dich«, forderte Viola ihn auf. »Was hast du denn auf dem Herzen?«

»Es ist wegen meines Vaters«, antwortete er verlegen.

»Du hast es also gehört. Von wem?«

»In der Schule haben sie es erzählt.«

»Ach, Benno, es tut mir leid, dass du es so erfahren musstest. Aber ich habe damit nichts zu tun. Ich habe es niemandem gesagt.«

Er nickte. »Ich weiß, ich wollte nur …« Ihm fiel es offenbar schwer, weiterzusprechen.

Viola, die inzwischen ihre Tochter auf den Boden gesetzt hatte, legte ihm die Hand auf den Arm. »Ist es sehr schlimm für dich?«

Er zuckte mit den Schultern. »Eigentlich nicht«, erwiderte er dann, hob den Kopf und blickte Viola offen an. »Eigentlich ist es ganz gut.«

Das kam für Viola überraschend, aber sie war erleichtert.

»Und was hat deine Mutter gesagt?«

»Nichts, sie will nicht darüber sprechen.«

»Aha, und du?«

Er schwieg eine Weile, dann erklärte er: »Ich würde gern wissen, wer es ist. Und die Leute sagen, Sie kennen ihn.«

»Ja, ich war sogar mit ihm verlobt, wir wollten heiraten. Er hat in Bergen eine Buchhandlung, ist ein sehr höflicher zuvorkommender Mensch. Du siehst ihm ein bisschen ähnlich, hast seine dichten braunen Haare und die hohe Stirn geerbt. Und die Kurzsichtigkeit auf dem rechten Auge. Kommst du mit den Kontaktlinsen zurecht?«

»Ja, gut. Kann ich ihn mal kennenlernen?«

Viola zögerte. »Vielleicht, aber nur, wenn deine Mutter nichts dagegen hat. Ich möchte sie nicht noch mehr erzürnen. Außerdem will ich herausbekommen, wer den Mund nicht halten konnte und diese ganze Geschichte hier verbreitet hat. Das lasse ich nicht auf mir sitzen. Dann wird auch deine Mutter nicht mehr so wütend auf mich sein.«

»Mein Vater hat gesagt, sie soll Ruhe geben. Sie will immer alles bestimmen. Aber er ist ja meistens nicht da, und dann …«

»Dann …?«

»Ach, nichts. Aber ich dachte immer, ich will nicht so werden wie er. Und nun bin ich nicht mal mit ihm verwandt.« Das klang schon fast erfreut.

»Verstehst du dich denn nicht gut mit ihm?«

»Am Anfang war es besser. Seit er seinen Job verloren hat, ist er immer so schlecht drauf, und sie streiten dauernd.«

Kein Wunder, dass er seinen anderen Vater kennenlernen möchte, dachte Viola. Vielleicht in der Hoffnung, dass er auf ihn stolz sein kann.

»Hör zu, Benno«, sagte sie schließlich, »es ist besser, wenn du noch eine Weile wartest, bis sich alles beruhigt hat. Dann fahren wir eines Tages zusammen nach Bergen und besuchen deinen leiblichen Vater. In Ordnung? Und wenn deine Mutter nicht darüber reden möchte, dann lass sie, sie hat ihre Gründe.«

»Seit einer Woche bin ich sechzehn«, erklärte Benno stolz. »Vielleicht brauche ich dann nicht mehr die Erlaubnis meiner Mutter.«

»Soviel ich weiß, kannst du dann auch ohne die Zustimmung deiner Mutter den Vater besuchen.«

Er nickte und stand auf. »Herr Grotehuus hat gesagt, dass ich, seit ich besser sehen kann, viel aufmerksamer im Unterricht bin. Und in Englisch habe ich eine Drei geschrieben.«

»Wunderbar!«, freute sich Viola. »Und die Kopfschmerzen und die Müdigkeit?«

»Fast weg«, versicherte er, »außer wenn ich mit meinen Freunden abends noch lange am Hafen bin.«

Warum kommt seine Mutter nicht auf die Idee, dass das ganz normal ist, wenn die Jungs ab und zu mal abhängen und dann am nächsten Tag der Kopf brummt, dachte Viola. Keine Spur von einer schweren Krankheit, aber das war ja nun nicht mehr ihr Problem. Mit dieser Frau musste sie sich hoffentlich nicht mehr herumärgern.

»Ich bin richtig froh, dass es dir gutgeht«, sagte Viola, als sie Benno hinausbegleitete. Er gab ihr die Hand, mit festerem Druck als bisher, und ging mit hochgezogenen Schultern durch den Nebel davon, drehte sich aber noch einmal herum und winkte zurück.

Viola schloss erleichtert, aber auch nachdenklich die Tür. Irgendwann einmal musste sie ihr Versprechen wahrmachen und mit dem Jungen zu Georg fahren. Eigentlich war das nicht ihre Sache, aber sie steckte nun mal in dieser Geschichte drin. Und sie wollte ihm helfen, auch wenn das noch einmal Ärger mit seiner Mutter geben würde.

Aber auch das würde sich dann wieder beruhigen.

29

Am Samstag war der Nebel wie von Zauberhand verschwunden, und es gab gute Nachrichten aus Brasilien. Florian und seine Gruppe waren in einem ersten Dorf am Fluss angekommen und von dem Indio-Stamm freundlich aufgenommen worden. Diese waren sesshaft geworden, sicher nicht so ganz freiwillig, das hatte Florian einmal erzählt. Außerdem hatte sie im Internet nachgeschaut. Sie wollte schließlich wissen, wo sich Florian befand. Viele der Indios hatten lernen müssen, feste Häuser zu bauen, Gärten und Äcker anzulegen und Vorräte zu sammeln. Auch Hygiene und Abfallentsorgung war für sie neu. Früher, als sie in einem größeren Gebiet gelebt hatten, waren sie einfach weitergezogen, wenn die Jagdgründe erschöpft waren. Und der Urwald hatte alles, was sie zurückließen, wieder überwuchert. Über all das musste sie immer wieder nachdenken.

Es beunruhigte sie, dass sie keinen direkten Kontakt mehr zu Florian hatte. Sie hätte so gern seine Stimme im Telefon gehört. Nun war sie auf die Nachrichten aus Hamburg angewiesen. Die kamen zwar regelmäßig, doch Viola hätte gern gewusst, wie er jetzt lebte, was er zu essen bekam, ob er auf dem Boden schlafen musste oder in einer Hängematte. Und ob er an sie und Finchen dachte.

Bald würde der zweite Teil der Expedition nachkommen, um den Indio-Stamm zu besuchen, bei dem Florian und Rolf vor Jahren einige Tage lang aufgehalten worden waren. Diese Indios waren noch Nomaden, und es konnte länger dauern, sie zu finden. Und von diesen würden sie hoffentlich erfahren, wo sich die zwei noch immer vermissten Kollegen befanden.

Viola sah aus dem Fenster und bekam Lust, mit Finchen hoch zum Dornbusch zu laufen. So konnte sie am besten den Grübeleien entkommen.

Doris und Philipp sollten sie begleiten, denn mit ihr wollte sie sowieso noch einiges bereden. Sie war sofort einverstanden. Und so zogen die beiden Frauen los, auf dem Dammweg an der Westseite Richtung Kloster.

Kleine Wellen mit weißen Schaumrändern schlugen an den Strand, die Sonne stand golden leuchtend am Horizont. Ein paar vereinzelte Urlauber saßen im Sand, denn nun, Anfang Oktober, standen keine Strandkörbe mehr da.

Auf den ausgedehnten Wiesen rechts grasten wie immer einige Pferde. Zwei Gespanne mit Möbeln fuhren unten auf der Straße vorüber. In den Sanddornbüschen saßen Unmengen kleiner Vögel, die sich die orangefarbenen Beeren holten, bevor es die Inselbewohner taten. Die zu ernten war gar nicht so einfach, denn der Sanddorn hatte Stacheln. Man musste ihn melken. Mit einem dicken Handschuh geschützt, drückte man die in Büscheln wachsenden Beeren zusammen und fing den Saft auf. Das ging viel schneller, als sie einzeln zu sammeln.

Doris hob ihr Gesicht in die Sonne und atmete tief ein. »Vor einem Jahr war ich ziemlich unglücklich«, sagte sie und schüttelte den Kopf. »Damals hätte ich nicht gedacht, dass ich so schnell wieder auf die Beine kommen würde.«

»Dirk hätte man kielholen sollen, den treulosen Kerl, auch wenn er mein Bruder ist!«, antwortete Viola grimmig.

Sie schoben beide ihre Kinderwagen nebeneinander über den gepflasterten Weg auf dem Dünenkamm.

»Weißt du«, meinte Doris nachdenklich und blieb stehen. »Jetzt, mit dem Abstand, kommt die Zeit mit Dirk mir wie ein Märchen vor. Ich war sehr verliebt. Aber nicht nur in Dirk, sondern auch in diesen Sommer, in das unkomplizierte Leben eines Mannes, der keine regelmäßigen Arbeitszeiten hat, der malt, wenn er Lust hat, der mich Prinzessin nannte. Ich musste nichts entscheiden, nichts planen und keine Probleme mit ihm austragen. Und ich dachte, dass würde immer so bleiben.«

Philipp warf seinen Teddybär aus dem Kinderwagen, und Doris bückte sich und hob ihn auf.

»Du warst im siebten Himmel.«

»Ja, und irgendwo in meinem Inneren wusste ich natürlich schon, dass es so nicht weitergehen konnte. Aber ich wollte nicht darüber nachdenken. Ich habe diese Zeit einfach genossen.«

»Und dann bist du schwanger geworden und warst wieder auf dem Boden der Realität angekommen.«

Doris seufzte. »Der Absturz kam viel früher, als ich gedacht hatte. Aber nachdem der erste große Kummer vorbei war, habe ich gemerkt, dass die Landung gar nicht so schlimm war. Zumindest hier. Ich habe meine Oma, ich habe dich, ich lebe auf einer wunderschönen Insel. Mein kleiner Philipp ist da und das niedlichste Kind auf der ganzen Welt ...«

»Außer Finchen«, warf Viola mit erhobenem Zeigefinger ein.

»Natürlich, und ich habe ein Leben, wie ich es mir besser kaum wünschen kann.«

»Und Dirk?«

»Er ist ein Traummann, und das wird er auch für mich bleiben. Aber ich kenne jetzt den Unterschied zwischen Traum und Wirklichkeit.«

»Der Gedanke an ihn tut dir nicht mehr weh.«

»Nein, du musst also nicht mehr böse auf ihn sein.«

»Das kann ich sowieso nicht lange. Er ist mein Bruder. Außerdem war und ist er immer bereit, mir zu helfen.«

»Er kann sehr liebevoll sein.« Doris lächelte.

»Er ist ein liebenswerter Hallodri.«

Darin waren sich beide Frauen einig.

Kurz vor Kloster verließen Viola und Doris den Weg auf dem Damm und gingen unten auf der schmalen Straße weiter. Die niedrigen Häuser unter hohen dichten Laubbäumen kamen in Sicht. Die ersten gelben und roten Herbstblätter lagen bereits auf dem Boden.

Die meisten der Souvenirläden und Ausstellungen waren schon geschlossen. In den Gärten blühten bunte Dahlien und Herbstastern. Viola blieb immer wieder stehen, um die Farbenpracht zu bewundern.

Ein junges Pärchen kam Hand in Hand vorbei und betrachtete erfreut die beiden Kinder.

»Sag mal«, bemerkte Viola so nebenbei, »triffst du

dich regelmäßig mit Henning? Ich habe euch schon öfter gesehen.«

»Auf diese Frage habe ich gewartet«, erwiderte Doris lächelnd.

»Und?«

»Ja, wir lernen zusammen Französisch.«

»Was? Im Ernst?«

»Henning macht einen Fernkurs in Französisch, und er hat mich gefragt, ob ich mitmachen möchte. Zu zweit macht's mehr Spaß. Und ich möchte meine Sprachkenntnisse auch noch verbessern.«

»Sehr schlau von ihm«, meinte Viola.

»Er hat einen Kumpel in der Normandie, der dort eine Ballonschule leitet. Du weißt ja, er hält sich immer noch gern am liebsten in der Luft auf. Und irgendwann mal will er Ballonführer werden.«

»Und du fliegst dann mit?«

»Ich denke schon.«

»Wenn du mit Henning in den siebten Himmel fliegst, mache ich mir keine Sorgen. Er steht nämlich mit beiden Beinen fest auf der Erde.«

»Noch ist es nicht so weit«, erwiderte Doris und ließ offen, ob sie damit ihre Beziehung zu Henning oder die Ballonfahrt meinte.

Viola mochte Henning sehr und hatte im letzten Sommer zusehen müssen, wie Doris, als Dirk auf der Insel auftauchte, mit fliegenden Fahnen von ihm zu ihrem charmanten Künstlerbruder übergelaufen war.

Henning war mit seiner kräftigen Statur und dem kantigen Gesicht genau das Gegenteil von ihrem Bruder. Aber wenn er lachte, wirkte dieses Gesicht sehr anziehend.

Viola hatte damals ihren Bruder auf den Mond gewünscht. Aber nun schien ja wieder Hoffnung zu sein, dass Henning und Doris doch noch zusammenkommen würden.

30

Der Weg bog nun nach links ab, die Kinderwagen holperten über dicke Betonplatten. Und es ging bergauf, Richtung Leuchtturm. Auf den Wiesen rechts und links wuchs nur noch kurzes hartes Gras. Am Wegesrand standen Ginster, Heckenrosen und Haselnusssträucher. Beim Hochschieben der Kinderwagen war es den beiden Frauen ganz schön warm geworden, und so spendeten die Kiefern einen angenehmen Schatten.

Am Inselblick, dem Aussichtspunkt, der für eine große Schar Gäste angelegt war, saß ein älteres Ehepaar auf einem der Steine, die um den Platz herum aufgestellt waren.

Viola und Doris ließen sich ebenfalls nieder. Die Kinder durften auf dem Boden sitzen und mit Steinchen spielen.

»Man kann auf diesen vielbegangenen Wegen gar nichts Neues mehr entdecken«, beschwerte sich Viola und zog die Stirn kraus. »Diese Aussicht hier ist auf jeder zweiten Postkarte. Und die schiefe Kiefer oben mit dem Leuchtturm, die kann ich bald nicht mehr sehen.«

»Mit unseren Kinderwagen können wir leider nicht in die Wildnis«, erwiderte Doris. »Aber wart nur ab, wenn die beiden erst mal richtig rennen können, dann müssen wir in jedes Gestrüpp hinterher. Und dann hast du gar keine Zeit mehr, dich über die vielen Postkartenansichten zu ärgern.«

»Das ist dann Florians Aufgabe, Finchen wieder einzufangen, wenn sie hier verschwindet. Und wenn du Henning beizeiten richtig anlernst, wird er bei Philipp dasselbe tun.«

Doris sah Viola von der Seite an und schüttelte den Kopf. »Du machst schon wieder Pläne, Frau Doktor. Denk lieber an deine eigene Zukunft, damit hast du genug zu tun.«

»Du hast ja recht«, lenkte Viola ein. »Die wird ganz schön turbulent werden, wenn erst mal die beiden Kinder da sind. Hätte mir jemand gesagt, dass ich mit siebenunddreißig heiraten würde und mit achtunddreißig dann drei Kinder zwischen sechs Monaten und sechs Jahren haben würde, hätte ich das für einen Witz gehalten.«

»Mit Florian gibt es immer Überraschungen«, meinte Doris. »Aber ich habe den Eindruck, du gewöhnst dich daran. Zumindest hast du dieses Mal nicht so ein Tief, weil er wieder fort ist.«

»Erstens habe ich jetzt Finchen«, antwortete Viola, »und zweitens bin ich, seit ich mit Flo in Indien war, selbst ein bisschen neugierig auf die große weite Welt geworden. Es ist schon sehr eindrücklich, andere Menschen kennenzulernen und ihre Art, zu leben. Da kann ich Florian gut verstehen. Vielleicht drehen wir es bald einmal herum: Ich mache die Ausflüge, und er bleibt zu Hause bei den Kindern.«

Nach einer ausgedehnten Pause packten sie ihre Kinder wieder ein und liefen weiter. Der Weg teilte sich jetzt, der eine führte zum Leuchtturm und der andere weiter durch den Wald zum Klausner, wo man gemütlich draußen etwas essen konnte. Sie entschlossen sich, zum Klausner zu gehen, denn auf den Leuchtturm konnten sie die Kinder sowieso noch nicht mitnehmen.

Viola sog tief den warmen Duft von Kiefernharz ein, der sich hier unter den Bäumen ausbreitete. Auf dem trockenen federnden Waldboden kam man mit dem Kinderwagen gut voran. Wenig später erreichten sie eine lichte Stelle mit kurzem Gras und vereinzelten hohen Kiefern. Direkt dahinter brach der Steilhang zum Meer hinunter ab.

Einige kleine Häuser, die man mieten konnte, waren zwischen die Bäume gebaut worden. Vor dem weißen Haupthaus mit dem roten Ziegeldach standen Tische und Stühle, und es duftete nach Pfannkuchen.

Als sie näher kamen, sah Viola den alten Doktor Roth mit seiner Frau an einem der Tische sitzen.

Er hatte sie auch schon entdeckt. »Welch ein Zufall, Frau Kollegin«, rief er ihr entgegen. »Heute ganz privat? Euch zwei jungen Frauen sieht man so gar nicht an, dass ihr für die Kranken einer ganzen Insel zuständig seid. Fehlt nur noch Lisa, aber die wird man kaum mit einem Kinderwagen hier oben sehen.«

»Lisa hat heute Doktor Taylor unter ihren Fittichen. Sie freut sich immer noch, wenn sie ihr ein wenig auf die Finger schauen kann. Dabei arbeitet Anita nun schon seit zwei Jahren in meiner Praxis mit und hat sich inzwischen richtig gut eingearbeitet«, sagte Viola.

Sie setzte sich zum Ehepaar Roth, nachdem sie den Kinderwagen in eine Lücke daneben manövriert hatte.

Doris nahm Philipp auf den Arm und nahm ebenfalls am Tisch Platz.

Es war ruhig hier oben. Das Meer weit unten hörte man nicht. Ein paar kleine Vögel flogen von Ast zu Ast und zwitscherten leise. Und keine anderen Urlauber, dachte Viola.

Nachdem sie Apfelstrudel mit Vanillesoße bestellt hatten, begannen sie zu erzählen, was es so alles Neues gab. Frau Roth nahm zwischendurch Finchen auf den Schoß und freute sich, dass sie die ganzen Patientengeschichten einfach nur anhören durfte, ohne sich weiter Gedanken darüber machen zu müssen, dazu war jetzt ja Viola da.

Aber ihr Mann hing immer noch mit seinem Herzen an den Patienten, die er so lange betreut hatte. Nach einer Weile fragte er nach Herrn Hinrichs. Und Viola konnte ihn beruhigen, dass es ihm schon viel besserging. Sie erkundigte sich noch nach der unbekannten Vorgeschichte von Herrn Vogtland. Doch Doktor Roth wusste genauso wenig wie Viola, weshalb er hier so allein und ohne Familie auf der Insel war.

»Er hat mir nie etwas über früher erzählt«, sagte er. »Ich glaube, es muss da etwas passiert sein. Als ich einmal bei ihm im Haus war, habe ich Fotos gesehen, von einer Frau und einem kleinen Jungen. Aber ich habe nicht nachgefragt. Man muss es respektieren, wenn jemand schweigt. Eines Tages wird er vielleicht von selbst darüber sprechen wollen.«

Während der Apfelstrudel serviert wurde, teilte Dr. Roth mit, dass er und seine Frau beim Abstieg nach Kloster noch an der Lietzenburg vorbeigehen wollten.

»Nachschauen, ob sie noch steht«, meinte er. »Es ist

eigentlich jammerschade, dass diese alte Jugendstilvilla seit der Wende leer steht. Aber ich habe gehört, dass ein neuer Investor da sei und die Villa in Eigentumswohnungen umwandeln möchte. Na, dieser Bau war immer zugig mit den hohen Räumen und den rauchenden Kaminen. Das wird jetzt bestimmt gemütlicher.«

»Hat die Burg nicht etwas mit Käthe Kruse zu tun?«, wollte Viola wissen.

»Käthe Kruse hat den Bau mit ihrem Puppenimperium immer wieder mitfinanziert«, erzählte Frau Roth. »Dabei hat sie noch sieben Kinder großgezogen. Meist allein, denn ihr Mann Max Kruse, ein Künstler, hat seine Zeit auf dieser Burg hier verbracht. Aber als sie erfolgreicher war als er, hat er das wohl nicht so gut verkraftet.«

»Er war dreißig Jahre älter als sie«, warf Dr. Roth ein.

»Meine Oma hat mir erzählt, dass Käthe Kruse selbst nur ein einziges Mal hier gewesen wäre. Sie hatte keine Zeit zum Urlaubmachen. Aus ihrer Biographie weiß ich, dass sie sehr herzlich, vital und lebensfroh gewesen ist«, fügte Doris an.

»Auf jeden Fall war der Bau der Burg ein großes Ereignis auf der Insel«, wusste Dr. Roth zu berichten. »Als sie 1903 auf dieser Anhöhe über Kloster gebaut wurde, gab es weit und breit noch keinen Baum. Der erste Besitzer, ein Schwager von Käthe Kruse, hat dann jahrelang Hunderte von Kiefern und Buchen pflanzen lassen. Heute kann man den Bau von weitem nicht mehr sehen. Er ist zum Glück zugewachsen.«

»Kann man sich die Villa mal von innen anschauen?«, fragte Viola.

»Ich denke schon, es gibt da manchmal Führungen.

Aber wenn umgebaut wird, dann ist es aus damit«, sagte Dr. Roth.

»Dann werde ich das auf mein nächstes Programm setzen«, nahm sich Viola vor.

»Und wir«, Dr. Roth sah seine Frau an, »steigen jetzt den Weg zum Strand runter und gehen unten an der Steilküste zurück.«

»Das würde ich auch gerne, aber mit den Kinderwagen ist das nicht zu machen«, seufzte Viola.

»Dann hast du noch einen Programmpunkt, den du demnächst angehen kannst«, meinte Doris.

31

DER HEIMWEG DURCH den Kiefernwald oberhalb der Steilküste entlang erwies sich als schmal und holperig. Aber Doris und Viola hatten keine großen Probleme damit. Sie mussten nur hintereinanderfahren, und so konnte jede der beiden ihren Gedanken nachhängen.

Doris summte leise vor sich hin, und Viola, die vorausfuhr, dachte an Florian, der irgendwo im Urwald vielleicht gerade jetzt auch auf einem schmalen dämmrigen Pfad entlangging. Warum gab es keine Möglichkeit, ein Bild von ihm ganz schnell zu ihr zu schicken? Da konnte man auf dem Mond landen, der viel weiter weg war, aber ein kleines einfaches Bild aus Brasilien nach Hiddensee zu senden, das war nicht möglich!

Als der Weg wieder breiter wurde und sie die ersten Häuser von Kloster erreicht hatten, drehte Viola sich zu Doris um.

»Das hat mir jetzt richtig gutgetan«, sagte sie zu Doris, die sich wieder neben sie schob. »Das sollten wir öfter mal machen. Einfach mit den Kindern raus und so weit laufen, dass man richtig durchgepustet ist.«

»Ich habe nichts dagegen«, erwiderte Doris. »Wir können ja gleich nächsten Donnerstag, wenn deine Anita kommt, wieder losziehen.«

»Gut, abgemacht, ich nehme dich beim Wort«, antwortete Viola fröhlich.

Als sie nach Hause kam, lag ein Brief aus Indien in der Post. Mit gerunzelter Stirn drehte sie ihn um und schaute auf den Absender. Shankar, der Koch, hatte ihn geschickt. Da Viola wusste, dass er zwar recht gut Englisch sprechen, aber nicht schreiben konnte, war ihr ziemlich schnell klar, dass er jemanden zum Schreiben angeheuert haben musste. Und das war teuer, und somit musste es sich um etwas Ernsthaftes handeln.

Vielleicht war es die endgültige Ausreisezusage für die beiden Kinder, aber dann würde der Brief nicht von Shankar kommen, sondern von einer Behörde.

Viola legte den Brief beiseite. Sie musste erst Mut fassen, und deshalb wollte sie ihn am Abend öffnen, wenn Finchen im Bett lag.

Als sie mit dem Institut in Hamburg telefonierte, erfuhr sie, dass es Florian und den Männern gutging und sie bereits bei dem nächsten Indio-Dorf angelangt waren. Und die Männer des Dorfes wollten sie bei der Suche unterstützen. Es bestand also die berechtigte Hoffnung, dass man Micky und seine Kollegin bald finden würde.

Und dann würde Florian bald wieder nach Hause kommen. Er fehlte ihr, vor allem abends, wenn sie allein im Wohnzimmer saß und niemand da war, mit dem sie reden konnte, zum Beispiel über diesen Brief. Am liebsten hätte sie ihn bis zu Florians Rückkehr zur Seite gelegt. Aber dann gab sie sich doch einen Ruck und öffnete ihn.

Das Schreiben war nicht einfach zu entziffern. Das Englisch des Briefschreibers war ziemlich holprig, und die

Buchstaben kringelten sich manchmal eigenartig. Aber nach einer Weile kam Viola doch dahinter, was man ihr mitteilen wollte. Und das klang überhaupt nicht erfreulich.

Shankar hatte erfahren, dass das Waisenhaus aufgelöst werden sollte, und zwar bald. Der Rosenzüchter, der bereits das ganze Gelände für sich beansprucht hatte, wollte nun auf dem Grundstück des Waisenhauses ein neues Verwaltungsgebäude bauen. Die Kinder sollten auf andere Waisenhäuser verteilt oder in adoptionswillige Familien gegeben werden.

Das ist eigentlich ganz gut, dachte Viola zuerst, das würde die Ausreisebewilligung für Ravi und Anila vielleicht beschleunigen. Aber dann kam noch ein Nachsatz: Für Anila interessierte sich eine einflussreiche indische Familie, und wenn Florian und Viola nicht so schnell wie möglich kommen würden, dann würde sie von ihrem Bruder getrennt werden. Und sie müssten sich ein anderes Mädchen aussuchen.

Schnell kommen, stand noch einmal dick unterstrichen ganz unten im Brief.

Viola saß bestürzt auf dem Sofa, und ihre Gedanken fuhren Karussell. Florian war in Brasilien im Urwald, und sie selbst konnte nicht allein von heute auf morgen nach Indien fliegen. Das war unmöglich. Mit den Behörden dort konnte man nicht telefonieren. Und Shankar war ein kleiner unbedeutender Bauer, der ab und zu auf einer Expedition als Koch arbeitete. Er würde alles für Florian tun, aber in dieser Sache war er machtlos.

Warum musste ausgerechnet jetzt, wo Florian nicht da war, das Waisenhaus aufgelöst werden! Wut überkam Viola, auf diesen Roseninvestor, der schon so viel Unglück über die ganze Gegend gebracht hatte. Wut auf alle Behörden, die sich so viel Zeit ließen.

Und Wut auf die Regierung in Brasilien, die mit Schuld daran hatte, dass Florian nicht bei ihr war. Würden sie diesen unsinnigen Staudamm nicht bauen, entgegen jeden Widerstand und ohne die Indio-Stämme in ihre Überlegungen mit einzubeziehen, dann wären Reisen in dieses Gebiet nicht so gefährlich geworden.

Warum mussten immer einige alles haben, und je mehr sie hatten, desto mehr wollten sie. Und warum war diese indische Familie ausgerechnet an Anila interessiert?

Voller Groll ging Viola im Wohnzimmer auf und ab. Was sollte sie nur tun? Sie konnte die beiden doch nicht im Stich lassen! Vor allem Ravi, ohne seine Schwester würde seine kleine sowieso schon schwierige Welt vollends zusammenbrechen.

Aber warum konnte sie eigentlich nicht von heute auf morgen nach Indien fliegen? Für Vertretung in der Praxis wäre gesorgt, und Josefine könnte zu Doris. Und die Reise nach Indien hatte sie schon einmal gemacht, auch Shankar kannte sie und das Waisenhaus. Warum also nicht?

Sie musste jetzt mit jemandem reden, sonst würde sie heute Nacht kein Auge zutun können.

Sie würde Doris anrufen. Ottilie hatte in ihrer Kneipe sicher Gäste und heute Abend keine Ruhe, aber Doris saß bestimmt bei ihrer Oma, las oder strickte eine neue Jacke für ihren Philipp.

Also holte sie sich das Telefon und setzte sich damit in ihre »Rückzugsecke« auf dem Sofa. So nannte Florian ihren Lieblingsplatz.

Doris war gleich am Apparat und hörte zu, ohne Viola

zu unterbrechen. Dann sagte sie mit ihrer ruhigen Stimme: »Sehr gut, Viola. Das schaffst du auch ohne Florian. Wann willst du los?«

Viola musste nun doch trotz aller Aufregung lachen. »So weit bin ich noch nicht. Und du hast Zeit für Finchen?«

»Aber sicher. Warte mal einen Moment.« Sie sprach mit jemandem im Hintergrund. Dann war sie wieder am Telefon. »Henning will mitkommen«, erklärte sie dann überraschend.

Henning wollte mit ihr nach Indien fliegen? So schnell entschlossen? Er reagierte ja fast so spontan wie Florian. Das konnte nicht sein Ernst sein. Aber wenn doch, dann würde die ganze Unternehmung um einiges angenehmer werden.

Violas Herz machte einen Freudensprung. Das war ja sehr erfreulich, dass Doris und Henning ganz offensichtlich einen gemütlichen Abend zusammen verbrachten und nicht nur Französisch lernten.

War eine Indienreise von Henning wirklich ernst gemeint?

»Aber weiß er denn, worauf er sich da einlässt?«, wandte Viola ein. »Er kann sich doch nicht innerhalb einer Minute entscheiden, mit mir nach Indien zu fliegen. Er kann seine Schüler nicht einfach im Stich lassen.«

»Doch, das kann er. Am Montag beginnen die Herbstferien«, teilte ihr Doris mit. »Du kannst selbst mit ihm sprechen.«

Es stellte sich heraus, dass Henning eine Woche schulfrei hatte und dass er von Violas Plan, nach Indien zu fliegen, begeistert war.

»Wir werden den Behörden dort einheizen, dass sie die Kinder jetzt sofort freigeben«, erklärte er. »Dann haben sie immerhin zwei Sorgen weniger und müssen sie nicht irgendwo anders unterbringen.«

»Und wenn wir nur den Jungen bekommen?«

»Das werden wir alles an Ort und Stelle sehen und dann entscheiden. Mach dir nicht zu viele Gedanken, Viola. Irgendwie werden wir diese Leute dort schon überzeugen, dass die beiden zusammengehören. Weißt du was? Es wird mir regelrecht Spaß machen, mich mit denen anzulegen. Außerdem war ich noch nie in Indien. Ich werde mich gleich mit Literatur eindecken.«

Viola musste lachen. Hennings Begeisterung war schon immer ansteckend gewesen, egal ob es um einen Segelflug oder ein Projekt in seiner Schule ging. Und wenn er von einer Sache überzeugt war, zögerte er nicht lange, sondern nahm sie gleich in Angriff. Und man konnte sich hundertprozentig auf ihn verlassen.

Sie besprach noch einiges mit ihm und Doris, dann legte sie auf und musste erst einmal Luft holen. Heute Morgen hatte sie sich noch auf einen ruhigen Abend gefreut. Und nun wirbelten die Gedanken in ihrem Kopf durcheinander.

Sie war ziemlich aufgedreht und konnte noch nicht ins Bett gehen. Beinahe bekam sie nun Angst vor der eigenen Courage. Aber dann dachte sie an die beiden Kinder und auch an Florian. Sie beschloss, ihm keine Nachricht von diesen Schwierigkeiten zukommen zu lassen. Er konnte ihr ja doch nicht helfen und würde sich nur Sorgen machen. Und er hatte dort im Urwald genügend eigene Probleme.

Irgendwann wurde sie dann doch so müde, dass sie ins Bett ging.

Gut, dass Henning mitkommt und ich mich nicht ganz allein mit den indischen Behörden herumschlagen muss, dachte sie noch und schlief dann ein.

Am nächsten Tag war Viola noch immer voller widersprüchlicher Gefühle. Sie hoffte beinahe, dass irgendein Hindernis ihre Reise verschieben würde, bis Florian wieder zurück war. Aber Anita Taylor hatte sofort zugesagt zu kommen. Jetzt mussten noch Finchens und ihre Sachen gepackt werden.

Sie strich mit der Hand über den festen Stoff von Florians altem Rucksack. Irgendwie beruhigte sie die Tatsache, dass sie ihn mitnehmen konnte. Er hatte schon viele Reisen gut überstanden und würde auch diesmal dafür sorgen, dass alles gutging.

Henning kümmerte sich um die Buchung der Flüge und ein paar Geschenke für Shankar und seine Familie. Also konnte Viola keinen Rückzieher mehr machen.

Und schließlich saß sie vierundzwanzig Stunden später tatsächlich mit Henning im Flugzeug. Ihre Gedanken waren noch auf Hiddensee, bei Finchen und allen Menschen dort, die sie so gut kannte und bei denen sie sich geborgen fühlte. Einen Moment lang hätte sie am liebsten dem Piloten gesagt, er solle wieder umkehren. Aber dann gab sie sich einen Ruck. Jetzt war sie unterwegs, und alles würde schon gutgehen.

32

Vor einem Jahr war Viola mit Florian auf demselben Weg gewesen. Er hatte ihr von Shankar erzählt und wie er ihn in Nagpur ins Krankenhaus gebracht hatte. Eine akute Blinddarmentzündung hatten die Ärzte festgestellt, und Florian hatte damals dafür gesorgt, dass der indische Koch sofort behandelt wurde, und auch alle Kosten im Voraus bezahlt. Die Familie hätte dieses Geld nicht aufbringen können.

Seither war Shankar ein treuer Freund, und so hatte er auch in den letzten Monaten ein Auge auf das Waisenhaus und die Kinder gehabt. Er hatte wohl geahnt, dass hier Veränderungen kommen könnten. Und er hatte versprochen, sofort zu schreiben, wenn er etwas Unerwartetes erfahren würde. Und nun war es so weit.

Es war ein eigenartiges Gefühl für Viola. Genau vor einem Jahr, auch Anfang Oktober und schwanger mit Finchen, waren sie auf diese Reise gegangen. Die Regenzeit hörte in Mumbai und Nagpur meist gegen Ende September auf, und die Temperaturen hielten sich zwischen zwanzig und dreißig Grad. Alles war grün, und sie hatten sich Mumbai angeschaut.

»Weißt du, Henning«, sagte sie gedankenvoll, »so viele Menschen, Gerüche, Fahrzeuge, so eine ganz andere Welt.

Das habe ich mit Florian in Mumbai schon mal ein paar Tage erlebt, aber dann bekam ich Heimweh nach unserer ruhigen Insel. Und eigentlich bin ich ganz froh, dass wir dieses Mal gleich weiterfliegen. Tut mir nur leid, dass du nicht viel von der Stadt siehst.«

»Na ja«, Henning legte ihr die Hand auf den Arm, »wir sind ja nicht im Urlaub. Und wenn wir zwischenlanden, sehe ich zumindest alles von oben. Mach dir darüber keine Gedanken. Wir sind wegen der Kinder hier, das ist das Wichtigste. Und zu Hause kann ich trotzdem erzählen, dass ich schon mal in Mumbai und Nagpur war, auch wenn es nur ein paar Stunden waren.«

»Florian war damals so neugierig auf diese Stadt, dass er mich überall hingeschleppt hat, wo etwas Wichtiges zu sehen war. In dem Dorf von Shankar und dem Waisenhaus sind wir auch drei Tage gewesen, zwischendurch mussten wir wegen der Adoptionsanträge zurück nach Nagpur und von einem Amt zum anderen. Außerdem habe ich immer an Finchen gedacht, das schon in meinem Bauch ganz schön strampelte, und an die beiden Waisenkinder, die ich zum ersten Mal gesehen habe. Erst zu Hause habe ich mich dann mit diesem Land beschäftigt, als es klar entschieden war, dass wir die beiden Kinder adoptieren wollen. Aber diesmal bin ich besser vorbereitet.«

»Das ist gut. Wenn man sich schon vorher schlaugemacht hat, ist man im Vorteil und man weiß, worauf man achten muss«, erwiderte Henning. »Und man kann festlegen, wofür man sich interessiert und was nicht so wichtig ist. Ich mag es nicht, von einem Land im Schnellverfahren möglichst viel zu sehen. Ich bin lieber länger an einem oder zwei Orten, wo ich die Menschen und die Umgebung richtig kennenlernen kann.«

Als das Flugzeug über Mumbai in den Sinkflug ging, konnte man die riesige Stadt gut erkennen. Sie lag auf der Insel Salsette vor der Westküste Indiens. Wie beim ersten Mal war Viola auch diesmal bedrückt. Man war fasziniert über die bunte Lebendigkeit in den Straßen und hilflos zugleich, wenn man die Not in den Elendsquartieren sah. Die Hälfte der Einwohner lebte in Slums.

Viola war dankbar, dass sie dieses Mal nur umsteigen musste und dann gleich nach Nagpur weiterfliegen konnte.

Schon in Mumbai war die Luft spürbar wärmer gewesen als auf Hiddensee. Und als sie in Nagpur landeten, konnte Viola alles, bis auf ein kurzärmeliges T-Shirt und die Jeans, ausziehen. Welch ein Kontrast zum Wetter bei ihrer Abreise!

Im Flughafen wimmelte es von Menschen. Draußen hupten Autos, viele so alt, dass sie in Deutschland bereits auf dem Schrott gelandet wären. Oft waren sie mit farbenfrohen Kunstwerken angemalt. Dazwischen gab es Fuhrwerke und Radfahrer und die heiligen Kühe. Und es war nicht ganz einfach, den richtigen Bus zu finden.

Doch als sie dann in dem großen zerbeulten Wagen saßen, der sich abenteuerlich durch das Gewimmel kämpfte, konnte Viola bereits ein bisschen entspannen. Henning sah voller Interesse aus dem Fenster, und sie war froh, eine Weile die Augen schließen zu können.

Eine Stunde später fuhren sie durch flaches Land mit

einigen wenigen niederen Erhebungen. Der Anblick der grünen Bäume und Büsche war richtig beruhigend.

Ab und zu sah man Menschen auf den Äckern arbeiten oder Kühe und Ziegen das karge Gras abweiden. Immer wieder kamen sie durch kleine Dörfer mit Lehmhütten. Und im Bus wurde es langsam leerer.

Die Straße wurde uneben und staubig. Der Monsun, das hatte Viola erfahren, war dieses Jahr sehr früh vorüber gewesen. In letzter Zeit konnte man sich auf die normale Regenzeit nicht mehr verlassen. Auch hier machte sich der Klimawandel bemerkbar, und die Bauern verloren oft einen Großteil ihrer Ernte. Das war in Indien, einem ausgesprochenen Agrarland, sehr schlimm, denn zwei Drittel der Bevölkerung lebten außerhalb der Städte, und sie mussten mit dem auskommen, was sie anbauten.

Viola lehnte den Kopf an die Sitzlehne. Sie hatte in der Nacht nicht viel geschlafen, und durch die Zeitverschiebung war es jetzt hier schon neun Uhr vormittags. Was Florian wohl gerade auf der anderen Seite der Erdkugel machte? Ob er auch Sehnsucht nach ihr und Finchen hatte?

Und dann tauchten schließlich nach einer weiteren Stunde rechts und links der Straße diese unseligen Gewächshäuser auf, die den Menschen hier die Lebensgrundlage wegnahmen. Dazwischen sah man ausgedehnte Rosenfelder, und dann kamen die ersten Häuser des Dorfes, in dem Shankar mit seiner Familie wohnte. Alle Häuser waren klein und niedrig, einige hatten Ziegeldächer, andere waren mit Wellblech oder sogar nur Palmblättern bedeckt.

Der Bus hielt, sie waren am Ziel. Nichts hatte sich seit dem vergangenen Jahr verändert.

Viola und Henning stiegen aus, standen auf der staubigen Straße und schauten sich um. Ein paar Kinder, barfuß, dunkelhäutig, mit großen braunen Augen, in einfachen bunten Kleidchen oder Tüchern, sahen zu ihnen herüber, und Violas Herz flog ihnen zu. Für sie waren es Kinder wie alle. Sie hätte keine Scheu, sie trotz der schmutzigen Gesichter und der staubigen Füße in den Arm zu nehmen.

»Wir müssen noch ein kleines Stück zu Fuß gehen«, wandte sie sich an Henning. »Das Waisenhaus befindet sich am Ortsende.«

»Ich bin Florian jetzt schon dankbar, dass er nicht mitfahren konnte. So komme ich zu einer Reise, die ich von der ersten bis zur letzten Minute genießen werde«, sagte er und blinzelte Viola zu.

Sie schulterte müde ihren Rucksack. »Also Dankbarkeit ist im Moment bestimmt nicht das, was ich fühle. Ich möchte die beiden Kinder finden, mich dann in den Schatten setzen und endlich etwas trinken. Also komm, es ist nicht mehr weit.«

Sie gingen weiter, und ein paar der Kinder liefen neugierig hinter ihnen her.

Die Straße bog hinter den nächsten Häusern nach links ab, und dann müsste schon das Waisenhaus zu sehen sein.

Aber es war nicht mehr da.

33

Viola und Henning standen bestürzt vor einem leeren Platz, auf dem ein paar Männer mit bloßen Oberkörpern Steine wegräumten. Es war heiß und trocken, die Sonne stand hoch am Himmel. Ein paar Frauen in bunten Tüchern traten aus ihren Häusern und beobachteten sie. Eine junge Frau, die Haare zu einem Knoten gebunden und in einem türkisfarbenen Sari, kam auf sie zu.

Viola erkannte sie als eine der Betreuerinnen der Kinder wieder. Sie konnte ein paar Worte Englisch. Sie deutete in Richtung Dorfende und sagte, dass Shankar auf sie warten würde. Viel mehr konnten Viola und Henning nicht in Erfahrung bringen. An dem Gesicht der Frau konnte man erkennen, wie niedergeschlagen sie war. Sie hatte ihren Arbeitsplatz verloren, und wer weiß, wie ihre Familie nun durchkommt, dachte Viola.

Sie nahm sich vor, diese Menschen von zu Hause aus auch weiterhin zu unterstützen, so wie sie und die Inselbewohner bisher das Waisenhaus mit Paketen und Spenden mitgetragen hatten. Jetzt brauchten die Familien, die nun ohne ein regelmäßiges Einkommen waren, ihre Hilfe.

Doch vor allem mussten sie zuerst einmal erfahren, was passiert war. Wie konnten ein Haus und zwei Dutzend Kinder einfach verschwinden? In der kurzen Zeit?

Sie war so schnell gekommen wie nur möglich, aber nun war es doch zu spät.

Der Weg bis zu Shankars Haus führte an weiteren niedrigen Hütten vorbei. Während sie die schmale holprige Straße entlanggingen, fühlte Viola sich ziemlich mutlos.

»Meinst du, wir werden erfahren, wohin die Kinder gekommen sind?«, fragte sie Henning bedrückt. »Jetzt haben wir fast alle Papiere zusammen, nur noch die Ausreiseerlaubnis fehlt. Und nun steht hier alles kopf, und wir müssen wer weiß wo noch hinfahren und nach ihnen suchen.«

»Verlier nicht den Mut«, sagte Henning aufmunternd. »Du bist müde, das drückt auf die Stimmung. Warte erst mal ab, was Florians indischer Koch sagt. Ich könnte mir denken, dass er nicht tatenlos zugesehen hat, als das Haus geräumt wurde. Er weiß sicher, wo die Kinder sind.«

Shankars Haus war auch aus Lehm gebaut, hatte aber inzwischen drei Räume und ein festes Ziegeldach. Er besaß einen Acker weit draußen, auf dem er Baumwolle anpflanzte und Gemüse. Zwei Ziegen waren auf einer kleinen Wiese angepflockt, und ein paar Kühe liefen wie hier allgemein üblich frei herum. Durch seine Tätigkeit als Koch bei den Expeditionen im Pench-Park konnte er sich immer etwas dazuverdienen. Und da er inzwischen recht gut Englisch sprach, wurde er gern angeheuert.

Seine zierliche zurückhaltende Frau hatte Viola bei ihrem Besuch vor einem Jahr kennengelernt. Mit den schwarzen langen Haaren, dem ebenmäßigen Gesicht und den großen dunklen Augen war sie eine Schönheit.

Als Viola und Henning an dem Haus ankamen, spielten die vier Kinder der Familie gerade mit einer jungen Ziege. Eins der Kinder lief sofort hinein. Kurz darauf erschien Shankar, vor Freude strahlend, und empfing sie mit einer Mischung aus Englisch und Marathi. Viola verstand kein Wort, aber sie ließ ihn zuerst einmal ausreden. Sicher hatte sich viel Aufregendes in ihm angestaut.

Shankar war ein großer hagerer Mann in einem weißen Gewand und mit dem üblichen Tuch um den Kopf. Seine Haut war von der Feldarbeit dunkel gebrannt.

Nach einer Weile hielt er inne und sah Henning fragend an. Er wollte natürlich wissen, wer das war und warum Florian nicht mitgekommen war. Und dann nahm er Viola, bevor sie etwas antworten konnte, an der Hand und zog sie mit sich zu einem kleinen Garten hinter dem Haus.

Und da, im Schatten eines Busches, saß Anila auf dem Boden und war gerade dabei, mit ein paar Zweigen ein Bett für ihre Stoffpuppe zu basteln.

Und dann entdeckte Viola auch Ravi, der auf einem Stein hockte und alles beobachtete. Ravi hatte sich kaum verändert. Er war immer noch der kleine magere Kerl mit dem dichten schwarzen Haarschopf, der die abstehenden Ohren kaum verdeckte, und der hässlichen Narbe über der Oberlippe – ein Versuch, seine angeborene Lippen-Gaumen-Spalte zu schließen.

Viola war so unendlich erleichtert, dass ihr fast die Tränen kamen.

Anila, inzwischen zwei Jahre alt, sah hoch, lachte und hielt Viola die Puppe hin. Sie trug ein einfaches Kleidchen aus hellblauer Baumwolle und war unbeschreiblich schmutzig und unbeschreiblich süß zugleich.

Henning ging neben ihr in die Hocke und sagte zu Viola: »Kein Wunder, dass sich Florian sofort in sie verliebt hat. Auch wenn sie erst ein halbes Jahr alt war, als er sie zum ersten Mal gesehen hat. Wahrscheinlich hat er damals schon bemerkt, dass sie etwas Besonderes ist.«

Viola nickte. Aber wie schon vor einem Jahr flog ihr Herz zu Ravi. Mit seinen sechs Jahren hatte er wahrscheinlich schon vieles durchgemacht. Man wusste nicht, was er erlebt hatte, denn er sprach noch immer kein Wort.

So ein kleines niedliches Mädchen kann man leicht lieben, dachte Viola. Aber ein Kind, das nicht besonders hübsch ist und vielleicht sogar geistig zurückgeblieben, das hat keine Chance, jemals von einer Familie adoptiert zu werden. Und deshalb hatte sie, als sie ihn vor einem Jahr gesehen hatte, gleich gewusst, dass sie ihn zu sich nehmen wollte. Sie war sich mit Florian sofort einig gewesen, dass sie beide Kinder adoptieren würden. Eine Trennung der beiden kam für sie nicht in Frage.

Viola stand völlig reglos vor Überraschung da. Shankar blickte sie durchdringend an, als wolle er ihr sagen, was er geschafft hatte. Beide Kinder waren in Sicherheit.

Sie drehte sich ihm zu und nahm seine beiden Hände. »Shankar«, sagte sie mit spürbarer Bewegung, »wie haben Sie das gemacht? Ich weiß gar nicht, wie ich Ihnen danken soll.«

Er schüttelte den Kopf. »Florian hat mir geholfen, ich helfe ihm, und meine Frau hilft.«

»Ihre Frau hat die Kinder aufgenommen. Bitte sagen Sie ihr, wie froh ich darüber bin.«

»Das können Sie selbst«, antwortete Shankar lächelnd. »Meine Frau hat mit unseren Kindern lesen und schreiben gelernt und von mir Englisch sprechen. Und inzwischen kann sie es besser als ich, denn sie geht regelmäßig zu einer Lehrerin hier im Dorf, die auch Englisch schreiben kann. Sie hat mir mit dem Brief geholfen, damit verdient sie sich immer wieder ein wenig Geld.«

Henning erhob sich und sah Shankar voller Staunen an. »Alle Achtung, zu so einer Frau kann man Ihnen nur gratulieren.«

»Es ist immer gut, zu lernen«, antwortete Shankar. »Die Menschen in der Stadt haben dann mehr Respekt, und das ist gut für die Papiere, die Sie noch brauchen. Es ist noch nicht alles fertig abgestempelt. Kommen Sie, wir müssen noch einiges besprechen.«

Und dann saßen Henning und Viola in der Hütte auf zwei geflochtenen Matten und erfuhren so nach und nach, was hier in den letzten Wochen passiert war.

Die Angestellten im Waisenhaus hatten ihm sofort Bescheid gegeben, als ein Bus vorgefahren war und die Kinder abgeholt werden sollten. So schnell er konnte, war er zum Haus geeilt und hatte Anila und Ravi mitgenommen. Niemand hatte ihn daran gehindert. Die Dorfbewohner wussten, dass die beiden bald nach Deutschland kommen sollten, und der Fahrer des Busses drückte beide Augen zu. Er hoffte, dass sich sein Handeln bald in bare Münze verwandeln würde, wie ihm Shankar versprach. Er wollte wiederkommen und sich seine Belohnung abholen, wenn die Kinder Besuch aus Deutschland bekamen.

Die indische Familie, die Anila haben wollte, wurde nicht benachrichtigt. Für sie galt das kleine Mädchen als verschwunden und nicht mehr auffindbar.

Seit drei Wochen lebten nun die Kinder in Shankars

Haus. Und er war sichtlich stolz darauf, sie nun Viola übergeben zu können.

»Anila wäre es bei der indischen Familie bestimmt gutgegangen«, erklärte er in seinem gebrochenen Englisch. »Aber Ravi wäre sicher in einer Teppichfabrik gelandet oder in einer Wäscherei oder als Bettler eingesetzt worden. Nun werden es beide gut haben und zusammenbleiben. Sie werden nicht an Masern oder Tetanus sterben oder an Unterernährung wie so viele Kinder hier. Und ich hoffe, sie werden auch im fernen Deutschland zu Respekt vor Älteren erzogen, wie es hier üblich ist, zum Gehorsam, zum Teilen und zur Gastfreundschaft. Und zur Achtung vor den Göttern.«

Er zeigte auf eine kleine Tonfigur, die in einer Ecke auf einem Stück Brokatstoff stand. Es war Ganesha, der Gott mit dem Elefantenhaupt.

Viola nickte. Sie hatte sich schon vorgenommen, dass die beiden so viel aus ihrem Heimatland erfahren sollten, wie sie selbst wusste. Und gegen einen indischen Gott bei ihr zu Hause in einer bunten Nische hatte sie nichts.

Über die Herkunft der Kinder hatten sie und Florian letztes Jahr nur das Wenige erfahren, das bekannt war. Die beiden waren eines Tages von einer ausgezehrten Frau ins Waisenhaus gebracht worden. Die Frau hatte selbst mehrere Kinder und erzählte, dass die Eltern der beiden tot wären und es keine Verwandten mehr gab. Sie wusste die Namen, das ungefähre Alter, und die Kinder hatten nichts weiter bei sich als ein buntes Tuch, das wohl der Mutter gehört hatte.

Ravi, damals vier Jahre alt, ließ das Tuch seither nicht mehr aus den Händen und hütete es wie einen Schatz.

Auch heute noch lag es neben seiner Schlafmatte, und er lief immer wieder ins Haus, um nachzusehen, ob es noch da war.

Anila dagegen hatte sicher keine Erinnerung mehr an früher. Sie war von Anfang an ein fröhliches unkompliziertes Kind gewesen.

34

Shankars Frau Zarina kam leise herein und bot Henning und Viola Lassi an – ein indisches Joghurtgetränk, süß und erfrischend. Dann zog sie sich still wieder zurück.

Viola wünschte sich, diese Frau, die alte Traditionen bewahrte und zugleich offen für Neues war, ein wenig näher kennenzulernen. Vielleicht ergab sich später eine Gelegenheit, mit ihr ins Gespräch zu kommen.

Während die Kinder immer wieder vorsichtig und lachend zur Tür hereinschauten und wieder verschwanden, erklärte Shankar ihnen nun, was zu tun sei. In Nagpur mussten Papiere abgeholt und wieder Geld in einige Hände gedrückt werden. Wenn das alles klappte, dann stand nichts mehr im Wege, mit den Kindern ausreisen zu können. Er war aber guten Mutes, dass es keine unüberwindlichen Schwierigkeiten mehr geben würde. Das erleichterte Viola ungemein. Sie hatte ja auch Henning dabei, der darauf brannte, mit den indischen Behördendrachen den Kampf aufzunehmen.

Sie lächelte ein wenig, als sie daran dachte, wie Henning sprach, so dass man ihm einfach zuhören musste. Er konnte eine laute Schulklasse durch einen einzigen Satz zur Ruhe bringen. Und das würde auf die indischen Behörden bestimmt auch Eindruck machen.

Es wurde Nachmittag, bis alles geklärt war. Und Viola sehnte sich nach Ruhe.

Während Henning sich im Dorf umschaute und versuchen wollte, mit den Menschen hier in Kontakt zu kommen, setzte sich Viola hinter dem Haus auf einen Holzblock in den Schatten und beobachtete die beiden Kinder. Anila war ein zutrauliches kleines Mädchen. Sie brachte Viola immer wieder einen besonders schönen Stein oder einen Zweig, lachte sie an und hüpfte vergnügt wieder fort. Allerdings war sie auch sofort bereit, mit einer anderen jungen Frau wegzugehen, die kurz hereinschaute und ihr ein Stückchen Maisbrot mitbrachte.

Shankar hatte erzählt, dass Anila keinen Unterschied machte zwischen Fremden und Bekannten und an jeden, der zu ihr freundlich war, wie eine kleine Klette hing. Ravi, der sie immer im Auge hatte, verhinderte das immer wieder.

Der Junge verhielt sich völlig anders. Er war scheu, senkte den Kopf, wenn man ihn ansah, und verzog sich am liebsten unauffällig in eine Ecke.

Aber Viola sah, wie er sofort aufsprang, wenn Anila hinfiel, und ihr dann hochhalf. Und als sie einen Turm aus Steinen bauen wollte, der immer wieder umfiel, zeigte er ihr, wie man es machte.

Nein, dieser Junge wirkt nicht zurückgeblieben, dachte Viola. Und wenn man seine aufmerksamen Augen sieht und die Besorgtheit um seine kleine Schwester, dann konnte man nicht davon ausgehen, dass er in seiner Entwicklung Defizite hatte. Körperlich ja, aber wenn erst einmal seine Kieferspalte geschlossen wäre, würde er sicher auch besser essen können, wachsen und anfangen zu sprechen.

Sie holte ihren Rucksack aus dem Haus und kramte nach den Trinkröhrchen und dem Kakaotrunk. Vielleicht war das eine Möglichkeit, ihm wenigstens das Trinken zu erleichtern. Sie steckte das Röhrchen in die Öffnung der Flasche, ging langsam zu Ravi hinüber und stellte den Trunk neben ihn auf den Boden. Dann setzte sie sich wieder etwas entfernt von ihm auf den Holzklotz.

Nach einer Weile kam Shankars Frau heraus, lächelte Viola zu und sprach leise mit Ravi. Sie hob die Flasche hoch und gab sie ihm in die Hand. Er nahm das Röhrchen in den Mund und versuchte, vorsichtig daran zu ziehen. Nach einer Weile blickte er Viola zum ersten Mal kurz an, dann steckte er die Flasche halb unter sein Hemd und hielt sie dort fest.

Zarina erklärte ihr, dass sie genau das hatten versuchen wollen, aber keine Trinkröhrchen bekommen konnten. Sie lächelte und meinte, Ravi könne sich keine besseren Eltern wünschen als Viola und Florian. Er würde bei ihnen aufblühen wie eine Lotusblume.

Ihre eigenen Kinder, zwei Mädchen und zwei Jungen im Alter zwischen vier und zehn Jahren, hatten es vergleichsweise gut hier im Dorf. Zwei gingen in die Schule. Die beiden Jüngsten sahen zwar mager, aber gesund aus. Sie waren geimpft, wie Shankar erzählt hatte. Und dank seiner Einkünfte konnte er sich auch einen Arzt leisten, wenn es nötig war.

Viola dachte an die vielen heiligen Kühe, die überall frei herumliefen. Die hatten es oft besser als die Kinder. In den großen Städten ernährten sie sich von Abfällen, und auf dem Land fanden sie genug Gras, um satt zu werden. Da die Bauern hier durch die Rosenfarm sehr viel Land verloren hatten, mussten sie ihre Kühe oft weit treiben. Das übernahmen meist die Kinder, die dann natürlich nicht zur Schule gehen konnten.

In Maharashtra, einem der wohlhabenden Staaten in Indien, lebten trotzdem zehn Millionen Menschen in extremer Armut. Viola schloss die Augen und lehnte sich an die Hauswand. Sie konnte es nicht ändern, konnte nur zwei von den zehn Millionen helfen. Vielleicht erbarmte sich einer der indischen Götter oder Göttinnen sogar um den einen oder anderen, wenn er dieses Wissen um die Leiden vieler Menschen im Herzen derer entdeckte, die es gut hatten.

Gegen Abend war Henning wieder zurück. Er hatte einen Mann mit einem alten klapprigen Lastwagen getroffen, der am nächsten Morgen nach Nagpur fuhr und sie mitnehmen würde. Inzwischen hatte Zarina an ihrer gemauerten Kochstelle ein Essen zubereitet. Alle sechs Kinder und drei Erwachsenen saßen erwartungsvoll auf ihren Matten, Ravi dicht neben seiner Schwester, den Kakaotrunk immer noch in der Hand, aus dem er ab und zu trank und es sichtlich genoss.

Dann wurde von Zarina ein Thali serviert, ein großer runder Metallteller, auf dem in der Mitte Fladenbrot und Reis aufgehäuft waren, darum herum standen viele kleine Schüsseln mit Gemüse und Soßen, Früchten und Käse.

In Indien gibt es wenig Fleisch, das wusste Viola, und es war ihr sehr recht. Die Hindus waren meist Vegetarier, einige aßen Hühnerfleisch. Dafür sparte man nicht mit Gewürzen – Kurkuma, Kardamom, Bockshornklee, Curry, schwarzer Senf. Vieles war höllisch scharf. Aber

Shankar erklärte, mit Rücksicht auf die Gäste und die Kinder sei alles sehr mild, man könne ruhig zugreifen.

Viola beobachtete immer wieder Ravi, der sehr langsam aß und Schwierigkeiten mit dem Schlucken hatte. Kein Wunder, warum er so mager war. Das würde sich nach der Operation, die ihr Vater schon geplant hatte, sicher ändern. Vorerst musste er hauptsächlich mit Flüssigkeiten ernährt werden. Wenn sie wieder zu Hause waren, würde sie die berühmte Astronautennahrung besorgen, die es in vielen Geschmackssorten gab.

Wenn sie nur erst alle zusammen heil wieder auf der Insel waren und die Kinder mit all den Veränderungen in ihrem neuen Leben zurechtkommen würden. Die kleine Anila würde kaum Schwierigkeiten haben, sie würde schnell die paar Wörter ihrer Muttersprache vergessen und Deutsch lernen. Aber Ravi, wenn er auch nicht sprach, hatte sicher alles in Marathi im Kopf. Er müsste von Grund auf umlernen.

Und an das Klima würden die beiden sich gewöhnen müssen. Viola hatte Kleider und Schuhe für beide eingepackt und Windeln für Anila. Wenn sie in Hamburg ankamen, würde es kalt sein. Die beiden würden in den nächsten Wochen sehr viel Neues verkraften müssen.

Sie sah zu Henning hinüber, er schien ihre Gedanken erraten zu haben.

»Eins nach dem anderen«, sagte er zu ihr. »Du kannst die beiden nicht allmählich umpflanzen. Wir müssen nun mal zurückfliegen und sie innerhalb von vierundzwanzig Stunden in eine andere Welt bringen. Aber trotzdem, lass ihnen und dir Zeit.«

Hennings überlegte und zuversichtliche Art, etwas anzupacken, hatte sie schon immer wieder ins Gleichgewicht gebracht, und so blickte sie ihn beruhigt an.

Und Florian mit seiner Fröhlichkeit und Lebendigkeit war der ideale Vater, um die Kinder aufzuheitern und zum Lachen zu bringen.

In der Nacht, die sie in einem der hinteren Räume verbrachten, auf etwas dickeren Schlafmatten, aber trotzdem ziemlich hart, musste Viola an Florian denken und unwillkürlich lächeln. Wenn er wüsste, dass ich hier im hintersten Indien mit seinem weitgereisten Rucksack in einer Hütte liege und mich morgen in Nagpur mit Behörden rumschlagen muss, er würde es nicht so richtig glauben. Und wenn er nach Hause kommt, die Kinder sieht und ich ihm die Fotos von meinem Abenteuer zeige, dann kann er stolz auf mich sein und wird nicht mehr Nesthocker zu mir sagen.

Mit diesen Gedanken und einem an Finchen schlief sie dann schließlich doch ein und erwachte erst, als sie die Kinder lärmen hörte.

35

Wie viel »bare Münze« der Behördendrache in Nagpur in den nächsten zwei Tagen verschlungen hatte und auf wie vielen Ämtern sie gewesen waren, konnte Viola später nicht mehr genau nachvollziehen.

Zarina war mitgefahren und hatte überall als Dolmetscherin fungiert. Sie war eine große Hilfe gewesen. Selbst Henning war geschafft. Wieder zu Hause bei Shankar, stürzte er sich auf Lassi und Masala Dosa, dünne Pfannkuchen aus Reis und Linsenmehl mit Currykartoffeln gefüllt.

Aber sie hatten, welch ein Wunder, die Ausreisepapiere für die Kinder bekommen, und Viola hütete sie wie einen Schatz. Und da sie und Henning möglichst schnell wieder nach Hause wollten, hatten sie auch gleich einen Flug für den Freitag gebucht. So blieb ihnen noch ein Tag bei Shankars Familie. Am Wochenende konnten sie schon wieder auf der Insel sein.

Viola war in Hochstimmung. Sie hätte nicht gedacht, alles so schnell erledigen zu können. Und ohne die Hilfe von Zarina hätte sie es nicht so schnell geschafft, da war sie sich sicher. Also fragte sie Zarina, ob sie vielleicht einen Wunsch hätte. Diese zögerte zuerst, kam dann aber mit der Bitte heraus, dass sie gern eine Nähmaschine haben würde. Damit könnte sie zusammen mit den Frauen aus dem Dorf Geld verdienen.

»Das ist eine gute Idee«, erwiderte Viola begeistert. »Gleich wenn wir zurück sind, mache ich mich auf die Suche, und dann soll ihr Wunsch erfüllt werden.«

»Es muss aber eine mechanische sein«, warf Henning ein. »So eine werden wir auf der Insel doch hoffentlich finden!«

»Oma Gerit hat noch eine«, wusste Viola. »Doris will ihr schon lange eine elektrische schenken. Und wenn Gerit weiß, dass ihre Maschine hier bestimmt in Ehren gehalten wird, kann sie sich leichter von ihr trennen. Lass mich nur machen!«

In dieser Nacht schlief Viola trotz der harten Matten tief und fest und wachte erst auf, als ihr am nächsten Morgen die Sonne ins Gesicht schien.

Nach dem Frühstück nahm Shankar die beiden Kinder und Viola und Henning zu einem kleinen Tempel am Rand des Dorfes mit. Er meinte, die Götter hätten jetzt einen Dank verdient und man könnte ihnen auch die Bitte vortragen, dass weiterhin alles gutgehen möge.

Ravi rannte mit Anila ein Stückchen voraus. Er kannte den Weg, offensichtlich waren sie schon mehrmals dort gewesen. Und dann stand er bewundernd vor dem kleinen Gebäude mit dem Palmblätterdach, in dem in der Mitte die farbenprächtige Gestalt des Elefantengottes saß. Hier war er um einiges größer als in Shankars Hütte. Er trug in seinen vier Armen eine Axt, ein Seil, eine Süßigkeit und eine Lotusblüte. Ein Bein hatte er untergeschlagen, das andere ausgestreckt.

Viola stellte mit Staunen fest, dass dieser Gott auf einem kostbaren Kissen aus rotem Brokat saß und man ihn hochheben konnte. Wahrscheinlich war er aus Ton geformt und von einem Künstler mit irgendwelchen Farben bunt angemalt worden.

Shankar kniete zuerst vor ihm nieder, dann zog er vorsichtig das Kissen hervor und ersetzte es durch ein neues in strahlendem Schilfgrün mit aufgestickten Blüten. Er erklärte ihnen, dass die Dorfbewohner peinlich darauf achteten, damit immer alles sauber und frisch gewaschen war. Zarina stickte immer eine neue Blume auf, wenn das Kissen gewechselt wurde.

Hinter Ganesha auf die halbrunde Wand waren in einem Halbkreis mehrere in allen Regenbogenfarben schillernde Göttinnen aufgemalt. Das waren die dorfeigenen Göttinnen, wie Shankar leise erklärte. Hier besaß jedes Dorf noch seine eigenen Gottheiten.

Ravi hatte in einem Beutel ein wenig Reis mitgebracht, und Anila suchte eine Blume in der Umgebung und legte sie vor Ganesha auf das Kissen.

Viola sah eine Maus aus Ton, die neben dem Kissen kauerte.

Sie wollte Shankar später danach fragen, der jetzt versunken vor dem Bildnis stand.

Leise zog sie Henning beiseite und ging mit ihm zu einem Hügel in der Nähe, wo sie sich in den Schatten eines Baumes setzen konnten und Shankar nicht störten.

»Was für eine wunderbare Religion«, bemerkte Henning, »bunt, lebendig und mit Göttern zum Anfassen. Man kann ihnen Kleider nähen und Essen bringen und sie täglich besuchen. Und für jedes Problem gibt es die passende Gestalt. Dieser Ganesha zum Beispiel, weißt du, was er alles kann? Er zerhackt mit der Axt übermäßige Wünsche und Bindungen, zieht mit dem Seil die Menschen aus schwierigen Situationen heraus, hält eine Süßigkeit bereit als Belohnung für denjenigen, der sich spirituell erhebt, und die Lotusblüte ist ein Symbol für höchste Weisheit. Er ist der Gott der Harmonie und des Friedens. Man bittet um seinen Segen, wenn man etwas neu beginnt, so wie du jetzt ein Leben mit diesen beiden Kindern.«

»Woher weißt du das alles?«, fragte Viola erstaunt.

Henning sah sie von der Seite an. »Ich habe vor meiner Ausbildung zum Lehrer mal einige Semester Religionswissenschaften studiert, aber dann wollte ich doch lieber etwas mit Kindern machen.«

»Das hast du bis jetzt noch niemandem erzählt. Was steckt denn eigentlich noch alles in dir, junger Mann, von dem wir nichts wissen?«

»Man muss ja nicht alles auf einer Werbetafel vor sich hertragen«, war seine lakonische Antwort, und er lächelte über Violas erstauntes Gesicht.

»War das auch ein Grund, dass du mit mir nach Indien geflogen bist?«, hakte sie nach. »Die vielen bunten Götter hier besuchen, die du nur aus den Büchern kennst?«

»Ja natürlich, das konnte ich mir doch nicht entgehen lassen!«

»Also nicht nur pure Hilfsbereitschaft mir gegenüber?«

Er sah sie beschwichtigend an. »Beides, aber du kommst inzwischen ganz gut zurecht, Frau Doktor. Das habe ich schon auf dieser Reise bemerkt, also kannst du mir meine gemischte Motivation ruhig gönnen.«

»Na gut, aber zur Strafe musst du mir nun etwas über die Maus erzählen, die Ganesha zu Füßen sitzt. Und wehe, du weißt das nicht.«

Henning nickte. »Natürlich kann ich das.« Und während er erzählte, sahen sie Ravi und Anila zu, die in der Nähe ganz vertieft aus feuchter Erde und Zweigen ein kleines Haus bauten. Ravi war wie immer bemüht, der Kleinen zu zeigen, wie man etwas formte und befestigte.

»Die Maus ist ein Symbol für Egoismus und übermäßige weltliche Wünsche«, erzählte Henning, »und Gier nach materiellem Gewinn, wodurch man den inneren Frieden verliert. Das ist zwar ungewöhnlich für eine Maus, aber vielleicht sind die indischen Mäuse anders als unsere. Ganesha hat diese negativen Eigenschaften alle überwunden, und dahin sollten wir auch streben.«

»Das ist sehr gut«, stimmte Viola ihm zu. »Vielleicht sollten wir so einen Elefantengott auch bei uns einführen. Und was weißt du noch, Herr Lehrer?«

»Ganesha ist der Sohn von Shiva, einem kräftigen, willensstarken und auch zornigen Gott, und seiner Gattin Parvati, einer Allgöttin. Als Shiva einmal lange Zeit in Meditation versunken war und nicht daran dachte, dass seine Frau sich einen Sohn wünschte, hat sie sich einfach selbst einen gemacht. Ich weiß aber nicht, wie. Das ist ihr Geheimnis. Auf jeden Fall saß der Sohn vor dem Haus, als sie baden ging, und Shiva, der ihn ja nicht kannte, wollte ins Haus und wurde von ihm aufgehalten. Shiva bekam so eine Wut, dass er ihm den Kopf abhackte. Als Parvati dann nach Hause kam, war sie untröstlich, und Shiva versprach ihr, dem Kind einen neuen Kopf zu machen, von dem ersten Lebewesen, dem er begegnete. Das war ein

Elefant. Und seither lebt Ganesha mit dem Elefantenkopf. Und Shiva hat ihn dann noch hochgeehrt.«

Viola seufzte entzückt. »Kennst du noch mehr solche Geschichten?«

»Jede Menge, aber ich sehe gerade, dass Shankar kommt und die Kinder holt. Ich glaube, wir müssen zurück.«

Auf dem Heimweg fragte Viola nachdenklich: »Glaubst du, dass Shankars Gebet hilft? Eine Bitte an einen Elefantengott aus Lehm?«

Henning dachte eine Weile nach. »Jedes Gebet kann helfen«, antwortete er dann, »egal ob ein Gott es erhört oder ob es durch den Betenden selbst zu einer Veränderung kommt. Und ich glaube, so ein Gebet kann sehr intensiv sein, wenn man die Götter so hautnah vor sich hat wie hier.«

»Fast könnte man sie beneiden, diese Hindus«, meinte Viola. »Auch die Wiedergeburt, an die sie glauben. Dieser Gedanke ist irgendwie bewegend. Vielleicht hilft das vielen, die hier im Elend leben, dass sie glauben, nach ihrem Tod in ein besseres Leben zu kommen. Meinst du nicht?«

»Ich weiß es nicht, aber es könnte sein«, antwortete Henning.

36

An diesem Tag machten sie am Nachmittag noch einen Ausflug in die nähere Umgebung. Sie sahen, mit welch einfachen Geräten die Menschen die Felder bearbeiteten, und erfuhren von Shankar, wie viele Maschinen damals gekommen waren, um das Gelände für die Rosenfarm umzupflügen.

»Hundert Leute hätten das nicht an einem Tag geschafft«, erzählte er. »Aber diese Pflüge waren in wenigen Stunden fertig. So etwas haben wir hier noch nie gesehen. Trotzdem bin ich weiterhin gern auf meinem Acker, spüre die Erde in meinen Händen, die Sonne auf dem Rücken und kann jeder einzelnen Pflanze, die ich setze, meinen Segen mitgeben.«

Darüber dachte Viola an diesem Abend noch lange nach. Zumindest Shankar mit seiner Familie lebte glücklich, auch wenn er keine Reichtümer anhäufen konnte.

Am nächsten Morgen mussten sie früh aufstehen. Shankar hatte Ravi schon in den letzten zwei Tagen immer wieder erklärt, dass er und Anila nun zu Viola gehörten und mit nach Deutschland durften. Ravi hatte zwar nicht besonders darauf reagiert, aber Shankar meinte, er hätte ihn gut verstanden. Vor allem, dass Anila und er zusammenbleiben konnten, hatte Shankar immer wieder betont.

Nachdem sie ausgiebig gefrühstückt hatten, nahm Henning das kleine Mädchen an der Hand und Viola den Jungen, und sie gingen durch das Dorf zur Bushaltestelle. Shankars Familie trug die Rucksäcke und ein paar Essenspäckchen.

Ein Regenschauer wäre jetzt angenehm, dachte Viola. Aber der Monsun war ja schon seit einigen Wochen vorbei. Die Straße wurde immer staubiger, und die armseligen Häuser mit den Wellblechdächern strahlten Hitze ab. Zum Glück spendeten die hohen Palmen am Straßenrand immer wieder Schatten. Überall standen Frauen und Kinder und winkten ihnen freundlich nach. Zwei Männer trieben einen mit Baumwolle beladenen Ochsenkarren an ihnen vorbei, und dann kamen wieder die Treibhäuser der Rosenfarm in Sicht, die Viola insgeheim verfluchte. Die Produktion von Rosenwasser war ohne Rücksicht auf die Menschen hier aufgebaut worden. Einige Leute wurden davon sicher ziemlich reich, während die Menschen an diesem Ort noch mehr verarmten. Man konnte es nicht mehr verhindern, aber wenigstens Anila und Ravi würden nicht mehr darunter leiden müssen.

Viola wusste, dass sie die Bilder der letzten Tage niemals vergessen würde: Shankar im weißen Gewand, seine Frau im roten Sari, die Kinder in bunten Hemden und Hosen und Kleidchen, alle barfuß, den hohen tiefblauen Himmel, die freundlichen Dorfbewohner, die Weite der ebenen Landschaft mit den Palmen und den Baumwollfeldern.

Aus Erzählungen wusste sie von den Bauern, die durch

minderwertiges oder gefälschtes Saatgut verarmten, ihre Kredite bei den Wucherern nicht zurückzahlen konnten, kein Geld für Pestizide hatten, kein Wasser, weil der Monsun nicht mehr einsetzte. Gerade hier im eigentlich reichen und fruchtbaren Staat Maharasthra war die Selbstmordrate der Bauern stark gestiegen.

Und auch die Bilder aus Nagpur und Mumbai blieben in ihrem Kopf: der Lärm auf den Straßen, die unzähligen Menschen, die bunte Vielfalt des Lebens, die extreme Armut in den riesigen Slums und die Hightech-Anlagen und riesigen Wolkenkratzer direkt daneben.

Dieses Land war faszinierend und konnte einen doch zu Tränen der Verzweiflung rühren. Und sie würde sicher wieder einmal hierherkommen, aber leben könnte sie hier nie. Leben konnte sie auf ihrer Insel, am Meer, hinter dem Deich in ihrem Haus mit dem Reetdach, mit Florian und Finchen. Und nun auch mit diesen beiden Kindern, von denen sie kaum etwas wusste.

Als der Bus kam, ging alles sehr schnell: die Verabschiedung von Shankar und seiner Familie, einsteigen, die Kinder und die Rucksäcke unterbringen. Und dann konnte man nur noch winken.

Ravi schaute voller Staunen aus dem Busfenster. Er war bisher noch nie aus der ländlichen Gegend herausgekommen. Anila hatte es sich auf dem Schoß von Viola bequem gemacht und nagte an einem Maiskolben.

Als dann nach über einer Stunde die ersten Vororte und Slums von Nagpur in Sicht kamen, kauerte sich Ravi auf seinem Sitz zusammen. Der Anblick war ihm fremd und furchteinflößend. Er umklammerte sein buntes Tuch und hielt es sich vor die Augen. Henning nahm ihn nun auch auf den Schoß und sprach beruhigend auf ihn ein. Auch wenn er nichts verstand, so entspannte er sich doch etwas. Vor allem als ihm Viola die kleine Statue von Ganesha, die sie von Shankar bekommen hatte, in den Arm legte.

Überall liefen die heiligen Kühe frei herum, auch vor dem Flughafen. Und es war ein Wunder, dass sie sich nicht vom Verkehr, dem Lärm und den vielen Menschen scheu machen ließen.

»Eigentlich müssten diese Leute doch inzwischen wissen, dass diese Tiere auch nicht anders sind als alle anderen«, meinte Viola, nachdem sie ausgestiegen waren und sie eine besonders zudringliche Kuh abwehrte, die es auf ihre Tüte mit Früchten abgesehen hatte. »Warum halten sie nur so zäh an dieser heiligen Kuh fest? Und wenn sie Hunger haben, dürfen sie sie nicht einmal schlachten!«

»Die Kühe haben den Indern früher lange Zeit sehr viel gegeben«, erwiderte Henning. »Auch zum Teil heute noch. Mit ihrem getrockneten Dung machen sie Feuer, bauen ihre Hütten, und zum Düngen können sie ihn auch verwenden. Milch ist ein wichtiges Nahrungsmittel. Und dem Urin wird eine heilende Wirkung zugeschrieben. Außerdem kann man sie auch noch vor den Pflug spannen oder vor den Wagen zum Transport der Ernte. Deshalb hat sie Krishna einmal heiliggesprochen. Er wird übrigens auch Vishnu oder Rama genannt.«

»Danke, Herr Lehrer«, gab Viola zurück. »Ich bin richtig froh, dass du mitgekommen bist, nicht nur wegen der Kinder. Du kannst wirklich sehr interessant erzählen.«

»Das muss ein Lehrer auch können«, erwiderte er. »Aber nun los! Heute scheinen viele fliegen zu wollen.«

In der Abflughalle war es heiß und stickig, und sie drängten sich durch die Menschenmenge. Anila auf Violas Arm zappelte unruhig und wollte herunter. Ravi hatte sich an Hennings Hand festgeklammert. Überall vor den Abfertigungsschaltern gab es lange Schlangen.

»Welche Göttin kann man anrufen, dass wir ganz schnell in unser Flugzeug kommen?«, fragte Viola Henning. »Ich brauche jetzt dringend eine.«

Er schaute sich um und zeigte dann auf einen kleinen Tempel mitten im Flughafengebäude.

»Brahma, der oberste aller Götter, mit seiner Gattin Sarasvati. Er wurde nie erschaffen, weil er schon immer da war, und er ist der Schöpfer von allem. Er hat vier Arme und vier Gesichter. Deshalb sieht er alles in allen Himmelsrichtungen.«

Viola sah stirnrunzelnd zu dieser bunt leuchtenden Figur hinüber.

»Nein, der gibt sich nicht mit so Kleinkram wie zwei Hiddensee-Bewohner mit zwei Kindern ab.«

»Dann wende dich an Durga. Sie ist wild, reitet einen Tiger und kämpft gegen Dämonen. Und sie ist die Gattin von Shiva.«

Jetzt musste Viola doch schon wieder lachen. »Das mag ich so an dir, Henning. Du hast einen enormen Wissensschatz. Also Durga soll uns diese Dämonen hier vertreiben, die in der Schlange vor uns stehen und uns nicht vorbeilassen.«

Tatsächlich ging auf einmal alles zügig voran. Und eine halbe Stunde später saßen sie alle vier im Flugzeug, das direkt über Mumbai nach Hamburg flog.

37

ANILA SCHLIEF ZUM Glück bald ein. Viola streifte ihr die Schuhe ab. Die Kleine war bisher immer nur barfuß gelaufen und hatte sich noch nicht an die Schuhe gewöhnt. Aber sie musste es lernen. Auf Hiddensee konnte man in dieser Jahreszeit nicht mehr ohne laufen.

Ravi kauerte in seinem Sitz und sah sich mit großen Augen um oder hielt sich sein Tuch vors Gesicht. Aber offensichtlich siegte die Neugier, und schon bald schaute er aus dem Fenster, solange es noch hell war.

»Dieser Junge ist ein Kind, das mich immer wieder in Erstaunen versetzt«, sagte Henning zu Viola. »Wenn man ihn beobachtet, stellt man fest, dass er sehr aufmerksam ist und alles, was um ihn herum geschieht, in sich aufnimmt. Hast du gesehen, wie er reagiert hat, als du Anilas Jacke gesucht hast, um sie ihr überzulegen? Er hat genau gewusst, was du suchst und wo sie lag, und sie dir dann gereicht. Sobald er anfängt zu sprechen, werden alle große Augen machen, da bin ich sicher.«

»Ja, das denke ich auch. Und weißt du, was ich vor allem als große Erleichterung empfinde? Er passt so gut auf seine kleine Schwester auf. Das wird mir am Anfang eine große Hilfe sein, wenn ich sie nicht gleich verstehe oder sie irgendeinen Unfug anstellt.«

Als Anila eine halbe Stunde später aufwachte und anfing zu weinen, rief sie immer dasselbe Wort. Viola bot ihr zu trinken an, aber das war es nicht, auch Fladenbrot oder eine Banane schob sie beiseite. Erst als Ravi sich zu ihr beugte und ihr den Bauch massierte, wurde sie ruhig. Offensichtlich hatte sie Bauchschmerzen.

Viola strich Ravi liebevoll übers Haar. »Du bist ein richtig guter großer Bruder«, sagte sie zu ihm. »Von dir kann ich noch viel lernen.«

Er lächelte sie scheu an und lehnte sich in seinem Sitz zurück. Auch ihm fielen jetzt die Augen zu.

Während alles um sie herum ruhig wurde, hatte Viola endlich Zeit, ihren Gedanken nachzuhängen. Sie vermisste ihre kleine Tochter und hätte sie am liebsten jetzt bei sich im Arm gehabt. Doris hatte ihr eine SMS geschrieben, dass mit Finchen alles in Ordnung sei. Sie dachte an Flo in Brasilien. Wo er jetzt wohl gerade war? Hatten er und seine Kollegen mit Hilfe der Eingeborenen die vermissten zwei Biologen ausfindig gemacht? Und hoffentlich war nichts Schwerwiegendes passiert. Vielleicht hatten sie sich auch nur verlaufen, weil der Indio-Begleiter sie aus irgendeinem Grund im Stich gelassen hatte. Und Florian war vielleicht schon auf dem Rückweg aus dem Amazonas-Dschungel. Dachte er jetzt vielleicht auch gerade an seine Familie?

Sie spürte auf einmal die Sehnsucht nach ihm und das Heimweh nach ihrer Insel so stark, dass ihr beinahe die Tränen kamen. Vielleicht war es auch die Erleichterung, dass alles gutgegangen war. Außerdem hatte sie auf dem harten Boden in Shankars Haus nicht viel schlafen können. Sie taugte wahrscheinlich nie so gut wie Florian für abenteuerliche Reisen. Obwohl sie inzwischen schon eine Menge Übung hatte. Morgen früh würden sie in Hamburg landen, zwei Tage bei ihren Eltern verbringen und dann nach Hiddensee weiterfahren. Endlich!

Schließlich schlief Viola doch noch ein, und als sie erwachte, setzte das Flugzeug bereits zur Landung an. Wegen der Zeitverschiebung war es in Hamburg erst sechs Uhr und noch dunkel. Der Flughafen war ziemlich leer und die Luft draußen kalt und frisch. Diesmal ging die Abfertigung schnell.

Henning trug die schlafende Anila auf dem Arm. Ravi trottete halb träumend an Violas Hand durch die Halle. Freudestrahlend kam ihnen Violas Mutter entgegen. Sie schloss zuerst ihre Tochter in die Arme, dann Ravi, der beinahe erschreckt reagierte. Dann nahm sie Henning Anila ab. Dabei erzählte sie, dass es gute Neuigkeiten aus Brasilien gab. Viola war erleichtert, dass mit Florian alles okay war und er in einer Woche die Heimreise antreten konnte.

»Und nun habe ich auch noch zwei neue Enkelkinder«, erklärte sie und lachte. »Das kleine Mädchen ist ja so niedlich. Und Ravi schon so ein großer Junge. Siegfried hat für heute schon einen Termin in der Kieferorthopädie gemacht. Der Kleine bekommt eine vorläufige Gaumenplatte, die ihm das Essen und das Sprechen erleichtern wird.«

Viola nickte müde. »Ich weiß, und ich wollte eigentlich diese zwei Tage bei euch ohne Termine bleiben. Aber die Kinder müssen dringend gegen Masern und Tetanus geimpft werden. Und auf Hepatitis und auch Würmer müssen sie untersucht werden. Wenn das nur schon alles geklärt wäre. Die beiden sollten sich eigentlich langsam eingewöhnen. Aber all das muss sein, das ist mir klar. Sonst müsste ich mit ihnen nach Bergen fahren. Außerdem wird Papa sicher alle Hebel in Bewegung setzen, dass Ravi bald seinen OP-Termin bekommt.«

»Hat er bereits. Jetzt geht's erst mal nach Hause. Der Wagen wartet draußen«, teilte Susan den beiden mit und führte sie zum Ausgang.

Zu Hause, das war für Viola viele Jahre lang ihr Elternhaus in Blankenese gewesen, mit dem großen Garten und Blick auf die Elbe. Inzwischen dachte sie bei zu Hause an ihr kleines Häuschen in Vitte hinter dem Deich, auf das sie sich so sehr freute. Und sie musste lächeln, als Henning große Augen beim Anblick der vornehmen Villa machte. Fast ehrfurchtsvoll ging er auf Zehenspitzen durch das Wohnzimmer mit den dicken Teppichen. Aber er kannte Susan ja bereits von der Taufe, und durch ihre herzliche Art fühlte er sich schnell wohl und räkelte sich auf dem riesigen Sofa, auf dem sie ihn gebeten hatte, Platz zu nehmen.

Anila, die inzwischen wieder putzmunter war, hatte keine Probleme mit der ungewohnten Umgebung. Sie probierte am Frühstückstisch von allem, was man ihr vorsetzte, und blieb dann schließlich bei Toast mit Erdbeermarmelade.

»Sie ist ziemlich hellhäutig«, stellte Violas Mutter fest. »Und in den Kleidern, die du ihr mitgebracht hast, sieht sie gar nicht mehr fremd aus. Sie könnte eine große Schwester von Finchen sein.«

»Eigentlich schade«, warf Henning ein. »Sie hat mir in Indien mit den bunten Tüchern und den staubigen Füßen und den zerzausten Haaren richtig gut gefallen.«

Viola lachte. »Wart's nur ab, wenn sie hinter unserem Haus in der Sandkuhle sitzt und sich mit feuchter Erde und Sand einschmiert, dann wird das indische Kind schnell wieder zum Vorschein kommen. Und Finchen wird es ihr bald gleichtun.«

Sie wandte sich Ravi zu, der verträumt mit einem Röhrchen Kakao trank. Das machte er inzwischen schon sehr geschickt. Und später, als Viola sich ein wenig aufs Sofa gelegt hatte, sah sie ihm zu, wie er mit den Holzklötzchen eine kleine Hütte baute und dann die Tonfigur des Elefantengottes hineinsetzte. Sein Tuch lag dabei immer in Reichweite. Irgendwann einmal muss ich es waschen, dachte Viola.

Mit dem Gedanken daran fielen ihr die Augen zu, und sie schlief ein.

38

Professor Herz kam zum Mittagessen, und mit der Ruhe war es nun aus. Er hätte sich am liebsten Ravi gleich genau angesehen, aber Viola ließ es nicht zu.

»Es reicht, wenn er heute noch in der Klinik untersucht wird«, erwiderte sie energisch. »Die Kinder haben in den letzten Tagen viel Neues erlebt. Sie müssen erst mit ihrer neuen Umgebung und mit all den Dingen klarkommen, die sie noch nie im Leben gesehen haben.«

»Schon gut«, besänftige sie ihr Vater. »Aber Ravi scheint ein tapferer kleiner Kerl zu sein. Und wenn er erst einmal richtig atmen und essen kann, wird das ein hübscher Junge werden.«

So hatte Viola das noch gar nicht gesehen. Ihr war am wichtigsten, dass er gesund war und munter. Aber er könnte sich wirklich zu einem richtig gutaussehenden Jungen entwickeln, der vielleicht sogar ein vielversprechendes Leben vor sich hatte. Auch wenn man bedachte, wie viel Elend, Armut und Einsamkeit er bisher erlebt hatte. Ravi musste etwas in sich haben, was ihn trotz allem nicht verzweifeln ließ, sondern ihn stark gemacht hatte. Er war geliebt worden, da war sich Viola ganz sicher. Man hatte ihn behandeln und eine Operation machen lassen, die allerdings nur notdürftig die Lippe und den vorderen Teil seiner Spalte schloss. Für die Eltern musste die OP finanziell kaum zu tragen gewesen sein. Viola wusste das von einer der Frauen, die im Waisenhaus gearbeitet hatte. Die Eltern hatten sich hochverschuldet und waren gezwungen gewesen, fast alles zu verkaufen, was sie besaßen.

»Wie klein kann ein Schritt im Leben nach der einen oder anderen Seite sein«, sagte sie nachdenklich, »und wie groß seine Auswirkungen. Ravi hatte nicht viele Chancen auf ein glückliches Leben. Kinder wie er werden zum Betteln geschickt oder müssen in einer Teppichfabrik arbeiten. Wer weiß, ob er es überhaupt bis ins Erwachsenenalter geschafft hätte. Und dann erkrankt ein indischer Koch an einer Blinddarmentzündung, und Florian verliebt sich in einem Waisenhaus in ein kleines sechs Monate altes Mädchen. Und nun ist Ravi hier, und seine Zukunftsaussichten haben sich himmelweit verbessert.« Viola schaute ihren Vater an. »Glaubst du an Zufälle oder an ein Schicksal, das von irgendjemandem gesteuert wird?«

Ihr Vater hob die Arme und schüttelte den Kopf. »Du hast vielleicht Fragen! Ich weiß nicht, was ich glauben soll. Manchmal, wenn wir jemandem das Leben retten können, weil zum richtigen Zeitpunkt das Richtige geschehen konnte, dann kommt es mir so vor, als hätte da jemand seine Hand im Spiel. Aber dann bekommen wir ein Kind in die Klinik, das in ein Auto gelaufen ist, schwer verletzt, und dann kann ich an diese Hand nicht mehr glauben. Dann denke ich, dass bei so vielen Autos und so vielen Kindern irgendwann einmal zwangsläufig eins hineinläuft, und per Zufall ist es genau dieses. Es hätte aber auch ein anderes sein können.«

»Dann ist die Tatsache, dass Ravi jetzt bei uns ist, kein Zufall. Ein kleiner bettelarmer Junge mit einem schweren angeborenen Defekt und ein Professor der Medizin, der diesem Jungen helfen kann und nicht mal eine Bezahlung dafür verlangt, treffen zusammen. Gibt es eine bessere Fügung als diese?«

Er strich seiner Tochter durch die Haare, die sich so schwer bändigen ließen, und lachte. »Ich werde mein Bestes tun, egal ob der Zufall oder eine lenkende Hand hinter allem steckt. Aber nun wollen wir erst mal essen, ihr habt schließlich noch einen anstrengenden Nachmittag vor euch.«

Während Henning ins biologische Institut fuhr, um Informationen über die Brasilienexpedition einzuholen, saß Viola zwei Stunden später mit beiden Kindern und ihrer Mutter in der Klinik ihres Vaters und wartete auf den Kieferorthopäden. Er wollte einen Abdruck von Ravis Gaumen machen, um eine Gaumenplatte anzufertigen.

Sie wischte die letzte Träne auf Anilas Wange weg und ihren kleinen Schokoladenmund sauber. Die Impfung war nicht ohne Protest abgelaufen. Aber mit einem Stückchen Schokolade war dann alles viel bessergegangen.

Draußen schien eine goldene Herbstsonne. In den Zweigen der Kastanie vor dem Fenster saßen zwei Eichelhäher und zankten sich. In der Ferne hörte man ein Schiff tuten, und Violas Gedanken wanderten auf ihre Insel, zu Finchen und Doris und zu Philipp und Ottilie, zu Strand und Meer und Möwen.

Hier in der Klinik fühlte sich Viola nicht besonders wohl. Die gebohnerten Böden, der Geruch nach Desinfektion, die Menschen, die im Bett oder Rollstuhl vorbeigefahren wurden, ein Arzt, der eilig den Gang hinuntereilte. Sie kannte das alles, es war ihr aber fremd geworden. Ihr Platz war in Vitte in ihren Praxisräumen, wo ihr alles vertraut war, mit all den Menschen, die sie inzwischen so gut kannte.

»Wenn du hiergeblieben wärst, könntest du jetzt auch im weißen Kittel durch die Gänge gehen und vielleicht sogar schon Oberärztin sein«, unterbrach die Mutter ihre Gedanken.

»Ja, aber dann hätte ich keinen Florian und kein Josefinchen, ganz zu schweigen von diesen zwei Kindern hier. Nein, für nichts auf dieser Welt möchte ich mit einer der Ärztinnen hier tauschen.«

»Ich bin froh, dass du da, wo du jetzt lebst, glücklich bist«, erwiderte die Mutter. »Das mit der Oberärztin war nicht ernst gemeint. Und wahrscheinlich gibt es auf deiner Insel auch nicht so viel Ärger wie hier und auch nicht so eine Hektik.«

»Da liegst du falsch. Der Ärger macht auch vor Hiddensee nicht halt«, erklärte Viola. »Wir leben unter Menschen mit friedlichem oder auch streitbarem Temperament. Da ist zum Beispiel der Vater meiner neuen Sprechstundenhilfe, der nichts mehr von ihr und seinem Enkel wissen will. Er ist nicht bereit, sie in sein Haus aufzunehmen. Und in Neuendorf gibt es eine Frau, die mir genau vorschreiben wollte, wie ich ihren Sohn zu behandeln hätte. Und dann der alte Herr von Gramitz, der so ganz harmlos über die Insel spaziert, dabei die Nase in alles steckt und dann Dinge herumerzählt, die ihn nichts angehen. Und der einsame Herr Vogtland …« Über Benno und Georg wollte sie nicht sprechen, das war ein doch zu heikles Thema.

»Nun, das sind Geschichten, die in einer Klinik natürlich auch vorkommen«, bemerkte Susan. »Aber du bist die Ärztin und für Krankheiten zuständig, nicht für die Schlichtung von Streitereien.«

»Da bedingt eins das andere«, erwiderte Viola. »Und man steckt mittendrin. Nicht so wie hier, wo die Patienten kommen und gehen und man sieht sie nie wieder.«

»Kann das nicht auch ziemlich anstrengend sein?«, wollte Susan wissen, und ihr Gesicht drückte Besorgnis aus. »Noch dazu habt ihr jetzt die beiden Kinder. Wie willst du das alles schaffen? Das geht mir ständig durch den Kopf. Willst du nicht so lange hierbleiben, bis wenigstens Florian wieder zurück ist?«

»Nein, auf keinen Fall. Aber zu deiner Beruhigung, die Menschen auf der Insel sind sehr hilfsbereit. Es wird kein Problem sein, eine nette Nachbarin zu finden, die mir im Haushalt hilft. Und Doris betreut ja die Kinder. Ich weiß auch schon, wer die nette Nachbarin sein könnte. Ich werde gleich morgen, wenn wir wieder zurück sind, unsere Frau Ruppert fragen. Für sie wäre ein bisschen Ablenkung ganz gut. Letztes Jahr ist ihr Mann gestorben, und ihre Kinder sind schon vor längerer Zeit weggezogen. Und vor allem wegen meiner Kollegin Anita muss ich so schnell wie möglich nach Hause. Sie musste so kurzfristig einspringen, deshalb möchte ich auch sofort wieder in die Praxis.«

»Ja, das kann ich verstehen«, versicherte Susan. »Obwohl ich euch gern noch eine Weile hierbehalten hätte. Aber ich bin stolz darauf, dass du so gut zurechtkommst.

Und dein Papa ist es auch, wenn er es auch nicht zugeben will.«

Die Ärztin, die Ravis Gaumenplatte anfertigen wollte, kam zu ihnen, und sie unterbrachen ihr Gespräch. Aber Violas Mutter war nun doch beruhigt, das konnte man ihrem Gesicht ansehen.

Ravi ließ die Prozedur brav über sich ergehen. Er achtete aber genau darauf, dass Anila in seiner Nähe blieb, und auch sein Tuch presste er an sich.

Man muss viel Geduld mit ihm haben, dachte Viola, aber eines Tages wird auch seine Angst verschwinden so wie der letzte Schnee im Frühling auf dem Dornbusch. Und die Sonne wird in seinem Leben scheinen und ihn zuversichtlich machen und ihm das Vertrauen wiedergeben.

39

Am Abend, als Ravi und Anila bereits schliefen, kam Henning vom biologischen Institut zurück und brachte Neuigkeiten mit.

»Es sieht gut aus«, teilte er Viola und ihren Eltern mit. Er setzte sich in den freien Sessel zu ihnen, und Viola, die schon nervös auf ihn gewartet hatte, wurde sofort ruhiger.

»Der Suchtrupp in Begleitung von zwei Waiapì ist auf dem Weg zu einem Indio-Dorf, in dem die zwei Vermissten allem Anschein nach aufgenommen worden sind. Einer soll verletzt sein, also doch ein Unfall. Sie sind gestern mit dem Boot auf einem Nebenfluss des Rio Xingu hochgefahren und müssen nun noch ein Stückchen durch den Urwald. Und weil sie ein Gebiet mit einem feindlichen Stamm umgehen müssen, dauert das zwei Tage. In diesem Gebiet leben Menschen, die keinen Kontakt zur Außenwelt haben. Und es ist besser, sie in Ruhe zu lassen. Weißt du, Viola«, Henning hielt inne und wandte sich ihr zu, »ich glaube, Florian erlebt dort Ähnliches wie wir in Indien: Gebiete, in denen die Menschen im Einklang mit der Natur leben, und dann andere Gegenden, wo der Wald abgeholzt und abgebrannt wird; Menschen, die dadurch reich und skrupellos werden, und andere, die alles verlieren und kaum das Nötigste zum Leben haben. Auch dort gibt es dies alles nebeneinander.«

»Man liest oft davon«, warf Susan ein, »aber wenn man mit eigenen Augen sieht, wie so ein Wald stirbt und irgendwann nur noch kümmerliches Gras dort wächst, das muss sehr erschütternd sein. Florian wird viel zu erzählen haben, wenn er wieder zurück ist.«

»Weißt du, wie es ihm geht?«, fragte Viola Henning. »Hast du mit ihm gesprochen?«

»Nein, sie schalten ihr Satellitentelefon immer nur zu bestimmten Zeiten an. Ein Mitarbeiter hat mir alles erzählt. Es geht ihnen gut, sie schlafen in Hängematten und essen viel Fisch. Jetzt, wo der Wasserstand niedrig ist, gibt es davon jede Menge. Und sie sind froh, nicht in der Regenzeit unterwegs sein zu müssen.«

»Und ich werde froh sein, wenn wir wieder zurück auf unserer Insel sind, in unserer kleinen überschaubaren Welt«, sagte Viola. Sie lehnte sich auf dem Sofa zurück und schloss kurz die Augen. »Du nicht auch? Ruhe und Frieden und ein flacher Strand ohne Piranhas im Wasser oder Tiger im Wald. Kein Hochhaus und keine Slums. Weißt du eigentlich, Henning, wie gut wir es auf Hiddensee haben? Ich gehe manchmal abends ins Bett und sage danke, ich weiß nicht, wem, aber es ist ein Gefühl, das ich nie verliere.«

»O ja«, stimmte er ohne Zögern zu, »das kenne ich auch. Obwohl einige Kinder in der Schule manchmal gar nicht so friedlich sind. Aber wir wohnen ja nicht im Paradies, und das wäre auch langweilig, stimmt's?«

Viola lächelte. »Nein, aber ich fühle mich am wohlsten auf unserer Insel, und ich möchte mit niemandem auf der

Welt tauschen. In andere Länder reisen ja, aber dann immer wieder zurückkommen.«

Violas Vater leerte sein letztes Glas Rotwein und stand dann auf. »Und jetzt gehen wir alle schlafen«, sagte er energisch. »Morgen kommst du noch einmal mit den Kindern in die Klinik, Viola, wegen Ravis Gaumenplatte. Und dann könnt ihr den Rest des Tages im Garten verbringen. Das wird euch allen guttun, und übermorgen seid ihr wieder zu Hause auf eurer Insel. Ich, meine liebe Viola, fühle mich hier in Hamburg am wohlsten«, fügte er hinzu. »Aber zum Glück hat jeder Mensch so seine Vorlieben, und es wäre schlimm, wenn alle Leute nur auf Hiddensee leben wollten.«

Viola lachte. »Da hast du recht, das wäre ein Alptraum.«

In dieser Nacht schlief Viola zum ersten Mal seit Tagen wieder gut. Anila wachte einmal auf und hatte Durst. Ravi lag zusammengerollt unter der Decke und hielt sein Tuch im Arm.

Diese zwei Kinder sind erstaunlich, dachte Viola, sie erleben so viel Neues, auch Beängstigendes, Fremdes, und trotzdem können sie schlafen, wohin immer man sie legt. Und Anila fängt bereits an, Vertrauen in mich zu entwickeln, so wie sie sich an mich ankuschelt. Sie dachte an ihr Zuhause in Vitte hinter dem Deich und an den Garten, beschützt von der hohen Kastanie. Und sie sah Florian auf der Bank sitzen und auf seiner Klarinette spielen. Finchen krabbelte durchs Gras, und Ravi und Anila pflückten Butterblumen.

Und ich liege in der Sonne und schaue in den blauen

Himmel, überlegte sie, bis Finchen schreit, weil sie sich an einem Stein gestoßen und Anila Hunger hat, und Ravi Hilfe braucht, weil er auf die Kastanie klettern will. Und das Telefon klingelt, weil Anton, der Müllsammler, von einer Biene gestochen wurde.

Das ist mein Leben, und genau so liebe ich es.

Ravis Gaumenplatte wurde am nächsten Tag eingesetzt und verschloss die Spalte zur Nase so lange, bis er operiert werden konnte. Er spielte eine Weile mit der Zunge an diesem ungewöhnlichen Plastikding herum und bemerkte dann ziemlich schnell, dass er nun besser essen konnte, ohne dass ihm alles in den Nasenraum rutschte. Er bekam einen von Susan eigenhändig gekochten Grießbrei mit Apfelmus, den er bedächtig Löffel für Löffel aß. Und Viola wurde wieder in ihrer Sicherheit bestätigt, dass Ravi, auch wenn man es ihm nicht ansah, ein intelligenter Junge sein musste. Eines Tages wird er sprechen können, und dann werden wir genau wissen, was in ihm vorgeht, dachte sie voller Zuversicht.

40

Die Herbstsonne stand schon tief an dem blassblauen Himmel und tauchte die Insel in ein goldenes Licht, als die Fähre sich dem Hafen von Vitte näherte. Viola stand an der Reling, und ihr Blick ging hinüber zu den Wiesen, die sich bis zum Dornbusch hoch erstreckten, zum Leuchtturm, zu den reetgedeckten Häusern.

»Kaum war ich ein paar Tage fort, und schon kommen mir die Tränen vor Freude, wieder hier zu sein«, sagte sie zu Henning, der neben ihr stand. Er hatte Anila auf dem Arm und Ravi an der Hand.

»Sie ist es wert, diese Insel, dass man vor Freude weint, wenn man wieder da ist«, erwiderte er.

Sie hatten nur Doris und Ottilie von ihrer Ankunft benachrichtigt. Sie brauche keinen großen Empfang, hatte Viola den beiden versichert. Später würde sie dann rüberkommen und Finchen abholen. Aufsehen würde man noch genug erleben.

Auf der Fähre befanden sich nur ein paar Jugendliche, die auf Rügen gewesen waren. Sie schauten ein wenig neugierig zu der kleinen Gesellschaft herüber, kümmerten sich aber nicht weiter um sie. Ein Ehepaar, das wohl noch eine Herbstwoche auf Hiddensee verbringen wollte, saß oben auf dem Deck. Sonst war alles erfreulich leer.

Aber als sich die Fähre dem Anleger näherte, sah Viola, dass Ottilie und Doris nun doch da waren. Sie hatten ihre Bollerwagen mitgebracht, und in einem saß Finchen, dick von Kissen umgeben.

Kaum hatte das Schiff angelegt, da rannte Viola über die Gangway auf die beiden zu, nahm ihre Tochter hoch und drückte sie an sich. Henning folgte ihr mit den beiden Kindern an der Hand.

Nun wandte Viola sich an die beiden Kinder: »Schaut mal, das ist Finchen, sie ist eure Schwester.«

»Man könnte sie tatsächlich dafür halten«, meinte Ottilie lachend. »Die kleine Anila ist sehr hellhäutig, im Gegensatz zu ihrem Bruder. Willkommen auf Hiddensee, Viola. Nun hast du eine Großfamilie. So schnell kann das gehen. Auf uns kannst du zählen. Wir werden dir helfen, wann immer du Hilfe brauchst.«

Henning begrüßte Doris völlig selbstverständlich mit einem zärtlichen Kuss auf den Mund, wie Viola erfreut bemerkte.

»Wo ist Philipp?«, wollte Henning wissen.

»Bei meiner Oma. Ich möchte Viola noch nach Hause begleiten und ihr mit den Kindern helfen.«

»Dann bringe ich Philipp ins Bett«, schlug Henning vor.

Ein Bernsteinwunsch scheint hier nicht mehr nötig zu sein, dachte Viola und freute sich für die beiden.

Ottilie hatte ihnen einen herrlich duftenden Kartoffel-Gemüse-Auflauf zubereitet. Und nach einigem Hin und Her, Umarmungen und Verabschiedungen war schließlich Viola mit Doris und den Kindern allein und konnte sich mit einem Seufzer der Erleichterung zu Hause fühlen.

Ravi saß derweilen mit Anila in einer Ecke und schaute sich mit großen Augen um.

Später wurden dann die drei Kinder im Kinderzimmer schlafen gelegt, Ravi und Anila auf Matratzen und Finchen in ihr Gitterbettchen. Doris sang ihnen noch ein paar Gutenachtlieder vor, was vor allem Ravi besonders gut zu gefallen schien. Und dann fielen ihnen auch schon die Augen zu. Ravi und Anila lagen wie immer nah beieinander, und er hielt sein Tuch fest umklammert.

Zum Erzählen war Viola zu müde. Doris hatte Verständnis dafür und verabschiedete sich dann auch bald. Ein heller Mond schien und hätte Viola noch zu einem kleinen entspannenden Strandspaziergang verlockt, wenn sie allein gewesen wäre. Aber nun waren da drei Kinder, gerade mal ein Jahr nach ihrer Hochzeit. Sie schüttelte den Kopf und konnte es immer noch kaum glauben.

Den Stapel Post, der sich angesammelt hatte, wollte Viola heute Abend nicht mehr ansehen. Sie wollte einfach nur ins Bett und schlafen.

Am nächsten Morgen war Viola zum ersten Mal mit den drei Kindern ganz allein. Sie wollte an diesem ersten Tag keine Hilfe haben. Zu viele neue Gesichter würden die beiden vielleicht einschüchtern. Es war ein eigenartiges Gefühl als dreifache Mutter. Aber schließlich waren alle drei angezogen und mit einem ausgiebigen Frühstück versorgt. Und so setzte sie sich aufatmend aufs Sofa, um die Post durchzusehen.

Vorher hatte sie noch mit Anita telefoniert, die sich freute, dass alles in Indien so gutgegangen war und auch von Florian gute Nachrichten kamen. Sie teilte ihr auch mit, dass in der vergangenen Woche nichts Aufregendes passiert war.

»Morgen früh fahre ich nach Hause«, sagte sie. »Ist das recht? Hast du jemanden für die Kinder?«

»Alles bereits abgesprochen«, erwiderte Viola. »Ich kann morgen wieder voll für die Praxis da sein.«

»Gut, dann wünsche ich dir einen schönen ersten Tag. Und nächstes Wochenende stehe ich wieder vor der Tür und übernehme. Tom freut sich schon, dass er wieder mitkommen darf. In dieser vergangenen Woche war es ihm zuerst ein bisschen langweilig. Der Kindergarten hatte ja auch zu. Aber dann hat er sich mit dem kleinen Peter von Marie angefreundet. Die beiden haben eine ganze Menge Unsinn ausgeheckt.«

»Wenn dann noch Ravi dazukommt, gibt das sicher ein unternehmungslustiges Trio. Das würde dem Jungen guttun.«

»Sie werden sich schnell einleben. Keine Sorge«, war Anita überzeugt. »Für Kinder ist Hiddensee ein Paradies.«

»Ich denke auch«, stimmte Viola ihr zu und legte auf. Dann machte sie sich gutgelaunt an die Briefe, die auf dem Tisch lagen.

Als sie einen dicken Umschlag mit Staatsanwaltschaft Bergen als Absender sah, stutzte sie. Was sollte das? Was wollte die Staatsanwaltschaft von ihr? Ging es um einen Patienten, der in Schwierigkeiten war? Hoffentlich nicht.

Sie öffnete vorsichtig den Umschlag. Dann las sie sich das seitenlange Schreiben durch. Erst nach und nach wurde ihr bewusst, dass es sich um eine Strafanzeige gegen sie handelte. Das durfte nicht wahr sein! So etwas konnte ihr doch nicht passieren, aber da stand es schwarz auf weiß: Frau Kilian hatte eine Strafanzeige wegen Bruchs der ärztlichen Schweigepflicht gestellt. Und Beeinflussung ihres minderjährigen Sohnes.

Eigentlich hatte Viola gedacht, dass inzwischen Gras über diese Geschichte gewachsen war. Aber diese Frau hatte sich überhaupt nicht beruhigt, sondern einen Angriff aus dem Hinterhalt gestartet, der alles Bisherige übertraf.

Das war schockierend. Es würde zu einem Prozess kommen. Und vielleicht einem vorübergehenden Berufsverbot, einer Geldstrafe. Und sie war dann vorbestraft. Außer man würde denjenigen finden, der diese Geschichte über Benno und seinen Nicht-Vater wirklich in Umlauf gebracht hatte. Dann wäre sie entlastet. Sie hatte ja mit niemandem darüber gesprochen. Aber diese undichte Stelle zu finden könnte sehr schwierig werden und war nicht gerade aussichtsreich.

Viola saß eine Weile bestürzt auf dem Sofa. Dann stand sie auf, denn Finchen musste die Windel gewechselt werden, und Anila hatte den Wäschekorb ausgeräumt, die frisch gewaschenen Kleidungsstücke lagen überall auf dem Fußboden verstreut herum.

In den nächsten zwei Stunden kam Viola kaum zur Ruhe. Die Kinder forderten ihre ganze Aufmerksamkeit. Und draußen hatte es angefangen zu regnen, man konnte nicht einmal an den Strand gehen.

Sie überlegte, wen sie wegen dieses Briefs anrufen sollte. Aber erst wenn die Kinder schliefen und sie Ruhe hatte, also musste sie bis zum Abend warten. Sie verdrängte, so gut es ging, den Gedanken an Frau Kilian aus ihrem Kopf. Die Kinder brauchten sie, und es war dann auch richtig schön, als alle drei mittags am Tisch saßen und vergnügt ihren Brei aßen.

Als es aufgehört hatte zu regnen, war ein kleiner Gang in den Garten möglich gewesen, natürlich mit Gummistiefeln, weil das Gras so nass war. Anila musste natürlich sofort mit Vergnügen in die Pfützen treten. Aber die frische Luft hatte allen gutgetan, und Viola konnte noch ein wenig aufräumen, während die beiden Großen allein spielten und Finchen auf ihrer Decke lag.

Am späten Nachmittag kam dann Ottilie vorbei und brachte frisch gebackene Muffins mit. Sie merkte sofort, dass Viola bedrückt war, und fragte, ob sie Sorgen wegen Florian hätte. Viola schüttelte den Kopf, aber sie konnte noch nicht über den Brief vom Staatsanwalt reden. So versprach Ottilie, am Abend noch einmal vorbeizukommen und nach ihr zu sehen.

Als es dunkel wurde, hatte Viola sich wieder einigermaßen gefasst. Es gab noch eine Menge Möglichkeiten, die Klage abzuwenden. Das musste man auf jeden Fall versuchen. Sie wollte sich den ausklingenden Tag nicht verderben lassen. Die Kinder waren wirklich sehr lieb gewesen. Ravi hatte fast die ganze Zeit mit Anila gespielt. Finchen war damit beschäftigt gewesen, durchs Zimmer zu robben. Und ein paarmal hatte Viola laut lachen müssen. Ravi hatte sich in Paulis Liegekorb gelegt, als er müde wurde. Der Kater hatte sich beleidigt verzogen, war dann aber wieder zurückgekommen und hatte es sich an Ravis Rücken bequem gemacht. Und Anila hatte ihr erstes deutsches Wort gesagt, als Finchen ihr in die Haare griff – ein energisches Nein –, und den Kopf geschüttelt.

Wenn die Kinder nicht gewesen wären, hätte ich sicher den ganzen Tag gegrübelt und einen unsinnigen Entschluss nach dem anderen gefasst, dachte sie. Es ist jetzt wichtig, ruhig zu bleiben. Und so konnte sie, als Ottilie noch einmal vorbeikam, schon wieder entspannt mit ihr zusammen die drei ins Bett bringen und danach noch ein bisschen Ordnung in der Wohnung schaffen.

Ottilie hatte eine kleine Flasche Sekt mitgebracht. »Zur Feier des ersten Tages«, wie sie sagte. Und nun saßen sie beide im Wohnzimmer, Viola ganz in Gedanken versunken.

»Also, was ist los?«, fragte Ottilie ruhig, aber bestimmt. »Du bist doch kein Hasenfuß. Und mit den Kindern hat es doch bisher gut geklappt!«

»Ich habe einen Brief bekommen«, sagte Viola düster. »Hier, lies mal.«

Ottilie setzte die Brille auf und vertiefte sich in das Schreiben.

»Das ist doch die Höhe!«, rief sie dann. »Was ist nur in sie gefahren? Wenn sie sich still verhalten hätte, würde niemand mehr von der Sache reden. Sie ist nicht die Einzige auf der Welt, deren Ehemann nicht der Vater ihres Sohnes ist!«

»Ich glaube, sie ist vor allem deshalb so wütend, weil Benno es nun weiß und vielleicht seinen Vater kennenlernen möchte. Und vor allem Georg erfährt, wo sein Sohn ist. Das hat sie ja bisher erfolgreich zu verhindern gewusst.«

Ottilie runzelte die Stirn. »Da könntest du recht haben.

Und nun hat sie einen Prügelknaben gefunden, an dem sie ihre Wut auslassen kann.« Sie hielt inne und fuhr dann fort: »Du solltest noch mal mit ihr reden. Sei freundlich zu ihr und erklär ihr deutlich, dass du kein Unmensch bist und nicht die Absicht hast, ihre Familie in Schwierigkeiten zu bringen. Und dass sie sich selbst nichts Gutes tut, wenn sie einen Prozess gegen dich anstrengt. Bei uns sagt man: Mi'n Löpel full Honnich föngt man mier Mügg'n as mit'n Fatt full Essich. Also würde ich's zuerst mal mit Honig versuchen. Und du lässt sie wissen, dass wir alle hier hinter dir stehen.«

»Ja, das werde ich gleich in den nächsten Tagen, und ich weiß auch, dass ich nicht allein bin. Aber ausgerechnet jetzt muss diese Frau so einen Sturm auslösen, wo ich nichts anderes möchte als meine Ruhe, um den Kindern beim Eingewöhnen zu helfen. Und noch dazu wo Florian nicht da ist.«

»Du kriegst das schon hin«, versicherte Ottilie, »auch ohne deinen Florian.«

41

Ottilie war keine fünf Minuten weg, da klingelte es schon wieder an der Haustür. Hatte sie etwas vergessen? Oder war es ein Notfall? Dann müsste sie die Nachbarin rüberholen, damit die Kinder nicht allein waren. Florian fehlte eben an allen Ecken und Enden.

Aber vor der Tür stand Benno, die Schultern hochgezogen und die Hände in den Hosentaschen. Er trat von einem Bein auf das andere.

»Benno, woher weißt du, dass ich wieder da bin?«, fragte Viola erstaunt.

»Das wissen doch alle«, antwortete er. »Herr von Gramitz hat Sie gestern Abend gesehen.«

Aha, diese Klatschtante, den würde sie als Erstes aufsuchen. Der könnte hinter der Benno-Geschichte stecken. Er hatte es bestimmt von Georg erfahren.

»Aber du weißt doch, dass du nicht zu mir kommen darfst«, gab sie streng zurück.

»Ja, aber ich muss Sie dringend sprechen. Ich übernachte heute bei meinem Freund Richie in Vitte, und der wird nichts erzählen.«

Viola zögerte, aber als sie sein Gesicht sah, eine Mischung aus Angst, dass sie ihn vielleicht abweisen würde, und Dringlichkeit, ließ sie ihn ein. Dieser Junge würde sicher nicht wegen irgendeiner unwichtigen Sache noch so spät kommen und dazu Krach mit seiner Mutter riskieren, wenn sie es erfahren würde.

Benno trat so vorsichtig und leise auf, als er hinter ihr herging, als ob seine Mutter Ohren bis Vitte hätte. Dann setzte er sich im Wohnzimmer auf den Rand des Sessels. Man sah seinen unruhigen Händen an, dass er nicht so recht wusste, wie er anfangen sollte.

»Geht es um deinen Vater?«, fragte Viola, um ihm zu helfen.

Er nickte. »Ja, ich möchte gern mehr über ihn wissen. Ich glaube, er würde sich freuen, wenn ich ihn besuche. Ich will einfach nicht mehr warten. Sie müssen nicht mitkommen, ich kann auch allein fahren. Ich weiß jetzt, wo er wohnt, habe seinen Laden gesehen.«

»Du warst in Bergen? Und deine Mutter, weiß sie davon?«

»Nein, nichts.«

Viola schwieg. Das war nicht gerade das, was sie sich gewünscht hätte. Seine Mutter hatte durchaus recht mit ihrer Befürchtung, Benno könne ihr davonlaufen. Aber man konnte es ihm nicht verbieten. Nur machte das die Sache für sie, Viola, nicht leichter. Nach einer Weile sagte sie vorsichtig: »Ich glaube schon, dass er dich gerne sehen würde. Er wollte sich ja von Anfang an um dich kümmern, aber deine Mutter hat es damals nicht zugelassen.«

»Ich weiß.« Benno seufzte. »Sie will nicht, dass er mich kennenlernt. Sie möchte weg von hier, dahin, wo niemand uns kennt. Sie braucht Geld, und mein Vater, also ich meine den in Neuendorf, der hat keins.« Jetzt sprudelten die Worte auf einmal aus ihm heraus. »Und er ist jedes

Wochenende weg. Keine Ahnung, wo er ist. Es wird immer schlimmer. Meine Mutter hat eine Anzeige gegen Sie gemacht, weil sie Schmerzensgeld will. Und dann will sie irgendwohin, ohne meinen Vater. Aber ich möchte nicht weg von hier. Und ich dachte, ich könnte diesen Herrn Sommer jetzt kennenlernen, vielleicht gibt er uns sogar Geld. Weil ich doch sein Sohn bin. Vielleicht zieht dann meine Mutter nach Bergen, und ich bin in seiner Nähe.«

Du lieber Himmel, was war das für ein Trauerspiel mit dieser Familie Kilian. Und mittendrin der Junge, den niemand fragte, wie es ihm mit alldem geht, und der sich von seinem unbekannten Vater Hilfe versprach. Aber würde Georg dazu bereit sein? Wahrscheinlich schon. Georg hatte lange versucht, seinen Sohn zu finden, und er war ganz offensichtlich bewegt gewesen, als sie ihm erzählt hatte, dass er in Neuendorf wohnt. Und Georg war ein gewissenhafter, pflichtbewusster Mann, er würde Benno, wenn er Hilfe brauchte, nicht hängenlassen.

Aber zuerst einmal musste sie selbst mit Bennos Mutter ins Reine kommen und versuchen, dass die Anzeige zurückgezogen wurde. Dann konnte man den nächsten Schritt machen, das musste Benno akzeptieren.

»Am besten ist es, wenn ich in den nächsten Tagen, sobald ich Zeit habe, erst mal mit Georg, also Herrn Sommer, über alles rede. Und dann soll er sich bei dir melden, und ihr verabredet euch. Du musst aber deiner Mutter dann erklären, dass du nicht vorhast, sie zu verlassen, du ihn einfach nur kennenlernen willst. Ich bin sicher, dass ihr beide euch gut verstehen werdet. Und dann sieht man weiter. Ist das für dich in Ordnung?«

Auf Bennos Gesicht lagen leise Zweifel, aber dann

nickte er doch. »Ja, ich glaube schon«, erwiderte er zögernd. »Und es tut mir leid, das mit der Anzeige.« Es war ihm sichtlich unangenehm, dass seine Mutter so heftig reagiert hatte.

Er erhob sich und gab Viola die Hand, an der Tür drehte er sich noch einmal um und sagte: »Ich werde Ihnen helfen, wenn ich kann. Und ich werde allen, die ich kenne, sagen, sie sollen für Sie sprechen. Wenn alle Ihre Patienten auf Ihrer Seite stehen, kann meine Mutter nichts gegen Sie ausrichten, oder?«

»Ich hoffe es«, antwortete Viola lächelnd. »Nun musst du schnell gehen, Benno, sonst schläfst du morgen in der Schule ein.« Sie begleitete ihn hinaus. Er schaute sich vorsichtig nach rechts und links um. Aber es war niemand zu sehen.

Viola hatte den Eindruck, mehr noch als die Angst, seine Mutter würde von dem Besuch erfahren, genoss er die Tatsache, ihr damit gezeigt zu haben, dass er kein kleiner Junge mehr war. Und damit segelt er auf dem richtigen Kurs, dachte Viola, auch wenn das nicht einfach ist.

Später, als sie im Bett lag, hörte sie den Wind draußen rauschen, und dann fing es wieder leise an zu regnen. Der Herbst war da, und die Insel begann sich für die Winterruhe einzurichten. Winterruhe, dachte Viola sehnsüchtig, und ich habe drei Kinder, die mich in Atem halten werden. Die Praxis ruft nach mir, eine Strafanzeige läuft gegen mich, und Florian marschiert immer noch im Amazonas-Urwald herum. Aber im Januar, da will ich endlich auf die Malediven.

Mit diesem tröstlichen Gedanken schlief sie ein.

42

Doris traf am nächsten Morgen pünktlich mit Philipp auf dem Arm ein. Ihre Haare waren feucht vom Nebel, der noch über der Insel lag. Und sie hatte Frau Ruppert mitgebracht.

»So ganz allein mit vier Kindern«, meinte Doris. »Das ist vielleicht doch ein bisschen viel für mich. Ich habe Frau Ruppert überredet, gleich mitzukommen. Du hast bei ihr ja schon einmal vorgefühlt, ob sie helfen kann, stimmt's?«

Violas Augen leuchteten auf. Sie hatte geplant, heute oder morgen alles mit der netten älteren Frau zu besprechen. Nun war dieses Problem bereits gelöst. Auf Doris konnte man sich eben verlassen. Sie war umsichtig und vorausschauend und wartete nicht erst, bis Schwierigkeiten auftraten, sie kam ihnen zuvor.

Und Frau Ruppert lachte und erklärte, ein wenig Trubel wäre gerade das Richtige für sie. Und man könne in den nächsten Tagen immer noch miteinander reden, wie oft und zu welchen Zeiten sie kommen sollte. Jetzt sei sie nun mal da und packe mit an.

Viola war sehr froh über diese Zusage der warmherzigen Frau, die bestimmt zusammen mit Doris die Kinder gut betreuen würde. Und sie konnte sich mit gutem Gewissen und ohne Gedanken an daheim in die Praxis begeben und wieder mit den Sprechstunden beginnen.

Nach den letzten aufregenden Tagen war es ein richtig befreiendes Gefühl, einfach allein und in Ruhe den Grasweg Richtung Süderende entlangzugehen, die kurze Strecke nach links zu nehmen und innerhalb von ein paar Minuten in der Praxis zu sein. Pauli begleitete sie, obwohl er sich mit Ravi angefreundet hatte. Aber offensichtlich wollte er auf ein paar ruhige Stunden auf der Fensterbank bei Lisa doch nicht verzichten.

Das konnte Viola gut verstehen. Die Welt zu Hause hatte sich in den letzten Tagen völlig verändert. Aber hier auf dem Weg zur Praxis konnte sie aufatmen. Alles fühlte sich an wie immer. Die drei Stufen zum Praxiseingang nahm sie mit zwei Sprüngen, und dann öffnete sie die Tür zum Vorzimmer.

»Guten Morgen, Frau Doktor«, rief Lisa lebhaft. »Schön, dass Sie wieder da sind. Im Wartezimmer sitzen die ersten Patienten. Marie hab ich ins Labor geschickt. Sie übt dort mit Wasser, wie man Spritzen aufzieht.«

»Wunderbar.« Viola gab ihr die Hand. »Können Sie sich vorstellen, dass ich mich richtig auf mein Sprechzimmer freue? Ich liebe meine Tochter, und die zwei neuen Kinder sind auf dem besten Weg, sich genauso in mein Herz einzunisten. Aber wenn ich hier reinkomme, weiß ich, dass auch dies ein wichtiger Platz für mich ist, den ich nicht missen möchte.«

»Das will ich doch sehr hoffen«, erwiderte Lisa. »Und Sie können auch gleich loslegen. Das kleine Fräulein Claudia ist mit ihrer Mutter da, und sie hat mir gleich gesagt, dass sie nicht ins Krankenhaus geht.«

Die zwölfjährige Claudia, von Lisa immer das kleine Fräulein genannt, weil sie so schick angezogen war, kam mit ihrer Mutter ins Sprechzimmer. Man sah ihr an, dass sie nur widerwillig hier war.

»Zeig der Frau Doktor deine Hände«, ermahnte die Mutter sie.

Viola schaute sie sich genau an und stellte fest, dass sich überall an den Fingern, meist ums Nagelbett herum, Warzen gebildet hatten. So viele Warzen auf einmal hatte sie noch nie gesehen.

»Sie waren plötzlich einfach da, und ich finde sie so schrecklich«, erklärte Claudia unglücklich. »Und bisher hat nichts geholfen: Warzentinktur, Vereisen, Klebeband. Auch beim Heilpraktiker sind wir schon gewesen. Es werden immer mehr.«

»Das sieht wirklich nicht gut aus«, bemerkte Viola. »Und ich fürchte, man wird sie doch im Krankenhaus herausschneiden müssen, zumindest diese großen. Die scheinen sehr tief zu sitzen.«

»Ich gehe nicht ins Krankenhaus«, widersprach Claudia energisch.

»Das kommt gar nicht in Frage«, gab die Mutter zurück. »Du hast doch gehört, was die Frau Doktor gesagt hat.«

»Alles nicht so schlimm«, versuchte Viola, das Mädchen zu beruhigen. »Es wird mit lokaler Betäubung gemacht, und man verbrennt diese Dinger sozusagen mit einer elektrischen Nadel, oder man schneidet sie mit Laser heraus. Hinterher dauert es natürlich seine Zeit, bis die

Wunden verheilt sind. Aber so wirst du sie am sichersten los.«

Claudia schüttelte den Kopf. »Nein, ich will nicht. Vielleicht gibt es doch noch eine andere Möglichkeit.«

»Meine Großmutter hat immer gesagt, nachts bei Vollmond über den Friedhof gehen und dabei einen bestimmten Spruch aufsagen. Das hilft bestimmt.« Claudias Mutter drückte ihre Tochter an sich. »Aber ich glaube nicht, dass das für dich das Richtige ist«, fuhr sie fort und lachte kurz auf. »Du wirst also doch in die Klinik gehen müssen.«

»Manchmal verschwinden Warzen tatsächlich, wenn man fest an eine bestimmte Behandlung glaubt«, stimmte Viola zu. »Da kann der Vollmond schon mal seine Wirkung tun. Nur, du wirst das wahrscheinlich nicht glauben, Claudia. Dann ist die Sache mit dem Friedhof sinnlos. Also, ich schreibe dir jetzt einen Überweisungsschein. Deine Mutter macht dann einen Termin in Bergen. Du musst eben die Zähne zusammenbeißen und hingehen. Versprochen?«

»Ich verspreche überhaupt nichts«, erwiderte Claudia mit hoch erhobenem Kopf. Und auch noch beim Hinausgehen hörte Viola, wie sie sich entrüstet weigerte. Aber es half alles nichts, in diesem Fall würde ihr nichts anderes übrigbleiben.

Der nächste Patient war ein kleiner Junge mit Ringelröteln. Die gingen gerade im Kindergarten um. Das war nicht weiter aufregend. Aber sein Vater klagte über Gelenkschmerzen an den Händen und am Kiefer beim Kauen. Er hatte geschwollene Finger und konnte sie kaum bewegen.

»Ich habe im Internet nachgeschaut«, sagte er zu Viola. »Bei Erwachsenen kann der Erreger der Ringelröteln genau diese Symptome auslösen. Ich brauche also nur was gegen die Schmerzen und die Schwellungen.«

Viola bestätigte seine Vermutung. In letzter Zeit kam es öfter vor, dass Patienten bereits mit der fertigen Diagnose kamen, weil sie sich informiert hatten. Das war für sie eigentlich kein Problem, nur wenn das Ganze so ausartete wie vor einiger Zeit bei Frau Kilian mit Benno, dann verwünschte Viola die Möglichkeit, sich im Internet schlauzumachen. Zu schlau ist auch nicht gut, dachte sie, während sie dem Mann Ibuprofen aufschrieb und ihm nahelegte wiederzukommen, wenn es in zwei bis drei Tagen nicht besser werden würde.

Jetzt im Herbst kamen die Nebel, und zwei ihrer Patienten mussten dann wieder mit vermehrtem Asthma kämpfen. Die beiden älteren Herren waren wie immer zusammen da, ließen sich abhorchen und bekamen ihre Rezepte. Sie kannten sich schon aus der Schule und trafen sich fast täglich, um über die Insel zu wandern, trotz Nebel und Atemnot.

Und dann kam noch der Inselpolizist Klein, vor dem man schon Respekt bekam, wenn er zur Tür hereintrat – groß, kräftig und in Uniform, aber mit einem freundlichen Gesicht. Er war am Vorabend zu einer Rauferei zwischen zwei Männern aus Neuendorf gerufen worden, die sich auf dem Weg vor dem kleinen Einkaufsladen geprügelt hatten. Und als er sie auseinanderbringen wollte, hatte er einen Schlag aufs Auge bekommen, das nun blau angeschwollen war. Er musste sich dies, da es im Dienst passiert war, vom Arzt bescheinigen lassen.

»Und welche beiden Übeltäter waren es?«, wollte Viola wissen.

»Nun, da die halbe Insel darüber Bescheid weiß, kann ich es Ihnen verraten. Der eine ist der Hafenarbeiter Kilian. Er war betrunken. Und der andere wohnt in Gingst und war zu Besuch bei seiner Freundin auf der Insel. Er hat wohl über den Kilian eine abfällige Bemerkung gemacht. Hoffentlich hört das bald auf. Man sollte die Familie in Ruhe lassen. Leben und leben lassen ist meine Devise, auch als Polizist und gerade als Polizist.«

»Ich fürchte, das wird noch schlimmer werden«, entgegnete Viola seufzend. »Frau Kilian hat Strafanzeige gegen mich gestellt, Bruch der ärztlichen Schweigepflicht. Mir steht ein Prozess ins Haus.«

Das Gesicht des Polizisten zeigte Bestürzung. »Also hat sie ihre Drohung doch wahr gemacht! Sie hat es mal mir gegenüber erwähnt, aber ich habe es nicht geglaubt. Na, da wird sie uns aber kennenlernen! Wir Hiddenseer halten alle zu unserer Ärztin. Das kann ich Ihnen versichern. Da müssen Sie sich mal keine Sorgen machen.«

Viola saß nach diesem Gespräch noch eine Weile hinter ihrem Schreibtisch. Dass Herr Kilian sich betrank und sich mit einem Fremden prügelte, war kein gutes Zeichen. Irgendwie kam da eins zum anderen. Es war höchste Zeit, etwas zu unternehmen, dass wieder Friede auf der Insel herrschte.

Sie wollte gleich morgen vor der Sprechstunde nach Neuendorf fahren. Lisa sollte Frau Kilian anrufen und nachfragen, ob sie zu einem Gespräch bereit wäre. Und dann würde sie auf jeden Fall versuchen, mit ihr zu einem

Kompromiss zu kommen, einer Einigung ohne Staatsanwalt.

Wenn Florian nach Hause kam, musste er sich erst einmal von seiner anstrengenden Unternehmung erholen. Sie wollte keinesfalls, dass er gleich in so einen Wirbel hineingezogen wurde.

43

AUF DEM HEIMWEG, mit Pauli als Begleitung, zeigte sich die Insel so ruhig und verzaubert, als ob sie beweisen wollte, dass es keinen friedlicheren Ort gab als diesen hier. Der Nebel hatte sich aufgelöst, eine tiefstehende, aber noch wärmende Herbstsonne schien vom hellen Himmel. Auf den Gräsern und dem Gebüsch glitzerten Spinnweben mit kleinen Wassertropfen, und die Luft roch frisch und kühl. Auf Süderende fuhr ein einsamer Fahrradfahrer gemächlich Richtung Hafen und grüßte Viola winkend. Sonst war alles ruhig, die Inselbewohner saßen bestimmt schon beim Mittagessen.

Als Viola in den Grasweg zu ihrem Haus einbog, fiel aller Ärger über die Kilians, der noch in ihr schwelte, ab und machte einem tiefen Glücksgefühl Platz. Unter der Kastanie, deren Laub bereits gelb wurde, stand gut beschützt ihr Häuschen. Das dicke Reetdach konnte Sturm und Gewitterregen trotzen, und heute Abend würde aus dem Schornstein eine schmale Rauchfahne aufsteigen und verkünden, dass der gemütliche Kaminofen im Inneren wohlige Wärme erzeugte.

Eine Amsel hielt mit Picken im Gras inne und sah Viola an, flog dann aber auf, als Pauli ihr zu nahe kam. Hoch oben am Himmel zog eine Schar Wildenten vorüber, und in den Sanddornbüschen oben auf dem Damm zwitscherte eine Gruppe Kleinvögel – Buchfinken, Rotkehlchen, Meisen vermutete sie, die sich die letzten Beeren holten.

Und dann öffnete sie die Haustür. Philipp und Finchen empfingen sie mit Lachen. Sie kugelten sich im Laufstall herum. Anila kam ihr mit einem Teddybär im Arm entgegen, den sie schon den ganzen Morgen herumschleppte, wie Doris berichtete. Aus der Küche duftete es nach einem Nudelauflauf mit Käse, den Frau Ruppert bereits am Morgen angekündigt hatte.

Ravi saß im Wohnzimmer und baute aus bunten Holzklötzchen einen kunstvollen Turm. Er sah hoch, und zum ersten Mal huschte ein Lächeln über sein Gesicht.

»Er hat sein Müsli gegessen und später ein Marmeladenbrot«, sagte Doris. »Und ich glaube, er hat schon zugenommen.«

Viola lachte. »So schnell geht das nicht, aber er sieht wirklich irgendwie ein bisschen größer aus. Vielleicht kommt es von der Kleidung, eine lange Hose und ein Pullover, das macht ihn gleich etwas älter. Und wo ist sein Tuch, ohne das er keinen Schritt macht?«

»Draußen auf der Wäscheleine. Ich durfte es waschen. Er hat eifrig geholfen und es dann aufgehängt. Die ganze Zeit hat er mit den Wäscheklammern gespielt und sie genau untersucht. Der Junge erkundet alles genau. Und wenn er erst einmal spricht, wird er uns ein Loch in den Bauch fragen.«

Pauli, der mit Viola hereingekommen war, ging langsam auf Ravi zu und rieb den Kopf an seinem Knie. Der Junge fing ganz vorsichtig an, ihn zu streicheln, und der Kater schnurrte wohlig.

»Ich glaube, ich muss mir keine Sorgen mehr um ihn machen«, meinte Viola zu Doris. »Dieser Junge braucht nicht viel Anregung und Unterweisung, er geht von selbst auf die Dinge zu, die ihn interessieren. Und ich bin auch sicher, dass er eine gute Auffassungsgabe hat und schnell lernt. Henning wird später mal seine Freude an ihm haben, wenn er in die Schule geht.«

»Das hat er jetzt schon. Er möchte zwei- oder dreimal in der Woche mit dem Jungen sprechen üben, wenn es dir recht ist. Das kann er am Strand oder im Garten oder wo ihr auch gerade seid. Er freut sich schon darauf.«

»Henning ist Gold wert«, sagte Viola erfreut. »Mit seiner ausgeglichenen Art und seiner Gelassenheit ist er genau der Richtige dafür. Ich bin zu ungeduldig. Weißt du, Doris, ich kann mir nicht mehr vorstellen, irgendwo anders als auf Hiddensee zu leben. Hier gibt es immer wieder so passende und gute Lösungen für Probleme, die man als Frau mit Familie und Beruf hat. Ich muss mich nicht abhetzen, brauche keine Kita. Du bist da, Frau Ruppert kommt regelmäßig, Henning kümmert sich um Ravi. Und jetzt ist es in der Sprechstunde so ruhig, dass ich mir mehr Zeit für die Kinder nehmen kann als jede andere Ärztin, die eine eigene Praxis hat.«

»Deshalb bin ich ja auch nicht mit Dirk weggegangen. Ich möchte hierbleiben, und ich werde mich hoffentlich nie wieder in einen Mann verlieben, der das nicht auch will.«

»Dafür stehen die Zeichen ja gar nicht schlecht«, bemerkte Viola mit einem Augenzwinkern.

Anila und Finchen waren nach dem Mittagessen so müde, dass sie beide eine Runde schliefen. Doris ging mit

Philipp nach Hause, und Frau Ruppert bügelte noch einen Korb Wäsche. Und da die Herbstsonne so verlockend schien und keine Hausbesuche an diesem Tag anstanden, entschloss sich Viola, mit den Kindern zum ersten Mal zum Strand zu gehen.

Es war dann schon nach fünfzehn Uhr, als sie über den Damm ans Meer hinunterlaufen konnten. Sie ließ die beiden großen Kinder einfach machen, was sie wollten – Steine suchen, sich dem Wasser nähern, den Sand durch die Finger rieseln lassen. Finchen lag auf einer Decke und sah zu, wie die Wolken über den Himmel wanderten.

Nach einer Weile setzte sich Ravi neben sie und war zufrieden damit, alles zu beobachten. Viola bemerkte mit Beruhigung, dass er nicht mehr dauernd nach seiner kleinen Schwester schaute, die über den Strand lief und sich auch dazwischen ein paarmal etwas weiter entfernte.

Bis auf zwei ältere Frauen, die in einem der letzten Strandkörbe saßen, war das kilometerlange Sandufer menschenleer, und man konnte weit nach allen Seiten blicken. Irgendwann einmal, wenn Florian wieder da war, würde sie mit ihm diesen ganzen langen wunderschönen Spaziergang Richtung Süden machen, immer am Meer entlang.

Die Stille machte Viola schläfrig, und sie legte sich zurück in den Sand und schaute nun wie Finchen in den Himmel. Nichts war da zu sehen als ein endlos weites Blau mit weißen Wolken. Wenn man in dieses Blau hineinfallen würde, könnte man bis zum Horizont fliegen, bis auf die andere Seite der Erde, und irgendwo über dem Amazonas-Dschungel sanft hinabgleiten und Florian sehen, wie er in einer Hängematte lag und ebenfalls in diesen Himmel schaute.

Von Anilas Kreischen wurde sie aus ihren Träumen gerissen. Ravi, der bereits aufgesprungen war, erreichte sie gerade noch rechtzeitig, bevor sie ganz von einer Welle überspült wurde. Es war keine gefährliche Situation, aber das kleine Mädchen war pitschnass und musste getröstet und umgezogen werden. Ersatzkleidung hatte Viola am Strand immer in ihrer großen Tasche dabei.

Als sie gerade Anila die Hose auszog, kam ein Mann den Strandweg herunter auf sie zugelaufen. Als er näher kam, erkannte sie Herrn Vogtland. Er war außer Atem und sah so beunruhigt aus, dass Viola ihn bat, sich neben sie zu setzen.

»Ist etwas passiert?«, fragte sie ihn alarmiert.

»Nein, zum Glück nicht«, erwiderte er und holte tief Luft. »Ich bin nur furchtbar erschrocken, als die Kleine im Wasser verschwunden ist. Sie sollten immer ein Auge auf die Kinder haben, Frau Doktor. So schnell kann etwas passieren.«

»Aber nicht hier, wo es überall sehr flach ist«, wandte Viola ein. »Machen Sie sich keine Sorgen, mehr als nasse Hosen kann man sich hier nicht holen. Außer es herrscht Sturm, aber dann bleiben wir zu Hause.«

Er saß neben ihr und schaute aufs Meer, dann schüttelte er den Kopf. »Tut mir leid«, murmelte er. »Aber ich habe einen Moment geglaubt, dass Sie schlafen, und das hat mich so in Panik versetzt.« Er schwieg eine Weile, dann fügte er hinzu: »Dieser kleine Junge ist ein mutiges Kerlchen, zögert nicht einen Moment, um das Mädchen aus dem Wasser zu ziehen. Er erinnert mich an Tom, der hat auch keine Angst vor den Wellen, dabei haben sie ihn manchmal auch schon beinahe umgeworfen. Sie kennen doch Tom?«

»Aber sicher, der Sohn von Frau Taylor, meiner Kollegin. Haben Sie sich mit ihm angefreundet?«

Er lächelte, jetzt wieder ruhig und entspannt. »Der Kindergarten war ja letzte Woche geschlossen. Wenn seine Mutter in der Praxis beschäftigt war, dann bin ich öfter mit ihm auf dem Spielplatz gewesen oder am Strand. Er ist ein aufgeweckter kleiner Junge. Mit ihm werde ich richtig wieder jung.«

»Das freut mich«, versicherte Viola. »Er hat seinen Opa in England und sieht ihn nur selten, da können Sie ihn ersetzen.«

Was sich hier so alles zusammenfindet, dachte Viola erheitert. Da macht dieser nette alte Herr schon seit Wochen Anita den Hof, in allen Ehren, und nun hat ihr Tom einen richtigen Opa, der sich um ihn kümmert. Und Anita kann in Ruhe die Sprechstunde abhalten, ohne einen quengeligen Jungen im Vorzimmer. Wenn hier ein indischer Tempel wäre mit einer Göttin, die Freundschaften stiftet, würde ich ihr heute Abend ein paar besonders schöne Muscheln bringen oder den kleinen Bernstein, der noch auf meinem Nachttisch liegt.

Herr Vogtland stand auf und verabschiedete sich. »In drei Tagen kommt Tom wieder«, sagte er mit glänzenden Augen. »Ich habe schon mit Ihrer Kollegin gesprochen, ich darf ihn dann abholen. Auf Wiedersehen, Frau Doktor.« Er machte eine leichte Verbeugung und wandte sich Richtung Treppe, die zum Dünenweg hochführte.

Viola sah ihm nach. Ein einsamer alter Mann, der irgendetwas Schlimmes erlebt hatte, über das er nicht reden wollte. Da war sie sich sicher. Aber eines Tages würde er hoffentlich sein Herz erleichtern und davon erzählen. Vielleicht war er jetzt schon auf dem Weg dazu, mit Tom, der ihm wieder ein Leuchten in die Augen gebracht hatte und eine neue Lebensperspektive.

Dieser Nachmittag mit den Kindern am Strand hatte Viola bis in die Seele gutgetan. Am Abend kam dann noch die Nachricht, dass die Männer mit Florian die beiden verletzten Biologen gefunden hatten. Micky und seine Kollegin waren wohlauf und befanden sich bereits auf dem Rückweg aus dem Urwald.

Beruhigt ging Viola ins Bett und schlief zufrieden ein.

44

Am nächsten Morgen kam Frau Kilian aufgeregt ins Sprechzimmer gestürmt.

»Benno ist fort!«, schleuderte sie Viola ins Gesicht. »Und das geht auf Ihr Konto!«

Viola straffte die Schultern. »Setzen Sie sich erst einmal und erzählen Sie mir, was passiert ist«, bat sie die aufgeregte Frau. »Ich habe nichts getan, was Benno hätte veranlassen können wegzulaufen.«

»Er ist aber fort. Gestern Abend muss er mit der letzten Fähre gefahren sein. Ich bin spät nach Hause gekommen und habe nicht mehr in sein Zimmer geschaut. Und heute Morgen war sein Bett unberührt, und ein Brief lag darauf.«

»Und was stand darin?« Viola setzte sich Frau Kilian gegenüber. Diese Frau ist so uneinsichtig, dachte sie, sie sucht die Schuld für alle Schwierigkeiten immer bei anderen, nur nicht bei sich selbst. Sicher hat sie es schwer mit ihrem Mann, der offenbar öfter zu viel trinkt und ein Raufbold ist. Aber irgendwann einmal muss sie sich entscheiden: entweder ihn aushalten oder sich von ihm trennen. Und sich um ihren Sohn kümmern und ihn nicht mehr so bevormunden. So kann man keinen guten Menschen aus ihm machen und erntet lediglich Aufsässigkeit.

»Er schreibt, dass er so nicht weiterleben will«, erklärte sie aufgebracht. »Er will Kontakt mit seinem Vater aufnehmen, seinem richtigen Vater. Und er ist froh, dass mein Mann nicht sein Vater ist! Im Übrigen habe ich erfahren, dass er vor zwei Tagen bei Ihnen war, spät am Abend, als er bei seinem Freund übernachtet hat. Ich bin sicher, dass Sie ihm das eingeredet haben.« Sie stand auf und lief im Zimmer hin und her.

»Das habe ich keineswegs«, versicherte Viola ihr.

»Aber Sie haben ihm die Adresse gegeben!«, fauchte Frau Kilian sie an.

Mit ihren flammend roten Haaren und den zornigen Augen sah sie eigentlich bewundernswert aus. Und Viola konnte sehr gut verstehen, dass sich Georg damals von ihr angezogen gefühlt hatte.

»Nein, Benno kannte seinen Buchladen schon. Ich habe ihn gebeten, abzuwarten und Geduld zu haben. Eigentlich hat er es mir versprochen. Und normalerweise hält er sich an seine Versprechen. Ist irgendetwas passiert zu Hause, dass er so überstürzt davongelaufen ist?«

Frau Kilian setzte sich wieder. »Es gab Streit zwischen mir und meinem Mann. Er hat es gehört. Aber das war nicht das erste Mal.«

»Vielleicht war es einmal zu viel. Benno ist ein sensibler Junge.«

»Er ist mein Sohn und hat mir zu gehorchen!«

»Benno ist sechzehn. Ihm kann niemand verbieten, seinen Vater zu besuchen«, erwiderte Viola mit Nachdruck.

»Aber ich kann Ihnen verbieten, sich in Dinge einzumischen, die Sie nichts angehen. Hätte ich gewusst, dass Herr Sommer ein Freund von Ihnen ist und Sie ihm sofort berichteten, wo sein Sohn lebt, dann hätte ich Ihnen nie von ihm erzählt. Aber dafür bekommen Sie jetzt die Quittung. Und ich hoffe, der Prozess gegen Sie bewirkt, dass Sie in Zukunft Ihre Nase nicht in Dinge anderer Leute stecken.«

Sie stand auf, ging zur Tür und riss sie auf. »Wenn Benno nicht spätestens morgen wieder da ist, werde ich die Polizei in Bergen benachrichtigen. Der Inselpolizist hier steckt ja doch mit Ihnen unter einer Decke.« Sie schlug die Tür zu, und Viola hörte sie auch noch die Haustür zuknallen. Dann herrschte wieder Stille.

Lisa schaute zur Tür herein.

»Das war ja nicht zu überhören«, sagte sie. »Ich hoffe, Sie nehmen sich das nicht zu Herzen. Diese Frau kommt mit niemandem hier gut aus. Und man munkelt, ihr Mann habe hohe Schulden, was mich nicht wundert. Er verschwindet jedes Wochenende nach Bergen ins Kasino.«

»Ach, du liebe Zeit, auch das noch. Wahrscheinlich ist er spielsüchtig, das erklärt vieles. Aber da kann der Frau keiner helfen. Da muss ihr Mann schon freiwillig bereit sein, aufzuhören und eine Therapie zu machen. Mir tut nur der Junge leid. Eigentlich bin ich ganz froh, dass er ausgerissen ist. Vielleicht kann er eine Weile bei Georg bleiben. Ich hoffe es.«

»Aber für Sie sieht es schlecht aus. Sie haben nun keine Chance mehr, dem Prozess noch zu entkommen. Diese Dame zieht ihre Anzeige bestimmt nicht mehr zurück.«

»Ja«, seufzte Viola, »so langsam bereitet die Sache mir schlaflose Nächte. Es wird zwei Verfahren geben, ein strafrechtliches und ein zivilrechtliches. Frau Kilian hat auch auf Schadenersatz geklagt. Und dann kommt noch die Ärztekammer mit dem Berufsrecht. Ich weiß immer noch nicht, wer hinter dieser Heimtücke steckt und die Familie ins Gerede gebracht hat.«

»Ich habe leider noch etwas gehört. Herr Lucius erzählt überall herum, dass er bei der Untersuchung durch den Staatsanwalt auch als Zeuge gegen Sie aussagen will. Er ist sich sicher, dass Sie seiner Frau von seiner Geliebten erzählt haben, nachdem er bei Ihnen war und nicht umhin kam zuzugeben, dass er eine hat. Sie wissen schon, warum.«

Viola hob erschrocken den Kopf. »Herr Lucius? Aber das stimmt doch gar nicht! Wie kann er nur so etwas behaupten! Seine Frau ist selbst dahintergekommen. Oder haben Sie ihr etwas gesagt?«

Lisas Augen fingen an zu sprühen. »Frau Doktor, ich weiß so gut wie Sie, was ärztliche Schweigepflicht bedeutet. Auch wenn ich manchmal meinen Mund nicht halten kann, Dinge aus der Praxis habe ich noch nie irgendjemandem erzählt! Es hat mir in der Seele weh getan, Margit nicht zu warnen, aber ich habe es nicht getan.«

»Schon gut, Lisa«, lenkte Viola ein. »Entschuldigen Sie bitte, ich weiß ja, dass ich mich auf Sie verlassen kann. Ich glaube, wir sind alle im Moment ein bisschen gereizt. Aber über Herrn Lucius mache ich mir keine Sorgen. Seine Frau Margit hält zu mir und wird mich sicher vor Gericht entlasten. Es war ja nur eine Frage der Zeit, dass sie selbst draufkommt, was er so treibt.«

»Sie ist fort«, erklärte Lisa.

»Fort? Wohin?«, fragte Viola bestürzt.

»Keine Ahnung. Sie hat sich nicht mal von mir verabschiedet, nur einen kurzen Brief im Briefkasten hab ich gefunden. Sie meldet sich irgendwann, wenn es ihr wieder bessergeht. Und man kann nur hoffen, dass sie das bald tut, bevor die Anklage erhoben und hier überall herumgeschnüffelt wird. Weitere Belastungen gegen Sie können wir nicht gebrauchen.«

Viola erhob sich und trat ans Fenster. »Lieber Himmel, in was für einem Schlamassel stecke ich da plötzlich auf dieser freundlichen Insel. Gerade jetzt, wo Florian nicht da ist und wo ich drei Kinder habe und wir genau den Platz gefunden haben, an dem wir bis ins Alter leben wollen. Wenn ich Hiddensee verlassen müsste, weil ich den Prozess verliere, Lisa, ich mag gar nicht daran denken. Wenn ich zu einer Geldstrafe verurteilt werde und zu monatelangem Berufsverbot ...«

»Warum Hiddensee verlassen? Niemand wird Sie von hier verjagen!«

»Nein, aber ich weiß nicht, ob ich nach einer Verurteilung hierbleiben könnte. Eine vorbestrafte Inselärztin, das würde ich nicht verkraften können.«

»Noch ist es nicht so weit, Frau Doktor. Und wegen diesen ein oder zwei Menschen, die gegen Sie sind, werden Sie doch hoffentlich nicht die Flucht ergreifen.«

Viola starrte durchs Fenster nach draußen. Nichts hatte sich verändert. An den Büschen vor dem Haus färbten sich die Blätter gelb. Ein Windstoß ließ einige hochsegeln und sachte wieder nach unten gleiten. Die Frau aus dem Bäckerladen kam eilig mit ihrem kleinen Hund vorbei, dann hörte man das Trappeln zweier Pferde, und Bauer Schleck fuhr mit seinem Gespann vorüber zum Hafen. Diese stillen Herbsttage mochte sie besonders. Alles machte sich zur Ruhe bereit: Das Gras wurde gelb, auf der

Düne leuchteten die Hagebutten, das Meer lag blau und ruhig bis zum Horizont. In der Heide wurden die lilafarbenen Blüten braun, und die Büsche bereiteten sich auf den Winterschlaf vor. Die Menschen kochten Sanddornsaft und Marmelade ein. Die Vögel versammelten sich in großen Schwärmen und zogen fort. Ein Gefühl von Abschied lag in der Luft. Abschied vom Sommer und vom warmen Sand.

Und wenn dann die Stürme kamen und der Nebel, saß man sicher in seiner Höhle und knabberte an den gesammelten Nüssen.

Nein, noch hatte sich nichts verändert bisher, und Viola wollte diese Insel nicht verlassen. Sie würde die Stürme überstehen, die auf sie zukamen, sie würde darum kämpfen, hier als Ärztin bleiben zu können ohne den Makel einer Verurteilung. Und Florian würde ihr beistehen.

Sie straffte die Schultern und drehte sich um. »Wir werden uns weder von einer Frau Kilian noch vom Herrn Lucius kleinkriegen lassen!«, erklärte sie energisch an Lisa gewandt. »Ich fahre in den nächsten Tagen zu Dr. Roth und bitte ihn um Hilfe. Er kann mir bestimmt raten, was ich tun soll, um an diesem hässlichen Prozess nicht zu scheitern. Ich brauche einen Rechtsanwalt. Ich nehme diesen Kampf auf. Frau Kilian und Herr Lucius werden schon sehen, mit wem sie es da zu tun bekommen.«

»Tun Sie das, Frau Doktor, und vergessen Sie nicht, die meisten anderen Inselbewohner stehen hinter Ihnen.«

»Das weiß ich, und das ist auch wichtig und macht mir Mut«, erwiderte Viola.

45

Zwei Tage später kam Anita Taylor, um Viola wieder einmal abzulösen. Das war die Gelegenheit, am Nachmittag zu Dr. Roth zu fahren. Schon am Abend vorher war ein Sturm aufgekommen, der heftig um die Häuserecken fuhr. Am Morgen schäumte das Meer in hohen weißen Wellen auf den Strand.

Die wenigen Menschen auf der Straße hatten wetterfeste Mäntel an und die Kapuzen weit in die Stirn gezogen, so dass man erst sah, wer daruntersteckte, wenn man vorbeiging und sich anblickte. Die Inselbewohner ließen sich von diesem Wetter nicht aus der Ruhe bringen, sie waren gut ausgerüstet und heftigen Wind gewohnt.

Viola genoss einen gemütlichen Vormittag mit den Kindern, schaute aber immer wieder aus dem Fenster. Vielleicht musste sie Dr. Roth absagen. Aber sie wollte zuerst einmal abwarten, ob das Wetter sich wieder beruhigte.

Doch dann geschah etwas, was ihre ganze Planung durcheinanderbrachte.

Kurz nach zwölf kam Anita völlig aufgeregt zu ihr. »Herr Vogtland war gerade bei mir, um Tom abzuholen. Aber ich habe Tom schon vor einer Stunde gut eingepackt zu ihm geschickt. Tom kennt den Weg, und er wollte auch unbedingt allein gehen. Nur ist er nicht angekommen!«

Viola runzelte die Stirn. »Könnte es sein, dass er unterwegs bei seinem Freund Peter gestrandet ist? Hast du Marie angerufen?«

»Nein. Marie hätte mir doch bestimmt Bescheid gesagt.«

Als Viola bei Marie anrief, stellte sich heraus, dass Peter auch nicht da war. Er hatte vor einer Stunde Tom in der Praxis besuchen wollen. Marie war nun genauso beunruhigt wie Anita, dass beide Kinder verschwunden waren.

»Dann müssen wir los und sie suchen«, schlug Viola vor. »Ich hole Frau Wohlleben für die Kinder rüber, und dann laufe ich zum Strand runter. Du gehst Richtung Hafen, Lisa soll im Norderende suchen. Und wenn ich Henning erreiche, kann er die Süderende runtergehen. Es kann nicht sein, dass hier zwei Kinder verlorengehen. Wir werden sie schon finden.«

Die beiden Frauen machten sich auf den Weg. Der Wind blies heftig, aber eigentlich nicht gefährlich. Die beiden Jungen konnten nicht weit sein. Sie kannten sich aus in Vitte, sie würden bestimmt nicht weglaufen, auf den Dornbusch oder in die Heide. Aber aus Westen zogen dicke schwarze Wolken auf, und wenn es dann noch anfing zu regnen, würden sie nass bis auf die Haut werden. Das war für zwei kleine Jungs nicht ganz ungefährlich.

Viola blieb zuerst einmal oben auf der Düne stehen und schaute sich um. Sand flog ihr ins Gesicht, Wellen schlugen an den Strand. Würde es nicht um die beiden Jungen gehen, dann hätte sie den Anblick genossen. Links war weit und breit nichts zu sehen, rechts lagen zwei alte Kähne kieloben auf dem Sand. Hatten die beiden sich dort versteckt? Also ging sie auf dem Dünenweg oben nach rechts, und dann, als sie auf einen Weg zum Strand traf, lief sie hinunter. Von hier unten hatte man keinen so guten Überblick, deshalb schritt sie am Wasser entlang. Der Schaum der Wellen spritzte immer wieder hoch, so dass ihre Regenjacke nass wurde, und der Wind wehte sie manchmal fast um.

Weit hinten sah sie einen Mann oben auf dem Dünenweg herankommen. Dann blieb sie auf einmal vor Schrecken stehen. Zwei kleine Gestalten standen direkt am heftig schäumenden Wasser. Die eine watete jetzt sogar hinein, hatte etwas in der Hand. Einen Kescher, soviel Viola sehen konnte. Und dann kam eine riesige Welle und warf die kleine Gestalt um und verschluckte sie. Viola schrie auf, was man in dem Getöse kaum hörte, und fing an zu rennen. Aus dem Augenwinkel sah sie, wie der Mann auf dem Dünenweg sich durch die Büsche am Rand zwängte und ebenfalls zum Wasser rannte. Er kam gerade unten an, als eine zweite hohe Welle ans Ufer brandete. Beinahe hätte sie ihn umgerissen, aber er ging weiter. Dann bückte er sich, und als er wieder mühsam hochkam, hatte er das Kind in den Armen. Es war Tom. Der Mann taumelte, ging ein paar Schritte aufs Ufer zu, aber da war Viola schon bei ihm und zog ihn zum Strand hoch.

Sie erkannte Herrn Vogtland. Er keuchte und setzte sich erschöpft auf den Sand, während Viola Toms Kopf nach unten hielt. Er würgte und hustete, dann wimmerte er. Aber nach einer Weile konnte er wieder atmen.

Peter, der die ganze Zeit mit vor Schreck geweiteten Augen dagestanden hatte, klammerte sich jetzt an Viola und fing an zu weinen.

»Was in aller Welt wolltet ihr bei diesem Sturm am Wasser?«, schrie ihn Viola an. Ihr ganzes Entsetzen ließ sie kurz unbeherrscht werden. Dann sah sie Herrn Vogtland an, der völlig durchnässt und benommen im Sand lag, und holte ihr Handy heraus. »Wir brauchen den Rettungswagen am Strand bei der alten Mühle«, rief sie ins Telefon. »Herr Vogtland hat einen Schock, und Tom wäre beinahe ertrunken.« Dann benachrichtigte sie Anita, die kurz darauf zum Strand runtergerannt kam.

Alles ging dann sehr schnell. Der Rettungswagen kam, und Herr Vogtland wurde mit der Trage hochtransportiert. Viola nahm Peter auf den Arm und Anita Tom. Alle zusammen fuhren sie zur Praxis.

Marie, die sie unterwegs noch aufsammelten, nahm ihren Sohn sofort mit nach Hause. Viola und Lisa kümmerten sich um Herrn Vogtland. Nachdem er in warme und trockene Decken gehüllt war, bekam er wieder Farbe im Gesicht und meinte, man solle ihn heimbringen. Er werde sich schon erholen, wenn er eine Weile Ruhe hätte. Viola, die ihn untersucht und abgehört hatte, war erleichtert. Er schien entkräftet zu sein, was kein Wunder war, denn mit über siebzig war er solchen Aufregungen und Anstrengungen nicht mehr gewachsen.

Im Rettungswagen wurde er in Violas Begleitung nach Hause gebracht. Sie wollte ihn noch nicht allein lassen. Anita blieb mit Tom in der Praxis, der zwar erschöpft war, aber sonst das Ganze gut überstanden hatte. Sie wartete dort auf ihren Mann, der die beiden abholen wollte.

Nun saß Viola in einem Sessel in Herrn Vogtlands Wohnzimmer. Er lag auf dem Sofa und war sofort eingeschlafen. Auch Viola wurde nach der ganzen Aufregung müde, aber sie musste sich irgendwie wach halten. Lisa hatte versprochen, in einer Stunde nachzukommen und bis zum Abend bei Herrn Vogtland zu bleiben.

Anita hatte ihr kurz übers Handy berichtet, dass auch Tom jetzt schlief. Man hörte ihrer Stimme an, dass sie sich noch nicht ganz beruhigt hatte. Tom würde nach einem ausgiebigen Schlaf hoffentlich wieder völlig in Ordnung sein. Er war nur kurz im kalten Wasser gewesen, und schon im Rettungswagen hatte man ihn in trockene warme Tücher gehüllt.

Viola fielen die Augen zu, und sie nickte ein.

46

Ein lautes Geräusch ließ Viola aus dem Schlaf hochfahren, draußen war irgendetwas umgefallen. Sie holte tief Luft, sah nach Herrn Vogtland, der ruhig schlief, und stand dann auf. Sie schaute sich im Zimmer um. Auf einem kleinen Tisch lagen Geigenkasten und ein Stapel Noten. Ziemlich anspruchsvolle Partituren waren das, er war demnach kein Anfänger. Und dann entdeckte sie an der Wand zwischen den beiden Fenstern, von den Vorhängen fast verdeckt, mehrere Fotos von einer jungen Frau und einem Kind. Auf einigen Bildern war auch ein Mann dabei, eindeutig Herr Vogtland in jüngeren Jahren, mit vollen dunklen Haaren und strahlenden Augen. Auf einem Bild hielt er den kleinen Jungen an der Hand. Viola trat näher heran, um die Gesichter zu betrachten. Die Frau schien noch sehr jung zu sein, hatte eine schicke Kurzhaarfrisur und fröhliche Augen. Der Junge sah mit seiner Stupsnase und der unternehmungslustigen Miene ein bisschen wie Tom aus.

»Mein Sohn«, sagte eine Stimme hinter ihr. Sie drehte sich um. Herr Vogtland war aufgewacht und hatte sich hochgestemmt. Er blickte an Viola vorbei auf die Bilder, dann lehnte er sich zurück und schloss kurz die Augen.

»Er ist ertrunken«, fuhr er fort, »mit fünf, in einem

Fluss. Und ich konnte ihn nicht retten, da ich nicht schwimmen kann, bis heute nicht. Ich wollte ihn noch halten, bin dann aber ausgerutscht und sofort untergegangen. Zwei Männer sind ins Wasser gesprungen und haben mich rausgezogen. Für den Jungen kamen sie zu spät.«

Viola ging schnell zum Sofa und setzte sich neben ihn. »Wie schrecklich«, sagte sie und legte ihm den Arm um die Schultern.

Er atmete tief ein. »Ja, es war schrecklich, viele Jahre lang. Ich habe spät geheiratet, eine junge Frau. Er war unser einziges Kind. Sie wollte noch Kinder, aber nach dem Unglück hatte ich nicht mehr den Mut dazu. Da ist sie eines Tages fortgegangen. Vielleicht hat sie mir auch die Schuld an seinem Tod gegeben. Ich weiß es nicht.«

Herr Vogtland hielt kurz inne und fuhr dann fort: »Wäre ich nicht ins Wasser geraten, dann hätten diese Männer ihn schneller gefunden. Und wenn ich in all den Jahren einmal den Mut gehabt hätte, als Erwachsener in einen Schwimmkurs zu gehen, wäre Paul noch am Leben. Oft genug hat sie mir das vorgehalten. Sie hat wieder geheiratet und zwei Kinder. Es ist in Ordnung so, ich wollte allein bleiben. Dann bin ich hierhergezogen und habe ganz langsam wieder meine Ruhe gefunden. Auch mit der Musik, die mir sehr geholfen hat.«

»Aber die Angst, wenn Sie Kinder am Wasser sehen, ist geblieben«, sagte Viola vorsichtig. »Und auch das Gefühl der Schuld.«

»Das wird sich auch nicht mehr ändern«, gab er zu. »Aber als ich Tom aus den Wellen holte, war das«, er zögerte, dann setzte er hinzu: »... es war wie eine Befreiung. Ich konnte ihn aus dem Wasser ziehen, ihn auf meine

Arme nehmen, ans Ufer bringen. Es war wie eine Wiederholung, nur mit einem glücklichen Ende diesmal. Und es lässt mich trotz aller Aufregung ruhig werden. Der Kreis schließt sich. Ich habe einen Jungen verloren, und ich habe einen wiederbekommen, verstehen Sie?«

»O ja, das kann ich verstehen«, stimmte Viola ihm zu. Er war in den letzten Wochen durch Tom schon ein wenig aus seinem Schneckenhaus herausgekommen. Und wenn er sich nun in der nächsten Zeit öfter auf dem Spielplatz von Vitte mit dem Jungen sehen ließ oder beim Kindergarten, würde er sehr viel Aufmerksamkeit bekommen. Die Leute würden auf ihn zugehen, weil er Tom gerettet hatte. Dann würde er spüren, wie gut es war, mit Menschen zu reden und sich nicht mehr so von allen zurückziehen. Ruhe würde allmählich in seine Seele einziehen.

Als später dann Lisa kam, sah sie den alten Herrn entspannt auf dem Sofa sitzen und einen heißen Tee trinken. Viola saß daneben und schaute sich mit Anteilnahme ein altes Fotoalbum an.

»Na, da brauchen Sie ja keine Bewachung mehr«, sagte sie fröhlich zu Herrn Vogtland. »Und unsere Frau Doktor geht jetzt zu Tom und seiner Mutter, die oben in der Wohnung auf sie warten. Ich werde hier noch ein bisschen aufräumen, dann gibt es Abendessen, und danach geht's ins Bett, Herr Vogtland. Morgen wollen Sie doch sicher wieder auf den Beinen sein, stimmt's?«

Sie schüttelte die Kissen auf dem Sofa auf, und Viola verabschiedete sich lächelnd.

Herr Vogtland war nun in guten Händen.

47

VIOLA KÄMPFTE SICH durch den Regen und den Wind zur Praxis. Dort angekommen, legte sie ihre nasse Regenjacke ab und stieg die Treppe hoch in die Wohnung. Ihre Kollegin Anita saß in der Küche am Tisch und trank Kaffee. Tom schlief noch im Wohnzimmer. Ihm ging es gut, wie Anita berichtete. Andrew war schon unterwegs, hatte gerade noch eine Fähre erwischt.

Viola setzte sich neben ihre Kollegin an den Tisch.

»Was war das nur für eine unsinnige Idee der beiden, bei diesem Wetter und dem hohen Wellengang ans Meer zu gehen?«, erkundigte sich Viola. »Hat Tom dir erzählt, was sie vorhatten?«

Anita hielt ihre Tasse Kaffee mit beiden Händen umfasst und sah Viola bedrückt an. »Ja, hat er. Und ich bin selbst daran schuld. Ich habe ihm mal erzählt, dass man sich etwas wünschen kann, wenn man einen Bernstein findet, und dass sie meist bei starkem Wind im Tang hängend an den Strand gespült werden. Deswegen sind sie mit dem Kescher losgezogen. Die beiden haben sich irgendwie verabredet. Tom wollte unbedingt einen Bernstein haben.«

»Hat er denn einen dringenden Wunsch, den ihm niemand sonst erfüllen kann?«

»Ja, auch das. Man weiß ja nicht immer, was in so einem Kinderkopf vor sich geht, was er alles versteht und was nicht«, erklärte Anita. »Mir war nicht bewusst, dass er die Schwierigkeiten von Andrew mit seinem Chef mitbekommen hat. Andrew hat vor einigen Tagen beim Abendessen einmal gesagt, er wünsche sich einen dicken Lottogewinn, dann könne er sein eigener Chef sein und sich selbständig machen. Das muss Tom gehört haben. Er wollte mit einem Bernstein diesen dicken Lottogewinn herbeizaubern. Dabei spielt keiner von uns Lotto«, fügte sie seufzend hinzu.

»Es hätte schlimm ausgehen können«, erwiderte Viola ernst.

»Ich weiß.« Anita sah zum Fenster. Der Regen hatte nachgelassen, aber der Wind trieb noch immer dicke schwarze Wolken über den Himmel, so schnell, dass er sie zerfetzte und heftig durcheinanderwirbelte.

»Und wie geht es Herrn Vogtland?«, fragte Anita mit besorgter Miene.

»Gut«, antworteteViola, und dann erzählte sie Anita von seinem Sohn und seiner Frau. »Manchmal passiert etwas Schlimmes, und etwas Gutes kommt am Ende heraus«, meinte sie nachdenklich. »Er hat zum ersten Mal von diesen Erlebnissen gesprochen, und es hat ihn erleichtert. Er wird der beste Opa, den man sich denken kann, für Tom sein.«

»Das ist er jetzt schon, und ich bin froh darüber. Tom liebt ihn sehr, und mich erinnert er an meinen Vater, der früh gestorben ist. Er hatte so viel Geduld mit Kindern, hat uns selbstausgedachte Geschichten erzählt. Und wir durften immer sagen, welche Gestalten oder Tiere darin vorkommen mussten. Herr Vogtland hat die gleiche Gabe.«

»Und er muss nun nicht mehr dauernd zu dir in die Sprechstunde kommen, um Tom zu sehen«, bemerkte Viola lächelnd.

»Natürlich nicht. Übrigens tut es mir leid, dass du nun deinen Besuch bei Dr. Roth hast verschieben müssen. Ich weiß, wie wichtig das ist.«

»Heute war Tom wichtiger. Und ich bin froh, dass ich helfen konnte«, versicherte Viola.

Bald darauf ging sie nach Hause und war darauf gefasst, Frau Wohlleben völlig überlastet mit den drei Kindern vorzufinden. Doch als sie die Haustür öffnete und sich im Flur die Regenjacke auszog, hörte sie, wie Frau Wohlleben mit ruhiger und heiterer Stimme etwas erzählte. Sie schob vorsichtig die Tür auf. Frau Wohlleben saß auf dem Boden, hatte zwei Puppen in der Hand und ließ diese miteinander sprechen.

Anila und Ravi saßen andächtig zuhörend vor ihr. Als eine der Puppen sich zu Anila wandte und laut »hoi« sagte, rief die Kleine eifrig »ja«. Dann sagte die Puppe: »nadi«, und Anila antwortete: »nein«. Und als Antwort auf »rubakara« kam von Anila ein undeutliches, aber fröhliches »bitte«. Ravi lachte laut auf.

»Was macht ihr denn hier?«, fragte Viola verblüfft.

Frau Wohlleben drehte sich um. »Die Puppe lernt Marathi, und die Kinder lernen Deutsch«, erklärte sie heiter. »So habe ich es mit meinen eigenen auch gemacht, als sie anfingen zu sprechen. Mit Kasperle und dem Seppl, und es hat gut geklappt.«

Viola musste lachen. »Wenn wir Sie nicht hätten, Frau Wohlleben, und Herrn Vogtland und die Oma von Doris und Ottilie und noch viele andere. Die Welt wäre um einiges ärmer dran und unsere Kinder sowieso. Können Sie sich eine Welt ohne alte Menschen vorstellen? Es wäre wie ein Garten ohne alte, schattenspendende und schützende Bäume. Ich bin sicher, dass das Gute, das durch alte Menschen kommt, um ein Vielfaches mehr ist als die Belastung, die manche durch die Pflege sind. Also, was ich damit sagen wollte, danke, Frau Wohlleben. Ich weiß zu schätzen, was ich an Ihnen und all den anderen Menschen in höherem Alter habe.«

»Das war ja ein ganz unerwartetes Plädoyer für unsere kopflastige Alterspyramide«, sagte Frau Wohlleben erfreut. »Die immer unberechtigt als schreckliches Gespenst gehandelt wird. Aber Sie haben ganz recht, je mehr von der Generation siebzig plus, desto besser. Die meisten in unserem Alter sind friedliche Menschen und wollen nicht mehr so hoch hinaus wie früher. Was kein Nachteil ist. Das sage ich auch immer zu meinem Mann. Leiw dien'n Noawer, öwer loat sien'n Tuun stoan.«

Sie stand auf und seufzte ein bisschen. »Es geht alles etwas langsamer«, entschuldigte sie sich lächelnd. »Aber auch das ist kein Nachteil. Die Eile bekommt unserer Welt ganz offensichtlich überhaupt nicht gut. Also sind wir mit unserer Langsamkeit auch ein gutes Vorbild.«

Sie verabschiedete sich, von Finchen mit einem Kuss, von Anila, die sie einmal in die Luft schwenkte, dass diese vor Vergnügen quietschte. Ravi strich sie noch übers Haar, bevor sie ging.

Die Kinder waren müde. Ravi und Anila schliefen nach

dem Abendessen schnell ein. Finchen brabbelte noch ein wenig vor sich hin, war dann aber auch bald still.

Und dann klingelte das Telefon, und Florian war am Apparat.

Seine Stimme klang munter und ganz nah. Viola konnte es zuerst kaum glauben, aber sie musste vor Freude mit den Tränen kämpfen. Florian war bereits in Rio de Janeiro und würde in wenigen Tagen wieder zu Hause sein. Micky war im Krankenhaus verarztet worden und hatte mit seiner Kollegin bereits den Heimflug angetreten. Er schickte viele Grüße an Viola und versprach ihr, nie wieder im Amazonas-Urwald wegen einer Lianenblüte auf einen Baum zu klettern.

»Und bei euch?«, fragte Florian, und Viola genoss es, seine Stimme zu hören. »Alles in Ordnung?«

Sie zögerte, dann erwiderte sie entschlossen: »Ja, alles in Ordnung. Jetzt, wo du bald wieder da bist, kommt alles in Ordnung.«

»Gibt es denn Probleme?«, hakte er beunruhigt nach.

»Nichts, was wir nicht zusammen lösen können«, antwortete sie. »Florian, wir müssen feiern, dass du wieder da bist. Ich weiß nur noch nicht, wie.«

»Oh, das ist ganz einfach. Zuerst machen wir uns einen schönen Abend zu dritt mit Finchen und anschließend, wenn sie schläft, zu zweit. Einverstanden?«

»Im Prinzip ja«, stimmte Viola zu und lachte. Er hatte ja keine Ahnung davon, dass er bereits Vater von drei Kindern war.

»Ich liebe dich«, sagte er. »Sogar aus so weiter Entfernung. Vergiss das nicht.«

»Ich vergesse es nicht, weil ich dich auch liebe, Florian. Sogar nach drei einsamen Wochen noch!«

»Na, dann ist ja alles gut«, entgegnete er glücklich.

48

Nach dem Gespräch mit Florian am Abend zuvor fuhr Viola am nächsten Mittag mit einiger Zuversicht zu Dr. Roth nach Gingst. Es regnete immer noch in Strömen, aber wenigstens hatte der Wind nachgelassen, so dass die Fähre nicht allzu sehr schwankte.

Sie saß während der Überfahrt unter Deck, und Hiddensee verschwand schon kurz nach dem Ablegen der Fähre hinter einer dicken Regenwand. Der Blick zurück auf die Insel, den sie so liebte, war an diesem Tag nicht gerade erfreulich.

Auch Schaprode kam erst in Sicht, als sie schon kurz vor der Anlegestelle waren. Viola packte ihre Unterlagen ein, die sie noch mal durchgesehen hatte – den Brief von der Staatsanwaltschaft und einige Auszüge aus den Gesetzen, die sie im Internet recherchiert hatte. Vor Jahren hatte sie im Fach Gerichtsmedizin gelernt, was die ärztliche Schweigepflicht bedeutete, aber niemals daran gedacht, dass sie selbst einmal damit in Konflikt kommen würde.

Als sie von Bord ging, zogen tiefhängende schwarze Wolken über den Himmel, und der Regen prasselte auf ihren Schirm. Ich darf das schlechte Wetter nicht als schlechtes

Zeichen sehen, überlegte sie und schüttelte alle Zusammenhänge zwischen schwarzen Wolken und schwarzer Zukunft ab. Das Auto von Ottilie stand wie immer an seinem Stammplatz. Die Strecke nach Gingst kannte sie inzwischen auswendig, so konnte sie während der Fahrt noch ein wenig nachdenken.

In den letzten Tagen hatte sie sich nicht viel mit dieser Strafanzeige befassen können. Immer war etwas anderes wichtiger gewesen – die Praxis, die Kinder, Tom und Peter. Und vielleicht hatte das den Vorteil gebracht, dass sie nicht dauernd darüber nachgegrübelt hatte. Aber nun musste sie das Ganze von allen Seiten genau betrachten, und eine der Seiten war eben auch die Tatsache, dass sie den Prozess verlieren konnte. Und das bedeutete, dass sie dann vielleicht die Insel verlassen musste. Denn eine Inselärztin mit monatelangem Berufsverbot, die außerdem wegen Bruchs der ärztlichen Schweigepflicht verurteilt war, so eine Inselärztin wollte sie nicht sein. Dann lieber gehen und irgendwo anders wieder von vorn anfangen.

Doch das würde ihr sehr schwerfallen, vor allem auch wegen der Kinder. Heiße Wut auf Frau Kilian überfiel sie, wenn sie daran dachte. Diese Frau machte ihr das Leben schwer, nur um aus ihrer eigenen Misere herauszukommen. Und auch wenn alles gutging, wenn die Staatsanwaltschaft die Beweise von Frau Kilian für nicht ausreichend befand, blieb dennoch ein Verdacht an ihr hängen. Ich werde mich wie die Pechmarie fühlen, dachte sie zornig. Das habe ich nicht verdient!

Als sie sich Gingst näherte, musste sie daran denken, wie oft sie schon mit Florian in Ottilies Wagen über Rügen gefahren war – ins Theater nach Putbus, ins Kino nach Bergen oder zum Einkaufen. Wie fröhlich er immer neben ihr gesessen hatte. Und vor einem Jahr, nach seinem schweren Unfall, hatte sie ihn vom Krankenhaus in Bergen wieder nach Hause gebracht. Schon so lange war das her. Damals war sie so glücklich und so sicher gewesen, dass nach dieser schweren Zeit alle weiteren Schwierigkeiten bedeutungslos sein würden. Nie im Leben hätte sie daran gedacht, in eine Geschichte zu geraten, die vielleicht das Ende ihrer Zeit auf Hiddensee bedeuten würde.

Doktor Roth empfing Viola schon an der Haustür und führte sie ins gemütliche Wohnzimmer, wo bereits heißer Tee auf sie wartete.

»Meine Frau ist bei unserer Tochter«, erklärte er. »Sie wollte eigentlich bereits hier sein, wird aber bei diesem Wetter noch ein wenig abwarten. Der Sommer ist leider endgültig vorbei. Immer wenn der erste Herbststurm wütet, ist das ein Zeichen, dass der Winter kommt. Sehen Sie nur meine schöne alte Weide draußen an, wie sich die Äste biegen. Man hat immer Sorge, dass sie so einem Sturm nicht mehr standhält. Aber ich weiß, wie stark und zäh sie ist. Sie wird nicht nachgeben, an ihr können wir uns ein Beispiel nehmen.«

Seine Ruhe strahlte auf Viola ab. Sie war doch ziemlich angespannt in Erwartung dieser Unterredung. Das würde kein gemütliches Beisammensein werden, hier ging es um viel mehr.

Sie setzte sich ihm gegenüber an den runden Tisch und packte ihre Unterlagen aus.

Dr. Roth las sie sich aufmerksam durch.

Das Rentnerleben bekam ihm offensichtlich gut. Seine

Haut war gebräunt, unter den dichten grauen Haaren blickten seine Augen lebendig und zufrieden in die Welt. Den Bart hatte er sich erst wachsen lassen, als er die Praxis übergeben hatte. Er stand ihm sehr gut. Ganz offensichtlich genoss er nach über vierzig Jahren, die er Arzt auf der Insel gewesen war, seinen Ruhestand. Viola sah ihn selten, nur ab und zu, wenn er nach Hiddensee kam und Pastor Busche besuchte. Oft hatte er ihr versichert, wie froh er sei, seine Patienten so gut versorgt zu sehen. Mit ihr als der neuen Ärztin könne er ruhig schlafen.

Und nun kann ich nicht mehr ruhig schlafen, dachte Viola, während er die Unterlagen studierte. Sie steckte in Schwierigkeiten.

Nach einer Weile sah er hoch.

»Das ist eine ganze Menge, was hier aufgeführt wird: Ein strafrechtliches Verfahren wird wegen Bruchs der ärztlichen Schweigepflicht, Paragraph 203 des StGB, eingeleitet. Das kann mit einer Geldstrafe oder Freiheitsentzug bis zu einem Jahr geahndet werden. Gut, eine Geldstrafe kann man verkraften, und zu Freiheitsentzug kommt es nur bei sehr schweren Vergehen. Und das ist hier nicht der Fall. Aber dann ist da noch ein zivilrechtliches Verfahren, nach dem BGB, Paragraph 823. Da klagt die Frau auf Schmerzensgeld. Sie führt eine ganze Menge Gründe an: Ihre Familie sei auf der ganzen Insel im Gerede, ihr Mann werde deswegen im Geschäft gemobbt und ihr Sohn in der Schule. Sie selbst wage sich kaum mehr aus dem Haus. Ist das so?«

»Nein.« Viola schüttelte energisch den Kopf. »Sie übertreibt maßlos. Natürlich haben einige Leute hinter vorgehaltener Hand getuschelt. Die Familie wohnt erst seit sechs Monaten auf der Insel. Aber schon vorher gab es Dinge, die nicht sehr erfreulich waren. Frau Kilian hat sich wegen ihres Sohns mit allen Lehrern angelegt. Sie ist der Ich-weiß-alles-besser-Typ. Ihr Mann ist sehr verschlossen und hat privat eigentlich mit kaum jemandem Kontakt. Er scheint auch ein Spieler zu sein und trinkt. Aber Benno ist ein netter Kerl. Und wenn in der Klasse einige Bemerkungen gefallen sind, weil sein Vater eben nicht sein Vater ist, so hat ihm das bestimmt wenig ausgemacht. Auch seine Leistungen in der Schule sind in den letzten Wochen eher besser als schlechter geworden.«

»Es sieht so aus, als würde es Frau Kilian vor allem aufs Geld ankommen, gar nicht so sehr, Sie als Ärztin anzugreifen und fertigzumachen. Könnte das sein?«

»Keine Ahnung. Ich weiß eigentlich viel zu wenig über sie. Und ich kenne sie ja kaum, nur was ich so von den Leuten höre. Was sie wirklich denkt, ob sie unglücklich ist oder verbittert, kann ich nur ahnen.«

»Man sollte seinen Gegner immer möglichst gut kennen«, erwiderte Dr. Roth und nahm die Papiere wieder auf. »Was mir am meisten Kopfzerbrechen bereitet«, fuhr er fort, »ist das standesrechtliche Verfahren der Ärztekammer. Nach ihrer MBO, der Musterberufsordnung, Paragraph neun, kann über Sie ein Berufsverbot verhängt werden. Und das werden sie auch mit ziemlicher Sicherheit tun, zumindest für die Zeit des Prozesses. Und das kann Monate dauern. Es wird zur Befragung weiterer Patienten kommen, Krankenunterlagen dürfen eingesehen werden, all diese Geschichten.«

Viola nickte bedrückt. So ungefähr war ihr das schon klar gewesen.

Dr. Roth überlegte, dann seufzte er. »Ich kann Ihnen eigentlich nur einen Rat geben, Viola. Versuchen Sie dahinterzukommen, was diese Frau eigentlich will und warum, was für ein Mensch ist sie. Und welche Beweggründe wirklich hinter diesen Anzeigen stecken. Schalten Sie einen Mediator ein, jemanden, der zwischen Ihnen vermitteln kann. Ich kann mir beim besten Willen nicht vorstellen, dass diese Frau eine beliebte und bisher immer vertrauenswürdige Ärztin einfach zu Fall bringen will. Was hat sie denn davon? Nur umso mehr Ärger mit den Hiddenseern, das weiß ich sicher. Soviel ich verstanden habe, ist sie ja jetzt schon nicht besonders gern gesehen.«

»Nein, das ist sie nicht«, stimmte Viola ihm zu.

»Der andere Weg wäre, mit Hilfe eines Rechtsanwalts die ganze Sache knallhart durchzuziehen. Mit allen Konsequenzen, eine Schlammschlacht sozusagen, und zu hoffen, dass die ganze Geschichte dann zu Ihren Gunsten ausgeht. Gibt es Mitläufer? Ich meine, wird noch jemand bei der Patientenbefragung gegen Sie aussagen?«

»Vermutlich ja. Herr Lucius wird sich hervortun und erklären, auch bei ihm hätte ich die ärztliche Schweigepflicht vernachlässigt. Dann wären es also schon zwei.«

»Ach, Herr Lucius, den kenne ich doch schon als kleinen Jungen.« Dr. Roth lehnte sich in seinem Sessel zurück. »Der hatte schon immer ein großes Mundwerk, wenn es darum ging, sich wichtig zu machen. Hat er ebenfalls Anzeige erstattet?«

»Nein, er will nur gegen mich aussagen. Aber ich hoffe, dass seine Frau sich bald meldet. Sie wird mich entlasten. Sie ist fort, hat ihn verlassen.«

»So, dann hat sie es schließlich doch getan. Sie hat sich

einmal bei mir ausgeweint, wegen seiner Affären. Das war auch nie ein Geheimnis, alle haben es gewusst.«

»Ja, aber Lisa hat gemeint, dass seine Frau in den letzten zwei Jahren ganz glücklich gewesen sei. Er habe sich sehr um sie bemüht, ist mit ihr nach Griechenland gereist, hat einen Tanzkurs mit ihr gemacht. Sie war sicher, dass er nun nicht mehr auswärts speist, wie man so schön sagt.«

»Und dann wurde er doch ertappt, und das war einmal zu viel.«

»Genau, und nun schiebt er mir die Schuld zu, dass sie es erfahren und ihn verlassen hat. Er musste mir sein Auswärtsspiel beichten, wegen einer Infektion.«

Dr. Roth konnte sich ein Lachen nicht verkneifen. »Sicher die guten alten Clamydien«, meinte er. »Die bringen so manches ans Licht. Aber vor diesem Herrn müssen Sie sich nicht fürchten. Seine Anschuldigungen werden sich schnell als reine Phantasie erweisen.«

Er rührte in seinem Tee, ein wenig nachdenklich, offensichtlich in Erinnerungen an seine Zeit auf der Insel versunken. Nach einer Weile blickte er hoch. Viola hatte sich ein wenig entspannt und lächelte ihn an.

»Wissen Sie, dass ich im Fach Gerichtsmedizin beinahe durchgefallen wäre?«, gab sie zu. »Und nun muss ich mich weit ausführlicher damit befassen als damals in der Prüfung.« Sie hielt kurz inne und zitierte dann: »›Die Schweigepflicht dient dem Schutz des persönlichen Lebens- und Geheimnisbereichs einer Person, seiner Privatsphäre, die sich bestimmten Berufsgruppen anvertraut. Sie ist der Schutz des Rechts auf informelle Selbstbestimmung, nicht nur bei Krankheiten, sondern auch Wohn-

und Lebenssituation, alles gehört dazu. Man darf selbst gegen Angehörige oder Freunde den Eid des Hippokrates nicht brechen.‹«

»›Was immer ich sehe und höre‹«, zitierte Dr. Roth weiter, »›bei der Behandlung oder außerhalb im Leben der Menschen, so werde ich von dem, was niemals ausgeplaudert werden soll, schweigen, indem ich alles Derartige als solches betrachte, das nicht ausgesprochen werden darf.‹ Sie sehen, ich kann es auch noch, was uns der alte Hippokrates gelehrt hat.«

»Und das hat er schon vierhundert Jahre vor Christus gesagt, und wir versprechen es heute noch«, erklärte Viola.

49

AUF DER HEIMFAHRT über den Bodden war Viola zwar nicht ganz beruhigt, denn Dr. Roth hatte die ganze Auseinandersetzung eine böse Geschichte genannt. Aber sie wusste immerhin, dass sie noch etwas versuchen konnte, nämlich die Gegnerin besser kennenzulernen und ihre Absichten und Motive herauszufinden. Vielleicht ergab das dann doch eine Möglichkeit für besseres gegenseitiges Verständnis und eine außergerichtliche Einigung, zum Beispiel mit Hilfe eines Mediators.

Frau Kilian brauchte Geld. Das war sicher, und das hatte auch Benno gesagt. Ihr Mann hatte ohne Zweifel Spielschulden. Er verdiente im Hafen als Hilfsarbeiter lange nicht mehr so viel wie vorher als Bauleiter. Er trank mehr, als gut für ihn war, und dass die Frau aus dieser Misere aussteigen wollte, konnte man verstehen. Außerdem wollte sie fort von der Insel, und dazu musste sie eine neue Wohnung finden, einen Arbeitsplatz, und eine Scheidung würde auch nicht umsonst zu haben sein.

Sollte sie Frau Kilian Geld anbieten? Dafür, dass sie ihre Anzeige zurückzog?

Der Gedanke gefiel Viola nicht besonders gut.

Ein Mediator, ja, das wäre sicher gut. Aber wer könnte

das sein? Eine Frau vielleicht. Hatte Frau Kilian mehr Vertrauen zu einer Frau?

Viele Fragen und immer noch keine Antworten.

Die Fähre fuhr über Neuendorf, und als sie anlegte, stieg Viola kurz entschlossen aus. Es regnete immer noch, aber mit ihrem Regenmantel und dem Schirm war sie genügend geschützt. Die Kapuze reichte ihr weit ins Gesicht. Es musste ja nicht unbedingt jeder mitbekommen, dass sie sich hier ein wenig im Umfeld der Kilians umsehen wollte. Sie wollte auf keinen Fall jetzt mit Frau Kilian reden, erst wenn sie sich im Klaren darüber war, wie sie vorgehen sollte. Dr. Roth hatte ihr auch geraten, sich in Sachen Benno und Georg zurückzuhalten. Das müssten die beiden selbst untereinander regeln.

In welchem Haus wohnte die Familie Kilian eigentlich? Eins sah wie das andere aus – weiße Wände, tiefgezogenes Reetdach.

Niemand war bei diesem Wetter unterwegs. Unschlüssig blieb Viola stehen und bereute es bereits, hier ausgestiegen zu sein.

Und dann ging nicht weit von ihr entfernt ein Fenster auf. Eine ältere Frau schaute heraus und rief ihr zu: »Frau Doktor, was machen Sie denn hier bei diesem Wetter? Und ohne Auto? Wollen Sie nicht einen Moment hereinkommen?«

Viola schob die Kapuze aus dem Gesicht. »Frau Gerber«, sagte sie, »wie haben Sie mich denn erkannt?«

»An Ihrem Regenmantel und an Ihrer Art, zu gehen. Ich sehe viel mehr, als die Leute oft meinen. Kommen Sie doch rein!«

Das klang ziemlich energisch. Viola, die nun sowieso nicht mehr wusste, warum sie eigentlich hier war, und der nichts anderes übrigblieb, als auf den nächsten Inselbus zu warten, entschloss sich, die Einladung anzunehmen.

Im Flur zog sie den nassen Mantel aus und stellte den Schirm in eine Ecke. Sie betrat hinter Frau Gerber, die mit Hilfe eines Stockes zu ihrem Sessel am Fenster ging, das Wohnzimmer und setzte sich.

Trotz der Probleme mit den Beinen kam die alte Frau noch gut allein in ihrem kleinen Haus zurecht. Sie war Anfang achtzig, hatte kluge kleine Augen im runden Gesicht und trug immer ein schwarz-rot gemustertes Schultertuch mit Fransen. Das erinnerte Viola an eine Carmen, die sie einmal in der Oper in München gesehen hatte. Und ganz so abwegig war das nicht, denn Frau Gerber hatte ihr einmal bei einem Besuch in der Praxis erzählt, dass sie früher eine begeisterte Flamenco-Tänzerin gewesen sei.

Jetzt saß sie viele Stunden in ihrem Sessel am Fenster, durch das sie halb Neuendorf überblicken konnte, und bemerkte einiges, erzählte aber das Beobachtete nicht weiter. Sie war keine Klatschtante, das wusste Viola.

Frau Gerber sah Viola eine Weile nachdenklich an, dann sagte sie: »Ich kenne Frau Kilian von früher. Vielleicht kann ich Ihnen helfen.«

Viola hob überrascht den Kopf. »Sie kennen sie? Wie kommt das denn? Sind Sie etwa mit ihr verwandt?«

»Nein, aber ich war lange Zeit ihre Nachbarin in Zirkow, vor über zehn Jahren. Damals ist sie mit dem kleinen Benno oft zu mir gekommen. Sie hat mir von ihren Plänen erzählt, eine eigene Boutique in Putbus aufzumachen. Und ich habe ihr zugeredet. Sie hat Stil und den erforderlichen Ehrgeiz, sie hätte sicher Erfolg gehabt.«

»Und warum hat es nicht geklappt?«, fragte Viola interessiert nach.

»Ihr Mann ist immer öfter nach der Arbeit ins Spielkasino in Bergen gefahren. Bei der Heirat hat sie nichts von seiner Spielsucht gewusst. Vielleicht ist es auch mit den Jahren schlimmer geworden. Obendrein hat er noch angefangen zu trinken, und dann hat er seinen Job verloren. Ich war damals hierhergezogen, habe aber den Kontakt mit ihr gehalten.«

Sie lehnte sich zurück und sah aus dem Fenster. Der Regen war in ein leichtes Nieseln übergegangen, und auch der Wind hatte nachgelassen. Der erste heftige Herbststurm schien sich ausgetobt zu haben.

»Eines Tages«, fuhr Frau Gerber dann fort, »es ist noch gar nicht lange her, hat sie mich angerufen und erzählt, dass sie umziehen möchte, weg von Bergen. Irgendwohin, von wo aus ihr Mann nicht so leicht an Spielkasinos gelangen kann. Ich habe kurz darauf erfahren, dass hier ein kleines Haus frei wird, und am Hafen wurden Arbeiter gesucht. So sind sie nach Neuendorf gekommen. Leider ist ihr Mann weiterhin nach Bergen gefahren, oft ein ganzes Wochenende lang. Und nun ist auch noch diese Geschichte mit Benno herausgekommen. Das ist eigentlich kein Grund, so aggressiv zu reagieren, ist schließlich kein Weltuntergang. Solche Dinge sind kurz in aller Munde, aber dann vergessen es die Leute. Niemand wird deswegen hier ausgegrenzt. Wahrscheinlich sieht sie ihre ganze Umgebung als feindlich an, deshalb hat sie Ihnen diesen Prozess angehängt.«

»Haben Sie von Bennos Vater gewusst?«

»Nein, das hat sie mir nie erzählt. Ich war ganz erstaunt, als ich davon gehört habe und dass der Mann auch noch Ihr ehemaliger Verlobter Herr Sommer ist. Den kenne ich ja auch. Ein gutaussehender und inzwischen auch ein gutverdienender Mann. Ich kann schon verstehen, dass sie verbittert ist. Sie hat sich damals, als sie mit ihm zusammen war, sicher ein erfreuliches Leben mit ihm erträumt. Und nun hat sie diesen Kerl, den Albrecht, der nicht fähig ist, ihr auch nur einen Bruchteil von dem zu bieten, was ihr entgangen ist.«

»Das denke ich auch. Und ihr Groll gegen Georg sitzt immer noch so tief, dass sie mit allen Mitteln verhindert hat, dass er Benno kennenlernt. Nun ist das geschehen, und sie gibt mir auch dafür die Schuld. Und sie braucht Geld, denn sie will sich von ihrem Mann trennen.«

»Sie ist unglücklich, so einfach ist das. Und sie ist eine stolze Frau, die das nicht mal vor sich selbst zugeben kann. Sie tut mir leid. Aber es heißt auch: Scheußliche Pill'n mütt man fixing runner schluck'n un nich lang'n doarmit häg'n. Sie sollte jetzt endlich mal reinen Tisch machen, den Mann verlassen und sich mit dem Georg wieder vertragen.«

Es entstand eine Pause, in der jede der beiden Frauen ihren Gedanken nachhing.

Viola war innerlich hin- und hergerissen. Sie konnte die Unversöhnlichkeit dieser Frau Georg gegenüber verstehen. Nur, wenn man jahrelang daran herumkaut, wird nichts davon besser. Da hatte Frau Gerber schon recht.

Und vor allem soll Frau Kilian aufhören, mein Leben

zu belasten, dachte Viola. Es war eine verfahrene Angelegenheit, und aus diesem Prozess würden weder sie noch Frau Kilian ohne Blessuren herauskommen. Ganz egal wie er ausgehen würde.

»Danke, Frau Gerber, ich bin noch nicht sicher, was ich nun tun werde. Ich warte, bis Florian wieder da ist, und werde dann entscheiden, ob ich noch einmal versuche, mit Frau Kilian ohne Krieg klarzukommen. Damit wäre uns beiden geholfen. Aber das geht nur, wenn auch sie dazu bereit ist. Und das sieht im Moment nicht danach aus.«

Frau Gerber drückte ihr die Hand. »Wir wollen Sie auf keinen Fall verlieren«, sagte sie mit Nachdruck. »Keiner will das.«

»Und ich will als unbescholtene Inselärztin hierbleiben können«, erklärte Viola. »Anders würde ich mich nicht mehr wohl fühlen.«

»Dann wollen wir hoffen, dass alles gutgeht«, erwiderte Frau Gerber und geleitete Viola zur Tür.

Mit dem Inselbus fuhr Viola nach Vitte zurück, vorbei an regennassen Bäumen und Wiesen. Wasser spritzte hoch, als der Bus durch Pfützen fuhr, und kleine vom Sturm abgebrochene Äste lagen auf dem Weg.

Der Busfahrer schimpfte leise vor sich hin, drehte sich dann aber nach Viola um und entschuldigte sich. »Sie sind heute mein erster Fahrgast«, erklärte er. »Ich dachte schon, ich fahre umsonst bei diesem Wetter die Insel rauf und runter. Aber für unsere Ärztin lohnt es sich schon. Und morgen kommen wieder die Schüler reingestürmt, und es wird eng. So ist das Leben. Mal hat man zu wenig Gäste und mal zu viel. Man kann es eben nicht immer so haben, wie man es sich wünscht.«

Eine Lebensweisheit, der Viola zustimmte.

Als sie die letzten Meter zu ihrem Haus ging, meldete sich ihr Handy. Sie zog es aus der Tasche, und dann hörte sie Florians Stimme: »Viola, ich komme morgen Abend ziemlich spät in Stralsund an und fahre dann mit dem Wassertaxi rüber. Wirst du solange aufbleiben können?«

»Natürlich«, rief Viola beglückt. »Und ich mache dir was Schönes zu essen. Du darfst auch deinen Rucksack in eine Ecke werfen, ohne dass ich meckere. Ich freue mich so auf dich, das kannst du dir gar nicht vorstellen.«

»Aber sicher kann ich das«, erwiderte er mit seiner warmen Stimme. »Ich freue mich nämlich auch auf dich und Finchen. Ich habe sogar zwei Gründe, mich zu freuen, einen mehr als du!«

Viola lachte. »Gewonnen, auf jeden Fall wird es noch eine Überraschung für dich geben. Aber das verrate ich noch nicht.«

»Eigentlich bin ich für Überraschungen zuständig«, sagte er, und sie sah beinahe seinen erhobenen Zeigefinger vor sich. »Aber ich kann auch damit leben, dass es ab und zu mal umgekehrt ist.«

»So sollte das in einer guten Ehe sein«, belehrte ihn Viola.

»Ja, Frau Doktor«, bestätigte er, »das werden wir ja noch viele Jahre üben können, stimmt's?«

»Genau«, antwortete sie und verabschiedete sich von Florian. Und als sie dann aufgelegt hatte, dachte sie: Frau Kilian kann mir mal den Buckel runterrutschen. Florian kommt. Alles andere interessiert mich jetzt nicht mehr.

50

Die erfreuliche Nachricht über Florians Ankunft sorgte dafür, dass Violas Trübsinn schlagartig verschwand und sie freudestrahlend ihr Haus betrat. Anila kam ihr entgegengelaufen, und Finchen lachte vergnügt, als Viola sie hochnahm.

»Wo ist Ravi?«, fragte sie Doris, die gerade einige Bilderbücher vom Boden aufhob.

»Er ist in der Küche und schaut Frau Ruppert beim Kochen zu, und er hat eine Überraschung für dich.«

»Ich habe auch eine Überraschung«, rief Viola. »Florian hat angerufen. Er kommt morgen Nacht nach Hause. Ich kann es noch kaum fassen.«

»Das ist ja wunderbar.« Doris nahm Viola fest in die Arme. »Und von Dr. Roth hast du hoffentlich auch gute Nachrichten, oder?«

»Leider nicht. Er ist sehr besorgt«, entgegnete Viola und zog die Stirn kraus. »Florian weiß noch gar nicht, was hier alles auf ihn zukommt – die Kinder und dieser Prozess. Hoffentlich dreht er nicht gleich wieder um, wenn das alles auf ihn einstürmt.«

»Er wird die Ärmel hochkrempeln und die Sache anpacken«, war Doris überzeugt. »Und er wird Anila wie eine Prinzessin verwöhnen. Dann habt ihr zwei so anspruchsvolle Damen. Finchen weiß sicher auch schon, wie man ihn um den Finger wickelt. Aber jetzt musst du erst mal in die Küche. Du wirst staunen.«

Sie schob Viola Richtung Küche, nahm Philipp auf den Arm und ging hinterher.

In der Küche saß Ravi auf der Arbeitsplatte neben der Spüle und schaute interessiert zu, wie Frau Ruppert eine Quarkspeise anrührte. Er zeigte auf ihren Löffel.

»Löffel«, erklärte Frau Ruppert. Und dann, Viola konnte es kaum glauben, hörte sie, wie er mit heiserer Stimme »Löffel« sagte. Es klang noch ein wenig verschwommen, aber man konnte es verstehen.

»Löffel, Löffel«, wiederholte er immer wieder.

»Ist er nicht goldig?« Frau Rupperts Herz hatte er bereits gewonnen. »Herr Grotehuus hat gesagt, wir sollen mit Wörtern ohne G oder K oder R anfangen. Und das Erste, was er ihm beigebracht hat, war Anila. Da war der kleine Kerl überglücklich. Er hat sie dauernd gestreichelt und ihren Namen genannt.«

Da saß er und schaute von einem zum anderen, und in seinen Augen lag ein ganz neuer Ausdruck. Nicht mehr diese ängstlichen Blicke und das Wegdrehen des Kopfes, sondern Stolz auf das, was er geleistet hatte.

»Er klebt auch nicht mehr so an seiner Schwester. Ich glaube, so langsam begreift er, dass man sie ihm nicht wegnehmen will«, erklärte Doris. Sie lachte und zeigte auf das kleine Mädchen. »Und seht euch Anila an. Sie benimmt sich wie jedes zweijährige Kind. Rennt herum, verstreut die Spielsachen und macht eine Menge Unsinn.«

»Ja, Anila hat es geschafft. Sie wird schon bald ein ganz normales Hiddenseer Inselkind sein«, sagte Viola, und man hörte die Erleichterung in ihrer Stimme. »Sie hat bestimmt keine Erinnerung mehr an die Eltern und die Umgebung, aus der sie ins Waisenhaus gekommen ist. Sie war ja damals erst sechs Monate alt. Und im Heim hat sie viel Zuwendung erfahren, weil sie mit den großen dunklen Augen und den schwarzen Locken so niedlich aussieht. Sie war da schon der Liebling von allen gewesen. Ravi hatte es viel schwerer. Er hat noch die Erinnerungen an sein Dorf, an seine Eltern, die nacheinander gestorben sind. Und im Waisenhaus hatte er es auch nicht leicht. Deshalb bin ich richtig froh, dass er anfängt, Vertrauen zu bekommen. Ich glaube, Frau Ruppert, Sie haben an ihm einen ganz besonderen Freund.«

»Ich mag ihn sehr«, antwortete sie und strich dem Jungen über den Kopf. »Er erinnert mich an meinen ältesten Enkel. Wenn meine Tochter mit Familie im Sommer auf die Insel kommt, sitzt er auch immer bei mir in der Küche.« Sie nahm ihr Taschentuch aus der Schürze und schnäuzte sich. »Sie fehlen mir so, die Tochter und die Enkel. Aber nun habe ich ja Ravi. Wenn das mein Mann wüsste, er würde sich genauso wie ich über ihn freuen.«

»Ja, das würde er. Und er war auch ein guter Großvater, bis er den Schlaganfall hatte. Wenn nur Herr Hinrichs sich auch besinnen würde. Ich verstehe gar nicht, wie man so hart gegen die eigene Tochter und den Enkel sein kann. Marie macht sich sehr gut bei mir in der Praxis, ist freundlich und eifrig. Ich könnte mir keine bessere Hilfe vorstellen«, erzählte Viola.

»Ach, da fällt mir was ein«, verkündete Doris von der Tür aus. Sie hatte Philipp fertig angezogen auf dem Arm, den Regenschirm in der anderen Hand, um nach Hause zu gehen. »Mit Claudia hast du ja vielleicht was angerichtet, Viola. Sie weigert sich immer noch strikt, sich ihre Warzen im Krankenhaus entfernen zu lassen. Ich habe ihre Mutter getroffen. Sie meinte, ihre Tochter habe eine Höllenangst davor. Sie steigert sich regelrecht hinein, schläft kaum noch und schließt sich in ihrem Zimmer ein. Die beiden werden demnächst wieder zu dir in die Sprechstunde kommen. Du musst dir dann etwas anderes ausdenken. Viel Vergnügen.« Sie lachte und winkte Frau Ruppert zu. »Bin ich froh, dass das nicht mein Problem ist. Und ich hoffe, unsere Kinder veranstalten später nicht auch mal so einen Zirkus.«

»Ach, da baue ich auf Florian«, erwiderte Viola. »Er kann mit seinem Charme und seiner fröhlichen Art fast alle Menschen überreden, den Widerstand aufzugeben, wenn es wichtig ist. Er macht das auf eine lockere spielerische Weise, und damit hat er eigentlich immer Erfolg.«

»Das Abendessen ist fertig«, rief Frau Ruppert. »Keine langen Diskussionen mehr. Komm, Ravi, du kannst mir helfen, die Teller ins Wohnzimmer zu tragen.«

Er war mit viel Eifer dabei. Nur die Quarkschüssel stellte er auf den Boden, wie er es gewohnt war, bemerkte aber schnell, dass sie auf den Tisch gehörte.

Viola setzte sich mit Finchen auf dem Schoß an den gedeckten Tisch. Wie gut habe ich es, dachte sie, und wie froh werde ich sein, wenn Florian wieder da ist. Jetzt brachte ihn jede Stunde näher. Sie konnte es kaum erwarten, ihm die Kinder zu zeigen und von ihrer Reise nach Indien zu berichten. Und ihm alles zu erzählen, was sich inzwischen mit Frau Kilian ereignet hatte. Und alles zu erfahren, was er erlebt hatte.

51

Am nächsten Morgen wartete Lisa mit der Nachricht auf, dass Benno schon seit einer halben Stunde im Wartezimmer saß und sie sprechen wollte.

Benno, der Ausreißer, war wieder zurück. Ein Glück! Vielleicht beruhigte das seine aufgebrachte Mutter.

Es stellte sich heraus, dass Benno nur kurz auf die Insel gekommen war, um seine Schulsachen und einige andere Dinge zu holen.

»Du willst doch nicht schon wieder fort?«, fragte Viola bestürzt. »Was sagt denn deine Mutter dazu? Du kannst deine Familie doch nicht einfach so verlassen und die Schule und deine Freunde hier.«

»Meine Mutter kann mich nicht festhalten. Ich bin sechzehn und habe ein Mitspracherecht, wo ich leben will. Ich will sie nicht sehen, und sie soll auch nicht wissen, dass ich hier bin. Sie ist heute in Trent, da hat sie montags einen Nebenjob.« Er klang sehr entschieden.

»Aber das geht nicht, Benno. Deine Eltern haben immer noch das Sorgerecht für dich. Und sie werden niemals damit einverstanden sein, dass du bei Georg bleibst. Will er dich überhaupt?«

»Na klar«, antwortete er strahlend. »Er hat mir erzählt, dass er lange nach meiner Geburt immer wieder versucht hat, Kontakt mit meiner Mutter aufzunehmen. Er wollte für mich sorgen, mit Geld und so. Aber sie hat nie geantwortet, und dann sind wir zweimal umgezogen, und er hatte keine Adresse mehr. Ich sei ein aufgeweckter Junge, hat er gesagt, so einen hätte er sich immer gewünscht. Und er will mit meinen Eltern reden.«

Das war ja nun eine gute Nachricht. Und Viola musste zugeben, dass Georgs ausgeprägtes Pflichtbewusstsein in diesem Fall von Vorteil war. Außerdem war ein großer Sohn für ihn eine Bereicherung, von dem er anderen stolz erzählen konnte. Bestimmt war er fest überzeugt, dass sein Kind nur gute Gene mitbrachte. Benno hatte sich in der letzten Zeit gut entwickelt: Seine Haltung war nicht mehr so schlaff, sein Gesicht bekam Konturen, und er wirkte lange nicht mehr so unsicher wie noch vor Wochen. Auch das zählte für Georg, der sich immer gern mit beachtenswerten Dingen und Menschen umgab.

Auch die junge attraktive Frau Kilian mit ihrem anziehenden Äußeren und dem unfehlbar guten Geschmack für elegante Kleidung hatte damals dazugehört. Und sie als Ärztin war ihm bestimmt schon wegen ihres Berufes als Hauptgewinn erschienen. Obwohl ich meist in Jeans und Shirts auf der Insel herumgelaufen bin, dachte sie. Aber er hatte dann auch versucht, sie noch zu formen. Viola unterdrückte ein Lachen. Würde er mich mit meinen drei Kindern sehen, mit Sand in den Haaren und barfuß bei Wind und Wetter am Strand, dann würde er sich gratulieren, dass damals nichts aus uns geworden ist.

»Ich weiß nicht, was ich dazu sagen soll, Benno«, meinte sie seufzend. »Fühlst du dich denn bei Georg wohler als in deiner Familie?«

»Er hat eine große Wohnung in Bergen, und er will mir einen Laptop kaufen. Außerdem«, er schaute etwas verlegen drein, aber dann fuhr er tapfer fort, »habe ich jetzt eine Großmutter. Sie fragt mich immer, was sie kochen soll. Aber mein Vater ... Georg macht das noch viel besser, wenn er Zeit hat. In der Küche ist alles vollautomatisch. Das müssten Sie mal sehen!«

Jetzt musste Viola doch lachen. Der Mann hatte sich offenbar in den letzten Jahren nicht geändert, aber das war auch nicht zu erwarten gewesen. Und dass seine Mutter überglücklich mit dem Jungen war, der da so plötzlich in ihrem Leben aufgetaucht war, das konnte man verstehen.

»Sie hat immer gehofft, dass sie mich eines Tages kennenlernt, hat sie gesagt. Und nun ist ihr größter Wunsch in Erfüllung gegangen.«

Viola beugte sich vor und sah Benno eindringlich an. »Benno, du weißt, das letzte Wort haben deine Eltern. Und ob sie damit einverstanden sind, ist noch gar nicht sicher.«

Er machte eine wegwerfende Handbewegung. »Mein Vater, also ich meine Albrecht, dem ist es sowieso egal, was ich mache. Und meine Mutter will fort von ihm, wenn sie genug Geld hat. Da kann sie doch nach Bergen ziehen, oder? Und wenn sie für mich nichts mehr bezahlen muss, wird sie auch froh sein.«

Das war ein Gesichtspunkt, der Viola einleuchtete. Nur ob diese Frau ihren Groll auf Georg überwinden könnte, das war noch sehr ungewiss.

Sie wünschte es sich für Benno. Er war ja schon viel zugänglicher als bisher. Für den Jungen war der Abstand von seiner problematischen Familie jetzt schon ein Segen.

»Ich lege ihr auch einen Zettel hin, dass es mir gutgeht. Sie ist ja schließlich meine Mutter und wird schon einsehen, dass ich das Richtige tue«, sagte er und lächelte.

Eine optimistische Einschätzung, dachte Viola seufzend, wenn ich nur auch so zuversichtlich sein könnte.

Als Benno gegangen war, kam Lisa mit grimmiger Miene ins Sprechzimmer. »Benno wirkt wie neugeboren, Frau Doktor. Und wenn ich könnte, ich würde diese Frau auf den Mond schießen. Sie ist so eine Hexe. Beim Herrn Sommer ist er bestimmt besser aufgehoben als bei seiner Mutter.«

»Sie hat bisher nicht viel Glück im Leben gehabt«, erwiderte Viola. »Das darf man nicht vergessen. Wenn Menschen verletzt sind, handeln sie oft nicht mehr vernünftig.«

»Das gibt ihr noch lange kein Recht, zum Staatsanwalt zu rennen und Ihnen einen Prozess an den Hals zu hängen«, entrüstete sich Lisa und legte mit Nachdruck die nächste Patientenakte auf den Schreibtisch. »Draußen sitzen noch drei Patienten, Frau Doktor.«

»Gut, dann schicken Sie den nächsten herein, solange ich noch kein Berufsverbot habe, Lisa.«

»Das möge Gott verhindern«, sagte sie.

52

Als Viola an diesem späten Vormittag auf dem Weg nach Hause war, bekam sie ganz plötzlich Lust, am Strand entlangzulaufen. Zu Hause erwartete man sie erst in einer halben Stunde, und sie musste unbedingt einmal ihren Kopf auslüften und abschalten. Einfach laufen und für eine Weile nicht erreichbar sein, das brauchte sie jetzt.

Der Regen vom Vortag hatte glänzende Pfützen auf der Straße von Vitte hinterlassen. Überall lagen bunte Blätter von den schon fast kahlen Bäumen am Boden, die Luft fühlte sich feucht und sehr frisch an. Am Himmel zogen tiefhängende Wolken vorüber, die es eilig hatten, sich auf Rügen noch einmal zu entleeren. Sollen sie, dachte Viola. Soll es regnen und stürmen in Trent und den Kopf von Frau Kilian durchpusten und ihre Gedanken gründlich entwirren. Vielleicht ist sie dann heute Abend froh und dankbar dafür, dass ihr Sohn endlich glücklich sein kann.

Sie schritt schnell aus. Zum Glück hatte sie am Morgen schon den dicken Anorak übergezogen. Als sie oben auf dem Damm stand und hinunter aufs Meer schaute, das ihr weiße Schaumkronen bis zum Horizont präsentierte, atmete sie tief durch. Dann lief sie hinunter bis zum Wasser, drehte sich einmal um sich selbst und machte sich dann auf Richtung Süden. Genau das hatte ihr in den letzten

Wochen gefehlt – einfach für eine Weile verschwinden, allein sein, nur mit Meer, Wind und Sand um sich herum.

Niemand kam ihr entgegen, und sie dachte an Florian, der so oft mit ihr hier entlangelaufen war. Der Wind trieb ihr die Tränen in die Augen. Hier am Strand war sie alles andere als traurig, fühlte sich glücklich und hätte die ganze Welt umarmen können. Florian war auf dem Weg nach Hause. Heute spät in der Nacht würde er schon hier sein.

Und wenn Florian bei ihr war, konnten kein Sturm und kein Wellengang sie zum Kentern bringen.

Viola stemmte sich gegen den Wind. Sie fühlte sich stark und allen Schwierigkeiten gewachsen. Das Gehen im Sand war zwar anstrengend, man rutschte bei jedem Schritt ein klein wenig zurück – wie so oft im Leben-, aber man kam trotzdem vorwärts. Vorn links waren auf dem Damm ein paar Dächer zu sehen, die letzten Häuser von Vitte. Dann kam bald die Dünenheide, und dort kannte Viola einen schmalen Weg, der zur Straße führte. Sie durfte nicht zu weit gehen.

Die Schuhe und die Hosenbeine unten wurden nass, als Viola durch die niedrigen Büsche zwischen der Heide lief. Und als sie sich unter den tiefhängenden Ästen einiger Birken und Kiefern duckte, wurde sie auch noch von oben nass. Aber all das störte sie nicht. Es gehörte einfach dazu. Zwei Rehe standen hinten am Waldrand. Sie liefen nicht fort, wahrscheinlich nahmen sie Viola unter dem nassen Anorak gar nicht als Mensch wahr.

Hier war es windgeschützter. Sie wäre gern noch eine Weile geblieben, aber sie musste nach Hause, sonst machten sich Doris und Frau Ruppert Sorgen. Das Handy lag in der Praxis.

Ab und an brauchte sie diese kurze Auszeit.

Zurück auf der nassen schmalen Straße nach Vitte, wurde sie kurz vor dem ersten Haus von einem Mann überholt. Er hatte eine Strickmütze auf und die Hände tief in den Taschen vergraben.

»Also doch«, sagte er, als er sich umdrehte, und seine Augen blickten sie fröhlich an. »Das kann doch nur unsere allseits beliebte Frau Doktor sein, die bei diesem Wetter so forsch ausschreitet.«

Es war Pastor Busche, und Viola freute sich. »Müssen Sie sich auch ein bisschen auslüften?«, fragte sie ihn.

»Ich habe das Nützliche mit dem Sportlichen verbunden. Ich komme von einem Besuch in Neuendorf.«

Viola runzelte die Stirn. »Irgendwie ist der Name dieses Ortes seit einiger Zeit für mich ein Reizwort«, sagte sie. »Obwohl das Dorf wirklich nichts dafür kann und die hübschen Fischerhäuser wie immer friedlich aufgereiht dastehen.«

Pastor Busche ging nun neben ihr her. »Das ist eine unselige Geschichte, und ich kann Ihnen gar nicht helfen. Ich kenne die Familie Kilian nicht. Als ich vor einiger Zeit bei ihnen reinschauen wollte, weil sie neu zugezogen waren, hat mich der Mann an der Tür abgefertigt. Er war sehr kurz angebunden. Allerdings kommt seine Frau ab und zu in den Gottesdienst, wenn er in Neuendorf stattfindet. Vielleicht sollte ich nicht so schnell aufgeben.«

»Sie könnten sie mal an das achte Gebot erinnern«, bemerkte Viola, »und ihr raten, aufzuhören, andere Menschen zu Unrecht anzuschwärzen. Ich hätte nie gedacht, dass ich einmal mit den Paragraphen in Konflikt kommen würde. Wie lange sind Sie schon Pastor hier? Haben Sie schon mal so etwas erlebt?«

»Nein, und in der Kirche gibt es die Schweigepflicht ja genauso. Bei uns heißt es *sub rosa dictum*, das unter der Rose Gesagte ist tabu. Und früher oder teilweise auch jetzt noch sind in den katholischen Beichtstühlen Rosen eingeschnitzt.«

»Und Sie stehen in Ihrer Kirche unter Hunderten, die an die Decke gemalt sind!«, entgegnete Viola. »Wenn das Frau Kilian wüsste!«

»Ich weiß nicht, ob diese Rosen deshalb alle gemalt wurden, um uns zum Schweigen zu verpflichten. Ich glaube aber, eher nicht. Übrigens gab es diesen Grundsatz schon bei den alten Römern, die haben bereits damals bei geheimen Besprechungen eine Rose an die Decke gehängt. Nach der Legende hat Cupido, der Gott der Liebe, an Harpocrates, den Gott des Schweigens, einmal Rosen gesandt und ihn gebeten, eine Liebesaffäre seiner Mutter Venus geheim zu halten. Ob er Erfolg hatte, weiß ich nicht zu sagen.«

Viola lachte. »Ach, die alten Götter, die waren auch nur Menschen.«

»Ja, auf dem Olymp ging es oft ziemlich turbulent zu.«

»Die alten Römer hatten, genau wie in Indien, ihre verschiedenen Götter, die auf bestimmte Gebiete spezialisiert waren«, erzählte Viola. »Beneidenswert. Ich wünschte mir einen, der die verhärtete Seele einer Frau erwärmen könnte. Ich würde ihm sofort meinen größten Bernstein opfern, den ich je gefunden habe.«

Pastor Busche sah sie lächelnd an. Unter seiner Mütze sah er aus wie einer der alten Fischer, mit dem vom Wetter gegerbten Gesicht und dem kurzen Bart.

»Das kann unserer aber sicher auch«, meinte er dann. »Wer weiß, vielleicht löst sich bald alles in Wohlgefallen auf. Und vielleicht kann ich ein bisschen nachhelfen, wenn ich am nächsten Sonntag über das schöne Thema ›Vergeben und sich versöhnen‹ predige. Da bin ich wieder in Neuendorf.«

»Das kann nicht schaden«, stimmte Viola zu. »Hoffentlich sitzt sie dann in der ersten Reihe.«

»Wann kommt denn Ihr Mann wieder?«, erkundigte sich der Pastor. Inzwischen waren sie in Vitte angelangt. Viola konnte schon ihr Haus sehen, während der Pastor noch bis Kloster weiter musste. »Florian wird Ihnen sicher bei der ganzen Geschichte beistehen. Und wir hoffen natürlich alle, dass Sie uns erhalten bleiben«, fügte er hinzu.

»Ich werde kämpfen wie ein Löwe«, versprach Viola, »oder wie ein Kiebitz, der sein Nest verteidigt, wenn ihm jemand zu nahe kommt. Der Vergleich passt hier besser.«

»So gefallen Sie mir«, sagte er anerkennend, »mit sprühenden Augen und erhobenem Kopf. Sie ähneln meiner jüngsten Tochter, die lässt sich nämlich auch nicht unterkriegen.«

»Der flotte Marsch durch diese nasse herbstliche Landschaft hat mir gutgetan«, erklärte sie, »und der Kampf mit dem Wind. Das brauche ich ab und zu, wenn ich geknickt bin.«

»Dafür gibt es in den nächsten Wochen sicher öfter Gelegenheit. Wind werden wir im Herbst und Winter genug bekommen. Aber ich will gar nicht übers Wetter schimpfen.«

Er winkte ihr zu, als sie in ihren Grasweg einbog.

Unser Pastor, dachte sie, auch einer, der zu Hiddensee gehört wie Ottilie oder die Oma von Doris und der alte Fischer Jehann und der Bauer Schleck. Ohne sie wäre die Insel wie ein Brot ohne Salz.

Als Viola zu Hause mit vom Wind gerötetem Gesicht ins Wohnzimmer trat, rief Doris ihr entgegen: »Endlich siehst du wieder aus, wie wir es gewohnt sind – fröhlich, zuversichtlich und mit klaren Augen. Ich habe mir schon gedacht, dass du einen Strandmarsch machst. Und jetzt gibt es etwas besonders Gutes zum Essen. Frau Ruppert hat sich heute selbst übertroffen mit einer Pasta vom Feinsten. Ein Rezept deines verehrten Herrn Schwiegervaters, und weil Florian nach Hause kommt.«

»Florian, Florian, Florian«, trällerte Viola und lachte. »Was kann mir schon passieren, wenn Florian wieder da ist! Weißt du, Doris, in den letzten Tagen habe ich mich wirklich wie ein Schiff auf hoher See gefühlt, bei dem der Wind von allen Seiten kommt – irgendwie ausgeliefert. Aber mit Florian zusammen werde ich den richtigen Kurs wieder finden.«

Ob und wie er mit all ihren Problemen fertig werden würde, wenn er wieder zu Hause war, davon hatte sie keine Ahnung. Aber sie setzte auf seinen Einfallsreichtum und sein gutes Gespür für Lösungswege, seinen Optimismus und seine überzeugende Ausstrahlung.

»Das freut mich«, erwiderte Doris. Und als sie durchs Fenster Henning auf das Haus zukommen sah, leuchteten ihre Augen auf. Doris nahm Philipp auf den Arm und verabschiedete sich schnell.

So war das also, da segelten zwei endlich auch auf demselben Kurs. Das war nicht mehr zu übersehen.

Viola freute sich für die beiden.

53

VIOLA SASS MIT DEN Kindern und Frau Ruppert am großen Tisch in der Küche.

»Frau Doktor, ich habe heute Morgen Frau Lucius gesehen«, begann Frau Ruppert zu erzählen. »Sie kam von der Fähre, will ein paar Sachen holen und dann wieder fahren. Gehen Sie gleich nach dem Essen hin, bevor sie wieder weg ist! Sie hat gesagt, sie wird Ihnen eine schriftliche Erklärung geben, dass sie die Affäre ihres Mannes selbst entdeckt hat. Sie möchte Sie damit entlasten. Dann ist schon mal der erste Schritt für Ihre Verteidigung getan.«

»Frau Lucius! Das ist ja mal eine gute Nachricht. Ich werde gleich nachher zu ihr gehen. Das nimmt dem anmaßenden Herrn Lucius den Wind aus den Segeln!«

»Genau. Außerdem habe ich gehört, dass er sich schon seit einiger Zeit immer wieder mit Frau Kilian trifft. Bestimmt hat er sie zu dieser Strafanzeige angestiftet. Das würde ihm nämlich ähnlich sehen. Er schickt lieber andere an die Front und stichelt selbst nur aus dem Hintergrund. Mit der Frau lässt sich vielleicht doch noch reden, wenn seine Anklage in sich zusammenfällt.«

Viola atmete tief ein. »Das könnte gut sein«, sagte sie. »Wie heißt es so schön hier: Dei wier uk bärer, wenn dei sich nich för bärer holl'n wür.«

Frau Ruppert lachte. »Ihr Platt klingt schon ganz gut. Machen Sie nur weiter so, dann sind Sie bald nicht mehr von einer echten Hiddenseerin zu unterscheiden.«

Eine Hiddenseerin mit drei dunklen Kindern, dachte Viola belustigt. Aber das scheint heutzutage nicht mehr ungewöhnlich zu sein.

Sie blickte Ravi an, der sich bedächtig seine kleingeschnittenen Nudeln mit Tomatensauce in den Mund schob. Er konnte mit der Gaumenplatte viel besser kauen und schlucken als vorher, hatte auch schon zugenommen und sah viel besser aus. Seine Haare würde sie wachsen lassen, dann waren die abstehenden Ohren verdeckt. Aber auch die könnte man eines Tages richten lassen.

Er hatte auch schon mit großem Vergnügen zu sprechen angefangen. Und genau in dem Moment sah er hoch und sagte etwas auf Marathi. Dann lächelte er ein wenig scheu und fügte hinzu: »Tomate gut.«

Viola beugte sich zu ihm hinüber und drückte ihn kurz. Er wehrte sich nicht mehr dagegen wie noch zuvor, schien so langsam an zärtlichen Berührungen Gefallen zu finden.

»Tomaten sind gut«, sagte Viola.

»Tomaten sind gut«, wiederholte er und blickte dann stolz in die Runde.

Anila hüpfte auf ihrem Stuhl hin und her und verkündete: »Tomaten gut.« Sie strahlte übers ganze Gesicht. Die beiden versuchten bereits, sich gegenseitig zu übertrumpfen.

»Bald werden wir zwei Kinder haben, die von morgens bis abends reden und dauernd etwas fragen«, prophezeite Viola. Sie nahm Finchen auf den Schoß und fütterte sie mit einem kleinen Löffel. »Und dann können sie Finchen alles erklären, wenn sie so weit ist. Große Geschwister sind darin geduldiger als ich.«

»Kinder lernen viel voneinander«, stimmte Frau Ruppert zu. »Sie werden sehen, die drei laufen eines Tages zusammen über die Insel und stecken sich gegenseitig mit allen möglichen Ideen an. So waren meine auch.«

»Darauf freue ich mich jetzt schon«, erwiderte Viola und dachte insgeheim, dass Florian bestimmt bei solchen Ausflügen, so oft er konnte, dabei sein würde. Und dass sie sich zu Frau Ruppert nur gratulieren konnte. Die Frau hatte Erfahrung und freute sich über lebhafte Kinder mehr als über superbrave.

Nach dem Essen ging Frau Ruppert nach Hause. Viola hatte die beiden Kleinen schlafen gelegt. Nun setzte sie sich aufs Sofa und schloss für eine Weile die Augen. Ravi war mit einem Bilderbuch beschäftigt, das viele alltägliche Szenen zeigte, die für kleine Kinder leicht zu verstehen waren. Dieses Buch liebte er, er schaute es sich immer wieder von vorn bis hinten an.

Draußen hatte es wieder angefangen zu regnen. Keine Sprechstunden und auch keine Hausbesuche standen heute mehr an. Also konnte sie entspannen und sich auf Florian freuen.

Gerade war sie ein wenig eingenickt, als Kater Pauli aufsprang. Es hatte geklingelt, und im selben Moment klappte auch schon die Haustür.

Viola stand unwillig auf und sah nach, wer es da so eilig hatte. Und dann machte sie große Augen. »Dirk«, rief sie entgeistert, »was machst du denn hier? Seit wann bist du auf der Insel?«

»Vor einer Stunde gelandet. Ich habe Lust bekommen, Herbsteindrücke hier zu malen. Außerdem schickt mich Mama. Ich soll dich trösten, bis Florian wieder da ist.«

»Und warum hast du dich nicht angemeldet?«

»Ich habe mich erst gestern entschlossen und wollte dich nicht beunruhigen.«

»Und du meinst, so ein Überfall ist die beste Entspannung für mich? Na, dann komm erst mal rein.«

Er sah sich im Wohnzimmer um und entdeckte Ravi. »Wenn man diesen kleinen Kerl ansieht, könnte man glatt anfangen, Kinderporträts zu malen«, murmelte er und ging näher zu ihm hin.

Ravi nahm sein Buch und verzog sich in eine Ecke.

»Lass ihn. Er hat viel Schlimmes erlebt und ist noch ängstlich. Setz dich hier aufs Sofa und erzähle. Was macht deine neueste Flamme? Hieß sie nicht Jessica?«

Er schüttelte den Kopf. »Das war nur vorübergehend. Ich habe festgestellt, dass mir eine schmale blonde junge Frau mit braunen Rehaugen nicht aus dem Kopf geht. Deshalb bin ich auch hier.«

»Doris? Das kommt überhaupt nicht in Frage!«, empörte sich Viola. »Du hast sie schon einmal sitzenlassen. Lass die Finger von ihr!«

»Sie hat mich sitzenlassen«, berichtigte Dirk seine Schwester. »Ich wollte sie nach Köln mitnehmen, aber sie will ja unbedingt auf dieser Insel hier bleiben.«

»Sie ist jetzt mit Henning zusammen«, erklärte Viola.

»Das scheint aber noch nichts Festes zu sein und mehr dein Wunsch als ihrer«, erwiderte er leichthin.

»Wieso? Hast du mit ihr gesprochen?«

»Nein, aber sie ist ja nicht mit ihm verheiratet, oder?

Ich habe mein Gepäck schon in der kleinen Dachstube bei ihrer Oma abgeladen.«

Viola stand auf, dann setzte sie sich wieder. »Und du willst mich nicht beunruhigen!«, sagte sie.

Er legte ihr besänftigend die Hand auf den Arm. »Ich weiß, dass du im Moment viel Ärger hast, aber vielleicht kann ich dir helfen. Diese Frau Kilian muss doch irgendwie umzustimmen sein.«

»Um Himmels willen, misch dich da nicht auch noch ein. Wer hat es dir denn erzählt?«

»Die Oma von Doris, beim Auspacken. Und ich sehe, ich komme gerade zur rechten Zeit. Doris war übrigens gerade einkaufen. Kannst dich also wieder abregen. Aber meinen süßen Sohn konnte ich begrüßen. Er fängt schon zu krabbeln an.«

»Dirk, tu mir einen Gefallen und reis wieder ab. Du bringst nur Unruhe mit.«

»Ich will doch hier nur malen«, verteidigte er sich, »und meine kleine Schwester ein wenig unterstützen, wenn sie derart in der Patsche sitzt. Und meinen Sohn besuchen und nachsehen, ob es Doris gutgeht. Ich verspreche, ganz friedlich zu sein.«

Viola seufzte und knuffte ihn dann freundschaftlich in die Seite.

»Ist ja schon gut. Du hast hoffentlich den Eltern nichts von der Geschichte mit der Strafanzeige erzählt, oder?«

»Nein, und wenn alles wieder in Ordnung ist, brauchen sie es auch nie zu erfahren«, versprach er und drückte ihr die Hand.

54

Und dann, endlich, nach diesem langen Tag, kam Florian wirklich mitten in der Nacht mit dem Wassertaxi von Schaprode im Hafen von Vitte an.

Viola stand im kalten Oktoberwind am Kai und erwartete ihn voller Ungeduld. Die Nacht war schwarz, ohne Mond und Sterne. Nur wenige Lichter waren noch in den Häusern am Hafen zu sehen, und sie stellte sich unter eine der Lampen, die den Anleger beleuchteten.

Sie hatte nur Ottilie und Doris erzählt, wann Florian eintreffen würde. Und beide hatten gemeint, dass sie bei seiner Ankunft nur stören und lieber erst am nächsten Tag vorbeikommen würden.

Niemand war mehr unterwegs. Ein paar Fischerboote schaukelten auf den Wellen, ab und zu hörte man ein Käuzchen rufen. Eine Katze lief vorbei und schlüpfte unter die Handwagen, die angekettet auf Gäste warteten, um diese Jahreszeit meist umsonst. Erst wieder zu Weihnachten kamen ein paar Urlauber auf die Insel.

Und dann hörte Viola auch schon das kleine Motorboot kommen.

Es fuhr eine Schleife und legte dann an. Kaum dass der Fahrer die Leine befestigt hatte, sprang auch schon Florian heraus. Er lief auf Viola zu, umarmte sie, steckte seine kalten Hände unter ihren Mantel und wollte sie gar nicht mehr loslassen.

»Viola, endlich. Du glaubst nicht, wie ich dich vermisst habe. Und unsere kleine friedliche Insel und Finchen. Aber am meisten dich.«

Er küsste sie ausgiebig. Auch sein Gesicht war kalt, und Viola musste lachen.

»So einen kalten Liebhaber hatte ich noch nie«, meinte sie. »Aber ich bin ja so froh, dass du wieder da bist. Kalt oder nicht, aber lebendig und gesund.«

Er nahm sie an der Hand, holte seinen Rucksack, der am Kai stand, und zog sie wieder an sich.

»Jetzt schnell nach Hause und in die Wärme«, sagte er. »Noch ein halbes Stündchen in Ruhe auf dem Sofa sitzen und dann ins Bett. Und morgen ausschlafen, falls Finchen damit einverstanden ist. Ich werde sie zu mir holen, wenn sie wach ist. Ist Frau Taylor morgen da?«

»Natürlich, ich werde doch an diesem ersten Tag mit meinem Mann, der fast vier Wochen fort war, freihaben.«

»Sehr schön. Wir machen es uns gemütlich, und ich erzähle dir alles, was ich erlebt habe. Und du erzählst mir, was es Neues auf der Insel gibt. Falls es überhaupt etwas Neues gibt.«

»Eigentlich schon«, antwortete Viola vorsichtig.

»So?«, Florian versuchte, ihr ins Gesicht zu sehen, aber es war zu dunkel, um etwas zu erkennen. »Gut oder schlecht?«

»Beides!«

»Oh, dann zuerst das Gute.«

»Ravi und Anila sind da.«

»Ravi und Anila? Aus Indien? Hier? Bei dir?«, rief Florian fassungslos und blieb stehen.

»Ja, und das ist eine lange Geschichte.«

Als sie zusammen bei einem Glas Wein in der Wärme des Wohnzimmers saßen, erzählte sie Florian die lange Geschichte. Vorher hatte er einen Blick ins Kinderzimmer geworfen, wo alle drei friedlich schliefen. Er war noch immer sprachlos, dass er nun so schnell dreifacher Vater geworden war.

Viola erzählte ihm von dem Brief, ihrem Entschluss, so schnell wie möglich nach Indien zu fliegen, und von Henning, der, ohne zu zögern, bereit gewesen war, sie zu begleiten.

»Gott sei Dank«, warf Florian ein. »Gleich morgen werde ich Henning besuchen. Er ist ein treuer Kerl. Auf ihn kann man sich verlassen.«

Sie berichtete von den Schwierigkeiten, die restlichen Papiere zu bekommen, und von Shankar und seiner Familie, dem sie es verdankten, dass Anila nicht zu einer anderen Familie gebracht worden war.

Florian drückte sie fest an sich. »Und das hast du alles ohne mich geschafft. Ich bin richtig stolz auf dich! Und ich habe so oft an dich gedacht und dich gemütlich hier mit Finchen gesehen. Dabei warst du am anderen Ende der Welt. Wahrscheinlich wirst du in der nächsten Zeit wieder Lust bekommen, in andere Länder zu reisen, und ich bleibe zu Hause bei den Kindern. Ich brauche jetzt erst einmal eine Auszeit.«

»Nein, bestimmt nicht«, widersprach Viola vehement. »Die nächste Reise geht im Frühjahr auf die Malediven.

Wir alle zusammen, und vielleicht kommen Doris und Henning auch mit und Philipp. Was meinst du?«

»Einverstanden. Jetzt freue ich mich erst mal auf Weihnachten im Schnee und auf die Ruhe hier. Ich werde mit den Kindern einen Schneemann bauen.« Er gähnte. »Und nichts und niemand wird mich hier in Rage bringen, keine korrupten Holzfäller und rücksichtslosen Stauseebauer und keine aufgebrachten Indios.«

Viola schwieg und sagte dann nach einer Weile: »Ich fürchte, die nächsten Wochen werden dich doch ein wenig aus der Ruhe bringen.«

»Wie meinst du das?«, fragte er.

»Gegen mich läuft eine Strafanzeige, Bruch der ärztlichen Schweigepflicht, Paragraph 203 Strafgesetzbuch«, antwortete sie.

»Du lieber Gott. Wie ist das denn passiert?«, wollte er wissen und setzte sich auf.

Und dann musste ihm Viola die nächste Geschichte erzählen.

Sie machte es ziemlich kurz, da beide müde waren. Florian hörte schweigend zu. Erst als Viola ihm mitteilte, dass bereits ein Rechtsanwalt eingeschaltet war, meldete er Widerspruch an. »Das klingt mir viel zu sehr nach Krieg. Geht es denn nicht auch anders?«, fragte er kopfschüttelnd.

»Sie will Krieg, und jetzt bekommt sie ihn auch«, war Violas Antwort.

Als beide später nebeneinander angekuschelt im Bett lagen, murmelte Florian kurz vor dem Einschlafen: »Viola, das unbekannte Wesen, du fliegst nach Indien ohne mich.

Du steigst in den Ring gegen diese Frau Kilian und hast alles im Griff. Was habe ich doch für eine couragierte Frau. Da kann ich mich ja zur Ruhe setzen und meine Tage genießen. Was meinst du?«

»Ich habe nichts dagegen«, erwiderte Viola und lachte leise. »Und die Kinder werden sich freuen, wenn ihr Papa viel Zeit für sie hat.«

»Ach, so ist das. Also muss ich das Zur-Ruhe-Setzen doch noch eine Weile verschieben«, meinte er.

»Sehr gut begriffen«, stimmte Viola schläfrig zu.

Und dann war nur noch der Mond wach, der sich anschickte, über das Meer zu wandern.

55

Am nächsten Tag gab es viel zu erzählen. Florian und Viola hatten ihre Freunde gebeten, erst am Abend zu kommen, damit sie am ersten gemeinsamen Tag mit den Kindern noch ein bisschen Zeit für sich hätten. Aber dann kam das kleine Haus hinter den Dünen kaum mehr zur Ruhe.

Ottilie und Lisa waren die Ersten, die kamen und wissen wollten, was Florian erlebt hatte. Dann fand sich Dirk ein und gleich danach noch Pastor Busche und Doris mit Henning. Der Bürgermeister und Anita Taylor, die wenig zu tun hatte in der Praxis, statteten ihnen einen Besuch ab. Anita versicherte Viola, dass sie auch am nächsten Tag die Sprechstunden übernehmen könnte, da sie und Florian bestimmt noch viel zu besprechen und zu regeln haben würden. Außerdem hatte Tom sich gewünscht, einmal bei seinem Opa Vogtland übernachten zu dürfen, und war bereits mit ihm unterwegs. Viola war sofort mit Anitas Vorschlag einverstanden.

Was Florian erzählte, war spannend, und alle hörten interessiert zu. Nach einer langen Reise per Flugzeug, Bus, Lastwagen und Boot waren sie in mehrere Indio-Dörfer am Rio Xingu gekommen und hatten sich dort umgehört. Alle Einwohner waren über das Staudammprojekt aufgebracht. Doch über eine Entführung oder verletzte Fremde in der Umgebung wussten sie nichts. Es gab Geiselnahmen, aber nicht in ihrem Gebiet.

»Ich habe davon vor einiger Zeit im Fernsehen gehört«, warf Pastor Busche ein. »Auf diese Weise wollen die Indios, dass die Welt erfährt, was bei ihnen geschieht.«

»Ja«, stimmte Florian zu, »aber wir waren inzwischen sicher, dass die zwei Kollegen verunglückt waren und sich irgendwo hilflos im Busch befanden. Sonst hätten wir bestimmt irgendetwas von möglichen Geiselnehmern gehört.«

Sie fanden dann zum Glück bald den Stamm, bei dem Florian und sein Freund Rolf vor Jahren einmal einige Zeit nicht ganz freiwillig verbracht, am Ende aber im Dorfältesten einen Freund gefunden hatten. Und der war hocherfreut, Florian wiederzusehen. Sie bekamen auch sofort Hilfe von ihm. Er sandte zwei seiner Männer aus, Erkundigungen einzuholen. Und die Gruppe mit Florian entschloss sich, einige Tage in der kleinen Lichtung am Fluss bei ihnen zu bleiben, wo sie sicher waren, bis die zwei Indios wieder zurück waren.

»Sie haben ein Fest gefeiert, extra für uns«, erzählte Florian mit Begeisterung. »Obwohl sie Grund gehabt hätten, uns abblitzen zu lassen oder sogar zu bedrohen. Aber sie wussten, dass wir mit dem Staudammprojekt nichts zu tun hatten. Sie haben uns viel davon erzählt. Ein paar Einwohner konnten inzwischen Portugiesisch, aber auch mit Zeichensprache kamen wir gut zurecht.«

In diesen paar Tagen erfuhren Florian und seine Kollegen die ganze entmutigende Geschichte. Die Einwohner des Dorfes waren der Willkür der Staudammbauer ausgesetzt. Sie hatten keine Mittel, sich gegen den Bau zu wehren.

»Das Staudammprojekt an diesem Fluss war vor zwanzig Jahren schon einmal geplant gewesen. Da war ich gerade mal vierzehn«, sagte Florian bedauernd. »Und es gab massenhaft Proteste, von vielen Organisationen. Da hätte ich gern dabei sein wollen.«

»Daran kann ich mich noch erinnern«, warf Pastor Busche ein. »Damals wurde der Plan aber schließlich fallen gelassen.«

»Aber nur vorübergehend«, erwiderte Florian aufgebracht. »Jetzt ist das Projekt wieder auf dem Tisch, obwohl dieses Gebiet – der Parque Indigena do Xingu – eine Schutzzone für die Ureinwohner ist und obwohl es eine brasilianische Behörde zum Schutz der Indios gibt. Die Indios hat keiner nach ihrer Meinung gefragt.«

Viola, die ein wenig abseits saß, musste trotz der traurigen Geschichte lächeln. Das war ihr Florian, voller Empörung, wenn jemandem Unrecht geschah, und auch immer bereit zu helfen. Er hatte ihr schon angekündigt, zusammen mit seinen Freunden eine Kampagne gegen diese Pläne der Regierung loszutreten und zumindest den Blick der Öffentlichkeit darauf zu richten.

»In dem Gebiet, das der Staudamm wässern wird, wohnen eintausendzweihundert Kaiapó-Indios, auch einige andere Stämme, in dreißig Siedlungen, meist am Flussufer«, erklärte er gerade, und seine Augen blitzten vor Entrüstung. »Sie leben vom Fischfang. Ihre Hütten sind auf Pfählen gebaut, weil der Amazonas und seine Nebenflüsse jedes Jahr in der Regenzeit ein weites Gebiet überschwemmen. Fünfhundert Quadratkilometer Regenwald werden da geflutet. Aber das ist etwas ganz anderes als dieser unselige Staudamm, der ihre ganzen Jagdgründe unwiderruflich vernichtet. Die Indios fahren nämlich in der Regenzeit mit dem Boot durch den Wald, fangen Schildkröten und alles Mögliche zum Überleben. Und wenn dann der Wasserpegel wieder fällt, gibt es unzählige Fische. Das wird alles vorbei sein. Ihre heiligen Stätten werden durch die jährliche Regenüberflutung nicht zerstört, aber durch den Staudamm auf alle Fälle.« Er hielt inne und schüttelte den Kopf. »Man kann sich nicht vorstellen, wie dort die Indios immer wieder verdrängt werden. Ich war richtig froh, das alles von den Menschen, die direkt davon betroffen sind, erfahren zu haben.«

»Im gelobten globalen Zeitalter«, warf Ottilie ein, »bin ich immer wieder erstaunt, wie groß doch die Erde ist und dass eine Menge Dinge geschehen, von denen wir keine Ahnung haben. Von wegen global, ich habe heute zum ersten Mal von diesem Staudamm gehört. Und dabei scheint er ein ganz großes Thema dort zu sein.«

»Ja«, bestätigte Florian, »und deshalb wollen wir auch hier damit an die Öffentlichkeit gehen. Wenn man bedenkt, dass der Stausee am Rio Xingu dann ein Drittel der Stadt Altamira in Pará verschlingen wird und alle Ureinwohner nun schon zum dritten Mal in siebzig Jahren umgesiedelt werden, ist das eine Sache, die auf keinen Fall unbeachtet bleiben sollte.«

Das Thema war ihm so unter die Haut gegangen, erzählte er, dass er in diesem Dorf fast seinen Freund Micky und seine Kollegin vergessen hätte. Aber dann hatten sie nach einigen Tagen die gute Nachricht erhalten, dass die beiden sich in einer Siedlung im Inneren des Urwaldes befanden, zwar verletzt, aber gut gepflegt.

»Wir waren natürlich sehr froh, dass Micky und Laura von einer freundlichen Indio-Familie aufgenommen worden waren. Wenn man sieht, wie die Urbevölkerung hier immer wieder durch Holzfäller, Kautschuksammler, Rinderfarmer Land verliert, dann ist das nicht selbstverständlich.«

»Das erinnert mich an Indien«, fügte Viola an. »Das Land hat mich auch zugleich fasziniert und deprimiert. Die bunte Vielfalt des Lebens dort und daneben die Armut und das Elend. Das sind Extreme, die man nur schwer verkraften kann.«

Von den faszinierenden Seiten des Urwalds hatte Florian natürlich auch eine Menge Bilder mitgebracht: Aras, die großen Papageien, in allen Farben, Brüllaffen, Wasserschweine, ein Jaguar, den man aber kaum im dunklen Gebüsch erkennen konnte.

»Es war aber einer, ganz bestimmt!«, beteuerte Florian.

Eine Harpyie ganz oben im Gipfel eines Baumes und viele wunderschöne Blüten und Pflanzen. Und Aufnahmen von den Indios. Kinder, die am Fluss spielten oder vor den Hütten saßen und mit großen dunklen Augen in die Kamera blickten.

Viola sah ihn ein bisschen misstrauisch an. »Aber ein Indio-Kind müssen wir nicht auch noch adoptieren?«, wollte sie wissen.

»Nein«, entgegnete Florian bedauernd, »obwohl so eins gut zu unseren dreien passen würde.«

»Du hättest am liebsten eine kunterbunte Familie, ich weiß«, mutmaßte Viola.

»Manche Träume bleiben Träume, und das ist auch gut so«, sagte er lächelnd. »Ich bin inzwischen ja auch ein ganzes Stückchen realistischer geworden, oder?«

Viola griff in seine langen Haare, die sich schon wieder über die Schultern kringelten, und zog seinen Kopf an sich. »Ich liebe dich so, wie du bist«, gab sie zu.

Und dann erfuhren die neugierigen Anwesenden noch, warum Micky und die Kollegin auf einmal so spurlos verschwunden waren.

Sie waren mit einem Indio-Führer aufgebrochen, um nach Guaranà, einer Kletterpflanze, zu suchen. Diese Pflanze enthielt in ihren roten Kapseln einen anregenden Wirkstoff, den die Indios als Energiequelle benutzten. Und als sie auf einem Baum eine entdeckten, kletterte Micky hinauf. Er wollte unbedingt selbst sehen, wie es da oben aussah. Und beim Runterklettern war er dann gestürzt und konnte nicht mehr gehen. Laura und der Indio hatten ihn auf einer improvisierten Trage in ein nahe gelegenes Indio-Dorf gebracht. Der Indio hatte versprochen, Hilfe zu holen, aber es kam niemand. Vielleicht hatte er Angst, für den Unfall zur Verantwortung gezogen zu werden, oder er war einfach zu seinem Stamm verschwunden. Auf jeden Fall hatte niemand gewusst, wo die beiden sich befanden.

»Aber«, fuhr Florian fort, »als wir sie gefunden haben, war ich doch erstaunt, wie gut er versorgt worden war. Das Bein war fachgerecht geschient, die Wunden mit heilenden Blättern behandelt. Die Frauen haben sehr viel Erfahrung und Wissen um Verletzungen und Krankheiten. Micky und Laura meinten, bis auf das Essen aus eigenartigen Kleintieren hätte es ihnen richtig gut gefallen und warum wir uns solche Sorgen gemacht hätten. Sie wussten ja nicht, dass wir zuerst gedacht hatten, dass sie entführt worden waren.«

»Schutzengel«, meinte Pastor Busche. »Ihr könnt denken, was ihr wollt, aber ich glaube an sie. Auf jeden Fall können wir froh und dankbar sein, dass alles gut ausgegangen ist. Und Florian ist gerade zur rechten Zeit wieder nach Hause gekommen. Unsere Frau Doktor braucht jetzt jemanden an ihrer Seite.«

»Ja, darüber bin ich auch froh«, gab Viola zu. »Nur finde ich, dass meine Probleme gegen die, welche die Indios dort im Amazonas-Urwald haben, auf einmal gar nicht mehr so tragisch sind. Ich habe ein Dach über dem Kopf, kein Staudamm vertreibt uns. Ich habe drei Kinder und Florian und eine ganze Insel. Also, Bangemachen gilt nicht.«

»Et is keen Unglück so groot, et is ümmer noch en beten Glück dorbi«, sagte Ottilie.

Und das wollte Viola sich merken und nie mehr vergessen.

Viola hatte während der ganzen Erzählungen von Florian immer wieder zu Henning geschaut, der zwar eifrig zuhörte, aber sonst irgendwie angespannt wirkte. So kannte sie ihn gar nicht. Aber erst als alle fort waren, auch Doris, die Philipp ins Bett bringen wollte, und er sich auch verabschieden wollte, fragte Viola ihn: »Was ist los, Henning? Bist du unruhig wegen Dirk?«

Er machte eine abwehrende Handbewegung, aber Florian nahm ihn einfach am Arm und drückte ihn aufs Sofa zurück.

»Unsere Kinder schlafen«, sagte er. »Und Viola und ich haben Zeit für dich. Irgendetwas bedrückt dich doch.«

»Also, was ist passiert?«, wollte Viola wissen.

Henning seufzte. »Ich weiß nicht, ob etwas passiert ist, aber ich befürchte es. Dirk wohnt bei Doris, wie früher, in dem Zimmer, das ihre Oma vermietet. Und sie stecken die ganze Zeit zusammen, sind mit Philipp am Strand, auf dem Dornbusch und mit dem Rad unterwegs. Ich möchte nicht noch einmal erleben, dass er sie mir wegnimmt. Am liebsten würde ich ihn schnell übers Meer schießen und möglichst weit weg.«

»Dirk ist der Vater von Philipp. Da ist es doch normal, dass er sich mit ihm beschäftigt«, wandte Florian ein. »Ich glaube nicht, dass du dir Sorgen machen musst.«

Henning schwieg eine Weile. Er ballte unbewusst die Hände zu Fäusten und blickte Florian an. »Sie hätte ihn wenigstens in einem anderen Haus einquartieren können. Es steht ja alles leer, das wäre kein Problem gewesen.«

So zornig hatte Viola ihn noch nie gesehen. Sein sonst so offenes freundliches Gesicht war verschlossen, und in seinen Augen sah man Wut, Enttäuschung und Verletzung.

»Habt ihr euch deswegen gestritten?«, hakte Viola nach.

»Ja, aber sie hat gesagt, wenn Dirk ihr wieder gefährlich werden könnte, wäre das egal, wo er wohnt. Eine andere Wohnung würde dann auch nichts ändern.«

»*Wenn*, hat sie gesagt. Das heißt doch noch lange nicht, dass es auch wirklich passiert«, warf Florian ein.

»Das heißt, dass sie mit der Möglichkeit rechnet«, erwiderte Henning schroff.

»Das ist doch Quatsch«, meinte Viola. »Doris weiß genau, wen sie will. Und das bist du. Wenn Dirk sich um seinen Sohn kümmern möchte, so wird sie ihm das nicht verbieten.«

»Er ist inzwischen mehr mein Sohn als seiner«, konterte Henning angriffslustig.

»Ach, so ist das«, stellte Viola fest. »Du bist eifersüchtig auf ihn wegen Philipp.«

»Über Philipp kommt er am einfachsten an Doris«, entgegnete Henning.

»Wie wär's mit ein bisschen mehr Vertrauen zu Doris?«, schlug Florian vor. »Mit Vorwürfen hilfst du weder ihr noch dir. Das habe ich schon gelernt.«

»Das sagt der erfahrene Ehemann«, bemerkte Viola zu ihm und musste lächeln.

»Ehen ward'n in'n Himmel schloat'n, dörüm fölt nachher manchein ut alle Wulken«, fügte Florian vielsagend hinzu und fuhr ihr durch die widerspenstigen Haare.

»Ach, und das ist bei dir passiert?«, fragte Viola interessiert nach.

»Natürlich«, antwortete er, »aber hier unten gefällt es mir besser als in den Wolken.«

»Das möchte ich doch sehr hoffen«, gab sie zurück.

Henning sah die beiden an, er schien ein wenig entspannter zu sein.

»Ich müsste sie auf der Stelle heiraten, dann weiß sie, wo sie hingehört«, war er entschlossen. »Und Philipp wird dann mein Sohn werden. Und kein Dirk der Welt kann sich mehr zwischen uns drängen.«

»Genau«, stimmte Viola ihm zu, »das ist der richtige Weg!«

»Mir muss nur noch was einfallen, womit ich sie überraschen kann, damit sie keine Möglichkeit hat, nein zu sagen«, sagte Henning nun schon wieder zuversichtlicher. »Und möglichst bald, bevor Dirk noch auf dieselbe Idee kommt.«

»Dirk hat nicht vor, irgendeine Frau zu heiraten, auch Doris nicht«, beruhigte Viola ihn. »Ich kenne meinen Bruder. Aber er spielt ganz gern Pirat und holt sich die Prinzessin doch noch. Da hat diese ja auch noch ein Wörtchen mitzureden, stimmt's? Doris ist nämlich eine Prinzessin, die weiß, was sie will.«

»Dann werde ich mich ans Werk machen. Haltet mir die Daumen«, erklärte Henning und stand auf.

»Hiddensee scheint zurzeit kein gutes Pflaster für reines Glück zu sein«, meinte Viola, als Henning gegangen war. »Das Paradies hat eine ganze Menge Dornen, das sagen uns die wunderschönen Rosen auf den Dünen und die Sanddornbüsche auch immer wieder.«

»Das hast du von Anfang an gewusst, meine liebe Viola«, sagte Florian und legte den Arm um sie. »Und trotzdem lieben wir die Insel und haben uns entschlossen hierzubleiben. Und jetzt brauche ich was zum Träumen. Du legst dich hier aufs Sofa, und ich hole die Klarinette und spiele dir was vor. Übrigens habe ich im Urwald eine Idee gehabt, eine Überraschung für dich. Wir hatten ja abends immer viel Zeit – kein Fernseher, kein Radio, keine Bücher, wenig Licht. Da kann man richtig gut nachdenken.«

»Ausgerechnet im Urwald.« Viola schüttelte lachend den Kopf. »Und was ist dabei herausgekommen?«

»Das wird nicht verraten. Aber du wirst dich darüber freuen, da bin ich mir sicher.«

»Ein Tänzchen an einem einsamen Strand kann es zu

dieser Jahreszeit nicht sein. Vielleicht eine Wanderung mit Langlaufskiern auf den Dornbusch?«

»Weit daneben. Du wirst nicht draufkommen. So, und jetzt hole ich meine Klarinette und versuche, ob ich noch ein paar Töne herausbekomme.«

Viola genoss das unerwartete kleine Konzert mit Abendliedern, während draußen der Mond am Himmel stand und am Strand mit leisem Rauschen die Wellen ausliefen.

56

Am nächsten Morgen war Viola froh, dass Anita noch einmal ihre Sprechstunden übernehmen würde. Sie wollten noch einen gemeinsamen schönen Tag mit den Kindern zusammen verbringen und Kraft schöpfen vor dem, was auf sie zukam.

Es war nichts geplant. Aber als Viola aufwachte, stellte sie fest, dass sich draußen ein wunderschöner Spätherbsttag ankündigte. In der letzten Woche war es feucht und kalt gewesen, mit morgendlichem Nebel, deshalb war sie über den hellen blauen Himmel besonders erfreut. Und über die Sonne, die einen nicht zu kalten Tag versprach, und über die Windstille. Kein Zweig der bereits kahlen Kastanie bewegte sich. Es war so still ums Haus, dass man meinte, die letzten fallenden Blätter auf dem Gras landen zu hören.

Im Kinderzimmer wurde es unruhig. Finchen war aufgewacht und verlangte nach ihrer Milch und einer frischen Windel. Dafür war Florian zuständig, der sich gähnend im Bett aufrichtete und Viola die Decke wegzog.

Anila kam bereits angelaufen, rannte dann barfuß in die Küche und kletterte auf einen Stuhl. Sie sprach ein lustiges Durcheinander aus Marathi und Deutsch, benutzte meist zwei Wörter für ein und dieselbe Sache. In ihrem hellblauen Schlafanzug und mit den wirren Haaren sah sie so liebenswert aus, dass Viola sie hochnahm, die Nase in ihre Halsbeuge steckte und lachend an ihrer Haut schnupperte. Das kleine Mädchen quietschte und strampelte.

Ravi hatte inzwischen ein richtiges kleines Morgenritual entwickelt. Er legte zuerst das Tuch seiner Mutter sorgfältig zusammen, dann ging er zu der Elefantengott-Statue, die in einer kleinen Nische auf einem Tischchen stand, und verbeugte sich vor ihr. Er brachte ihr jeden Tag etwas mit – einen bunten Stein, eine Muschel, eine Blume. Und Viola freute sich mit ihm darüber.

Die nächsten zehn Minuten verbrachten er und Viola im Bad. Sie half ihm beim Reinigen der Gaumenplatte und der Zähne. Es freute sie, dass er diese Zeit mit ihr richtig zu genießen schien. Er versuchte sich an neuen Wörtern und konnte sich inzwischen schon ganz gut verständigen, was ihn sichtbar stolz machte.

»Ravi und Anila bringen sich beide richtig schnell gegenseitig die deutsche Sprache bei«, erklärte Viola Florian, als sie am Frühstückstisch saßen. »Hast du das auch schon mitbekommen? Und eines Tages wird unser Finchen von ihnen die ersten Worte lernen. Sind Kinder nicht einzigartig?«

»Unsere auf jeden Fall«, bestätigte Florian. »Wie könnte es auch anders sein!«

Nachdem Florian Anila einen dicken Pullover und die Regenjacke übergezogen, Ravi die Schuhe zugebunden und drei Trinkflaschen und mehrere Rosinenbrötchen eingepackt hatte, gingen sie zum Strand.

»Alles in Ordnung, aber du hast zwei Ersatzhosen für die beiden Großen vergessen«, stellte Viola fest und hakte sich lächelnd bei Florian ein.

»Ich bin lernfähig und werde es mir merken«, erwiderte er fröhlich.

Finchen kam am Strand wie immer auf eine Decke, und die beiden anderen machten sich sofort ans Steinesuchen und buddelten im Sand.

»Kennst du jemanden, der Ende Oktober bei herrlichem Wetter in Anorak und Mütze am Meer sitzt und drei zufriedenen Kindern beim Spielen zusieht?«, fragte Florian und hob sein Gesicht der Sonne entgegen.

»Dieses Glück gehört gerade uns ganz allein«, sagte Viola dankbar. »Weit und breit kein Mensch, nur Möwen und wilde Enten und das Rauschen des Meeres. Und ich wünsche mir«, fügte sie nach einer Weile hinzu, »dass wir im nächsten Oktober immer noch so hier sitzen.«

»Das dürfte schwierig werden«, meinte Florian. »Wir können nicht ein ganzes Jahr lang hier aushalten.«

Viola drückte ihn in den Sand, beugte sich über ihn und lachte. »Du weißt ganz genau, wie ich das gemeint habe, Herr Biologe. Und sieh mal einer an«, sie nahm eine Strähne seiner langen Haare in die Finger und betrachtete sie genau, »sind das etwa zwei graue Haare? Ja, tatsächlich. Hast du die über Nacht gekriegt, weil du so schnell zu zwei weiteren Kindern gekommen bist?«

»Nein, das ist ein Zeichen dafür, dass ich älter und weise geworden bin. Bald hole ich dich ein. Wirst schon sehen«, sagte er und nahm ihr Gesicht in beide Hände. »Dann kannst du nicht mehr behaupten, ich wäre noch grün hinter den Ohren.«

»Das habe ich schon lange nicht mehr gesagt«, widersprach Viola und setzte sich wieder auf. Sie sah auf sein Gesicht herunter, auf das die Sonne einen warmen Honigton zauberte und das sie so liebte. Seine dunklen Augen blinzelten, dann schloss er sie und seufzte tief und zufrieden auf. Ein leichter Windhauch bewegte seine schwarzen Locken, die ihm in die Stirn fielen.

Jetzt einen Bernstein finden, dachte Viola, und sich dann wünschen, dass es solche Stunden in unserem Leben noch sehr viele geben wird. Sie schüttelte den Kopf. Nein, der Bernstein war kein Zauberer. Für das eigene Glück musste man schon selbst sorgen, und das wollte sie tun, mit ganzem Einsatz. Und wenn es dann da war, in solch einer Stunde wie jetzt, dann kam von ganz allein die Dankbarkeit.

Und dann musste sie schnell aufstehen und zum Meer laufen, weil Anila mit den Schuhen im Wasser stand. Außerdem verlangte Finchen nach ihrer Flasche.

Florian setzte sich neben Ravi, der mit Steinen einen Kreis gelegt hatte. Viola hörte sie miteinander reden, in einfachen Worten. Und auch das war Glück, ein Junge, der sich mehr und mehr mitteilen konnte, und ein Mann, der ihm aufmerksam zuhörte und ihn verstand.

Später dann gingen sie zu Ottilie, die sie zum Mittagessen eingeladen hatte. Auch Herr Vogtland und Tom kamen dazu und ein bisschen verspätet Anita.

»Der gute alte Herr Hinrichs war in der Sprechstunde«, berichtete sie Viola. »Aber er hat Marie nicht mal begrüßt, ist einfach an ihr vorbeigelaufen. Er ist noch immer ein muffeliger Kerl, den Charakter kann ein Medikament auch nicht ändern. Aber er sieht bedeutend besser aus als noch vor Wochen. Und er hat zugegeben, dass ihm die Therapie guttut. Er geht wieder unter Menschen und werkelt an seinem Haus herum. Ich habe gehofft, dass Marie bald zusammen mit Peter bei ihm einziehen kann. Nun habe ich doch Zweifel, ob das jemals etwas wird …« Sie hielt kurz inne und fügte dann hinzu: »Ach, und Andrew hat sich jetzt doch entschlossen, sich selbständig zu machen, auch ohne Lotteriegewinn. Er hatte die Idee, dass wir alle nach Hiddensee ziehen, wo Tom ja schon fast zu Hause ist. Seine Fahrten in die verschiedenen Firmen kann er auch von hier aus machen.«

»Dann kannst du in die Praxis als Teilhaberin einsteigen«, rief Viola begeistert. »Das ist ja eine erfreuliche Aussicht! Ich werde die halbe Woche mit den Kindern am Strand sitzen oder über den Dornbusch laufen.«

»Und ich muss Überstunden anhängen, damit meine Familie nicht verhungert«, warf Florian stöhnend ein, »wenn du nur noch die Hälfte verdienst.«

»Vielleicht bist du sogar froh, wenn du in Ruhe in deinen wilden Vogelschutzgebieten herumstreifen kannst«, meinte Ottilie. »Und bevor ihr verhungert«, setzte sie zwinkernd hinzu, »kommt ihr zu mir. Hier kann sich Florian noch immer mit einem kleinen Klarinettenkonzert ein Essen verdienen.«

»Vielleicht sogar mit Geigenbegleitung?«, hakte Herr Vogtland nach.

»Aber natürlich!«, rief Ottilie. »Ihr könnt spielend von Tisch zu Tisch gehen, und die beiden Jungs sammeln dann das Geld ein.«

Es wurde noch viel gelacht, Viola dachte daran, dass

sie schon lange nicht mehr so entspannt gewesen war, und sie genoss diese Stimmung.

Auf dem Heimweg schob Florian den Kinderwagen. Anila lief voraus, und man musste sich nicht einmal wegen Autos Sorgen machen. Ravi hatte ein paar dunkelrote Ahornblätter gefunden, die er sorgsam unter seine Jacke steckte. Wahrscheinlich ein Geschenk für Ganesha.

»In ein paar Wochen werden sie zum ersten Mal einen geschmückten Weihnachtsbaum sehen«, sagte Viola nachdenklich.

»Oder einen typischen Hiddenseer Bügelbaum«, schlug Florian vor.

»Wenn ich den Prozess gewinne, gibt es den schönsten und größten Bügelbaum in meinem Sprechzimmer«, versprach Viola, »als Zeichen dafür, dass uns nichts und niemand jemals von Hiddensee vertreiben kann.«

57

ALS VIOLA AM MORGEN des nächsten Tages die Praxis betrat, wurde sie von Marie mit bedeutungsvoller Miene empfangen.

»Claudia sitzt mit ihrer Mutter im Wartezimmer«, sagte sie und überreichte Viola die Patientenakte.

»Ach, du liebe Zeit. Jetzt muss ich sie wahrscheinlich selbst nach Bergen ins Krankenhaus schleppen, wenn sie ihre Warzen loswerden will«, vermutete Viola und stöhnte auf.

»Ich glaube nicht«, wandte Marie ein. »Sie sagt, die Warzen sind von alleine verschwunden.«

»Was? Das kann nicht sein, das glaube ich nicht«, rief Viola. »Wie sollte das zugehen?«

Aber als Claudia ihr dann im Sprechzimmer die Hände entgegenstreckte, war Viola sprachlos. Von den vielen Warzen an allen Fingern waren nur noch einige unbedeutende kleine helle Flecken zu erkennen und die Haut glatt und fest.

»Ohne Krankenhaus, ohne schneiden oder verbrennen«, verkündete Claudia stolz.

»Ich weiß nicht, was passiert ist«, sagte die Mutter kopfschüttelnd, »aber Claudia hat, je näher der Termin kam, sich immer heftiger geweigert, in die Klinik zu gehen. Ich hätte sie nicht mit zehn Pferden hinbringen können. Und letzte Woche ist sie eines Morgens aufgewacht, und die hässlichen Dinger sind flacher gewesen. Und jeden Tag wurden sie weniger, sie sind sozusagen geschmolzen wie Schnee an der Sonne.«

»Das gibt es nicht!« Viola sah sich die Hände des Kindes noch einmal ungläubig an. »Die Warzen sind aus lauter Angst verschwunden. Bei Warzen muss man immer mit Überraschungen rechnen. Claudia, ich glaube, ich muss diese einmalige Geschichte im Ärzteblatt veröffentlichen. Aber egal, Hauptsache, deine Hände sind wieder ganz frei davon.«

»Und ich hatte recht«, sagte Claudia stolz. »Es war nicht nötig, mich nach Bergen ins Krankenhaus zu bringen.«

»Ja, aber wenn du einmal etwas anderes hast, einen entzündeten Blinddarm zum Beispiel, dann gibt es keine Heilung von alleine. Das weißt du hoffentlich.«

Das Mädchen nickte. »Na klar, ich bin doch nicht dumm!«

Als die beiden gegangen waren, saß Viola noch immer verblüfft am Schreibtisch. Sie hatte zwar schon öfters davon gehört, dass Warzen nach besonderen Ereignissen über Nacht verschwinden konnten, aber das noch nie selbst erlebt. In der Medizin gab es immer wieder Dinge, die man nicht logisch erklären konnte, und das war vielleicht ganz gut. Man war eben doch nicht alleiniger Meister über gesund und krank, und das verhinderte, dass man sich überschätzte.

Viola wurde von Marie, die den nächsten Patienten ankündigte, aus ihren Gedanken gerissen.

Marie war ein richtiger Sonnenschein im Vorzimmer – immer freundlich, eifrig und mit einer schnellen Auffassungsgabe. Nur die abweisende Haltung ihres Vaters bedrückte sie noch sehr. Eigentlich hatte sie angenommen, er würde jetzt, da er sehen konnte, wie gut sie ihr Leben wieder im Griff hatte, die ganzen Streitereien vergessen. Aber er hatte noch kein einziges Mal mit ihr geredet, wenn sie sich begegneten.

»So ein Wunder wie mit Claudias Warzen könnte ich auch gebrauchen«, sagte sie und legte Viola die Patientenakte auf den Tisch. »Einfach über Nacht wieder gut miteinander sein, sich versöhnen, dass die Feindseligkeit von ihm verschwindet wie eine Warze. Aber ich fürchte, so leicht wird es bei ihm nicht gehen.«

»Nein, das glaube ich auch nicht. Er hat sich regelrecht in seine Verbitterung verbissen«, stimmte Viola ihr zu. »Man müsste ihn am Kragen packen und schütteln, bis sein Groll von ihm abfällt.«

Marie seufzte und sah aus dem Fenster. »Ich denke immer, er muss doch sehen, wie schön es hier ist. Das bunte Laub in der Sonne, der blaue Himmel, die wohltuende Luft, davor kann man doch einfach nicht die Augen verschließen. Da muss man doch endlich einmal zufrieden und dankbar sein, egal was früher passiert ist.«

»Vielleicht muss man ihm das einfach einmal klarmachen«, meinte Viola nachdenklich. »Vielleicht kleben manche Menschen viel zu sehr an ihren Enttäuschungen und Verletzungen, statt sie loszulassen und wieder Platz zu machen für ihr Glück.«

Sie dachte dabei auch an Bennos Mutter. Diese Frau konnte noch sehr viel Schönes in ihrem Leben erwarten, wenn sie endlich einmal aufhörte, dem Schicksal oder wem auch immer zu grollen.

An diesem Vormittag war es ruhig in der Praxis, und Viola konnte bereits gegen elf das Haus verlassen. Sie beschloss, einen Spontanbesuch bei Maries Vater zu machen. Abwarten war nicht immer das Richtige. Dem Mann musste man mit deutlichen Worten den Kopf und das Herz wieder an den rechten Platz rücken. Er hatte so eine wunderbare Tochter und ein Enkelkind, auf das er stolz sein konnte. Man musste ihn mit einem energischen Schubs zu seinem Glück bringen. Marie brauchte ein richtiges Zuhause, nicht nur ein Zimmer bei der Nachbarin. Und Peter brauchte einen Großvater, der nicht achtlos an ihm vorbeiging.

Sie klingelte entschlossen an der Haustür des alten Hinrichs. Als niemand öffnete, ging sie ums Haus herum in den Garten. Und da stand er, halb hinter einem Gebüsch verborgen, und blickte zum Nachbargarten hinüber. Dort tollte Peter mit den zwei Jungs von Frau Gleiwiz herum.

Viola blieb stehen. Auf dem Gesicht des alten Mannes sah sie zu ihrem großen Erstaunen ein Lächeln. Zum ersten Mal seit sie ihn kannte, war seine Miene nicht abweisend und mürrisch. Seine Blicke hingen an dem Jungen.

Sie zog sich langsam zurück. Er hatte sie nicht gesehen. Hier musste man nicht mehr nachhelfen. Hier schien, wie bei den Warzen von Claudia, das Problem Vater und Tochter sich von allein zu lösen – über Peter.

War heute ein Tag, an dem alles wie von selbst zu

einem guten Ende kam? So einen Tag könnte man öfter gebrauchen, nur leider ließ er sich nicht herbeizaubern.

Voller Zuversicht schlich Viola zurück auf die Straße und ging dann zum Deich hoch, von dem aus man einen weiten Blick über den Hafen hatte.

Am Anleger stand die »Vitte« zum Ablegen bereit. Ein einzelner Fahrgast mit Rucksack ging gerade noch an Bord. Als Viola genauer hinschaute, erkannte sie in dem Fahrgast Henning. Was hatte er vor? Er war zu weit weg, um ihm etwas zuzurufen. Deshalb blieb sie stehen, beunruhigt und verwirrt. Hatte Doris nicht vorgehabt, in diesen Tagen mit Henning einen Ausflug zu machen? Das Wetter zeigte sich von seiner besten Seite, und morgen war schulfrei. Warum fuhr er dann allein? Stimmte etwas nicht mit den beiden? Sie musste unbedingt mit Doris reden.

Eilig lief sie Richtung Süderende. Als sie zehn Minuten später die Tür ihres Hauses öffnete, kam Anila ihr freudig entgegen. Frau Ruppert konnte man in der Küche mit Ravi reden hören. Doris stand mit Finchen auf dem Arm im Wohnzimmer und schaute aus dem Fenster.

»Was ist denn hier los? Warum bist du noch da, Doris? Und wo ist Florian?«, wollte Viola wissen. »Er hat doch frei. Drückt er sich jetzt schon ums Kinderhüten?«

Doris drehte sich um. Sie sah traurig aus.

»Nein, Viola, dein Florian lässt dich nicht im Stich. Irgendwas war sehr dringend. Er hat mich heute Vormittag angerufen, ob ich kommen kann. Er musste weg, gegen Nachmittag ist er wieder zurück«, erklärte Doris.

»Ach, davon hat er mir gar nichts gesagt. Hat er einen Anruf bekommen?«

»Ich denke schon. Er hatte es ziemlich eilig.«

»Er hat noch Urlaub. Seine Naturschutzkollegen können ihn doch nicht einfach so abkommandieren«, erwiderte Viola entrüstet.

Doris setzte Finchen in ihren Stuhl. »Er wird sich schon bei dir melden«, sagte sie tonlos.

»Und wo ist Philipp?«, fragte Viola.

»Bei meiner Oma«, antwortete Doris einsilbig.

Viola spürte, dass tatsächlich etwas bei ihr und Henning nicht in Ordnung war. Sie seufzte auf. Kaum war das eine Problem gelöst, schon tauchte das nächste auf. Wie war das noch mal mit diesem Glückstag heute? Er schien nicht bis hierher zu reichen.

»Wolltest du nicht heute und morgen mit Henning etwas unternehmen?«, hakte sie vorsichtig nach.

Doris sah hoch. Dann schüttelte sie den Kopf. »Wir hatten gestern Streit, und er geht seither nicht mehr ans Handy. Er ist auch nicht zu Hause.«

»Streit wegen Dirk?«

»Ja.«

Viola setzte sich aufs Sofa. »Erzähl, das kann doch nicht so schlimm sein. Man kann doch miteinander reden! Oder bist du doch wieder zu Dirk übergelaufen?«

Doris setzte sich neben sie. Ihre schmalen Hände lagen verkrampft im Schoß, und sie erklärte aufgebracht: »Nein, aber er vertraut mir nicht. Henning vertraut mir nicht.«

»Das ist auch ein wenig schwierig, wenn du dauernd mit meinem Bruder zusammen bist. Er ist ein charmanter Kerl, ich weiß, und anziehend. Aber er wird niemals für immer hier auf der Insel bleiben.«

»Zwischen Dirk und mir ist alles geklärt«, versicherte

Doris. »Er ist der Vater von Philipp, mehr nicht. Und er wird auch nie wieder mehr sein. Das sollte Henning wissen!«

»Hast du das Henning gesagt? Deutlich und klar?«

»Henning wollte, dass Dirk in eine andere Pension zieht, solange er hier ist. Er hat gemeint, wenn ich ihn wirklich liebe, müsste ich das von Dirk verlangen. Aber das ist doch lächerlich, Viola. Es ist doch egal, wo Dirk wohnt. Ich habe nichts mehr mit ihm!«

»Und nun ist Henning eingeschnappt.«

»Er hat sich nach unserem Streit nicht mehr gemeldet, und ich kann ihn nicht erreichen. Heute Morgen habe ich vor der Schule gewartet. Da ist er schnell um die nächste Ecke verschwunden, als hätte er mich nicht gesehen.«

»Henning ist vorhin mit der Fähre nach Rügen gefahren.«

»Was? Er ist fort?«, rief Doris.

»Er hatte einen Rucksack dabei.«

»Wir wollten heute oder morgen, wenn das Wetter gut ist, eine Ballonfahrt machen«, sagte Doris unglücklich. »Das hatten wir schon lange geplant.«

»Das Wetter ist gut«, stellte Viola fest.

Doris sah zum Fenster. Die Sonne schien auf ihre kurzen hellen Haare und ihr schmales Gesicht.

»Was soll ich nun tun?«, fragte sie.

»Hinterherfahren«, war Violas Antwort.

Doris stand plötzlich energisch auf. »Du hast recht. Henning hat mir diese Ballonfahrt versprochen, und ich werde sie bekommen! Wann geht die nächste Fähre?«

»Lass dich von Jan rüberfahren. Er macht gern mal einen kleinen Ausflug mit seinem Motorboot.«

Doris war schon halb aus der Tür, streckte dann aber ihren Kopf noch einmal herein. »Dem werde ich es zeigen, diesem Groll-Helden. Mir nicht vertrauen!«, verkündete sie. »Der Herr Lehrer muss noch eine ganze Menge lernen.« Und schon war sie weg.

Also doch ein Glückstag? Er war ja erst halb vorbei, da konnte noch viel passieren.

58

FLORIAN WAR ERST SEHR spät wieder zu Hause. Die Kinder schliefen bereits, und Viola hörte ihn eine Weile im Flur rumoren, bis er schließlich zu ihr ins Zimmer kam.

»Aha, der Herr, der seine ganzen nächsten Tage mit den Kindern verbringen wollte«, sagte sie mit vorwurfsvoller Miene und klappte ihr Buch zu. »Dieser gute Vorsatz hat aber nicht lange angehalten.«

»Mir ist etwas Wichtiges eingefallen«, erwiderte er. »Und du wirst gleich nicht mehr so grimmig dreinschauen. Rate mal, wo ich war.« Er zog seine Jacke aus und warf sie über einen Stuhl.

»In Bergen, wahrscheinlich bei deinem Chef. Aber du hast doch noch Urlaub. Warum musst ausgerechnet du antanzen? Konntest du ihnen nicht klarmachen, dass du drei Kinder hast, die Vorrang haben?«, entgegnete Viola. Er musste sich schon einen sehr wichtigen Grund für sein Verschwinden einfallen lassen.

»Ich war zwar in Bergen, aber nicht bei meinem Chef«, erklärte er, als er sich in den Sessel ihr gegenüber fallen ließ. Er sah sie mit funkelnden Augen an.

Viola blickte misstrauisch zurück. »Und was hast du da angestellt? Deinem Gesicht nach muss es ja sehr erfreulich für dich gewesen sein.«

»Ja, das war es, aber erst am Schluss. Ich habe Schwerstarbeit geleistet!«

Jetzt war Viola doch neugierig geworden. »Dann raus mit der Sprache, ich mag kein Rätselraten.«

»Ich war heute Vormittag bei Frau Kilian. Da wärst du nie draufgekommen, stimmt's?«

»Du lieber Himmel! Und sie hat dich hochkant rausgeworfen, das ist doch klar.«

»Das wollte sie erst, aber ich habe meinen ganzen Charme aufgeboten«, erwiderte Florian.

»Ich glaube nicht, dass diese Frau auf Charme reagiert, wenn sie wütend ist«, gab Viola unwillig zurück. »Und ich hoffe, du hast sie nicht noch mehr gereizt, dann ist sie nämlich imstande, zu einem weiteren Schlag gegen mich auszuholen.«

»Ich habe ihr als Erstes erklärt, wer ich bin. Und da hat sie losgelegt mit allen Vorwürfen gegen dich: Du hättest Benno beeinflusst, sich gegen sie zu stellen, zusammen mit Henning, seinem Lehrer. Benno wäre immer ein guter Sohn gewesen und hätte auf seine Mutter gehört, aber nun wäre er widerborstig und ungezogen. Er hätte zum Beispiel unbedingt Kontaktlinsen gewollt, hätte sich in sein Zimmer eingeschlossen und nicht mehr mit ihr geredet, bis sie versprochen hätte, sie zu bezahlen.«

»Ach, so war das. Aber es geht ihm viel besser damit, das muss sie doch auch mitbekommen haben.«

»Davon hat sie nichts gesagt. Sie war aber sicher, dass du ihn überredet hast, regelmäßig in die Sprechstunde zu kommen, obwohl sie es ihm verboten hat. Dann sollst du ihm zugeredet haben, zu seinem Vater zu fahren, zu Georg.«

»Benno ist sechzehn. Er weiß selbst, was er will. Dazu braucht er mich nicht!«, rief Viola erbost.

»Und dann kam ihre größte Unterstellung, nämlich dass du deine ärztliche Schweigepflicht verletzt hast.«

»Und warum hast du dir das alles angehört?«, wollte Viola wissen und sah ihn ungeduldig an. »Warum bist du nicht einfach gegangen?«

»Ich wollte sie kennenlernen, die Frau, die dir einen Prozess anhängen möchte. Als sie sich ausgetobt hatte und gemerkt hat, dass ich mit ihr nicht streiten will oder sie fertigmachen, ist sie auf einmal verstummt. Sie hat die Hände vors Gesicht geschlagen und ist mit gesenktem Kopf in die Küche gegangen. Dabei hat sie mit zitternder Stimme gesagt, dass sie nicht mehr weiterweiß, und hat zu weinen angefangen.«

Viola schwieg bestürzt. Frau Kilian und bedauernswert? Das konnte sie sich kaum vorstellen. Aber da schien sich etwas bewegt zu haben, die starre verbitterte Haltung schien zu zerbrechen, wie ein Damm, hinter dem sich lange etwas aufgestaut hatte.

»Was hast du dann gemacht?«, wollte Viola wissen.

»Ich bin zu ihr in die Küche gegangen und habe ihr einen Tee gemacht. Sie hat die ganze Zeit reglos am Tisch gesessen. Als ich ihr die Tasse vorsetzte, hat sie gesagt, sie könne sich überhaupt nicht daran erinnern, wann ihr irgendjemand mal eine Tasse Tee gemacht hat. Weißt du, Viola, da hat sie mir dann doch leidgetan.«

Viola seufzte. »Sie hat dich weichgemacht mit ihren Tränen, und dabei will sie mich beruflich ruinieren. Hast du das vergessen?«

»Nein. Deshalb bin ich ja zu ihr gefahren.«

»Und?«

»Der Tee hatte eine erstaunliche Wirkung. Sie hat mir ihre Geschichte erzählt. Wusstest du, dass sie zwei Jahre jünger ist als du?«

»Ich habe es auf der Patientenakte gesehen.« Viola runzelte die Stirn. »Und was willst du damit sagen?«

»Sie hat viel durchgemacht.«

»So?«, erwiderte Viola einsilbig.

»Sie hat diesen Mann geheiratet, nachdem dein Georg sie im Stich gelassen hat …«

»Er ist nicht mein Georg«, fuhr Viola auf.

»Ist ja schon gut«, besänftigte Florian sie. »Sie muss sehr große Hoffnungen auf eine Zukunft mit Georg gesetzt haben. Er war damals ja schon zielstrebig und tüchtig. Und sie ist, soviel ich vermute, eine Frau, die das zu schätzen weiß. Sie ist intelligent und sehr attraktiv, und ich könnte sie mir gut in einer gehobenen Position vorstellen.«

Er machte eine Pause und schob sein Glas auf dem Couchtisch in Gedanken versunken hin und her. »Der Mann, den sie dann geheiratet hat, war bei weitem kein Georg. Er hat ihr später erzählt, dass er keine Kinder bekommen kann und eigentlich ganz froh war über ihre Schwangerschaft, so könnte er Benno immer als seinen Sohn ausgeben.«

»Ich weiß, und er spielt«, sagte Viola.

»Ja, auch das hat sie erst sehr spät erfahren. Er hat deswegen in Zirkow seinen Job als Vorarbeiter beim Bau verloren und konnte schließlich auf Hiddensee im Neuendorfer Hafen als Arbeiter anheuern. Und die Hoffnung, dass er von hier nicht so leicht ins Kasino kommt, hat sich auch zerschlagen. Er fährt fast jedes Wochenende nach Bergen.«

»Das ist alles schlimm, aber es gibt ihr noch lange nicht das Recht, derart bösartig gegen mich vorzugehen. Und ihren Sohn so zu bevormunden.«

»Benno scheint der einzige Lichtblick im Leben dieser Frau zu sein.«

»Deshalb nimmt sie ihn auch so unter ihre Fittiche«, entgegnete Viola. »Trotzdem, es wird Zeit, dass sie ihn loslässt, durch Klammern wird nichts besser.«

Aus dem Schlafzimmer hörte man Finchen weinen. Viola sprang auf und lief hinüber, kam aber bald wieder zurück. »Ich glaube, sie hat nur schlecht geträumt«, sagte sie zu Florian. »Sie schläft schon wieder. Und Anila liegt mit dem Kopf an Ravis Rücken. Man hat mir erzählt, dass die beiden in Indien schon immer so gelegen haben.«

»Sie gehören bereits richtig zu uns, nicht wahr?«, bemerkte Florian und setzte sich zu Viola aufs Sofa. »Bereust du es?«

»Nein.« Sie kuschelte sich an ihn. »Und du?«

Er lachte. »Na, ich hatte wenig Vorstellung davon, wie ein Tag mit drei Kindern abläuft. Irgendwie ist man dauernd auf Trab, abends erschöpft, und das Wohnzimmer ist immer noch nicht aufgeräumt. Aber ich bin lernfähig. Und wenn ich es schaffe, alle drei zu füttern, ohne dass ich sie nachher in die Wanne stecken muss, dann macht mich das schon stolz.«

»Und wie ging es weiter mit Bennos Mutter?«, wollte Viola nach einer Weile wissen. Ihr Zorn war verflogen. Sie war müde und wollte eigentlich keine lange Geschichte mehr über diese Frau hören.

»Ich habe ihr vorgeschlagen, mit mir zusammen nach Bergen zu fahren und Benno zurückzuholen«, erzählte Florian.

Viola setzte sich abrupt auf. »Du hast was?«, fragte sie fassungslos, nun doch wieder hellwach.

»Ich wollte sie überreden, mit mir nach Bergen zu fahren«, wiederholte Florian, wie wenn das die leichteste Sache der Welt wäre.

»Warum? Was hast du dir davon versprochen?«

»Zuerst einmal fand ich es wichtig, dass zwischen ihr und dem Sohn wieder Frieden herrscht. Der Junge kann nicht einfach davonlaufen und den Kontakt zu seiner Mutter abbrechen, das hat sie nicht verdient.«

»Und, hat sie eingewilligt?«

»Schließlich ja. Sie hat allerdings die ganze Fahrt über den Bodden und bis Bergen kein Wort gesagt. Ich wusste nicht, was in ihr vorgeht, und hatte Sorge, dass sie im letzten Moment noch einen Rückzieher macht. Oder dass sie mit gezückten Krallen auf Georg losgeht, wenn sie ihn sieht.«

»Sehr gut«, kommentierte Viola. »Späte Rache.«

»Ja, aber es kam dann ganz anders. Wir klingelten an seiner Wohnung, und Herr Sommer persönlich machte auf. Die beiden haben sich angeschaut. Keine Ahnung, was sie gedacht oder gefühlt haben. Benno kam dann zur Tür und war sichtlich verlegen, seine Mutter zu sehen.«

»Das kann ich mir denken. Der arme Junge.«

»Der arme Junge lebt in einer Villa, in der man sich mit meinem Gehalt höchstens ein Zimmer leisten könnte«, sagte Florian. »Als Georg uns ins Wohnzimmer geführt hat, blieb mir fast die Luft weg. Ein großer Raum mit riesigen Fenstern, Aussicht über Wiesen und Wälder bis zum Meer. Möbel vom Feinsten, ein schwarzer Flügel, an den ich mich am liebsten sofort gesetzt hätte. Und Gemälde, bestimmt alles Originale. Du hast etwas versäumt, Frau Doktor. Das alles hättest du als Frau Sommer haben können.«

Für diese Bemerkung bekam er einen Stoß in die Seite und gleich danach einen langen Kuss auf den Mund.

»Georgs Mutter war auch da – eine nette weißhaarige zierliche Frau, der man so einen stattlichen Sohn nicht zutrauen würde. Sie hat gleich Kaffee geholt. In der Küche steht eine Kaffeemaschine, die spuckt sieben verschiedene Zubereitungen aus, und ich glaube fast, man kann richtig mit ihr reden.»

Viola musste lachen. »Hätte ich das gewusst, dann hätte ich es mir damals vielleicht doch noch mal anders überlegt ...«

»Hättest du nicht«, versicherte Florian selbstsicher. »Gegen mich hatte diese Maschine keine Chance.«

»Einstimmig festgestellt und für richtig befunden«, stimmte Viola ihm zu.

»Soll ich weitererzählen? Ich bin hundemüde.«

»Du kommst erst ins Bett, wenn du mir die ganze Geschichte bis zum Ende erzählt hast«, forderte Viola streng. »Wenn du schon solche spontanen Aktivitäten unternimmst, möchte ich wenigstens wissen, was ich zu erwarten habe.«

»Nachdem Georg und Frau Kilian die erste Sprachlosigkeit überwunden hatten, haben sie sich an den Tisch gesetzt und zwei geschlagene Stunden miteinander geredet, gestritten, was weiß ich. Währenddessen habe ich mich ein wenig draußen umgesehen. Als ich wieder zurückgekommen bin, hat Georgs Mutter mich abgefangen und mir gesagt, wie glücklich sie sei, ihren einzigen Enkel jetzt endlich kennengelernt zu haben, und was für ein guter Junge er sei. Und dass sie hoffe, dass er bei seinem Vater bleibt.«

»Und, bleibt er? Hat sich seine Mutter durchgerungen, ihn in Bergen zu lassen?«

»Nein, er ist mit uns zurückgefahren.«

»Das ist gut«, meinte Viola erleichtert. »Dann lässt Frau Kilian wegen der Strafanzeige vielleicht doch noch einmal mit sich reden.«

»Es wird nicht nötig sein«, sagte Florian. »Unterbrich mich nicht immer. Das Beste kommt nämlich noch.«

Viola sah ihn aufgeregt an. »Will sie die Anzeige zurückziehen?«

»Viel besser. Die nette Frau Sommer hat mich nämlich in die Küche gezogen und mir etwas erzählt, was dich bestimmt am meisten interessieren wird.«

Viola blickte Florian erwartungsvoll an. »Georgs Mutter? Vielleicht dass ihr begnadeter Sohn jetzt endlich seine Traumfrau gefunden hat, die glücklich ist, wenn er ihr seine Besserwisser-Vorträge hält?«

»Nun sei doch nicht so ironisch. Georg hat sicher auch seine guten Seiten, sonst hättest du dich nicht in ihn verliebt.«

»Stimmt«, pflichtete Viola ihm bei. »Ich vergesse die immer leicht.«

»Also, er hat gleich nachdem du im August bei ihm warst, seiner Mutter erzählt, dass sein Sohn in Neuendorf wohnt. Und einige Zeit später ist sie nach Hiddensee gefahren, um ihren Enkel zu sehen. Natürlich hat sie ihrem Sohn nichts davon erzählt. Sie hat sich in der Nähe von Kilians Haus postiert. Und als Benno von der Schule heimkam, hat sie ihn angesprochen und gefragt, wo man einkaufen könnte. Sie durfte ihm ja nicht sagen, wer sie ist. Benno war sehr höflich und hat sich angeboten, sie bis zum Laden zu begleiten. Sie war sehr gerührt. Auf dem Heimweg mit dem Schiff ist eine Bekannte von ihr mitgefahren, die in Kloster wohnt. Und der hat Frau Sommer alles erzählt. Wem das Herz voll ist, dem geht der Mund über, hat sie gesagt. Sie hat die Bekannte gebeten, es nicht weiterzuerzählen. Und weißt du, wer das war?«

»Nein, wie sollte ich?«

»Unsere gute Frau Hansemann, die größte Klatschtante auf der ganzen Insel.«

Viola sprang auf und lief im Zimmer hin und her. »Heißt das, diese Frau ist die undichte Stelle? Und Frau Kilians Sturm im Wasserglas hat sich gelegt? Sie hat nichts mehr gegen mich in der Hand?«

»Genau.« Florian fing sie auf, als sie sich ungestüm auf ihn warf und ihn umarmte. Sie barg den Kopf an seinem Hals und rührte sich eine ganze Weile nicht. Dann sah sie hoch. In ihren Augen standen Tränen.

»Florian, ich verzeihe dir alles. Dass du einfach nach Neuendorf gefahren bist, ohne mir etwas zu sagen. Es hätte schließlich auch völlig schiefgehen können. Ich hatte dich schon im Verdacht, dass du dich vorm Kinderhüten drückst und einen Ausflug in den Gellen machst. Und nun hat sich alles in Wohlgefallen aufgelöst.«

»Also muss ich nun nicht mehr mit einer Strafpredigt rechnen?«, hakte er nach.

Sie seufzte tief auf. »Nein, ganz bestimmt nicht. Aber weißt du, ich hatte solche Sorgen, viel mehr, als ich zugegeben habe. Ich will hierbleiben auf der Insel, ohne jeden Verdacht, eine schlechte Ärztin zu sein, ohne Streit und Anschuldigungen. Anders kann ich es mir nicht vorstellen.«

»Anders soll es auch nicht sein.« Florian strich ihr die Haare aus der Stirn.

Nach einer Weile sagte Viola nachdenklich: »Also ist heute doch ein Glückstag. Gibt es das? Tage, an denen rundherum alle Stachelzäune zwischen den Menschen fallen, alle Nüsse geknackt werden, die trüben Blicke wieder klar werden. Na ja, nicht alle, aber zumindest einige hier auf unserer Insel. Nur bei Doris und Henning hakt es noch, aber vielleicht reicht das Glück bis Rügen hinüber und hat sie bereits eingeholt. Was meinst du?«

Florian drückte sie fest an sich. »Ganz sicher. Doris und Henning wissen beide, dass man den gemeinsamen Weg beim ersten Stolperstein nicht so einfach aufgibt. So wie wir auch.«

So friedlich und ruhig hatte Viola schon lange nicht mehr geschlafen wie in dieser Nacht. Sie merkte nicht einmal, dass Anila trinken wollte und Florian ihr Milch brachte.

Am nächsten Morgen hatte sich ein dicker Herbstnebel über die Insel gelegt, und feine weiße Schneeflocken fielen aus tiefhängenden Wolken.

Jetzt ging es richtig auf den Winter zu.

59

Florian hatte beim Frühstück noch einiges zu erzählen, wozu er am Abend zuvor nicht mehr gekommen war.

Frau Kilian war am späten Nachmittag gestern mit ihm und Benno zurückgefahren. Sie war fast ein anderer Mensch als bei der Herfahrt gewesen. Sie schien nicht mehr verschlossen und bedrückt zu sein, sondern schon deutlich entspannter. Auch Benno hatte zuversichtlich ausgesehen.

»Diese Frau wirkte auf einmal richtig sympathisch«, sagte Florian. »Und ich habe mich eigentlich kaum gewundert, als sie mir erzählte, dass Georg ihr, als sie ihm von ihren Schwierigkeiten mit ihrem Mann berichtete, seine leerstehende Wohnung über dem Laden angeboten hat. Und er möchte Benno aufs Gymnasium schicken. Und einen guten Rechtsanwalt für ihre Scheidung hat er ihr auch empfohlen.«

»Vielleicht hat er damals seine Entscheidung, sie nicht zu heiraten, später doch bereut. Aber dann war sie ja so schnell anderweitig gebunden, und in den ganzen letzten Jahren wusste er nicht einmal, wo sie hingezogen war«, meinte Viola. »Menschen sind manchmal schon komische Wesen.«

»Ich könnte mir denken, dass die beiden ganz gut zusammenpassen«, bemerkte Florian. »Georg hat ein Auge für gutes Aussehen, sowohl bei seinen Möbeln als auch bei Frauen. Und ich muss sagen, er war sehr zuvorkommend. Ein richtiger Gentleman, dein Exverlobter.«

»Zwei Besserwisser, das gibt Funken!«, stellte Viola lachend fest.

»Meinen Segen haben sie«, erwiderte Florian.

Er sah zum Fenster. »Der Winter ist im Anmarsch. Ravi und Anila werden nachher zum ersten Mal in ihrem Leben Schnee sehen. Und ich werde ihnen einen Schneemann bauen und Finchen im Schlitten spazieren fahren.«

»Und ich hatte einmal Zweifel, dass du gerne Vater bist«, sagte Viola und stand auf. »Du kannst dir gar nicht vorstellen, wie guter Dinge ich heute in meine Praxis gehe, obwohl Samstag ist. Kein Damoklesschwert hängt mehr über uns, keine Angst vor Berufsverbot auf Zeit bedroht mich. Hoffentlich zieht Frau Kilian ihre Strafanzeige heute noch zurück.«

»Sie hat es mir versprochen. Frau Sommer war voller Reue, dass sie Schuld an so viel Verdruss hat. Ich frage mich nur, warum Frau Hansemann sich nicht sofort gemeldet hat, als sie von der Anzeige gegen dich erfuhr.«

»Sie mag mich nicht, sie mag die meisten Inselbewohner nicht. Und das beruht auf Gegenseitigkeit. Sie würde nie zugeben, dass sie eine Klatschtante ist, so vornehm, wie sie immer tut.«

»Na gut, mit ihr haben wir auch weiter nichts zu tun. Aber nun musst du los, Geld verdienen. Ich habe noch einige wichtige Telefonate zu führen. Hoffentlich halten die Kinder noch ein wenig Ruhe.«

Er schaute nach Anila und Ravi, die sich zusammen

unter den großen Tisch verzogen hatten, der mit einer Decke zur Höhle umfunktioniert war. Ein beliebtes Versteck der beiden. Finchen kugelte sich in ihrem Laufstall herum und lutschte an einem Stoffmäuschen.

»Mit wem musst du denn so dringend telefonieren?«, fragte Viola neugierig nach.

»Überraschung.« Florian schob sie zur Tür. »Und Belohnung für alles, was du so gut überstanden hast.«

»Wieder ein langsamer Walzer am Strand bei Sonnenuntergang?«, wollte Viola wissen.

»Nein, etwas ganz anderes. Du wirst es nicht erraten.«

»Florian und seine Überraschungen«, sagte sie lachend, und dann war sie auch schon aus der Tür.

Die ganzen letzten Wochen hatte sie sich nicht so leicht gefühlt wie heute an diesem trüben und kalten Tag. Sie liebte die Insel wieder einmal, die Menschen, die hier lebten, sogar die Gäste, wenn sie nicht gerade zu Hunderten kamen. An den kahlen Ästen der Bäume hingen glitzernde Wassertropfen, der erste Schnee konnte sich noch nicht halten.

Bauer Schleck hatte seine Mütze tief in die Stirn gezogen, als er sie mit seinem Gespann überholte.

»Schöner Morgen, dieser Morgen heute Morgen«, rief er ihr fröhlich zu. »Wissen Sie schon das Neueste?«

Viola meinte, nun käme die Nachricht, dass Benno wieder da war und Frau Kilian beabsichtige, nach Bergen umzuziehen. Schließlich war er aus Neuendorf und hörte solche Dinge immer als Erster. Aber er verkündete: »Meine Lotte bekommt Nachwuchs. Im Frühjahr werden wir ein Fohlen haben.«

»Wie schön«, rief Viola zurück, und es war nicht nur diese Nachricht, über die sie sich freute, sondern auch die Tatsache, dass der ganz normale Alltag wieder auf der Insel einkehrte.

Auch Lisa hatte eine Neuigkeit. »Herr Freytag sitzt im Wartezimmer und meint, die neuen Tabletten helfen ihm nicht. Er will etwas anderes.«

Herr Freytag saß fast jede Woche da und beklagte sich über seine Tabletten, egal ob neu oder alt, und Viola stöhnte dann jedes Mal gequält auf, doch heute nicht.

»Sehr gut, er soll hereinkommen«, bat sie Lisa fröhlich, die ihr verwundert hinterherschaute.

60

ERST SPÄTER AM TAG, als noch zwei weitere Patienten behandelt waren und das Wartezimmer sich geleert hatte, fiel Viola ein, dass sie seit gestern nichts mehr von Doris gehört hatte. Hatte sie Henning gefunden? Oder war er bereits ohne sie im Ballon unterwegs gewesen? Sie wählte aufgeregt die Nummer von Doris. Sie hoffte, dass nichts Schlimmes passiert war und die beiden sich wieder versöhnt hatten.

Oma Gerit war am Apparat. Ihre Stimme klang fröhlich. Sie holte Doris aus der Küche an den Apparat.

»Viola, was gibt es?«, fragte sie, als ob überhaupt nichts Aufregendes geschehen wäre.

»Du weißt genau, was es gibt«, gab Viola ungeduldig zurück. »Was ist mit Henning und dir?«

»Wir haben das gemacht, was wir vorhatten. Einen Ballonflug«, erklärte Doris mit betont ruhiger Stimme.

»Du hast ihn also noch rechtzeitig erreicht?«

»Ja, sie waren gerade am Lufteinfüllen.«

»Und dann? Jetzt lass dir doch nicht jedes Wort aus der Nase ziehen«, beschwerte sich Viola.

»Ich habe Henning daran erinnert, dass er mich eingeladen hatte mitzufliegen. Da konnte er schlecht nein sagen. Und als wir dann in der Luft waren, habe ich ihm gesagt, dass ich ihn heiraten möchte, ihn und nicht Dirk.«

»Du hast ihm einen Heiratsantrag gemacht? Wie hast du denn das fertiggebracht? Du bist doch sonst eher zurückhaltend.«

»Henning ist mir wichtig«, sagte sie, »so wichtig, dass ich über meinen eigenen Schatten gesprungen bin.«

Viola hörte ein leises Lachen, und das war für sie sehr beruhigend.

»Und dann?«

»Wir waren allein im Ballon. Henning hat ja den Ballon-Führerschein. Von den anderen zwei Ballons konnte man nicht so genau sehen, was wir dann gemacht haben. Aber es war sehr angenehm.«

»Eine Ehe, die über den Wolken geschlossen wurde«, sagte Viola verträumt.

»Noch ist sie nicht geschlossen. Und über den Wolken waren wir auch nicht, es waren keine da.«

»Ach, sei doch nicht so unromantisch. Und wann wollt ihr heiraten?«

»Im Frühjahr, wenn die Zugvögel kommen und Henning Osterferien hat.«

»Ich habe es doch gewusst. Ihr zwei gehört zusammen. Gut, dass ich dich hinter dem verschnupften Kerl hergeschickt habe.«

»Ja, das war wirklich gut«, stimmte Doris zu.

»Ich werde meinen Bruder trösten müssen«, meinte Viola seufzend.

»Er kann jederzeit kommen und seinen Sohn besuchen«, sagte Doris.

»Weiß er das schon?«

»Ja. Und er meinte, so eine leise Melancholie in seinem Gemüt würde seinen Bildern sicher guttun. Er hat sowieso vor, Herbstbilder zu malen. Allerdings will er nach Neuendorf umziehen. Dort wären das Licht und die Motive für Abschiedsstimmung mehr geeignet.«

»Er ist doch ein guter Kerl«, stellte Viola fest.

»Das habe ich nie bezweifelt«, entgegnete Doris. »Nur nicht zum Heiraten zu bringen.«

Sie verabschiedeten sich und legten auf.

Lisa kam herein, schon im Mantel, und erinnerte Viola daran, dass sie die nächste Woche Urlaub hätte.

»Dann kann Marie zeigen, was sie inzwischen gelernt hat«, sagte sie. »Und ich fahre mit Jan ins Rheinland. Jetzt, wo ich nicht mehr auf Sie aufpassen muss, kann ich mit gutem Gewissen verreisen.«

»Lisa, habe ich Ihnen schon einmal gesagt, dass Sie Gold wert sind?«, fragte Viola.

»Das ist gar nicht nötig«, erwiderte sie. »Marie hat meine Telefonnummer, und wenn Sie Schwierigkeiten haben, mache ich mich sofort auf den Weg.«

»Ich werde keine Schwierigkeiten haben«, versprach Viola. »Genießen Sie Ihren Ausflug und vor allem Ihre Heimat, nach so langer Zeit im hohen Norden.«

»Ja, hier ist ja doch nie was los.« Lisa drehte sich um und ging.

Viola sah ihr belustigt nach. Hier ist nie was los?, dachte sie. Wie war denn das gemeint? Aber sicher hatte Lisa an den rheinländischen Karneval gedacht, und in dieser Hinsicht war auf der Insel tatsächlich nichts los.

61

Zwei Wochen lang passierte nichts Besonderes auf Hiddensee. Das war sehr erholsam für Viola, die sich Zeit für die Kinder nehmen konnte und froh war über die Ruhe. Auch das Wetter war nicht ganz so schlecht. Ein gleichmäßiges Grau bedeckte den Himmel, und ab und zu fiel ein leichter Regen. Die Temperaturen blieben über null, der Winter hielt sich noch zurück.

Viola ging mit den Kindern jeden Tag raus. Sie zeigte den beiden Großen den Spielplatz von Vitte, der jetzt immer leer war. Ohne Gedrängel konnte man alle Klettergerüste und Rutschen ausprobieren.

Sie waren oft am Hafen, da gab es immer etwas zu sehen. Oder sie besuchten Herrn Vogtland in seinem gemütlichen kleinen Haus und Ottilie in der Kneipe. Dort tranken sie heißen Kakao. Sie wanderten auch zu Tante Emma in Grieben und zu Bauer Schleck und seinen Haflingern. Ravi freundete sich mit Maries Peter an, der inzwischen ein stolzer Enkel mit eigenem Opa war und demnächst zu ihm umziehen würde. Der alte Herr Hinrichs war schon heftig am Streichen und Möbelzimmern.

Es gab nichts, über das man sich aufregen musste.

Nur Florian führte geheimnisvolle Telefonate und kam manchmal spätabends von Rügen zurück. Und ab und zu, wenn er sich nicht beobachtet fühlte, leuchteten seine Augen auf, und er summte ein Lied vor sich hin.

Anila hatte sich so schnell eingelebt, dass Viola nur immer staunen konnte. Sie trug ihre Hosen und Pullis, als ob sie nie etwas anderes angehabt hätte. Mit ihren Gummistiefeln patschte sie durch die Pfützen, zeigte jedem ihren knuddeligen Bären, den sie von Florian bekommen hatte und ständig mit sich herumschleppte.

Inzwischen konnte sie sich richtig gut verständigen. Und hätte sie nicht so dunkle Augen und schwarze Haare gehabt, dann könnte man sie für ein echtes Inselkind halten. Sie war der Liebling aller Nachbarinnen, und man musste aufpassen, dass sie ihr nicht immer wieder Schokolade oder andere Süßigkeiten zusteckten.

Finchen konnte schon über den Fußboden in der Wohnung krabbeln, aß bereits kleine Stückchen Butterbrot und krähte vor Vergnügen, wenn Ravi sich hinter dem Sofa versteckte und dann plötzlich wieder zum Vorschein kam. Und im Kinderwagen musste man sie nun anschnallen, damit sie nicht herauskletterte. Sie sah ihrem Vater so ähnlich, dass Viola fast bedauerte, ihre eigenen Gene nicht besser vererbt zu haben.

An einem windigen kalten Tag Mitte November kam Florian wieder einmal sehr spät nach Hause. Die Kinder schliefen bereits, und Viola hatte es sich auf dem Sofa gemütlich gemacht.

»Wenn deine Überraschung bedeutet, dass du weiterhin so lange weg bist«, sagte sie ein bisschen missmutig, »dann wäre es mir lieber, du würdest keine planen.«

Florian holte aus seiner Tasche einen Packen Plakate. »Keine Sorge, am ersten Advent steigt das große Ereignis. Alles organisiert. Schau dir mal diese Plakate an.«

Neugierig nahm Viola eins in die Hand. Und da stand in großen leuchtend gelben Buchstaben auf dunkelblauem Grund: KLARINETTENKONZERT DER MUSIKSCHULE BERGEN AM ERSTEN ADVENT, 19.00 UHR, IM GROSSEN SAAL DES HOTELS SEEBLICK AM HAFEN. SOLISTEN: ARIANA BURG UND FLORIAN HERZ.

»Das gibt es doch nicht!« Das war wirklich eine Überraschung und Viola zuerst einmal sprachlos. Aber dann strahlte sie übers ganze Gesicht.

»Wir werden ein Konzert haben, hier. Und Ariana kommt? Und du spielst dabei auch mit? Kannst du das überhaupt? Du wolltest doch wieder Unterricht nehmen. Hast du das inzwischen gemacht? Florian, was wird denn gespielt? Kommt tatsächlich ein ganzes Orchester?«

»Nun mal langsam«, sagte er, erheitert über ihre Aufregung. »Also, die Schüler der Musikschule und ein kleines Orchester haben zwei Klarinettenkonzerte eingeübt – das Quintett in A-major von Mozart und sein Konzert auch in A-major, das du so sehr liebst. Die meisten Passagen spielt Ariana, die ist natürlich viel besser als ich. Aber das langsame Adagio habe ich geprobt. Das ist eine absolute Traummelodie und wird der Anfang einer großen Karriere von mir sein.« Er lachte, als Viola ein bestürztes Gesicht machte. »Nein, zur Karriere tauge ich nicht. Mir reichen mein Beruf und meine Familie. Aber ab dem nächsten Jahr möchte ich weiter Unterricht nehmen.«

Viola sah das Plakat an und dann Florian. »Ein Konzert, und du spielst für mich das Adagio. Florian, das ist eine deiner schönsten Überraschungen. Und du hast Ariana überredet zu kommen. Hat sie denn Zeit?«

»Für uns ja. Sie freut sich über ein paar Tage Urlaub bei der Familie Herz auf Hiddensee.«

»Das soll sie haben! Und ihr habt schon alles einstudiert?«

»Zweimal in der Woche, deshalb bin ich ja immer so spät gekommen. Ich hoffe, du dachtest nicht, ich hätte eine kleine Nebenfrau in Bergen.«

»Nein, du hast mir ein erfreuliches Ereignis versprochen, und über eine Nebenfrau wäre ich nicht beglückt gewesen und hätte dich sofort rausgeworfen, mitsamt deiner Klarinette!«, versicherte Viola ihm mit blitzenden Augen.

»Dann ist es ja gut, dass ich das Konzert gewählt habe«, sagte Florian lachend. Er nahm Viola in die Arme und küsste sie, bis sie sich wehrte. Sie wollte noch viel mehr von ihm wissen.

»Erzähl, wann du auf die Idee gekommen bist«, verlangte sie.

»Ach, das war eigentlich schon im Urlaub in der Schweiz, als ich Ariana gehört habe. Sie hat genau diese Passagen aus dem Mozart-Konzert gespielt, als ich an ihrem Fenster vorbeigegangen bin. Sie hat mir damals schon versprochen, mich zu unterstützen, wenn wir einen großen öffentlichen Musikabend veranstalten wollen.«

»Und dann ist so viel dazwischengekommen, dass du es vergessen hast?«

»Nein, sogar in Brasilien habe ich daran gedacht und mir überlegt, wann der beste Termin sein könnte. Und dass es eine Überraschung für dich werden müsste, das war von Anfang an klar.«

»Was musst du jetzt noch tun?«

»Die Plakate aufhängen und hoffen, dass viele Zuhörer kommen. Und meine Nerven beruhigen, denn ein wenig aufgeregt werde ich schon sein. Und der Saal im Hotel wird weihnachtlich geschmückt. Das hat mir Frau Bertram versprochen. Und überall werden Kerzen aufgestellt.«

»Und ich werde einen Babysitter finden müssen. Frau Wohlleben wird sicher selbst ins Konzert gehen wollen. Und etwas Schickes zum Anziehen brauche ich auch. Jetzt ist endlich wieder was los auf der Insel!«

Florian lachte. »Ich glaube, du musst keine Sorgen haben, dass es dir hier jemals langweilig wird, irgendwas wird sich immer ereignen – etwas zum Freuen, Aufregen oder Ärgern.«

»Nur kein rheinischer Karneval, aber darüber bin ich wirklich nicht traurig.«

62

Am ersten Adventsabend strebten bereits eine halbe Stunde vor Beginn des Konzerts so viele Menschen Richtung Hafenhotel, dass Florian keine Sorgen mehr haben musste, es würde niemand kommen.

Viola hatte sich entschlossen, Ravi mitzunehmen. Der Junge war ziemlich musikalisch. Er summte fast alle Kinderlieder nach, die Viola ihm auf der CD vorspielte, und konnte inzwischen sogar die meisten Texte. Über die Musik lernte er sprechen und sich besser artikulieren. Florian und Viola hatten sich entschlossen, ihn nach dem Sommer in die erste Klasse der Grundschule zu schicken. Er wäre dann sieben Jahre alt. Und da sie für die beiden Kinder kein genaues Geburtsdatum hatten, wurde dieses einfach auf das von Finchen im April gelegt.

»Dann feiern wir alle drei an einem Tag«, meinte Viola. »Anila wird drei, Ravi sieben und Finchen ein Jahr alt. Welche Familie kann so etwas schon vorweisen.«

Sie nahm Ravi an der Hand. Er war dick eingemummt, mit Mütze und Handschuhen. Sie hatte ihren warmen Lodenmantel und Fellstiefel angezogen. Unter dem Mantel trug sie ein Kleid aus nachtblauem glänzendem Stoff mit einem Goldgürtel. Florian konnte stolz auf sie sein.

Als sie ankamen, war der große Saal im Hotel Seeblick schon gut gefüllt. In der ersten Reihe waren zwei Plätze für sie beide reserviert.

Viola schaute sich um. Ihre Eltern, die extra angereist waren, saßen neben dem Ehepaar Bertram, den Hotelbesitzern, und waren in ein eifriges Gespräch vertieft. Etwas weiter hinten winkte ihr Pastor Busche zu, der seine kleine lebhafte Frau um Haupteslänge überragte. Daneben saßen Ottilie, vornehm in Schwarz, und Florians Eltern. Paolo strahlte vor Stolz auf seinen Sohn über das ganze Gesicht, und seine Frau Margarete, die sich schon bei der Taufe mit Ottilie angefreundet hatte, unterhielt sich mit ihr. Lisa und Jan waren gekommen, Marie und, welch Überraschung, Herr Hinrichs, ihr Vater. Wie hatte sie den nur herumgekriegt? Doris trug ein blassblaues Spitzenkleid, das sie vor einiger Zeit in der Truhe ihrer Oma gefunden hatte. Henning war sehr leger gekleidet und schaute zufrieden drein.

Florian, mit weißem Hemd, schwarzer Hose und Fliege, saß vorn bei den Musikern, neben ihm Herr Vogtland mit seiner Geige. Herr Vogtland war der älteste Mitspieler, und man sah ihm an, wie stolz er darauf war.

Neben Viola hatte Dirk Platz genommen. Er flüsterte ihr ins Ohr, dass ein vorübergehender Liebeskummer auch seine guten Seiten hätte, denn er habe in den letzten Wochen so viele ausgezeichnete Bilder gemalt, dass er eine neue Ausstellung mit dem Titel »Abschied von Hiddensee« würde bestücken können.

»Aber nicht für immer!«, flüsterte Viola zurück.

»Nein, mich kriegt ihr nie ganz los«, erwiderte er lächelnd.

Anita Taylor und Andrew hatten sich ziemlich weit hinten platziert. In ihrer Nähe saßen Bauer Schleck im Sonntagsstaat und seine Frau in Hiddenseetracht. Das freute Viola besonders.

Und dann waren doch tatsächlich Frau Kilian und Benno gekommen, der sich neugierig umschaute, dann Viola und Ravi entdeckte und erfreut winkte.

Frau Kilian sah mit ihren schimmernden roten Haaren und in dem samtgrünen Kleid umwerfend aus. Ihr Gesicht strahlte regelrecht.

Bürgermeister Lükke war mit Gattin da. Beide sehr elegant. Und auch Dr. Roth mit Ehefrau war unter den Gästen.

So eine illustre Gästeschar hatte Viola auf Hiddensee noch nie erlebt.

Überhaupt, sie kannte fast alle im Saal und konnte sich ein Lächeln nicht verkneifen. Zu beinahe jedem hier könnte sie eine Geschichte erzählen. Aber *sub rosa dictum*, das hatte schon immer gegolten und galt auch jetzt.

Ich werde mir im Sprechzimmer eine Rose an die Decke malen, über meinem Schreibtisch, überlegte sie, dann ist das ein für alle Mal klar, dass hier nichts ausgeplaudert wird.

Und dann trat der Bürgermeister aufs Podium und hielt eine kleine Rede. Wie schön er die Idee von Florian fand und wie sehr er sich freute, dass eine so bekannte Solistin nach Hiddensee gekommen war, um bei diesem Konzert mitzuwirken.

Der Saal war nur von Kerzen erhellt, bis auf das Podium, wo die Musiker saßen. Und in die Stille hinein erklang nun das Streichquartett mit den ersten Takten, bis die Klarinette einsetzte. Ein Zwiegespräch zwischen der ersten Violine und der Klarinette erfüllte den Raum. Viola hatte dieses Quintett schon oft gehört, wenn sie bügelte oder wenn sie kochte, aber hier in diesem Saal kam es ihr viel lebendiger und klangvoller vor, und sie genoss jede Minute bis zum Schluss-Allegretto mit seinen Variationen.

Applaus brandete auf, und Bravorufe waren zu hören. Die Hiddenseer zeigten sich als begeistertes Publikum, und nach einer kleinen Pause begann das bekannte Klarinettenkonzert in A-major, in dem Florian den zweiten Satz, das Adagio in D-Dur, spielen durfte.

Viola holte tief Luft, als es begann. Das war eine Melodie, die sie bis ins Innerste berührte. Sie saß ganz still und schloss die Augen, bis sie einen leichten Druck an ihrer rechten Hand spürte. Sie öffnete die Augen und sah, dass Ravi sie anschaute und lächelte. Dann lehnte er den Kopf an ihre Seite, und das ging ihr genauso zu Herzen wie die Musik.

Nach diesem wunderbaren Adagio folgten noch ein übermütiges Rondo und Allegro, wieder mit Ariana als Solistin. Und am Ende dieses Musikstückes erhoben sich die Zuhörer begeistert von ihren Stühlen, klatschten und wollten gar nicht mehr aufhören. Die Schüler der Musikschule Bergen verbeugten sich zusammen mit dem Dirigenten. Dann kam Florian nach vorn und zum Schluss Ariana, der es sichtlich Spaß gemacht hatte, einmal auf einer kleinen Insel spielen zu können. Und es dauerte eine Weile, bis wieder Ruhe im Saal eingekehrt war.

Nach diesem offiziellen Teil durften sich die Zuschauer noch einige See- und Insellieder wünschen. So endete der

Abend dann in einem allgemeinen großen Zuschauer-Chor mit Orchester. Und man hätte noch lange so weitermachen können, wenn die Mitwirkenden nicht schließlich ihre Instrumente eingepackt hätten.

Viola ging mit Ravi als eine der Ersten nach Hause, half ihm ins Bett und wartete dann auf Florian und Ariana. Auch die Eltern Herz und Jung kamen noch vorbei.

Ein fröhlicher Abend beschloss diesen Tag.

Als sie mit Florian schließlich im Bett lag, müde und glücklich, kuschelte sie sich an ihn und flüsterte: »Danke für ein so schönes Erlebnis. Das werde ich nie vergessen, Florian.«

Er hielt sie fest umschlungen und vergrub sein Gesicht in ihren Haaren. Nach einer Weile sagte er: »Ich danke dir auch.«

»Wofür?«, fragte sie verwundert.

»Dafür, dass wir zusammen sind. Weißt du noch? Die Kraniche; wenn zwei sich gefunden haben, bleiben sie auch zusammen, egal wie weit und wohin sie fliegen. So wollen wir es auch halten.«

Dann wurde es still in dem kleinen Haus hinter dem Deich. Draußen hatte es angefangen zu schneien, und die Schneeflocken glitzerten im Mondlicht.

Vielen Dank

Wieder einmal ist ein Buch zustande gekommen unter Mitarbeit von Dirk Meynecke (Buchplanung), Marion Vazquez (Lektorat) und Rosemarie Schubert (Platt). Ganz herzlichen Dank dafür. Und die schönen Hiddenseebücher und Bildbände von Renate Seydel bleiben weiterhin meine ganz persönlichen Bestseller.